北魔鲁赞

(上)

《格萨尔》藏译汉项目领导小组办公室

亚东·达瓦次仁　　翻译
索朗扎西　　　　　译校
方　晓　玲　　　　编校

西藏藏文古籍出版社

图书在版编目（CIP）数据

北魔鲁赞 / 亚东·达瓦次仁编译. -- 拉萨：西藏藏文古籍出版社，2021.7

ISBN 978-7-5700-0556-7

Ⅰ．①北… Ⅱ．①亚… Ⅲ．①藏族－英雄史诗－中国 Ⅳ．① I222.74

中国版本图书馆 CIP 数据核字（2021）第 114602 号

北魔鲁赞·上

译　　者	亚东·达瓦次仁
责任编辑	曾　恒
装帧设计	刘　炜
策　　划	天利文化
出　　版	西藏藏文古籍出版社　邮政编码：850000
	打击盗版：0891-6930339
印　　刷	大厂回族自治县德诚印务有限公司
经　　销	全国新华书店
开　　本	16 开（710×1 000）
印　　张	32.5
印　　数	01—2,000 册
版　　次	2021 年 9 月第 1 版第 1 次印刷
标准书号	ISBN 978-7-5700-0556-7
定　　价	138.00 元（全二册）

版权所有　翻印必究

《格萨尔》藏译汉项目领导小组

总顾问：洛桑江村

顾　问：白玛朗杰

组　长：陈　凡

副组长：索　林　　车明怀　　卢明秀　　降边嘉措
　　　　杨恩洪

成　员：诺布旺丹　　次仁平措　　许德存　　宁　梅
　　　　达　瓦　　黄　智　　蓝国华　　王彦杰
　　　　白玛扎西　　阴海燕

办公室：次仁平措（主　任）　　蓝国华（副主任）
　　　　王彦杰（副主任）　　裴洪霞　　尼玛仓决
　　　　白玛扎西　　阴海燕　　索朗扎西

专家组：巴桑旺堆　　格桑益西　　曼秀·仁青道吉
　　　　仁　增　　索朗格列

《〈格萨尔〉艺人桑珠说唱本》
汉译丛书编委会

总　编：索　林
主　编：次仁平措
副主编：白玛扎西　阴海燕
编　委：龙仁青　平　措　李连荣
　　　　蓝国华　王彦杰　刘红娟
　　　　方晓玲　索朗扎西　达　琼
　　　　宋博瀚　阿旺曲吉

目 录

总 序 1

内容梗概 1

一 1

二 81

三 192

四 297

五 394

总　序

白玛朗杰[1]

　　传承民族优秀传统文化是推动文化大发展大繁荣、建设社会主义文化强国、传承民族血脉、建设人民精神家园的必然要求。党的十八大提出,"建设社会主义文化强国,关键是增强全民族文化创造活力""建设优秀传统文化传承体系,弘扬中华民族优秀传统文化"。2015 年,习近平总书记在中央第六次西藏工作座谈会上指出:"加强民族团结,不断增进各族群众对伟大祖国、中华民族、中华文化、中国共产党、中国特色社会主义的认同。"为了把西藏建设成为中华民族特色文化保护地,我们亟需将藏民族史诗《格萨尔》推向全国乃至世界,以进一步丰富中华民族文化宝库。2013 年 6 月,西藏自治区社会科学院向西藏自治区人民政府呈报了《关于启动白治区重大文化工程〈格萨尔〉史诗藏译汉项目的请示》。在洛桑江村主席的亲自关心下,2013 年 12 月自治区重大文化工程《格萨尔》藏译汉项目得以立项。如今,30 卷本的《〈格萨尔〉艺人桑珠说唱本》汉译丛书即将陆续与广大读者见面。这是党和政府大力关怀和支持的结果,是课题组的同志们辛勤努力的结果,也是中国《格萨尔》学界众多同仁通力协作的共同成果。

---

[1] 白玛朗杰:西藏自治区重大文化工程《格萨尔》藏译汉项目领导小组顾问,第十届政协西藏自治区党组副书记、副主席,西藏自治区社会科学院原院长。

一

人类的思想和文化是智慧的结晶、进步的阶梯、文明的象征。德谟克利特说："智慧生出三种果实，即善于思想、善于说话、善于行动。"为了实现中华民族伟大复兴的中国梦，一方面，我们要立足时代，放眼全球，锐意进取，吸取现当代人类社会的一切优秀文明成果，创造无愧于时代、无愧于人民、无愧于历史的文化成果；另一方面，我们还要向历史和祖先学习，发扬中华民族优良传统，保护和传承优秀民族传统文化，从中挖掘有益成分，汲取营养和精华以丰润己身。

藏族是中华民族的重要成员，是一个有思想、善说唱、富有智慧的伟大民族。英雄史诗《格萨尔》是被公认为"藏族文学之冠"的名著，在千百年来的流传演变过程中，它以高度的人民性和强大的艺术生命力在藏族民间不断得以充实和发展。直到今天，《格萨尔》说唱艺人仍以他们非凡的聪明才智和辛勤的劳动创作活跃在民间，为史诗增光添彩。从全世界史诗的情况看，首先，《格萨尔》与《伊利亚特》《奥德赛》《罗摩衍那》《摩诃婆罗多》等相比，其最大的不同是仍以活的形态流传于世。早在1776年，俄国学者帕拉斯在《俄罗斯帝国各省旅行记》中就对《格萨尔王传》给予了极高的评价。众所周知，无论是《伊利亚特》《奥德赛》，还是《罗摩衍那》《摩诃婆罗多》等著名史诗，都早有定本传世，但早已没有创作性说唱艺人可寻。《格萨尔》史诗不仅至今尚未有最后之定本，而且各种抄本、刻本、说唱整理本仍在不断增加，《格萨尔》民间艺人的说唱活动从未停止，至今仍有百余位《格萨尔》说唱艺人活跃在民间。从根本上讲，众多活跃在民间的《格萨尔》说唱艺人的存在，是《格萨尔》史诗仍然以活的形态传唱的现实基础。其次，《格萨尔》是一部结构宏伟、内容丰富、卷帙浩繁的史诗巨制。据研究人员不完全统计，《格萨尔》全传至少有226部，累计100多万诗行，这要比之前常说的世界最长史诗《摩诃婆罗多》的20多万诗行还要长。较早研究《格萨尔》的王沂暖（1907—1998）教授，曾经填写《凤凰台上忆吹箫·格萨尔颂》[1]一词，把千年史诗《格萨尔》的神采风华歌颂得淋漓尽致。

中华文化是中华各民族成员在长期的生产、生活中积累形成的，是一笔宝贵的精神财富。《格萨尔》是中华文化中闪烁着熠熠光彩的魅力瑰宝，它集中代表了古代藏族文学的最高成就，是一部涉及古代藏族社会生活、民族历史、经济文化、阶级关系、民族交往、意识形态、道德观念、风俗习惯、宗教信仰的百科全书。自20世纪30年代始，任乃强、李安宅、谢国安、刘立千、马长寿、何剑薰、谭英华、陈宗祥、彭公侯等一批学者就对其作了详细述介和研究。中华人民共和国成立后，在马克思主义理论指导下，中国民族民间文化的发展迎来了新的春天，《格萨尔》也受到了前所未有的重视。著名文学家茅盾、周扬和老舍等人较早对《格萨尔》给予了关注。1956年在北京召开的中国作协第二次理事会上，老舍做了关于少数民族文学创作和发展的报告，其中提及《格萨尔》并首次将其定性为"史诗"。1958年，中央政府有史以来第一次在青海、西藏、甘肃、四川、云南等广大藏族同胞聚居地有计划、有组织地搜集、整理、抢救《格萨尔》，并取得了显著成绩。十一届三中全会后，随着国家对文学发掘和研究的深入，《格萨尔》的搜集、整理与研究在国内出现了无比繁荣的局面。1980—1981年，全国七省区召开"格萨尔工作会议"，之后有关省区相继建立了"格萨尔"工作组及专门机构[2]积极从事《格萨尔》的抢救、搜集、整理、翻译、研究和出版工作。随着国内相关科研院所、高等学校格萨尔研究机构的纷纷成立，尤其是中国社科院《格萨尔》研究中心的成立，国内集中出现了一大批主

---

[1] 这首词的全部内容为：世界绝无，人间仅有，说来话粲莲花。似空中虹彩，天外奇霞。难尽无边才艺，何须借铁板红牙，只面对云山雪岭，传唱千家。堪夸，英雄儿女，有梵王神子，度母仙娃。任东西南北，雨露风沙。战罢天魔五百，让玉宇无限清嘉。舒放眼，泱泱万里，诗国中华。

[2] 参阅《记〈格萨尔〉工作座谈会》（载《民间文学》1980年第8期）、《藏族英雄史诗〈格萨尔〉第二次工作会议纪要》（载《民族文学研究》1981年第1-2期）、《西藏成立抢救、整理〈格萨尔王传〉领导小组》（载《西藏日报》1980年6月25日）等。

要从事《格萨尔》研究的学者,成就斐然[1]。20世纪90年代,中国学术界已经鲜明地提出建立"《格萨尔》学"[2],这是中国现代藏学繁荣发展的重要表现。2001年10月,在法国巴黎召开的联合国教科文组织第31届大会上,参会人员一致通过将我国"《格萨(斯)尔》千年纪念活动"列入该组织参与的周年纪念活动之中,这是迄今我国政府向该组织唯一申报成功的一项周年纪念活动。2009年9月,在阿联酋首都阿布扎比召开的联合国教科文组织保护非物质文化遗产政府间委员会第四次会议上,我国的《格萨(斯)尔》被批准列入《人类非物质文化遗产代表作名录》。

二

人民群众是历史的创造者,是一切文艺创作的源头活水。《格萨尔》史诗是一部以抑强扶弱、除暴安民为主线的宏伟史诗,反映了人民群众与社会丑恶势力作斗争,消除青藏高原一切不平等和灾难,用自己的劳动和汗水缔造幸福生活的美好愿望。也正是因为如此,在"政教合一"的封建农奴制度下,统治阶级最害怕听到说唱《格萨尔》,最害怕听到这一歌颂人民的力量以及呼唤自由、平等和幸福的乐章。旧西藏地方政府利用统治农奴的各种手段,禁止《格萨尔》史诗的说唱和传播,把它当作"下等人"

---

1 从1989年开始,中国政府主导开展了七次《格萨尔》国际学术研讨会,时间分别为1989年11月(成都)、1991年8月(拉萨)、1993年(锡林浩特)、1996年7月(兰州)、2002年7月(西宁)、2006年7月(玛曲)、2015年7月(成都)。

2 王兴先:《关于建立"格萨尔学"科学体系的初步构想》,载《西北民族学院学报》1993年第2期;王兴先:《〈格萨尔〉与"格萨尔学"》,载《甘肃科技》2003年第12期;扎西东珠:《"格萨尔学"学科之我见》,载《中国藏学》2002年第4期。王兴先在《〈格萨尔〉与"格萨尔学"的发展历史》中提到:"《格萨尔》研究之所以能够逐渐形成为一门独立的学科,就是因为既有《格萨尔》史诗本体提供的形成一门学科的基本要素和它所富有的历史文化之魅力,又有它的研究者们的创新思维和开拓性研究之功以及二者的有机结合。"

的"俗言俚语",称其为"乞丐的喧嚣",称民间艺人为"下贱的乞丐"。广大民间说唱艺人过着以乞讨为生的流浪生活。

西藏和平解放后,党和政府投入大量人力、物力和财力到西藏《格萨尔》的抢救、整理、出版、翻译等工作中,在党和政府的领导、关心、支持下,该项工作有了快速的发展。1980年4月,国家批准成立西藏自治区《格萨尔》领导小组及抢救办公室,指定自治区党委宣传部、自治区社会科学院、自治区文联、自治区出版局的负责同志分别担任抢救领导小组正副组长,自治区文联代管抢救办公室。财政下拨抢救专项经费,建立了西藏有史以来第一个《格萨尔》抢救领导小组和抢救办事机构——西藏自治区《格萨尔》抢救办公室,核定编制为15人。同时,在西藏师范学院(西藏大学前身)成立了《格萨尔》民间说唱艺人扎巴抢救小组,当时受到中央有关部委的表扬,并成为七省(区)的榜样。1984年,西藏自治区《格萨尔》抢救办公室正式划归西藏社会科学院管理,成为社科院下设县级部门,编制10人,专项经费每年10万元。1987年机构改革时,《格萨尔》办公室降级合并到西藏社科院原语言文学研究所,并取消了专项经费。1997年机构改革时,随着原语言文学研究所和民族研究所的合并,《格萨尔》办公室划归民族研究所管理,成为民族研究所的一个内设室,对外亦称自治区《格萨尔》研究中心。

西藏《格萨尔》抢救办公室成立之初,国家投入大量人力、财力和物力,为史诗的抢救、保护、整理、出版和研究工作奠定了良好的基础。30多年来,《格萨尔》抢救办公室做了大量工作:

一是20世纪80年代开展大面积的艺人普查工作,对西藏范围内的重点说唱艺人及其唱本进行了录音、整理和出版。了解和掌握艺人的现状,记录艺人口头说唱本是《格萨尔》抢救工作的重中之重,在当时是一项非常急迫的工作。20世纪80年代初,自治区人民政府投入大量资金,先后20余次派人到《格萨尔》史诗流传比较广泛的地区,进行了大规模的民间艺人普查、《格萨尔》史诗旧版本搜集以及有关传说、实物等抢救工作。经过这一阶段的工作,工作组先后共寻访到能说唱10部以上《格萨尔》史诗的民间艺人57名。根据"择优择缺"原则,按照"优先为老艺人录音"的指导思想,《格萨尔》抢救办公室进行了深入细致的录音整理工作。目前,西藏社会科学院已完成录制100多部《格萨尔》艺人说唱本,整理磁带5000多盘,笔录成文90部,《格萨尔》抢救工作的进度和质量均走在了全国各省(区)前列。

二是《格萨尔》旧版本及实物的登记和抢救取得历史性突破。过去,与《格萨尔》史诗相关的实物及旧版本零散地保存在民间,这些资料不仅从来无人问津,还极易损坏和丢失。在普查寻访艺人的同时,抢救办公室对这些有关《格萨尔》史诗的实物进行全面普查和鉴定,对其中具有一定历史价值和艺术价值的珍贵文物进行抢救和保护。这是《格萨尔》抢救工作的重要组成部分,对于史诗的全面研究具有不可替代的重要作用。随着工作的深入开展,西藏全区先后搜集和发现50多种与《格萨尔》史诗有关的民间人物传说和10件实物,搜集到74部55种《格萨尔》史诗旧版本和旧手抄本,整理出版《格萨尔》旧版本32部。

三是2000年之后启动了抢救、整理、编辑和出版《〈格萨尔〉艺人桑珠说唱本》的文化工程。桑珠(1922—2011)是杰出的《格萨尔》说唱艺人,也是一位被人津津乐道的奇人,他目不识丁,却能说唱50万诗行。这是藏民族独有的一个文化现象,"桑珠现象"可以说在全世界都绝无仅有。桑珠是西藏丁青县人,他在旧西藏和其他很多说唱艺人一样云游四方,以说唱《格萨尔》史诗为生,过着牛马般的乞丐生活。西藏和平解放后,他和百万农奴一起翻身获得新生,在拉萨市墨竹工卡县尼玛江热乡定居落户,建立了自己的家庭。1984年,桑珠和其他十余名民间艺人一起受聘于西藏社会科学院,并与他们合作抢救说唱故事。桑珠艺人极富说唱天赋,说唱从不人云亦云,对《格萨尔》史诗有着自己透彻的认识和独特的见解。1991年,他被国家民委、文化部、中国文联、中国社会科学院四部委联合授予"《格萨尔》说唱家"称号。而后,他又被授予"国家级非物质文化遗产项目代表性传承人",并被学术界誉为"语言大师"和"国宝级人才"。目前,藏文本的《〈格萨尔〉艺人桑珠说唱本》丛书45部(48本)经整理、编校人员的艰辛劳动,现已基本整理和出版完毕。这套丛书的问世,不仅创造了世界史诗领域个体艺人说唱史诗最长的记录,而且填补了迄今还没有整理和出版过单个艺人全套《格萨尔》说唱本的历史空白。若按平均每部(本)10000多诗行计算,这套丛书的诗行总数将超过520000,大大超过了《摩诃婆罗多》的207000诗行,创造了世界史诗文本新的吉尼斯纪录。2011年2月16日,桑珠老人不幸去世,这是《格萨尔》抢救保护工作的重大损失。我们只有加倍地努力,继续做好这项工作,才不辜负老人的期望,不辜负人民的期望。

三

翻译是语际交流和沟通的桥梁,是传播民族文化、促进文化交流的重要途径。历史上,西藏地方通过翻译佛教、医药、大文历算等书籍[1]与祖国

---

[1] 松赞干布时,从古印度翻译《十二缘起》《六日轮转》等占卜理算书籍;又如《松赞干布遗教》说,"法王松赞干布在位之时,从印度迎请鸠摩罗大师,由吞弥·桑布扎为他担任翻译,译出《阿毗达摩藏》的广、中、略三种写本;又迎请尼泊尔的锡拉曼殊大师,由尼泊尔妃赤尊公主担任翻译,译出《经藏》《华严经》《观世音菩萨经咒》等;又迎请印度的婆罗门夏迦罗,由阿札雅458摩郭夏担任翻译,译出《律藏》《迦陵迦光明律》《止雅经咒》等;又从汉地迎请和尚摩诃衍那大师,由汉妃公主和拉隆多吉贝担任翻译,译出众多汉地历算及医药之书籍"。赤德祖赞时,汉族人格谢哇翻译了《金光明经》《业缘智慧经》,比吉赞巴锡拉翻译了许多医药书籍。赤松德赞时,有所谓"译师六试人"出现,他们是努布·南喀宁布、孜·嘉哇洛追、如贡·比雅热扎、突厌吾比夏、朗·贝吉僧格、杰·古古热扎,他们翻译了许多密咒部的经续。达仓宗巴·班觉桑布著,陈庆英译:《汉藏史集》,西藏人民出版社,1986年,第87、89、95、99页。

内地及周边国家和地区保持了密切的文化联系[1]，丰富了西藏地方文化的结构体系和内容，也为藏文化的翻译积累了历史经验。《格萨尔》史诗是当今世界第一长诗，尽快完成从口头文学到文字文学的转化，尽快完成藏文本到汉译本及其他文字译本的转化，是一件功在当代、利在千秋的大好事，是中华民族对世界文化宝库所作出的重要贡献之一，推动了中华文化走向世界，同时也是我们有力回击和反驳达赖分裂主义集团和西方敌对势力长期恶毒攻击"西藏传统文化毁灭论"的现实需要。因此，实施《格萨尔》史诗系列丛书的翻译工程任务十分紧迫，做好这项工作具有重大的现实意义和深远的历史意义。

第一，形成丰硕的《格萨尔》翻译成果，有利于用事实说话，有力驳斥达赖集团的"西藏传统文化毁灭论"。西藏和平解放后，西藏虽然摆脱了帝国主义势力的羁绊，但1959年达赖集团叛逃以后，在西方敌对势力的支持下，长期在国内外从事针对西藏的分裂破坏活动。从国际大形势看，西方反华势力和达赖集团在西藏历史问题上一直歪曲事实，制造谎言，尤其是在文化上鼓吹"西藏传统文化毁灭论"，蒙蔽世界舆论，欺骗了不少不明真相的人士。在文化工作上，我们需要与其展开针锋相对的斗争，开展重大文化工程，以文化保护与创造成果的事实揭示谎言，廓清迷雾，以正本清源。从这种意义上讲，我们开展《格萨尔》藏译汉工程的任务就显得刻不容缓。《〈格萨尔〉艺人桑珠说唱本》汉译丛书的出版，不仅有助于鼓舞西藏人民推动文化大发展大繁荣的巨大热情，而且还将进一步促进

1　元代中央政府集合官员及西藏、北庭、汉地和印度僧人对汉藏佛教经典进行勘同、分类、纠误和拾遗，最后编写出了一部藏汉对勘的佛教大藏经目录——《至元法宝勘同总录》。（苏晋仁：《藏汉佛教学者团结合作的盛举——纪念佛经对勘七百周年》，载《西藏研究》1985年第4期，第37—47页。）自元以来，《大藏经》曾被译成蒙文、汉文、满文等多种文字，促进了佛教文化的传播与交流。如，元大德（1297—1307）年间，在萨迦派喇嘛法光的主持下，由西藏、蒙古、回鹘和汉地僧众将藏文《大藏经》译为蒙文，在西藏地区雕造刷印。又如，金代民间劝募的《赵城金藏》，1959年9月在西藏萨迦寺北寺图书馆发现31种、559卷卷轴式装帧木刻印本佛经，其编次和《赵城金藏》完全一致，从版式、字体和刻工等方面判断，基本上可以肯定是《赵城金藏》输版入燕京后的补雕印本。

民族文化的传播与交流，有力地粉碎达赖集团和西方反华势力鼓吹"西藏传统文化毁灭论"的无耻谎言，在国际视听中匡正言论，维护西藏地方之于中国的无可争辩的主权，维护西藏社会稳定和民族团结，是一项具有重要政治意义的文化工程。

第二，开展《格萨尔》汉译工程，有利于弘扬西藏优秀传统文化的传承体系，建设好中华民族特色文化保护地，促进西藏的文化认同。2014年9月，习近平总书记在中央民族工作会议上特别强调："繁荣发展各民族文化，要在增强对中华文化认同的基础上来做，对本民族历史坚持正确的观点，不能本末倒置。"这对于我们开展《格萨尔》藏译汉项目、繁荣和发展西藏优秀传统文化，提供了正确的工作方向和有力的理论指导。习近平总书记还讲到："加强中华民族大团结，长远和根本的是增强文化认同，建设各民族共有精神家园，积极培育中华民族共同体意识。文化认同是最深层次的认同，是民族团结之根、民族和睦之魂。文化认同解决了，对伟大祖国、对中华民族、对中国特色社会主义道路的认同才能巩固。"[1] 2015年8月，习近平总书记在中央第六次西藏工作座谈会上指出："必须全面正确贯彻党的民族政策和宗教政策，加强民族团结，不断增进各族群众对伟大祖国、中华民族、中华文化、中国共产党、中国特色社会主义的认同。"要想把《格萨尔》变成中华民族共同的精神财富，进而成为全人类的共同财富，就需要通过翻译，而做好汉译本的翻译，是至关重要的。可以说，开展《格萨尔》藏译汉项目，有利于将藏民族千百年来世代传唱的英雄史诗翻译成国家通用语言文字，使之传播于全国乃至全世界，有助于增强西藏各族人民对于中华民族的文化认同，进而增强各族群众对伟大祖国、中华民族、中华文化、中国共产党、中国特色社会主义的认同。

第三，开展《格萨尔》汉译工程，有利于推动西藏文化大发展大繁荣，

---

[1] 习近平：《在中央民族工作会议上的讲话》，2014年9月28日。

促进西藏哲学社会科学和藏学研究事业。作为民间文学，特别是具有世界级重要成果的《格萨尔》是藏学研究的重要领域之一，对其进行系统整理和翻译，对于繁荣发展我国哲学社会科学和藏学研究事业将发挥积极作用。藏学的故乡在中国，西藏是藏学研究的发祥地，藏学的旗帜理应由我们高高举起。然而，长期以来在藏学研究上"西强我弱"的被动局面始终没有被根本扭转，给我们的涉藏外事外宣工作带来了诸多麻烦。西方反华势力和达赖分裂主义集团企图长期把国际藏学研究当成阻止中国前进步伐的工具，现行的国际藏学学术研讨会，时常由国外研究机构操作，反华势力幕后插手，明确设置我国参会人员的资格、论文评定等学术"门槛"，企图把持我国涉藏外宣在国际舆论舞台上的话语权。积极主动改变这种不利的被动局面，已成为当前藏学工作迫在眉睫、势在必行的大事。我们开展《格萨尔》翻译工作，即是瞄准这一方向的有益文化工程。有一次，时任中央外宣办副主任的崔玉英同志曾与我交流涉藏外宣问题，她鼓励我们将来把藏族英雄史诗《格萨尔》翻译成外文，将其拿到国际藏学研讨会上和涉藏外宣活动中，这是对我们继续开展好《格萨尔》传承工作的莫大鼓励和鞭策。

第四，我们有能力、有信心、也有勇气做好《格萨尔》翻译工程。中华人民共和国成立后，党和政府高度重视《格萨尔》史诗的抢救、整理、保护、出版和翻译等工作，经过30多年的艰苦努力，该项工作取得了令人振奋的丰硕成果。然而，整理出版的《格萨尔》文本绝大多数是藏文书籍，能够阅读原文的人很少，更不必说概知其全貌。与此同时，现实中的《格萨尔》译本屈指可数，根本不能反映全传的完整面貌，让这部世界级的民族史诗埋没于世实在可惜。这种严酷的现实告诉我们，必须下大决心攻坚克难，及时启动《格萨尔》史诗的翻译工程。经过几年的努力翻译，我们这套《〈格萨尔〉艺人桑珠说唱本》汉译丛书即将与世人见面，可以使全国各族群众都有机会了解《格萨尔》史诗，实现了我国政府向联合国教科文组织申报世界遗产时许下的"要在几年内让《格萨尔》工作取得显著成效"的承诺，又能以此丰富中华民族的文化宝库，为实现中华民族伟大复兴的中国梦提供文化智力支持。

四

翻译工程必须遵循翻译标准，实施精品战略。中国的翻译理论和实践在世界上有显著的地位。《格萨尔》藏译汉项目是西藏自治区重大文化工程，为了保证翻译工程的质量，项目领导小组办公室专门制定了《翻译要则》，统一了名词术语。在项目开展中，要求项目参与人员树立精品意识，实施精品战略，将"科学本"与"文学本"相统一，力求达到艺术翻译的高度，使《格萨尔》汉译本成为经得起时间和实践的检验、经得起人民群众的检验、经得起国内外专家学者的检验的典范之作。在质量上，译文总体上遵守"信、达、雅"相统一的原则，以信为本，遵实崇本，雅不背信，辞尚体要。同时，忠实于原作的内容、形式和风格，保持译文的真实性、文学性和文化性，充分展现《格萨尔》史诗所蕴含的文化内容和民族地域特色。在技术上，译文总体上遵守原则性和灵活性相统一的原则，韵散结合，直译与意译相结合，坚持真实性，把握文学性，体现时代性和文化性及民族、地域特色。

当然，《格萨尔》史诗是一门内容丰富的学科，它包罗万象，错综复杂，涉及政治、军事、历史、地理、民俗、宗教、语言（方言、词汇）、文化等各个方面，在研究和翻译过程中也会遇到各种各样的困难。可以说，系统地翻译一整套《格萨尔》史诗丛书，我们没有可供借鉴的有用经验，只能摸着石头过河，慢慢地去研究和探索。对于我们自身而言，整部地翻译《格萨尔》史诗故事，要求译者既要专精，又要博通，而事实上对于每部史诗故事的翻译，又必须经历一个初译、译校、编校、再校的反复过程，一个人很难独立完成全部的工作内容。尽管如此，我们并不回避这些困难，有些时候还将课题组的参与人员集中起来进行统稿和研讨，尽量达成基本统一的意见，诸如《〈格萨尔〉藏译汉项目规范术语》（样本）就是这样反复琢磨出来的。我们付出了艰辛的努力，这项工程基本已经完成了，然而我们却越来越感到翻译工作的艰难，项目开展中有许多问题还值得深入研究和完善解决。即使丛书得以出版，其中依然会存在这样或那样的不足甚至错误，希望广大读者和专家批评指正，以便我们以后有机会进一步修改、补充、完善和提高。

在《〈格萨尔〉艺人桑珠说唱本》汉译丛书即将出版之际，我们衷心感谢自治区党委政府对这项重大文化工程的高度重视以及在财力、物力等方面给予的大力支持和关心。同时，还要感谢自治区社科院几届领导，长期从事《格萨尔》抢救、录音、整理的科研人员的大力支持和辛勤劳动，感谢中国社会科学院民族文学研究所及全国《格萨尔》工作领导小组办公室、西藏大学、自治区档案馆、自治区电视台、布达拉宫管理处、西北民族大学《格萨尔》研究院、青海省文联等相关部门专家学者的鼎力帮助。正是在多部门的专家学者的通力合作下，才如期圆满地完成了这项文化工程。

2015 年 12 月
于拉萨

内容梗概

话说大神梵天之子无垢闻喜降生在岭国部落,以衣衫褴褛、相貌丑陋之逆子觉如身份度过了十二年光阴。十三岁时,觉如在白岭赛马场上,尤其是在戎岭激烈角逐中获胜,并显现真实面容登上白岭国王之黄金宝座,从此,世间格萨尔诺布占堆之威名越来越响亮。就在那时,四方妖魔猖獗,边地鬼魅侵入雪域腹地,特别是北魔鲁赞王危害上部天竺佛门之清净,侵扰下部汉地王法之秩序,血洗卫藏四茹,对敌岭国地,掳走以梅萨奔吉和戎伦阿奴桑陈为首的无数人畜。

当天下苍生尤其是藏地子民在苦难中挣扎时,十五岁的格萨尔王遵照姑母南曼杰姆之法旨,将首次征讨外敌之剑指向雅康北地魔国。米琼、珠姆和超同三人各怀心事前往送行,因脚力不济,各自陆陆续续与格萨尔道别。格萨尔王人马以神变之行通过了北地之水路各处关隘渡口,直抵杂嘉藏布河流之畔。在神、龙、年三部诸神兵之协助下打败此地魔军,收伏了魔军大将成吉思,将魔部大众招安为白色佛国之子民。然后格萨尔人马运用神通继续前往雅康北地魔国中心,途中与阿达鲁姆、阿奴桑陈等人内外关口守将结盟,将魔王之寄魂野牦牛、寄魂绵羊等魂魄之依所悉数消灭。格萨尔人马继续前往九尖铁角魔堡,在梅萨奔吉的大力协助下,于九月十日那天杀死了北魔鲁赞王。

但是梅萨给格萨尔王饮食中投放丧失记忆之药丸,使格萨尔浑浑噩噩身陷魔堡,长达三年。而在此期间叔父两面鼓超同勾结霍尔国,引狼入室酿成霍岭大战。以兄长嘉擦霞嘎为首的岭国尊贵勇猛之诸多战将命丧霍尔人手中，仁摩茶堡被毁，王妃珠姆被掳往霍尔国，父亲僧伦被驱为奴，白岭部众哀鸿遍地。危机之时，格萨尔的神变大营突然降落在岭地，对叔父超同进行适当责罚，然后收回幻变神通并以真身显现与岭国部众相聚。

一

礼请上师本尊与佛陀，战神飞天诸护法！到了评说岭王格萨尔诺布占堆、岭部三十豪杰、七雄三英诸英雄好汉的传奇故事时刻，请诸位莫要走动、莫要分心、莫要恍惚，听我徐徐道来。身语意三者之业力，命运气脉天理中，上天之神与中岳之年神、地下龙神，东方玛杰奔热、南方卡瓦格博、西方岗噶底斯、北方念青唐古拉等雪域藏地诸位山神地方保护神以及护法神灵们，犹如漫天雪花、惊涛骇浪、狂风漫卷般，护持佛陀正教、苍生幸福，保佑风调雨顺、五谷丰登、生机盎然。无数众生在岭王格萨尔的慈悲指引下被引渡到西方极乐世界。

但是五浊恶世之天下苍生过度迷恋尘世之乐趣，虽有灵敏慧丽之智，却没有用在正法正道上，反而利欲熏心、争强好胜、杀人放火、坑蒙拐骗、能抢就抢、能偷就偷、细小如针线的东西也不放过；上不敬奉神灵，下不关心黎民；不敬重上师，不怜悯弱小；心底充满十不善与五无间[1]；不去想自己会因恶贯满盈而身陷五百不净之轮回，不去信地狱真实存在，对佛陀正教产生邪见，诽谤诸卜师，不敬长者，欺善怕恶，贿赂长官；损人利己度一生，浑然不知累累罪恶。而格萨尔王传奇故事之意义就在于让世人分明是非、明辨善恶；使教法纯净、王法清明、臣子忠言、体恤下属；明白大家都是血肉之躯，己所不欲勿施于人；为官一任，造福一方；仗势欺人，唯我独尊，虽逞一时之快，免不了落个狂风吹沙山，一无所有。世间人事概莫如此，说唱艺人权当前奏言之。

---

[1] 五无间：佛教认为比十恶业更重的五大罪过。是指杀父、杀母、杀阿罗汉、破和合僧、出佛身血等五种极重的恶业。

话说征讨北魔鲁赞之章回，先前有一个神明预言之说，是在《天界篇》之时，得到佛法真传的印度瑜伽八十成就大师们一一转世投生往聚玛域岭地，莲花生大师从吉祥铜山下凡人间往迎龙女。

那时，母亲是龙族、父亲是赞神的北魔鲁赞王正在崛起，号称四大魔王之首，我正教中万千菩萨上师斩杀不得、降伏不了。天地之间北魔鲁赞为大，意欲吞吐日月，掌拍星辰。九尺之围的头顶巨角，顶住日月转圈圈，九尺多长的尾巴搅动大海翻巨浪。骑上魔马飞行，使星光失色、日月昏暗。鲁赞王以藏北纳木措为宝藏之门，将阿里三围、卫藏四茹的很多地盘归于治下，统领弥麻、卓薛、仲巴、僧格日、杂纳、赛玛、姜纳、欧雄、普兰、达果等众多部落。往北有条杂嘉藏布河[1]，江河对岸是雅康北地山脉，山脉后面有座巍峨的铁山天堡山，山顶耸立着九尖铁角魔宫。鲁赞王将北部魔域分成一十八个黑魔部落，恩赐有加，却还妄想将南瞻部洲化为魔域。他上午去天竺，洗劫僧院，杀戮几百僧人；中午去汉地，拆散衙门，掳走几百差役；须臾之间又前往蒙古残害百名骑士；晚上游走于悉补野藏地之阿里三围、卫藏四茹、多康六岗，肆意洗劫。他左脚踏上纳热潘根山腰，右脚放在赞杂纳热山顶，胸腹贴在阔热山脊后，往那拉萨闹市一探头，犹如将其装在瓶中一览无余，于是伸出魔掌，千百人畜，尽入魔口。于是乎，天下苍生惊恐万分，时时担心北魔鲁赞何时会再来，白天来还是晚上到，战战兢兢地度过了整整一十八年。这时，奉如来佛祖之命，大天神梵天之子、三佑怙主之化身、神子托巴噶尔瓦降生在白岭部落，十二年间以丑陋觉如之身份癫狂行事，这些都在《诞生篇》与《隐居玛地》等章回里提及到，此处不用细说。

觉如王子十三岁时，从玛域水晶石岩中取出盔甲等宝藏，显示真身，快马夺冠，雄踞岭部黄金宝座。身为世间美女森姜珠姆之夫君，嘉洛豪门

---

[1] 杂嘉藏布河：位于今西藏那曲市班戈县境内。

之财主，白岭兵马之统帅，南瞻部洲之栋梁，此生之依靠君长，来世之指引上师，世间格萨尔王威名赫赫，声震四方。

且说，尔时有一天北魔鲁赞突然狂性大发，上午飞往天竺，残害了上千僧侣，中午疾驰汉地，右边嘴角装入戴着山羊皮帽的上百男子，左边嘴角放入一百妇女[1]，舌头上放着一百个汉地幼童，经由噶域返回魔域。在噶朱两地交界处，噶德米钦赛沃酋长心思：想来昨夜之梦兆，今日必有强敌来犯。于是准备了三颗炮石，登上城堡顶部四处观望。忽然看见黑乎乎的北魔鲁赞王张开血盆大口[2]，飞驰而来。鲁赞亦看见噶德身形魁伟，心想：不知自己能否一口吞掉，也许够吃一辈子。于是奔到城堡门前，血红长舌伸缩如闪电，龇牙咧嘴欲将噶德作为美餐，以鸣鲁九调之曲吟唱了一首黑魔歌：

一鸣二鸣与三鸣，

三鸣之曲唱首歌，

鸣声引唱魔之语，

黑魔九调鸣曲也。

噶饶旺秋护魔神，

黑恶魔域之阳神，

今日佑我鲁赞王。

赞魔雅夏达摩与，

赞雄帕瓦奔堆等，

协赞锤赞肉食赞，

---

[1] 此处为了与下文对应，译文稍作了一点词义调整。
[2] 原文"雅卡"意为上腭或上唇〔原藏文整理者注〕。

北魔鲁赞（上）

十万魔女随行来。

赞雄热瓦嘉堆啊，

今日助我鲁赞王。

不变右山河湾处，

地魔龙魔泰让魔。

地下龙族鬼蜮处，

堆瓦纳布龙之魔，

瘟疫毒树之主人，

乃我出生之阳神[1]。

黑色龙魔让拉与，

饮血龙魔辛吉王，

地魔泰让九头等，

今日垂顾鲁赞王，

护持保佑勿退缩，

迅疾神技耀英武，

食肉饮血是今日。

若是不知此地名，

此乃噶朱三岔口，

---

[1] 阳神：藏地古老神灵系列中父系神或男性神，一般认为居于男人右腋窝下，一旦战神与阳神离开躯体，就很容易受到外来伤害。但阳神信仰在后来藏族民间信仰中逐渐地衰微，如今被护法类战神所取代。

山岔水汇与路口，

琼日三尖紫城堡。

噶与朱氏部落界，

汉藏往来之通衢，

地界水道关口也。

倘若不知我是谁，

父系赞神母从龙，

强雄鲁赞魔王也。

佛陀教法之克星，

南瞻部洲之大魔，

死鬼厉鬼与赞鬼，

魔鬼龙龟与阴鬼，

魑魅魍魉魔部众，

归根结底魔域之，

强雄鲁赞大王也。

雅康北地之山后，

山有山名如此称，

纳热潘根山神爷，

旁边赞杂秋摩山，

野牛山与野驴山。
天湖盐湖与崩湖,
后山达雅赛亚山,
阔热岩山之右侧,
鲁赞上部牧场地。
原初海子之名叫,
北地黑湖与黄湖,
犹如褡裢紧相连,
娘胎滴血名红湖,
从此出生之枭雄。

上部阿里三围与,
中部卫藏四茹地,
下部多康六岗域,
任我鲁赞魔王行。
不光如此我部有,
上部之地大部落,
岗嘎雪山之支脉,
犹如雄狮之山口,
森曲江水流经处,
岗巴部与白热部,

黄黑蓝绿上部落,

黄花黑部魔之部,

雅戎虎头魔之地,

上部虎头三部落,

野牛山与野驴山,

雅玛曲杂岩石山,

参天大树之林山,

居于此地我部落,

不曾危害一人命,

幼小视如同母子,

衰老照看儿女心。

好生相待自家人,

可对别部鸟啄食。

食肉饮血不放过,

一日二餐之主食,

没有百人肚不饱,

千百人命才适合。

早上往来天竺地,

九百僧侣当口饭,

晚上来回汉地界,

九百戴帽当晚餐。

中午转悠藏地中，

抄掠九百红帽人，

方能填饱我肚子，

行事就当如此也。

长发黑贼你这厮，

耀武扬威真嚣张。

啊哟打个比方话：

天上日月星辰三，

若论大小归日月，

若论多少数星星，

我欲吞吐日月也，

伸手触摸蓝天界，

拨掌打乱星辰座。

铮铮铁角直挺挺，

长短自有三丈外，

在这长角冒尖处，

电闪雷鸣烈焰腾，

白云为之颤悠悠，

雪山为之摇晃晃，

乱石红岩震碎片，

一口狂饮江河日，

犹如绵羊喝盐水。

黑煞大力鲁赞王，

岂是宵小能抗衡？

我北地鲁赞魔王，

与那霍尔白帐王，

姜魔萨当大王三，

同是黑魔三兄弟，

南方辛赤噶饶子。

我四大魔王携手，

同生共死肩并肩，

同吃一个锅里饭，

所思所想心连心，

天下难逃四魔手。

日月吞吐星煞口，

终究天地变昏暗；

麋鹿总被猎人追，

终归血染青草地；

北魔鲁赞（上）

　　打鱼人家盯鱼儿，

　　最终金翅落网钩。

　　富家羊圈遇偷盗，

　　僧人道场遭魔害，

　　匪徒不尊官长令，

　　长发黑人可听闻。

　　是否愿作口中食，[1]

　　手到擒来无奈何，

　　没有挣扎一口吞。

　　想好赶紧回个声，

　　没有应答就杀你。

　　听懂放在耳根中，

　　不懂不唱重复歌，

　　黑厮心中要谨记。

　　唱罢，鲁赞王伸出巨手欲往噶德头上一抓。噶德左右手各提一块巨石说道："呀！你这泼魔，自以为天下无敌。一神之上有一神，未遇金刚持，不懂真菩萨。一山之后又一山，不见须弥山，不懂擎天柱。一江之后又一水，不到大海洋，不知江河水。硬汉背后有好汉，不见阎王爷，难说谁勇猛。我亦有一些说道。"接着就以索玛热萨纳之咒语曲韵唱道：

　　唵嘛呢呗咪吽逝！

1　原文"艾那"，意为这里或这儿〔原藏文整理者注〕。

一敬长空净刹中，

祈祷赞叹诸天神，

赞歌不奉上天神，

加持护佑从何来？

福运美满向谁求？

因此赞歌献天神，

上师本尊诸菩萨，

空行飞天众神灵，

今日前来助我阵。

二敬灵霄太虚中，

万仞高峰尖顶上，

犹如大鹏展翅般，

妖魔毒蛇难逃脱，

文殊菩萨请显灵。

你这鲁赞黑魔王，

天下苍生之公敌，

白岭部落之天敌，

佛陀正教之罪人，

上师菩萨之麻烦，

僧侣大众之灾祸，

北魔鲁赞（上）

芸芸众生之浩劫，

我白岭人之死敌，

此等魔怪不降伏，

六道众生无宁日。[1]

高空神界遇魔障，

仙界不安多瘟疫，

地下龙宫遭魔侵，

瞎子聋哑不间断，

如此魔怪不威慑，

人间必定闹饥荒，

哀鸿遍地万恶生，

此等魔怪要收伏。

往昔千百佛菩萨，

天界诸神庄严地，

帝释天王梵天神，

人间佛陀与上师，

众圣僧与阿罗汉，

遭遇生死关头时，

---

[1] 此处根据原文语义，两行并一行进行意译。

若让魔怪恣意行，

佛陀圣教难弘传，

娑婆众生难安宁，

地狱罪恶难除去，

因此武力讨伐中，

护法除魔护正义，

遵从法旨助念力，

诸佛菩萨人间行，

苍生祈祷上天神，

上苍鸿佑保人事。

倘若恶魔施魔障，

上自天空飞鸟众，

下自河边游鱼类，

食草食肉动物群，

凡有大虫塞嘴里，

凡有小虫脚底踩，

杀戮横行度一生，

毒誓恶语狡诈行，

妖魔鬼怪满人间，

嫉火中烧暴戾行，

损人利己只为我，
佛法善事无正念，
恶语诽谤上师多，
尼姑邪淫产子嗣，
上师破戒失梵行，
有权官爷法不公，
见钱眼开贪婪盛，
十恶诸行为己任，
知耻报恩早忘却，
此等恶贯满盈事，
根源皆在泼魔你。

一是上师之法旨，
二是天神之预言，
勇士空行承诺三，
就在这个人世间，
定要覆灭妖魔道，
扬我佛威保万世。

如若不知我是谁，
上下朱部噶域地，

噶朱赛巴大部落,

万千上师诸菩萨,

锦绣山水圣地多,

佛刹僧人修梵行,

万千僧众难计算,

但是北魔鲁赞厮,

未能度化留至今。

你是无敌杀人魔,

任意残杀天下人,

食肉饮血无间断。

正如你这恶魔说:

早上往来天竺地,

善恶因果又如何;

晚上来回汉地界,

枳累财富有几多;

中午前往吐蕃域,

多少善事在其中,

皆是恶果罪孽行,

由此积累获魔名。

恶魔鲁赞头顶角,

日月星辰能撞开；

鲁赞身后之巨尾，

无垠大海变滩涂；

鲁赞嘴中之尖牙，

血肉之躯成美食。

凡是生命无大小，

善恶因果哪里有，

慈悲怜悯无从想，

自称天下无敌也，

活该今日遇对手。

你这老魔鲁赞儿，

贝纳曲迥噶德我，

妖魔鬼怪之克星，

骁勇健儿之主人，

威猛神力集一身，

上师法旨天下事，

毅然决然行善事，

焉能退缩男子汉？

你我非得见分晓，

今日赶在天黑前，

倘若不分胜与负，

就当噶德是死尸。

我手上这小石头，

仰空抛去飞入天，

无故不会击日月，

只打噶饶魔神头，

投掷地上入地下，

龙魔罗刹难逃命，

指向岩石力道足，

驱赶赞魔出巨岩，

今日击打尔鲁赞。

千秋万代传神奇，

奋武扬威天下雄，

噶德英名震宇内，

饶益苍生天下安。

若是一时不解决，

空有其名岭噶德，

咯咯嗦嗦吾神胜！

唱罢，噶德投掷出一块炮石，炮石在诸神佑力之下击中了鲁赞头部。那巨头一下子耷拉下来差点碰到地面上，一时晕晕乎乎失去了知觉。鲁赞

北魔鲁赞（上）

魔王魂飞魄散，失去了第一层护体魔运，右边嘴角所含汉地上百戴山羊皮帽之男子皆摇摇晃晃脱嘴而出。噶德又掷出一块石子打中其胸，左边嘴角所含上百妇女也掉落脱逃。然后噶德又掷出一块炮石直接命中鲁赞脸部，舌头上一百汉地幼童也四散逃脱。此时的鲁赞魔王巨痛难忍，迷迷茫茫、晕晕乎乎地失去了平常之力量与聪慧。胸前一石，让其心惊胆颤，莫名发慌。脸上一石，让其失去了灵敏之嗅觉。鲁赞魔王回过神来，强忍剧痛，心想今日不吃掉这个叫做噶德的长发黑人，决不罢休。于是，伸右手向前猛地一抓。只因噶德乃护法真身，犹如虚空探浮云，魔王一无所获。魔王又伸出左手魔掌一扫，除了一片岩山土石，别的什么也没有。噶德有神灵鼎力相助，奈何不得。鲁赞王吃又吃不着，拿也拿不走，一时三刻手僵脚软，惊呆不动。噶德大喊三声"咯嗦[1]"后射出一支黑翅烈焰神箭，在空中化作火山赤龙，电光火石中九重雷电朝那鲁赞魔王身上袭来。铁水烈焰天旋地转，轰隆雷鸣震天地，地动山摇，江河飞天，岩山崩塌，雪山融化，弄得鲁赞魔王在三杯茶的时间里无所适从，直直挺挺、弯弯曲曲，摇摇晃晃、左晃右倒，颠颠仆仆、难以立足，手脚并用、落荒而逃。

往南跑去之时，鲁赞一眼瞥见茶堡门前，桑陈与木雅妃[2]主仆二人挑水归来，于是如黑雕拿住小羊羔般，左手抓住桑陈，右手掳走梅妃，大脚跨大山，小脚过小地，半夜时分到达九尖铁角黑魔堡。浑身疼痛还未消去，"啊擦啊热"声中准备吃掉戎伦阿奴桑陈，鲁赞说道："呀！今日只抓到了黑头地虫桑陈你这厮，反倒弄了个遍体鳞伤，遇见那黑大个真是倒霉透顶。"说完欲拿戎伦阿奴桑陈下嘴。戎伦阿奴桑陈忙将东方玛杰奔热山神所赐之长生铁命九粒丸藏起，心想：倘若这个宝贝被鲁赞恶魔发现，我命休矣。并暗自祈祷七十五护法神灵，意念迎请如意狮面空行母作为护体神明。魔

---

1 咯嗦：藏族人民祭神时所发出的一种为神助威的高亢呼声。
2 木雅妃：木雅王之公主，后来身为格萨尔王妃而简称梅妃，也有写成米妃的〔原藏文整理者注〕。

王将戎伦阿奴桑陈刚吃到嘴中就滑落，九次吃进九次滑出，就只好将他先放在盘子里。随后，魔王又将木雅妃梅萨奔吉放入嘴中一咬，但是梅萨乃空行母化身，在魔王体内犹如刀剑转动，毒刺蔓延，令魔王无法将其生吞，反而被堵住口鼻，难以呼吸。鲁赞只好将梅萨从嘴中取出说道："今且饶你一命，可否依我所言。"梅萨惊恐不已，心想：此魔若是强行男女之事，别说其阳具，就一小指尖也无法扛住，不如就此了结自己性命。鲁赞又说道："姑娘你要是愿意做我压寨夫人，世间荣华富贵、和谐姻缘不在话下，发誓一生一世必将善待你。"权衡之下，梅萨只好先从了他，做了夫人。魔王将城堡中装满奇珍异宝之一百五十个库房钥匙交给梅萨保管，然后对阿奴桑陈说道："你对我又有何用，只要听我使唤，指哪去哪，让你吃就吃。我去汉地归来途中，被那岭贼噶德暴揍一顿，顺便从岭地抓你当口饭，可你命硬吃不得，要是你发誓一心助我，可饶你不死。"桑陈答道："我定当早起晚睡，伺候大王。凡是大王领地中，上自谷顶动物群，下自谷口雨蛙众，我都会身体力行，担当仆人应尽的职责，非你对手，哪敢心存不满？"鲁赞又言："既然如此，你就替我放哨，防止外敌前来加害于我。传说岭国部落有个叫恶母地鼠觉如的人会取我性命，噶饶魔神预言中也出现过。此贼不知何时会来，口内口外要道把守任你选，另外我有千万绵羊由你管理。"鲁赞还将来自龙宫的蓝色镶宝毡衣送给阿奴桑陈。阿奴桑陈穿上蓝色毡衣，取名跟班臣子青恩，成为鲁赞魔土之牧羊巡游官。

且说过了二十余日，鲁赞依然饮食难以入口，饥渴难耐，十分痛苦。心想：此番遭逢如此打击，不报此仇，实在咽不下这口气。于是有一天，魔王右脚踏上纳热潘根山顶，左脚放在斯巴恰琼山腰，胸腹贴在阔热山脊后，往那拉萨闹市一伸魔掌，将塔赛诺布桑布、蓄赛南喀顿珠、藏赛扎巴曲培、康赛诺布塔杰为首的五百人丁尽入魔口而去。除了平日里漠视神灵护法之正信护念，不信善恶因果如同愚蠢畜生般的一百多人之外，其余善缘之人被梅萨想方设法救出，保命逃脱。为此鲁赞魔王发怒责怪道："你这败家梅萨女，胡说八道，胡作非为，上不能持家当贤妻，下不能护主成为好女仆。再要里外不分，放走我的美食，休怪我取你性命。"

又一日，鲁赞朝岭国部落之地界奔来。圣姑南曼杰姆从云雾缭绕之顶，飘飘云路，密云细雨，绵绵黑云之上，骑白狮坐骑，青龙随行，右手持紫檀手鼓，左手握白银摇铃，颈绕水晶佛珠，飞腾而来，对那安坐在桑珠达孜王宫上层佛殿中之诺布占堆王子以不变长寿曲吟唱了一首预言神歌：

唵嘛呢呗咪吽逝！

阿拉歌敬上苍神，

请神注意听我歌，

一心降伏大魔怪。

二敬虚空年神众，

格佐年神天兵界，

奉请前来除老魔。

歌儿三敬地下龙，

邹那龙王宝殿中，

恭请前来斩魔头。

四敬高岗藏地中，

修得正果成就师，

雪域藏地之业神，

花岭国军战神群。

天界神兵如雪飘，

中空年兵起风暴，

下界龙兵水奔流。

佛陀正教之仇敌，

六道众生诸生灵，

杀戮断气罪恶生，

罪孽深重难自拔，

血雨腥风无宁日。

上天神界遇魔障，

中天年界臭气熏，

年界正道黑暗中，

下界龙宫闹瘟疫，

雅康恶魔气势盛，

世人多遭魔之灾，

灾殃反转龙病生，

罪孽血肉腥味重。

若是不知此地名，

彩虹灵光绕城堡，

达孜王宫宝殿中，

上师菩萨清修地，

纯净佛法践行处，
修禅养心得自在。

此行我乃不得已，
绵绵细雨自天降，
大海雾气是根本。
平畴沃野五谷丰，
黑头福运昌盛是，
时机好坏虔诚心。
清平乡土长辈安，
美酒佳肴自天成。
安乐之时无好友，
孤独落寞向谁说。
上师因缘弘法时，
邪魔突然劫难生，
白天黑夜何时来，
护念预言不明了，
岭部国王会迷失。

我是何人你定知，
无误业力神宫来，

虽然远在天竺地，

妙语警醒格萨尔。

不可安住快请起，

昨日以往时光中，

鲁赞魔王威名盛，

下部汉地闲逛中，

无数汉女被掳走，

用那魔掌塞口中，

途经岭地返回时，

撞见噶德欲拿下，

不敌落荒而逃时，

梅萨奔吉妃子与，

戎伦阿奴桑陈二，

鲁赞顺嘴当美食。

快马顺手摘野花，

流水之便冲沙石，[1]

燃火之便烧草木。

此贼落荒而逃时，

岭地仙女梅萨妃，

---

[1] 此处谚语中的藏文原词使用不当，译文根据桑珠老人的其他说唱本稍作调整。

掳往雅康北地境，
至今不曾伤性命。
戎伦阿奴桑陈他，
鲁赞魔王吞食时，
铁丸滚滚难咀嚼。

可怜姑娘梅萨她，
放入鲁赞嘴中时，
犹如毒树枝叶茂，
嘴中难留舌尖疼，
喉咙犹如刀剑转，
鲁赞魔王难吞食，
无法生吃彩虹身。
如今雅康北地中，
桑陈变成魔臣子，
梅萨屈身为魔妃。

魔王今日来岭地，
鲁赞快到岭部时，
雄狮诺布占堆你，
虽说一时难降魔，

若不前往迎敌人，

其他神子无论谁，

难当其锋必落败，

尽量使起神通术，

对阵鲁赞你要去。

歌若听进有深意，

姑姑指引会继续。

听罢，世界格萨尔诺布占堆从禅定中回过神来，仰天一望，只见圣姑南曼杰姆璎珞珠翠，祥光笼罩，踏着五色祥云飞腾在王宫顶上，于是赶紧拿出三白三甜[1]之祭神供品，茶酒香料一并奉上，在琼香缭绕中恭送圣姑隐身返回仙境故地而去。世界雄狮大王心思：呀！呀！看来今日需要使用神通。于是大王摇身一变，变做往日之小丑觉如，不大不小刚好三岁孩童模样，闻着臭烘烘，头发散乱脏污，虱子跳蚤横生，头戴一顶马皮烂帽，身穿羊皮破衣，足蹬马驹红靴，系上马尾鞋带，腰间别着投石毛绳，污秽不堪地前往玛隆塔尼绰木牧羊地。

且说白岭木部有七个牧羊群，这一天为了防范野兽来袭，牧羊人塔杰和阿塔、阿衮、诺赛、拉加等人将千百羊群集中在青草坡上，花色羊毛编织的投石粗绳乌尔朵系在腰间，唱着欢快小曲儿放牧。忽然阳光暗淡、乌云蔽日，一团黑影恰似山丘挪动。北魔鲁赞王头顶铁冠卷云蔽日，身上铠甲势压山头，右悬长箭，左插硬弓，胯下坐骑翻山越岭，风翅鸟羽，四蹄飞腾。此马张嘴摇舌，四蹄落地之时，地颤颤、水晃晃，岩石碎裂，草地

---

1 三白三甜：奶酪、乳汁和酥油称三白，冰糖、红糖与蜂蜜称三甜。

塌陷。鲁赞人马整个犹如山岳移来,顿时尸横遍野。雄狮大王提备了神龙年三块灵石,暗自埋伏下来。鲁赞从云端里伸下右手,将阿吉塔央家的羊只不分大小全都拿住。接着左手一伸,牧羊人阿塔眼睁睁看着嘉洛诺钦嘉的羊群也都被放入魔王口中。此时,扎西央日大草场上嘉洛家的牧童索南塔杰、拉赛诺布贡布、克若朱德三人正在照看的大小三千只绵羊,也被魔王巨舌一吐悉数卷走。魔王黑气冲天,黑云滚滚地奔来时,岭王格萨尔起身从右腰侧拿出投石花绳,将一块白色神石放入囊袋中厉声高叫道:"呔!你这老狼魔。不将绵羊原地放还,我定取你性命。"然后发出一声震天长吼,弄得鲁赞右耳犹如遭箭射,双耳犹如遭石击,差点变聋,五脏六腑差点被掏空,不知七魂六魄今日能否安住,颤巍巍打了一个寒噤。一会儿恢复元气的鲁赞快速从右悬箭袋中抽出九尺长箭,左边弓袋中取出十五尺巨弓,大盘红岩魔弓搭上食肉饮血魔箭。刹那间,青龙右震,沙蛇左旋,天翻地覆,江河断流,山垭山口鬼哭狼嚎,原来是岭地神灵护法们前来助阵,一时大地乾坤昏荡荡。

  魔王心想:这个小指头般的小屁孩儿,我若用此长箭射去,不知有何奇妙之事发生,呀!呀!好比谚语有故事,今日我将整个故事留给后世。接着以呜鲁九调之曲吟唱了一首黑杀魔歌:

一呜二呜与三呜,

三呜之曲唱首歌,

黑魔啊热呜鲁歌,

上自高空日月照,

下自大地走兽群,

直立黑头地虫与,

四蹄马与牛羊等,

统归魔王我麾下。

二鸣歌自雪山顶，

白雪皑皑山顶上，

恰似和煦阳光照。

今早羊群大草地，

想把东山放嘴里，

吃下大山也不饱，

岭国神山虽未见，

豪言壮语岭地响。

恶母贼子觉如他，

说是半人半神子，

犹如虚空彩虹般，

今番非要瞧一瞧。

岭部不过一撮土，

犷悍豪勇似雷鸣，

智者运筹帷幄地，

骏马腾空飞鸟翅，

神力利箭如雷击，

坚硬巨石金刚岩，

难当岭地神射手，

真假今日见分晓。
岭部所有扔河里，
别说岭国能阻挡，
上自阿里三围地，
下自多康六岗域，
中有卫藏四茹地，
自从佛法兴起后，
无论男女皆信佛，
不论老少都诵经，
不管大小煨桑烟，
心存净土求往生，
诸佛菩萨驻锡地，
说是不惧老魔来，
怕与不怕看今日。

此乃岭部饥荒地，
饥饿狂吃狗肉地。

在我鲁赞之故乡，
善待属部无不敬，
黑白花色牛羊群，

野驴野牛盘羚羊，

主人自是本魔王，

草狐[1]地鼠也没杀。

话要对比看别人，

岭地自称神圣地，

神佛不离众人口，

好像一生为佛法，

说来单衣只遮体，

人间荣华当罪恶，

吃肉之时忘戒律。

说是上师穿黄衣，

说是僧侣着红衣，

外表法衣光彩照，

内心毒水飞腾来，

宰杀公母绵羊时，

无人肯说不吃肉。

活人颈上取鲜血，

说是上师法术高，

看见美女要灌顶，

---

1 草狐：比一般狐狸毛发粗短、身形也小的野兽之一，有些地方称为"哲孜"。

暗地行那苟且事。

本就未曾虔信佛，

信口雌黄玛尼声，

身披袈裟黄帽长，

罪过不断是岭人。

黑心毒水流长河，

贼眉鼠眼看天下，

心中有数岭叔伯，

说起话来无佛理，

没有意义乃虚情。

可怜岭部人马众。

今日早晨时光里，

想要吃肉是魔业，

杀戮自是罗刹行，

命中注定难逃脱。

血腥独狼欲食肉，

翻山越岭旷野行，

前世今生已注定。

鲁赞母系出湖中，

九层地洞之下方，
沸腾毒水之深渊，
恶龙公主之儿子，
老父日巴嘉堆魔，
魔山鬼鸟寄魂魄，
故乡北地大山后，
辽阔草地大魔部。
北自杂玛阿扎部，
拉达克与雪山部，
南自黑林鱼堡处，
仲日森琼诸部落，
五万魔户之大王，
强雄威名震天下。
是否如此岭贼儿？

哪里跑去小乞丐，
小小身子如狗儿，
再小好比跳蚤也，
但是壮志如山岳，
威风抖擞如雄狮，
口气犹如寒风吹。

非同一般之贼孩,

有何话语如实说,

胡言乱语说假话,

今日生吞小孩儿,

咬牙切齿缝隙中,

当个假牙也不成,

手指一摁命难逃。

听懂小贼记心间,

不懂取你小命也,

黄口小儿要谨记。

唱罢,鲁赞打算探听些岭部虚实,那个叫做恶母之子觉如的鼠儿者究竟在哪里?只剩一口气的总管王,快枪塔潘[1],神箭丹玛,大力士噶德、尼奔等在岭地上中下部落中有几个数得上的人物,这些人的家族渊源,居所驻地都需要了解,于是就稍作歇息,听那小孩儿如何回应。

只见那小孩儿,有气无力,似走非走地往前跨了三步后,一脚踢向犹如古木大树般的一团岩块硬土上,顿时土石横飞,分成十块如驮牛般大小的土石。小孩又对其中一块土石飞出一脚,将其分成三小块,顺手捡起一小块放入九眼乌尔朵投石带中,一边晃动一边说道:"呀!鲁赞魔王好威风,真要名副其实就好了。我这萝卜头小屁孩,虱子跳蚤般上蹿下跳,纺织毛线一样东拉西扯,只能战战兢兢任人宰割,哪有其他办法。"接着暗自意

---

[1] 此处原文人物是"曲培纳布",但此人乃岭部先祖人物,与格萨尔并非同一时代。所以根据上下语境稍作调整,译为"快枪塔潘"。

念威猛神力护体,以不变金刚曲吟唱道:

  唵嘛呢呗咪吽逝!

  阿拉塔拉塔拉歌,

  自心原来本空性,

  般若解脱引领曲,

  阿拉菩提善心歌,

  塔拉大乐得成就。

  歌儿吟自虚空中,

  飘渺空境解脱路。

  歌儿婉转如流水,

  奔流不息无间曲。

  歌儿吟唱气脉动,

  空性气脉无阻断。

  一曲高歌自山顶,

  山岳耸立不变调。

  神州颤动日月星,

  日月星辰长辈歌。

  古庙梵音仙乐扬,

  三宝护法神威壮,

  上界天神之唱法。

高空清净仙界中，

白梵天王请明鉴。

三十三层神宫中，

四大天王请鸿佑。

中天须弥神山中，

念青格佐战神王，

扬威奋武来护佑，

时常前来做依靠。

下自龙宫宝殿中，

龙王邹那仁青请，

如若不敌来助佑，

丰衣足食遂心愿，

福运不断财神爷。

倘若不知此地方，

东方岭国地盘上，

玛隆圣地之中心。

玛拉杂拉擦拉山，

三山犹如三神立，

法身报身与化身，

三身佛刹之基石。

上部崇山峻岭中，

十三赞神部众随。

中部连绵九山中，

四野平地如锦垫。

下部吉祥福运地，

佛土宝藏自天成。

男儿领地自家守，

南瞻部洲地面上，

祖祖辈辈保平安，

不曾丢失守疆土，

见者皆喜岭国地。

玛域草甸绿油油，

白色绵羊之家乡，

花草繁盛锦绣地，

江河奔流甘露水。

白雪绝顶水晶山，

除非白狮不能行。

山腰岩山与草甸，

长角雄鹿回旋地。

山下翠绿松柏树，

布谷鸟儿方啼鸣。

密林深处枝叶茂，

只有猛虎能闯入。

黄河大水三津口，

金眼锦鲤才游荡。

黄河上游十八湾，

除了岭部无人占。

十八连绵牧场上，

岭地女子才艳丽。

四蹄牦牛之通途，

白色绵羊食草地，

后山草坡跑羚羊，

金色草甸酥油香，

白唇野驴身旁奔，

四蹄飞腾风翅马，

良马神骏奔跑显。

往昔鬼域三岔口，

如今圣地三要道。

上师弘法利众地，

佛法成就如愿处，

圣教典藏诵经场。

上方长官断案堂，

是非因果辨明处。

好汉勇武角力场，

壮士冲锋陷阵地。

积财聚福欢乐地，

美酒佳肴款待处，

守土巡哨我当值。

我是何人若不知，

白昼要是没看见，

黑夜应是猫头鹰，

大名远扬该听闻。

围转山头抓不着，

高空蓝天之日月。

眼中好看不能穿，

虚空缤纷之彩虹。

佛法说教无感悟，

恶魔耳中如灌水。

北魔鲁赞（上）

然后老魔鲁赞儿，

何时来到人世间？

领地居所在哪里？

不得隐瞒说实话。

黄河上游九百部，

谁在统领是俺也。

汉地天竺泥婆罗，

阿里雪山关口外，

紫色姜地黄霍尔，

雅康北地古乃门[1]，

说说道道论形成，

何时何地如何成？

没有火种水无用，

没有水源火无用，

此乃水火相生也。

没有木材难建屋，

不依山势城堡难，

家业房田必然中。

黑铁烈火难相处，

1　古乃门：格萨尔王传中对南方门隅地方的惯用称谓，"古乃"只是衬词，不明其意。

要不烈火融黑铁,

要不黑铁灭火焰,

相生相克木铁火。

鲁赞妖魔横行时,

觉如安能不雄起?

家业堡寨我没有,

清净神宇是我家。

叔伯兄弟我没有,

正义神道我兄弟。

佳肴美食我没有,

草狐地鼠任我吃。

雄心壮志我没有,

地鼠草狐是非多。

飞快骏马我没有,

白柳条棍是坐骑。

利箭强弓我没有,

投掷石头我在行。

锋利宝剑我没有,

一口白牙如利剑。

宝冠头盔我没有,

马皮破帽头顶戴。

坚韧铁甲我没有，

羊皮烂袄身上穿。

长筒锦靴我没有，

马驹红靴合小脚。

你我本非同道人，

是否马上见分晓，

若是神鬼难同行，

畜生岂能好相处？

要么觉如被魔吃，

要么觉如杀老魔，

谁胜谁负看今日。

我手中这投石带，

收拾地鼠之武器，

编织浑然天成中，

曲米古支投石带，

九大山神聚此间，

霞鲁兄长织给我。

七万九千战神齐，

五部空行女神会，

牦牛绵羊之护神，

黑白财神都在此。

向天一摇转动时，

肩膀臂力得神助，

大力狂风鸣如如，

长空风轮飞绕绕，

大地乾坤颤悠悠，

江河奔腾暴雨来，

掷向恶魔身上时，

犹如雷击碎岩石。

切莫逃跑鲁赞儿，

你若后退一半步，

吃你祖宗十八代，

我若退缩一半步，

三佑尊神失正气，

是否听见黑魔王？

我来转动投石带，

往那鲁赞脑门盯，

脑浆浑如白酸奶，

飞石击脑血花溅，

非得如此不罢休。

战神[1]威玛[2]来助阵，

掷带绳尖风声唳，

空行勇士神力猛，

放石囊袋如山岳，

四大天王齐扶托。

指向哪里打哪里，

分毫不差必命中，

犹如师父派高徒，

法力护佑不流失。

好比主人遣奴仆，

翻山越岭不停歇。

恰似父母托儿女，

上达下承谨遵从。

不听指令非神器，

今日摧凶灭强敌，

上自头顶脑海浆，

下自胸部心头肉，

1　战神：意为御敌之神，原指专门保护藏地男人的一类神灵。据说每个男人都有自己的战神与阳神，战神居于男人的右肩，阳神居于男人的右腋。格萨尔史诗中特指岭国骑士的个人保护神。
2　威玛：古象雄语，藏地古老苯教神灵系列中的一类重要神灵，在格萨尔史诗中通常与战神一词并列使用，意义相同或相近。

五脏六腑不放过,

鲜血直冒取敌命,

北地鲁赞好可怜,

急急如令神嗦嗦!

唱罢,觉如将乌尔朵投石带飞旋转动如天翻地覆般投掷过来,一时星火焰焰、旋风嗖嗖、飞石滚滚,诸路战神、勇行飞天、本尊护法等也随来助阵。那飞石风驰电挚击中了鲁赞魔王的胸口,但是北地鲁赞魔王实在强壮无比,加上神魔护体,死期未到,未能取走性命,只是被打落马下而已。鲁赞魔嘴中所含羊群在三声呕吐中四散落地,其身体空荡荡恍如五脏六腑也差点失去,顷刻间,失去了知觉。觉如神子诺布占堆大笑三声后,仰面进入片刻禅定中,算来鲁赞命不当绝。此时,空行母风卷残云、黑天战神威风凛凛、护法神灵长发飘荡,神兵霹雳滚滚、赞兵狂风怒吼、龙兵飞流直下;觉如王子在神龙年各方善神护持下,看那鲁赞如何动作。魔王慢慢起身后跨上长角魔马,刹那间不见踪影。

鲁赞魔王伤筋动骨、疼痛难忍,上气不接下气。那魔马四蹄奔腾,大步翻山小步越岭,大江飞跃小河腾跨,瞬间回到了雅康北地山岭后面。尔时,在九尖铁角魔堡窗户口往外瞭望的梅萨奔吉心想:今日应该有个好消息,依我昨夜梦兆,魔王鲁赞可能已经丧命。此番是岭王格萨尔降妖除魔第一战,倘若鲁赞没死,今夜可能归来。要是鲁赞已死,天神也该有所指点。正在观望时,只见黑乎乎的鲁赞摇晃晃地走到门口,梅萨面容失色一时间忘记前去迎接。鲁赞忿忿不平道:"恶女梅萨氏,今日真是晦气,地鼠贼子觉如害得我受尽折磨,半身不遂。"话音未落,魔王在进魔堡大门时就轰然倒地。这可乐坏了梅萨,笑笑哈哈,扭扭捏捏。梅萨有神灵护体,魔王也只能受气,无可奈何。这时,一身蓝晃晃的戎伦阿奴桑陈将羊群赶入羊圈,进入魔堡。

梅萨笑容满面，身姿摇曳地来回忙碌款待着戎伦。已经是魔部牧羊倌、别称青恩的戎伦阿奴桑陈心中暗喜道：呀！看这情形鲁赞魔王性命不保也。于是先向花岭国地敬洒白色酸奶，而后割下三块羊肉上抛下扔，敬奉食肉空行母、红色马头神、红虎年神等，祈求神武威扬，咒骂四大魔王魔道中落，鲁赞短命。

  突然，鲁赞纵身一跳呼喝道："贼妇梅萨氏，俺口渴难当，赶紧张罗人血、马血与狗血。"梅萨回道："天又不降血雨，地也不长血泉。我到哪里寻找如你所愿之血？只能杀死坐骑喝马血，杀掉看门狗喝狗血，屠杀家畜取血肉，再将我梅萨这身血奉上。别的肉在哪里？血从何来？你不是有一个体大如野牛般的豺狗用各类粮食喂养在魔堡地窖中吗？还有放养在山上的那些肥壮野狼，就杀它们。你不是说还有一个非凡巨大的野牛、庞大的百岁[1]鱼怪吗？就吃它们。要不就吃掉江河湖泊中的鱼蛙蛇类和自家牧场上的畜生群吧。别一口一个贼妇地叫唤我，我又没取你命，伤你身，挡你道。从头到脚，未曾想过伤你分毫。实在不该对我大吼大叫，怨声责骂。"梅萨她外表装作一副非常生气的样子，内心却满心欢喜道：这魔王此番前往岭地却铩羽而归，如此狼狈，定是遇到了五方神灵护持的格萨尔王。正当鲁赞大疼小痛，牵肠扯肚，忽冷忽热，啊热啊茹，死去活来时，羊倌青恩走进魔王身旁说道："呀！大王此番前去，没能捞着血肉之餐，反倒叫苦连天，卧榻在床，定是遇到了麻烦，不知您去往了何地？何处停留？"鲁赞没有言语。于是青恩心思：今日他存心去招惹岭部，回来却痛苦万分，一定是白岭王臣一起围攻了魔王。梅萨喜上眉梢，乐在嘴角，手舞足蹈，笑眯眯地看着青恩，不置一词。然后两人会心一笑，尽情享用酸奶牛奶、糌粑熟肉，谈论着魔王宝库中那么多器械财物很快会落入我二人之手，并继而成为岭国财富。可怜那鲁赞魔王，整整九个月里无法远行，只能就近吃些自家领地上的野

---

[1] 此处原文是"八岁"，根据上下语境稍作调整，译为"百岁"。

驴野牛等。汉地、天竺、泥婆罗和卫藏等地也得到了片刻安宁。

且说岭王格萨尔依旧闭关修行之中,由森姜珠姆侍候照应。有一天,两人交谈正欢,国王对珠姆说道:"你我不能同时闭关修行,你这闭关助手也非长久之计,还好你也是号称度母女神化身之人。再说我部可能面临大的磨难,大概四五日之前,北魔鲁赞来到岭地,连牧童带羊群掳走了阿吉家和嘉洛家五百多绵羊,死伤也不少。我去阻挡讨回时,有的半死不活,有的已经死去,有的安然无恙。看来这敌人还会再来,常言道强敌难料,生死难定。平日里尔等要朝夕恭敬供养诸善神,不可忘了礼敬祷告。而我正在等候天神法旨,随时准备出发。"于是珠姆回到自家城堡,格萨尔依旧闭关修行。大约过了十五天,莲花生大师之吉祥日子十月十日夜晚,灵霄仙境中圣姑南曼杰姆在祥云端上,白狮坐骑,青龙随行,莲花云朵环绕中空行仙女跟随,右战神左护法,天兵神将雪花飘飘、风雷滚滚般,紫气霞光中飞临桑珠达孜宫殿。当时,国王正在禅定中,时值半夜三更。圣姑南曼杰姆将授记法旨以不变长寿曲唱道:

> 唵嘛呢呗咪吽逝!
>
> 阿拉拉姆塔拉歌,
>
> 塔拉歌儿吟唱法,
>
> 阿拉歌儿来献供,
>
> 虚空灵霄神殿中,
>
> 白梵天王请垂佑,
>
> 今日引领圣姑歌。
>
> 若是不知此地方,

空性彩虹之灵殿,
桑珠达孜王宫也。
百名上师精修地,
千名僧侣学法处,
英雄女杰聚义厅。

如意神宫内殿中,
天降英主自天成,
种树长树如天生。

打个比方恰到好:
上师法帽法衣新,
自心即佛虽未明,
法脉传承道自通,
慈悲佑力做善事,
引领苍生离苦难,
此乃上师之天职;
官爷舍弃打砸抢,
恩威并施护乡里,
黑白分明法度严,
属部归心顺民意,

克己自律长相守,
此乃为官之道也;
叔伯长辈办事时,
好事恶果自分明,
思前想后远虑中,
说得明白听得进,
此乃睿智长辈行;
一身披挂少年郎,
遇见敌人不后退,
自保获胜得奖赏,
好汉美名传世间,
此乃少年英雄路;
妇道人家仓储丰,
春夏日长能管饭,
秋冬寒风能保暖,
吃喝有度能持家,
歌舞升平乐融融,
富贵荣华能长久,
此乃良家妇女也;
妙龄少女美丽身,
求婚往嫁自然中,

北魔鲁赞（上）

安分守己遵妇道，

笑口常开人人赞，

话不多嘴里外分，

犹如雌鸟护鸟巢，

此乃窈窕淑女道。

再说格萨尔大王，

金色翅膀大鹅鸟，

江河变绿居北方，

冰水合江占南林，

河水冰面融化时，

又从戎域飞北方，

思念南措秋摩[1]湖。

非是鹅鸟着急飞，

冬去春来时机到，

水势高涨夏天到，

波涛汹涌之时光，

鹅鸟飞翔在湖中，

湖鸟相得益彰中。

布谷鸟儿门地鸟，

---

[1] 南措秋摩：藏北纳木措之别称。

春天万物苏醒时,

离开南谷飞高原,

藏地翠柳鸟鸣欢,

非是炫耀鸟啼声,

春夏季节门洞开,

绵绵细雨引藏地。

圣姑南曼在天上,

天界灵霄神殿中,

慈悲光芒照人类,

尤其森钦[1]我侄儿,

来自遥远非近地,

为了岭国儿郎们,

几句话儿要说道。

今年时段我王啊!

不可贪睡须起身,

起身原因是如此,

上师贪睡误传法,

君长贪睡法令废,

长辈贪睡失谋略,

荒野卵石粘冻土,

1　森钦:格萨尔王别名雄狮大王之缩略语。

北魔鲁赞（上）

大树躺倒树根烂，

好汉贪睡误战机，

姑娘贪睡易失身，

睡觉男儿失德行，

不要再睡快起身。

大地惊雷空中响，

绕转天际落乾宫，

是否如此时辰到。

自今往昔岁月里，

祖宗十代光阴中，

花岭国部地盘上，

父辈祖孙相承中，

十转生死轮回里，

福祸参差头顶角，

前后命运似风囊[1]，

上坡下坡如褡裢，

福兮祸之所伏也，

春季天空变化多，

好事多磨常理中，

---

1 风囊：原指吹火用具风囊，此处喻指命运交替犹如风囊般起伏不定。

如此以往岁月中，

好事坏事有几回，

白岭祖先基业却，

未曾丢失仍在手。

今此前岁往年中，

上天注定之神子，

济世慈悲无分别，

下自鲁域龙宫界，

上自诸天善神众，

中间人类鸟兽虫，

饶益有情救苦难，

天界神子转凡尘。

垒砌城堡动工时，

首先选址无差错，

其次坚固难动摇，

修缮门窗是小事，

家有余财积累时，

修修补补很容易。

岭国本部遭侵犯，

戎擦总管如何说，

往日果岭之战时，

无奈话语难出口，

俗话只为在理中，

脱衣渡江难顾面，

大话说出难收回，

人在囧途不知羞，

如此总管也埋怨，

该是由你担当时。

北地雅康山地后，

九尖铁角城堡固，

北地十二万户部，

往昔各部各有主，

百户千户与万户，

如今强雄是鲁赞。

想要蓝天当衣袍，

欲将大地当坐垫，

不论大小都吃定，

不分善恶老魔兴，

残杀生灵没法数，

无肉恶魔难饱肚，

不杀魔名何处来。

此魔巨大身形是，

头顶巨角一丈开，

身长巨翅一丈外，

身后巨尾一丈半，

嘴中獠牙挺半丈，

折断还能重新长。

此等魔怪鲁赞他，

藏地安宁会结束，

佛陀正教会覆灭，

上自天竺地界中，

下自汉地王法域，

中有卫藏四茹地，

最终生灵涂炭中。

倘若放任鲁赞魔，

无数苍生难逃命，

互为生存各动物，

天上各类飞禽群，

不会留下活口来。

不可安住需济世，

准备出发去北地,

本月十五日之前,

收拾行囊要出发,

不可延缓推迟也。

赤兔马与格萨尔,

鲁赞魔王之克星。

今番兵马不随行,

紧要关头需要时,

神龙年之幻变兵,

不用命令一声聚,

解危救厄不含糊,

洒脱自在其乐中,

直面对阵黑魔军。

岭国本部之兵马,

兴师动众没必要,

一是劳累麻烦多,

二是北地路途险,

雅康北地重山后,

天地荡荡遮昏云,

乌黑九转连山路,

不分日夜乾坤暗,

人仰马翻雪崩来,

人困马乏岩石山,

卵生大鸟生吃人,

左冲右撞野牦牛,

东奔西跑野狼口,

一般生灵难逃命,

姑姑预言会不断,

道路迷茫神指点,

冲锋陷阵神相助,

饭有三昧神仙食,

马有赤兔白鼻马,

顶盔掼甲齐整束,

一兵一卒不能带。

是否听懂格萨尔,

歌若听懂记心间,

不听歌儿会混淆,

森钦心中要谨记。

唱罢,圣姑在瑞霞虹光中洒下甘露进行加持后,仙女神童海螺声声、唢呐悠扬,凡胎肉眼也能闻听,万道光影中返回仙界。世界雄狮大王思忖:呀!神明预言不会有误,但是还得先跟岭国上师、占卜师、算卦师、智谋老人、骑士大人们通个气。一来事关天下苍生,二来与白岭命运攸关,三来关乎佛陀大业。故而我白岭神部，不分男女、不论老幼、不管僧俗，都应该聚在一起共同商量征讨南瞻部洲妖魔鬼怪之大事。于是大王写下书信盖上王印，发往东西南北、四面八方、上中下各地属部。

　　过了十天，遵照格萨尔王圣旨，白岭各部犹如绵绵细雨、艳艳彩虹、缤纷花草，骑兵霹雳滚滚、步兵漫天卷地般来到玛岱雅花虎草滩。一时风云际会，空行自在中一眼解脱神帐，内无柱子，外无纤绳，金霞瑞气笼罩，光彩夺目。不论知与不知，见识多少，大家犹如日月明朗，心中豁然。好比夏三月草甸鲜花烂漫，白黄红绿色彩纷呈。胯下马鞍鞯齐整，鞍上人甲胄森严，上师们法帽金冠，少女们玉发翠辫，姑嫂们锦衣绣袄，儿郎们剑光闪闪，鲜衣锦靴，顶冠亮缨，一身珠光宝气。女人是空行母自显状，男人是神将自现身。众人聚会金顶黄罗神帐，正中九层黄金宝座上三层锦垫霞光满目。左右无间隙，长辈、妇女、儿郎们论座就席。虎皮、豹皮、熊皮与野驴皮等席位上各部好汉们依次落座，姑婶母嫂们接续绕边。拉开帷幔，往上就坐上师僧侣与巫师、占星师们，诵经祈祷声震如雷，海螺唢呐、铙钹鼓声，仙乐齐鸣。往下依次是叔伯好汉，姑婶母嫂。佳肴盛宴如山高、如海阔，茶水如水流，肉退[1]如垒墙，齐全食物大摆特摆，令人心满意足。神帐外，千万部属子民、平头百姓，女左男右、长幼为序，大家欢歌笑语，尽情吃喝享用。此时此刻，天上神兵、中界年兵、下界龙兵以及各路战神威玛、护法神、太岁神煞、飞天仙女、山神、地方神等有形无相纷纷云集，瑞气霞光围拢在神帐周围。

　　这一天，四方妖魔们也知道了白岭君臣、上师酋长们要商讨降魔大事。于是很多妖魔摇身一变，变成各类飞禽走兽藏匿在周边山岭地带，探听岭人如何说道。而岭国勇武尊神们为了护佑岭人，施展擒魔大法，一时狂风起、乌云滚、雷鸣冰雹弄得妖怪们瑟瑟发抖，心惊胆颤，寸步难移，恍如关进铁屋，

1　退：藏文音译，意为奶糕。藏族牧区土特产品，是由酥油、奶渣和糖混合制成的食品。

哪容自由动弹，只能勉强听一听、瞧一瞧而已。善神们还说这些讨死的妖孽就该听在耳中，记在心头，接着将妖魔们或用绳子捆绑、或用铁链拴住、或夹在铁匣子里。此时此刻，白岭子民们点燃神树桑烟，只见缕缕青烟飘满空，五色彩旗漫天遍野，祭神长吼声震如雷，将茶酒食物之头道美味敬奉神灵。上师僧众、巫师卦师、叔伯大人以及勇士俊杰们各自在席位上礼佛陈义，念诵祈祷不断。

当中黄金宝座上，格萨尔王仪容非凡，犹如大梵天王亲临人间。上师们的首座、贤劫千佛之精华、空行母之眼睛、壮士们的后盾、眷属们的依靠、儿郎们的主心骨，雄狮大王诺布占堆，前看如上师、右看如战神、左看如英豪、后看如护法，真是半人半神状。左顾右盼，端坐在宝座上，脸如满月、眼似朗星、唇红齿白，右手挥舞金刚杵，左手晃动金刚铃，法衣、上师灌顶帽等穿戴整齐，灿烂笑容恍如旭日东升般说道："喔呀！白岭神部，福运当空，福如东海，声如雷震，运比大鹏鸟。黑头人类身，佛法受众群，请竖起耳朵，听我道来。"说完便以神谕方便之曲唱道：

  唵嘛呢呗咪吽逝！

  阿拉拉姆请上师，

  佛法正道来引路，

  三佑怙主[1]请护持，

  时常守护正法道。

  塔拉引领解脱道，

  巧变正法治化道，

  法身报身与化身，

---

[1] 三佑怙主：分别象征佛陀的慈悲、智慧与法力的三位菩萨，即观世音菩萨、文殊菩萨和大势至菩萨。在藏地佛寺中多有组合供养。

三身慈悲大愿力,

六道众生得吉祥,

灭罪除障见佛性。

六道众生之生灵,

无明业障所驱使,

衣食不见丰盈时,

罪恶之事费日夜,

上至天上飞禽众,

下至水中鱼蛙群,

食草动物蝼蚁虫,

野兽有形呼吸者,

无有选择任意杀,

残杀走动之牲畜,

牲口鲜血染刀口,

小牛嘴口夺奶水,

酥油奶渣存库房,

牛奶酸奶宴宾客,

实乃自取罪孽石,

无奈轮回因果业,

世间轮回如苦海,

没有耗尽终止时,
这些教化入正道。

正法上天神界之,
三十三天宝殿中,
白螺自然天成塔,
虹化法身梵天神,
请勿分心听我歌,
正当今日时辰里,
本王呼喊仅一次,
神灵眷顾亦一次。
三十诸天以下和,
下届龙宫刹土中,
中有世间人类身,
飞禽野兽与动物,
有形生灵蝼蚁群,
四蹄牲畜轮回众,
无法脱离苦难中,
为了解脱得安乐,
事关重大说句话。

若是不识此地方，

犹如天界灵霄殿，

非同一般之地域，

十代光阴岁月中，

利乐众生为有情。

上天神灵之职责，

正法佛陀之悲悯，

欲将无名有情众，

离苦得乐行正道，

如此希望求护佑。

此地成因是这样，

在那往昔岁月里，

称作玛域岭国地，

东方玛杰奔热西，

扎陵鄂陵与卓陵，

西扎沃措奶湖四，

四方伏藏之门也。

玛杰天神之净土，

玛杰人类之战神，

玛地财富之栋梁，

玛域骏马之故乡，

玛曲藏地饮用水，

玛隆神仙之刹土，

安稳丰乐之圣地，

玛麦花岭国地也，

如此好地哪里寻？

天时地利人和地，

赛普拉雅塔嘎后，

宇拉本和托拉本，

扎杰本与曲鲁本，

不止如此还有啊，

玉杰本等先辈们，

七代世家镇守地，

此后岁月风雨中，

紫色董氏之后裔，

曲培纳布之嫡系，

戎擦总管威名盛，

戎擦出身戎赛官，

岭部共尊总管王，

总管之称由此来。

总管深明韬略人，

机敏睿智有远见，

总管善谋在胸中。

天竺权当头顶帽，

瞻仰帽子得天机，

汉地当做脚底鞋，

系紧鞋带知轻重，

卫藏四茹以下和，

多康六岗以上地，

悉补野地如衣袍，

腰带束身明白主，

来由是非就如此。

原初占据此地时，

董氏热赤康巴祖，

力斩九头猛虎时，

顺手往上抛虎头，

变作格佐年之王；

一展虎皮在原野，

变成岱雅花虎滩；

四肢放置四方地，

出生岭部四元老，

三十白牙洒山上，

岭部三十豪杰成；

四颗獠牙放四边，

四大先锋由此来；

扔去眼珠往上抛，

岭部姑娘颜容美；

睫毛洒在湖水边，

嘉洛牧场最丰美；

虎尾扔在玛隆谷，

滚滚黄河天上来，

此乃玛域形成史。

红色皮毛狗牙排，

白岭八十好汉出，

斑斓笑纹挤满脸，

深谋远虑六叔伯，

岭部渊源就这些。

白岭部落形成时，

六畜兴旺五谷丰，

犹如玛旁雍措湖，

中间隆起边延伸，

他部岂能来抢夺？

白岭洪福齐天也。

浑如山脉最高峰，

白雪覆盖山顶尖，

山腰怪石嶙峋中，

山脚河流绿水悠。

险峻浑如野人脸，

山谷纵横起伏多，

岭部对敌如滚石。

高耸好比擎天柱，

虚空虽无大柱撑，

崇山峻岭乃天柱，

瞻部洲之地域里，

没有更比此山高。

每座雪山环抱中，

归去来兮雪狮群，

野兽中的珍宝也，

抖擞鬃毛之兽王。

深山茂密丛林中，

血口猛虎花斑豹，

白额黑熊与棕熊，

皆是凶猛猛兽类，

白岭勇士亦如此，

来龙去脉就这样。

不止这些还有呢，

长江黄河澜沧江，

三江犹如展白绢。

铁流滔滔黄河水，

敬献上师之哈达；

铁角铮铮澜沧江，

拜见头领之哈达；

滚滚长江奔流水，

奖赏勇士之哈达。

不止如此还有啊，

玛隆达隆杂隆三，

三地浑如大门开，

天门地门与法门，

大力鸿佑离乡人，

助顺赐福好处多。

草滩好比铺垫子，

上师坐镇金宝座，

北魔鲁赞（上）

头领傲居银宝座，

英雄好汉排座次。

一望无垠原野上，

坝口平川铺汉绸[1]，

坝上山岭如朵玛[2]，

坝中草甸似彩虹，

晶莹剔透滚露珠，

风吹药香扑鼻来，

流水犹如诵经声，

山神经幡飘飘然，

飞鸟盘旋风翅响，

小鸟啼鸣婉转声，

犹如仙女歌儿美，

犹如勇士跳战舞，

不止如此还有些，

看来说也说不完。

然后白岭神部们，

我是何人尔知晓，

上苍神明指定人，

---

1 原文"蛮子"，在元代蒙古语境中指称南宋江南地区，此处引申译为汉地丝绸。
2 朵玛：糌粑制成的尖顶供品。

神子一见解脱人，

黑头人类血肉身，

意念投胎下凡间。

释迦佛陀法旨一，

莲花大师授记二，

有情众生福祉三，

一时落在我肩上。

注定之人需行稳，

修建城堡要矗立，

栽种树苗要生长，

没有想到天注定。

然后听我慢慢说，

所说授记是这样，

雅康北地山后面，

九尖铁角魔堡中，

枭雄鲁赞魔王他，

异乎寻常之魔怪，

头顶长出巨牛角，

角尖甩向空中时，

白云散如棉絮开；

向上张开血盆口，
不论大小禽鸟类，
飞翅张羽吞入口；
向下一扫下嘴唇，
不管湖海深浅度，
雨蛙蝌蚪卷长舌，
嘴中四颗大獠牙，
一一咬住咀嚼时，
四方佛陀教化地，
血水成渠不断流。
再说南瞻部洲境，
自那汉地以下和，
天竺以上地界上，
中有悉补野藏地，
陷入水深火海中。
上午去往天竺地，
九百僧人放嘴中。
中午游走藏域境，
顶盔掼甲之壮士，
不分男女牧羊人，
没有九百难饱肚。

夜晚往来汉地界,

壮年青年与老年,

没有选择吃九百,

一点分寸也没有,

杀戮当成魔之宝。

热钦康巴胯下马,

风驰神骏展两翼,

鼻尖竖立削风毛,

一根毛发一风翅,

四蹄犹如风轮转,

世间难寻此骏马,

瞻部洲之奇珍也,

头顶长有犏牛角,

每个角尖喷烈火,

火星飞溅怒风吼,

奋蹄疾驰奔如飞,

天竺汉地与卫藏,

一日之内来回绕,

非比寻常之神骏,

而今魔王寄魂马,

不将此马收伏住，

家畜群落会遭殃。

枭雄鲁赞魔王他，

天下苍生之敌人，

片刻安宁也没有，

生灵涂炭黑暗中，

今岁斗转星移后，

一十三年光阴中，

世间一半被征服，

皆是神明之预言。

我自上天指派时，

释迦佛祖有授记，

众多菩萨颁旨意，

欣然领受发宏愿，

义不容辞担重任，

争先恐后下凡间。

白岭三十豪杰众，

天竺八十得道中，

三十法师之化身。

岭部总管戎擦他，

贝若杂纳[1]之化身,

岭部八员虎将是,

莲师八身之转世,

寄魂凡胎肉身中。

出生天时合祥瑞,

命中福报注定事,

福运高照顺天意,

岭部之人皆神子,

生当豪杰为利众,

女子利己也利他,

不会混淆与模糊。

然后在座神部众,

听我道来请注意:

今岁年终未过时,

本王远行大北地,

前往北地之国王,

说是不可带随从,

胯下宝马四蹄飞,

神幻风羽腾空去,

---

[1] 贝若杂纳:赤松德赞(742—797)赞普时期留学印度的名僧,著名译经师。

赤兔神骏名气大，
雅康北地任驰骋，
就我人马单独去，
是该到了出发时，
皆是神明之旨意。

只是说句玩笑话，
打个比方恰到好：
官无仆自放马鞍，
方知受累却无奈；
鸡无手用嘴啄食，
明知头晕也没法；
大力野狼翻九山，
筋疲力尽为觅食；
法主上师吃民食，
名声虽臭为积财；
狡猾头人吞民物，
凡间人事皆如此，
所言比喻很恰当。

今年我要去北地，

何时何种季节和，

上玄月儿几日期，

下玄月中几时辰，

天神自会有明言，

倘若天神无预言，

我是谁都很难说，

是否如此岭国人？

长辈大人请明鉴，

上师慈悲发善心，

算师运筹帷幄中，

卦师卜筮通未来，

医师备药放囊中。

虽说岭王格萨尔，

来自天界之神子，

神通自在运行中，

身体伤痛不会有，

但是妖魔晦气重，

难以预测非常事，

有些防备之原由。

天神预言中说道，
前往雅康北地时，
要说途中险要处，
北地戈壁无人区，
乱石嶙峋人马困，
江河湍急吞人命，
枭鸟拍翅怪鸣声，
黑色食人恶狼群。
不止如此还有呢，
广袤羌塘北地中，
左突右撞藏羚羊，
横冲直撞野牦牛，
啄人扑马黑恶鸟，
白臂棕熊吃人马，
红色赞魔窥视中，
天泰中泰与地泰，
泰让魔神三兄弟，
天空乌云滚滚来，
怀胎玉龙响彻天，
电闪雷鸣鸣茹茹，
电舌闪耀火花溅，

小白冰雹来势汹。

不止如此还有呢,

峻峰怒吼卷飞沙,

人马走失无影踪,

东西南北难分清,

流沙飞石荒漠地,

冬季山谷雪纷飞,

夏季泥泞沼泽多。

此外鲁赞魔王之,

寄魂野牛很恐怖,

一眼望去难分晓,

正午时分远眺时,

小小野牛很一般,

看似不够狂野相,

可是夜间行走时,

巨大野牛如山包,

尖利牛角直冲天,

撞开天上云朵散,

铁蹄踏翻卷土飞,

皮毛可当刀枪箭。

尤其寄魂野牦牛,

白额野牛非紫色,

白额卷毛飘飘然,

并非右卷乃左卷,

左卷毛发顺溜溜,

四肢尾巴连一体,

浑如流星飞驰来,

无人挡住其锋头,

去留要是无善谋,

人马命丧顷刻间。

此番与神同行中,

如若讨伐失先机,

反遭敌手意料中,

天神预言就这样。

然后在座子民们,

尊贵护法上师和,

卦师算师与神医,

智者老人咒师等,

岭国并非无谋臣。

但是古人常言道:

良辰吉日若不分,

福运岂可当头照？

要是自己不走运，

事情虽好也无益，

所言句句在理中。

春天若是不播种，

夏季何来茂青苗？

青苗若是不成长，

青稞麦粒何从来？

天神上师不保佑，

事事焉能走好运？

不求三宝来护佑，

此生难以归正道，

施舍不向恶趣道，

善恶因果难平衡。

披挂勇士上战场，

休闲入库非武器，

好马平日不喂养，

长途远行难到达。

尘世待客接物事，

女子各有其说道，

猎人帽子有别样，

盟友靠山不一样,

势力福运亦有别。

一母奶水养三子,

将来好坏却有别。

一个母马三马驹,

奔跑速度有快慢。

一个上师三徒儿,

学法成就不一样。

一个地方农田上,

庄稼长势却有别。

岭部神族子民们,

紫色董氏之后裔,

讨敌不合好运势,

弄不好断送性命,

是否如此请斟酌。

虽然白岭好汉们,

骁勇善战无可说,

各有因缘出力地,

黑魔对手不一样,

上天指定不一样,

功成名就不一样。

而今独闯羌塘地，

没有一丝懊悔心。

上师虔心弘法时，

慈悲不度苦难人，

头戴法帽是疯子。

头人执掌法令时，

是非若是不分明，

未来权势变空话。

长辈叔伯善辞令，

没有智谋与韬略，

满腹经纶变空话。

妇女操持家务时，

做饭要是不合口，

春夏日长劳作者，

三顿不齐可不好。

姑娘长大需嫁人，

若是不能善持家，

迎来送往招待中，

落下口舌闲话多，

如此说道也属实。

骏马善跑奔腾术，

比赛之日拿头筹。

一身戎装骁勇汉，

上阵之时要立功，

要不披挂徒增重。

狡猾狂徒之骗语，

自欺欺人压自身，

是否如此岭国部？

听进耳中做甘露，

不听上天之预言，

格萨尔说话有谱，

岭部大人请谨记。

听罢，岭国的长辈、上师、僧人、占卜师、算卦师、咒师、医生等都认为，万千佛菩萨之慈悲愿力，智慧与方便交融，皈依正法之佑护，佛祖面前，安敢指正？于是各自只顾诵经祈祷，不亦乐乎。

二

　　就在这时，前排首座檀香红木座台上，黑熊皮、花豹皮、斑斓虎皮、龙纹锦缎等九层坐垫顶上的董氏四母超同大人，黄白长发向上翘起，一缕一缕绕系成辫子；仙人飘带一系扣，金刚顶髻一系扣，咒师密咒一系扣，吃肉饮血一系扣，征讨利斧一系扣，凯旋战神一系扣；左右发辫羊角盘绕，前额英雄发髻缠绕空行母长寿丝带；左右胡须分开，三捋长髯挂在嘴下；撇嘴咬牙，怒目握拳；左盯右看，卷起袖管；左摇右晃，是人非人，恍如马头明王怒向邪魔，说道："呀，呀！花岭国部神族们，岭地六部大人们。上岭赛巴八大部，中岭文布六部，下岭穆江六部，噶巴仁青六部，丹玛十二万户，贡觉黑白阿拉，邛布黑白黄三部，玛科十八薛钦，玛宁八十地方，玛斯百千山谷中。原本就没有这处那处与我你部之分，细究起来都是叔伯兄弟，凑在一起也是神族子弟。好比男人不分强弱，身材有高低，出身有贵贱，但是生命不分贵贱。花岭国地之神部都是紫色董氏的后裔，都得到祖先神灵之预言授记。勇气本领不分上下，叔伯排位没有高低，渊源根据我来说。事到如今，格萨尔将要孤身独闯雅康北地，没有一个兄弟同行，事情结果难以预料。勇猛背后要是没有辅佐相助，犹如独行狐狸变懦夫，必然是狐皮落入他手的征兆，是否如此请思量。"说罢就以长调勇士之曲吟唱道：

　　唵嘛呢呗咪吽逝！

　　阿拉阿拉阿拉热，

　　阿声响起需唱歌，

　　问话不答是哑巴，

请客不回是无赖,
学法不用无意义。

阿声开启法之门,
阿法嘛呢呗咪吽。
塔拉之歌向法界,
无净世间众生啊,
执着业缘轮回中,
罪孽雾障难清除,
一切尽在苦难中。

不敬上师菩萨们,
苦难众生真可怜,
救助引领解脱道。
敬阿赞阿佛法僧,
三界法灯燃亮处,
不分日夜常祈祷。

黑头人的众敬神,
超同我的本家神,
愤怒马头红明王,

今日前来助英雄。

威赛达拉梅巴神，

威武雄壮如山体，

呼出气来震山岳，

打声喷嚏海水枯，

祈请护法来护佑。

下届龙宫福地中，

龙神耀武莲花光，

耀眼彩虹宝刹地，

雍仲次旺仁增师，

前来助我超同王，

时时刻刻勿分心，

如影随形在一起，

诸事尽在预料中。

若是不知此地名，

玛隆心中的圣地，

百人茶客落脚地，

千人旅客栖身处，

茶税路费上交点。

花岭国部这地方，

天上鸟儿地下虫，

动物野兽有呼吸，

身躯大小非一般。

就算地鼠与老鼠，

肉身肥瘦也不同。

如要说出原因来，

长出之草天成药，

能治四零八种病。

三甜甘露汇水流，

上师菩萨来沐浴，

疾病孽缘全消除。

有口气的动物们，

长角结实毛皮亮，

部分秋冬喜来乐，

蜜蜂虫子唱欢歌。

谷地上部雪山白，

狮子遨游白雪中，

雄狮抖擞绿鬃毛。

谷口农田稻米香，

五谷丰登青稞熟。

谷中草地花儿艳,

身膘体壮野牦牛,

沼泽草地水草丰,

白唇野驴赛奔跑。

江河溪流味甘甜,

雄强麋鹿显长角,

小鹿麝香个儿大,

狐狸红皮鲜亮地,

小如兔子也力大,

他处牲畜没法比。

南瞻部洲土地上,

如此福地实难找,

此乃悉补野藏地。

佛陀宏愿祈福地,

上苍天神授记处,

神灵护佑幸福地。

这还不够有如此,

斯龙纳扎秋摩地,

虎豹熊等野兽多,

就算毒蛇等虫类,

显示力量非一般。

阳山神树柏树山，

鸟巢猴穴各栖处，

鸣啼飞翅音声异，

杜鹃鸟儿在鸣唱。

檀香红树枝叶茂，

六香药草繁盛地，

这些不是我胡说。

我是何人诸位知，

多康中心地险要，

颇若宁宗城堡坚。

达戎丝绸花部落，

绸缎堵住地狱门。

犹如红焰沸腾海，

勇力武艺都俱全。

虎豹熊皮窝中起，

生吞人肉之野兽。

青龙雷鸣震空中，

冰雹雷电之主人。

命主阎王若发怒，

勾魂索命他做主。

达戎神部势雄强，

不是他部能比拟。

勇力奋发与生俱，

射箭不失凌厉气，

宝剑不失锋利劲，

骏马风驰电掣中。

看似都是人类身，

认为相同并不同，

绝对不是自吹也。

达戎酋长超同我，

在此生之前世中，

马头明王之化身，

上天神灵有预言，

千百菩萨发宏愿，

花岭国地落生命。

当初生下娘胎时，

一母奶水无法养，

二母奶水不足喂，

北魔鲁赞（上）

三母奶水还不饱，

四母合喂方养成，

四母超同名气响。

降妖伏魔第一事，

上天入地任我行，

猛咒名唤绝沙尘，

移形换位如疾风，

自如运用五行男，

东方太阳空中龙，

铁链飞甩可擒拿。

比野牦牛角力雄，[1]

奔跑驱赶在手中。

斑斓猛虎怒吼中，

张牙舞爪牵着走。

可以让大海枯干，

可以燃烧高山地。

日月星辰之通道，

能否让路叔叔知，

---

1 原藏语音为逵莫，原指吹火用具风囊，此处喻指野牦牛急促呼吸。但原藏文字体变异写成"阔莫"，容易误解为女奴隶。

这些就是事实也。

然后请听大人们，

岭地齐聚高中低，

九十九排座次上，

九九长幼必然在，

我大我尊必定有，

豪言雷声必会响。

生来同为人类身，

思虑想法不一样，

血肉身躯差不多。

低贱乞丐以上和，

高贵国王以下和，

中间长辈将军们，

生死成就无差别。

生来人身最终是，

虽然身躯有高低，

生命育孕无粗细。

低贱乞丐说的是，

只因没有福运故，

贫穷无财无面子。

荣华富贵高等人，

福运当空照来时，

随时财富聚身边。

招财之宝在手中，

财运自然随处在。

姑娘要是长得美，

自有小伙转身旁。

山上水草若丰美，

自有动物来徘徊。

河水深浅若合适，

自有鱼獭戏水中。

是否如此我所说，

然后白岭神族们，

好好想想细思量。

再说相似有此例：

夏季三月立夏时，

杜鹃鸟儿欢唱一，

百花丛生艳丽二，

万物滋生群生旺，

润雨绵绵之恩慈，

若无雨降水草枯；

富贵尊崇顺承天，

权势福运大小和，

名望声名好坏等，

生辰八字来决定。

猛咒口诀幻化三，

先知先觉预言等，

本尊神灵之佑助。

今日欢乐日子里，

降伏敌人之吉日，

上天自有授记云。

无头身躯如何转？

无眼好戏怎么看？

无嘴话语怎么说？

是否如此岭部人？

水汪眼中之珠子，

自然身躯之胸脯，

头顶中间之脑浆，

世间人类之三贵。

花岭国部地盘上，

先知先觉上天神，

神变大王格萨尔，

疾飞风翅赤兔马，

倘若今年去北地，

白岭无主无护佑。

膝盖硬撑重物时，

体内可能变碎骨，

岭部声名虽显赫，

实则一群胆小鬼。

再说自古常言道：

无头身躯怎么转？

没有躯干头何在？

无牙小嘴向谁美？

美味硬食如何吃？

品尝味道何处来？

富户林立大部落，

无官不过众无赖，

上诉下赐何处有？

法度威慑谁人在？

因果公平谁来量？

严刑峻法谁顺承？

有名大寺经院里，

没有如法之上师，

授记卜卦向谁求？

亡灵升天谁指引？

临终祈祷谁来做？

大部落之子民中，

公正严明之头人，

没有左右逢源事，

不偏不倚持中人，

上天指定之神子，

自有岭王格萨尔。

今年若是北地行，

明年今日时光里，

岭部自然衰败中，

没有水源地枯干。

青葱树木堆满山，

眼前观赏自然美，

野兽动物飞禽等，

筑巢守穴没法数。

没有草木之山头,

石头岩崖自然在,

若是不知谁会来,

火光雷电之落处,

狂风尘土飞扬路。

怪石峭壁无去路,

无水之饮茶难熬,

无知少女虽艳丽,

人生伴侣自难寻。

假冒伪劣之上师,

岂能指引他人路?

太阳转游各大洲,

清凉明月需相伴,

日月星辰不聚集,

独行太阳遇煞星。

富人家畜绵羊等,

成千上百赶草地,

前面没有牧羊人,

翻山越岭母狼奔,

离群羊儿被狼抓。

英雄豪杰之勇力,

若没有将士随行,

独行勇士遇强敌。

飘渺虚空鸟道上,

飞行鸟群鸣叫响,

若不躲进密林中,

独行小鸟碰雕鹰。

壮士身后需后援,

没有后援如小偷。

财物之后有主人,

没有物主如野狼。

上师身后有僧众,

经院倘若无僧众,

好比绿湖飘独鸭。

相似比喻有很多,

归根结底说起来,

水汪眼中之珠子,

胸腔之中的心血,

白岭部落之国王,

南瞻部洲之栋梁。
猛士悍将勇相随，
大军左右围阵势，
顶盔掼甲锦带旗，
兵马不留要随行。

雷雨冰雹自天降，
农田麦穗悔恨大。
灰白小狼奔跑处，
羊群难免血盆口，
富人怒从胆边生。
老魔鲁赞大凶怪，
谁也无何奈何之，
南瞻部洲之公敌，
白岭君臣来征服，
赫赫威名留世间，
犹如日月星辰转，
驱散黑暗耀四洲，
是否如此大人们？
若是勇士站起来，
心惊胆颤没必要。

人马损失为其一，
冷冻饥渴为其二，
荒郊野岭野驴苦，
寒风萧萧苦寒来，
倘若害怕此等事，
可以不去家中留。

四母叔叔超同我，
倾家荡产也要去，
羌塘尘沙天地合，
风卷狂杀哭喊声，
所有人马死无憾，
抛尸荒漠无所谓，
身为男人一生中，
福祸轮流乃常情。
再说自古常言道：
男人勇猛与懦弱，
一日运气盛衰事；
饮食口味之香甜，
贤妇手艺之别也；
话语是否有大义，

就看有没有道理。

我是不留要随往,

我叔侄二人同行,

必将剿灭鲁赞回。

时日时辰在何处,

天时阴阳时机和,

历经时日长与短,

风餐露宿归程等,

没法细说儿郎们。

听懂此曲做甘露,

不懂请求作解释,

君臣心中请谨记。

听罢,白岭部落的上师、僧众、卦师、咒师及臣子们,静坐不动,不知如何说是好。有的叔伯好汉心想:说要前去,在自家兄弟面前夸下海口。好比懦夫只图嘴快,没有行动,总把空话说在前头而已。没有脚力的劣马总要事先挣扎嘶鸣,真要赛跑时只有一身臭汗而已。

丹玛、巴拉、父亲僧伦、尼奔、仁钦塔鲁、威玛普查拉塔、杰瓦伦珠、塔潘和噶德米钦赛沃等岭地尊贵的叔伯大人、英雄好汉们都不知如何开口。这时,白岭聚会中席首座,国王宝座之右侧,环形吉祥图案赫然醒目之紫色三层水绸垫子上,总管戎擦查根大人,智慧如日月般明亮,洞晓世间万物,藏地远古六氏族之后裔白若杂纳大师幻化身,查堆赞林山口玉龙京宗城堡之主人,戎擦查根鹞鹰之子,缓慢移动金刚盘腿之身,两手用力在前面桌子上敲了三下，所有白岭君臣顿时一片静默。于是总管戎擦查根大人，一边寻思：过去沧桑天地往事，未来将要面临大事，如今行走居住习惯，看来与天命授记暗合，上师宏愿也该实现了。命中注定之事，躲不过之命运图幅，说不说之已然无用，无用之事，只能抛在脑后了。一边说道："那么，岭国部落的大人们，请仔细聆听，放在心上。老汉我从远古天地故事、今日需要的行动等方面有几句重要的话儿要说。"接着便以老者慢行长调唱道：

　　唵嘛呢呗咪吽逝！

　　阿拉塔拉塔拉热[1]，

　　不会欺骗三宝众，

　　虔心祈祷常护佑。

　　四方头顶宝垫上，

　　根本恩师请明鉴，

　　来生引领请保佑。

　　二敬阳神与战神，

　　宏图大计能出头，

　　力压仇敌能降伏，

　　邪恶妖魔能消灭，

　　时常护佑勇士们。

1　热：藏文动词的音译，意为"是"。

无明不懂糊涂事，

世间轮回之人生，

天翻地覆因错误，

转游四方在幻想，

实乃阴间孽缘因，

权位不能飞跃天。

长辈巍峨须弥山，

没有酒足饭饱时，

深谋远虑无从说。

一身披挂好儿郎，

没有酒足饭饱时，

对敌没有出头日。

贤惠姑嫂聪慧女，

远行食物不备齐，

离家办事不能成。

窈窕淑女美丽身，

若是不及时做饭，

家庭生活不安宁。

飞快骏马之脚程，

若是水草没喂饱，

远行山坡难上下。

如此财富之宝藏，

南瞻部洲之成就，

富比地下龙王宫，

花岭国部之施主，

高岗藏地所独有，

神龙年三来护持，

由此奉献龙祭祀。

若是不知此地名，

玛域神仙之福地，

玛域心中之圣地，

玛堆八瓣莲花地，

玛山牛羊之宝地，

玛杰人类之战神，

玛隆家畜之栋梁，

玛隆骏马命运神，

玛贡世人之福运，

玛塘白玛雅杰地。

天竺汉地尼泊尔，

四方客人谁来此？

三天水草免费也，

人马不会受损失，

美味佳肴自会有。

然后水草费用等，

虽说适当收取些，

吃草美味不一样，

饮水甘甜不一样，

如同极乐世界也。

我乃何人必知道，

我是洪荒之老人。

冒出山巅覆白雪，

雪山自有雄狮归，

雄狮自会抖绿鬃。

林木茂盛猛虎在，

猛虎笑开斑斓纹。

山中野兽咆哮地，

水中魔龙转游处，

各种宝藏汇聚地，

四蹄牲畜之故乡，

如此胜地哪里有？

踏遍世间也难寻。

人间因缘佛法盛，

男人均是勇士种，

女人都是慈悲性，

事实如此都知晓。

今天幸福吉祥日，

戎擦查根老汉我，

身心特异非一般，

顺承德行风尚人，

虔诚信仰佛法人，

对敌不留情面人，

对友慈悲救助人。

再说岭部王族们，

犹如玛尼不间断，

好比神庙仙气浓，

恰似宝库珍玩多。

妖魔恶鬼震慑中，

运用五行自如中，

对敌战役有几多，

英勇上阵杀敌时，

自有阳神佑助大，

取得胜利无数次。

身边上师僧侣们，
时常祈愿作法事，
算师卦师和咒师，
数术占卜上万回。
何况自然随缘中，
百病自有百药医。

自今年是岁以来，
上天旨意渐明了，
诺布占堆岭地王，
名不副实不该有。
最初高居神仙府，
其次降生人世间，
中间化作赞神子，
年神伏藏守护神，
再次生在龙宫中，
龙女财神当母亲，
天时地利人和之，
三合荟萃的子孙。
外形虹化幻影身，
无病不死金刚身，

无法阻挡空中云，

没有棱角似劲风，

坚如铜浇铁盘石。

白岭男儿好汉们，

看似人身俊儿郎，

实乃佛陀意化身，

都是领悟先机人，

均为梦兆明显人，

男人都是英雄种，

女人均为仙女类。

是否如此叔叔啦？

若是不明再思量。

再说自古常言道：

短命时辰已到一，

太阳落山晚行二，

是非祸从口出三，

岭地没有之三事，

此外还有慎重事。

白岭部落地盘上，

各色长辈好汉多，

若要说起渊源来，

实现诸佛如来愿，

自身生辰八字合，

一个男人一种命。

福星照耀在山顶，

非是招手就能来，

饥荒就在门槛下，

不能一抖就走开。

世代流传之宝物，

偷来不会增福德。

妙语真言之因果，

勤学苦练能掌控。

各自命中注定事，

额上皱纹没法擦，

前世果报没处躲，

射出之箭收不回，

如此各自该所得。

荣耀光辉之事业，

不该蹉跎与犯难，

明知艰难命注定。

冲天秃鹫吃人肉，

虽知苦楚天注定。

水中鱼儿居水中，

明知冰冷也枉然。

独行野狼越九山，

明知苦累也无奈。

岭王格萨尔王他，

三十三界天宫中，

我行我愿虽不是，

天神旨意难违背。

在很久很久以前，

我佛释迦如来佛，

天竺之地转法轮，

瓦拉纳西法苑中，

发愿授记应验时，

救苦救难是时候，

挂起躲开不应该。

岭地国王格萨尔，

为救度六道众生，

白梵天王赐人间。

花岭国部地盘上，

北魔鲁赞（上）

恩怨犹如锯齿牙，

心不齐猫头鹰羽。

高处铁山难逾越，

低处悬崖滚落山。[1]

白岭上下高低间，

商议开头乱纷纷。

争风吃醋姐妹间，

宝座上师贪心大，

魔幻咒师心眼坏，

无法避让之瘟疫，

不知所措岭国部。

今日议事大会上，

叔伯姑婶姨嫂众，

僧俗男女老少们，

围绕团圆盛会中，

七嘴八舌山头幡，

只随风往哪儿吹，

这可不要会坏事。

再说自古常言道：

---

1 此两句谚语原意不明，根据上下语境做了意义处理。

所言有理若不听，

犹如龟口松咬木。

上师教法难调伏，

病灾饥荒无幸免。

不听父母之教诲，

流落街头很自然。

若不尊官府律法，

此生哭喊自常有。

想此相似有这些：

不同男人不同事，

上师如法度众生，

教法普惠就行了。

堂上清官断明案，

辨明是非是大事。

长辈们出谋划策，

运筹帷幄乃好事。

贤惠女人管仓储，

若是持家能经营，

就是良家富户人。

姑娘聪慧智机敏，

上奉三宝为其一，

下施贫弱为其二，
客人酒足饭饱一，
长幼有序知礼二，
这才是窈窕淑女，
是否明白岭国部？
闲话多了耳根烦，
穿戴多了身体重，
饭吃多了胃难受。
老汉一片苦心语，
少壮耳中听不进；
老妇唠叨责怪话，
门旁丫鬟不愿听；
女主豪言信口说，
属部心中难接纳。
话不多说就到此。

今年羌塘北征事，
除了白岭国王外，
一个人也去不了，
就算去也难成事；
一匹马也走不了，

就算去也难成行，

要看天时与缘分。

黄色飞鸭南方鸟，

飞往雅康北地时，

湖边鸟巢要筑造。

蓝色杜鹃门地鸟，

三春展翅飞翔时，

天边细雨润农田。

格萨尔王北地行，

是为了苍生安宁。

此外白岭君臣们，

长辈卦师上师们，

不论贵贱请听好，

就算辛苦与麻烦，

事业不得不继续。

既是消灭眼前敌，

又为未来护佛法，

再就征服魔军事，

老汉担保可成功，

除此之外无话说。

北魔鲁赞（上）

歌若听进无妄语，

不听任由各自行，

岭部心中请谨记。

听罢，白岭神部有名望之上师、头人、卦师、历算师、咒师、医生、叔伯母嫂、健儿好汉等人，谁也不敢对总管王提出异议，于是半晌无言，一片静默。唯独超同叔父满腹不快，瞪眼凶光闪闪，咬牙切齿如咀嚼青稞炒粒，银色胡须左捋右捋，打嗝鼻哼能起回音，长吁短叹犹如野牛喘气般，以金刚盘腿之坐姿做出极为不快的样子。

恰在此时，在婶母姑嫂等眷属席位中，浑如白色水晶塔矗立般铺着九眼右旋白螺纹饰的锦绒坐垫上，一位俏丽女子，犹如天上仙子下凡人间，白色度母女神之化身，那就是嘉洛部落之森姜珠姆。肤白如雪山映艳阳，唇红如大海喷烈焰，霜肌红晕犹如朱砂配色彩，一头乌丝好比乌鸦喝水，柳腰微展鸣凤凰，发梢大小九十颗天蓝色珠翠、绿松石点缀，珊瑚琥珀等十件宝饰，犹如南斗六星，大显光辉，香脖上挂着莲花珍珠绕三圈的天珠。玉貌花颜，能使一百个男人心猿意马，一百个女人争风吃醋。上师为之侧目，长官威势顿消，长辈叔伯慌神，英雄好汉分心。端庄得让人目瞪口呆，浮想联翩，使男人黯然神伤，情不自禁。翠袖迤逦玉香飘，裙摆环敛龙凤环飞，恍如龙啸凤鸣中，锦衣玉袍金光闪闪，龙凤呈祥中恰如仙女莲步轻移地往中间走了九步，向上师本尊飞天女、护法神将、地神山神等许愿祈祷后，展开一条白色吉祥哈达，敬献给国王诺布占堆[1]，又依次给总管王、父亲大人僧伦、尼奔、仁钦塔鲁、阿努巴森、杰瓦伦珠、国师[2]达奔、历算师、占卦师、神医医师等人献上哈达，继而后退三步后说道："那么白岭部落的神族子民们，小女有句话儿要陈明。"说罢双膝跪在地上。尔时妇女眷属之中席

---

1 诺布占堆：格萨尔王别名。
2 国师：原词是喇嘛，喇嘛意为上师或上人。此处根据其人在岭国的地位而意译为国师。

首座上，金刚亥母的化身，格萨尔的母亲果萨拉姆赶忙起身来到珠姆身旁，扶住右臂。与此同时，珠姆妹妹乃琼也向前从左边搀扶，一起将珠姆送到锦绒坐席上落座。森姜珠姆心想：白岭部落的君臣、上师头人及僧众们都是信奉三宝的神族子弟。我若盘腿上座，实为不敬之举。于是双腿一弯一伸，以妇女坐姿[1]躬身说道："那么白岭部落的神族子弟们，话虽然不好听，但是不得不说道。苦乐好比春天的气候，冷暖恰似冬日的霜雪，高岗盆地犹如锯子的牙齿，长短如同山林中的树木，心思好比天空中的乌云，事到如今，有些话语要说开。"遂以九狮六变调之曲韵吟唱道：

  唵嘛呢呗咪吽逝！

  阿拉歌之供奉曲，

  塔拉歌之吟唱法，

  一首歌曲必须唱，

  两首歌儿谁都唱。

  一敬二敬三敬神，

  三敬神龙年三类。

  一敬虚空宝殿中，

  十万空行之主人，

  金刚仙女大慈母。

  二敬中天年[2]之神，

---

1 将一支膝盖弯放在屁股底下，形成屈膝弯腰之坐姿。
2 年：藏地远古祖先的一类神系，相传居住在高耸雪山之巅。格萨尔史诗中保护白岭部落的著名年系神灵如：念青格佐、念青唐拉、红虎年神，等等。

年地少女之美饰，

年王扎西曲旺请，

也请南方空行母。

三敬下届龙宫中，

富饶宝藏之故乡，

智慧除障之母亲，

米衮嘎布龙王女，

龙女次噶宗吉请。

年地玉叶宝刹中，

海螺爆旋坐垫上，

度母女神请护佑，

你是救助女性神，

二十一尊度母中，

你是白色度母神。

清净空行宝殿中，

狮首女神大慈母。

吉祥铜色山顶间，

益西喀卓智慧女。

灵霄仙境宝殿中，

多吉玉珍女神等，

妇女敬神就这些。

谷端高峰雪山绕，

雪山自有雪狮转，

雄狮振奋抖绿鬃。

谷口肥沃种农田，

田间六谷庄稼熟。

森林草甸毗邻间，

悠然自得野牦牛，

野牛牛角长尖利。

坝上野驴得自在，

白唇野驴赛奔跑。

十八山沟草甸间，

羚羊黄羊喜飞奔，

红毛狐狸皮毛艳，

长角雄鹿鹿角开，

青羊膘肥体壮处。

盘羊角围扩展地，

母盘羊多出羊奶，

数千盘羊多羊群，

年隆仁摩险峻地。

然后下坡草甸间，
牛群体膘毛光鲜，
小母牦牛奶水足，
母牦牛增长肉膘，
酥油奶酪香醇地，
白色绵羊羊毛亮，
放生山羊体膘肥。
沙地密林与草甸，
任随畜群逐水草，
岭部美丽之故乡，
殊胜之地非一般，
瞻部洲之极品地。
长出之草是草药，
流淌溪水皆甘露，
此地野兽啸聚时，
玛杰秋摩密林中，
斑斓猛虎笑纹一，
金钱花豹圆点二，
白臂棕熊皮厚三，
笨拙狗熊胆大四，
黄红猞猁尖毛五，

石上猿猴栖居六，

飞鸟野禽鸣叫七，

芳香野草茂盛八，

山势连绵麋鹿居，

母鹿徜徉长膘九，

雄鹿鹿茸角开十，

十瑞竞秀纳福园。

果真如此我知晓，

但是守成却辛苦，

是何原因说起来，

白岭土生土长之。

若不知小女是谁，

十三祥瑞福禄境，

奔流黄河澜沧江，

锦鲤鱼儿金翅开，

淡红水獭皮毛亮，

凶猛鳄鱼游荡中，

猫头鹰叫响岩洞，

河中水獭献食物，

如此命中注定事。

嘉洛敦巴之爱女,

度母女神之化身,

名扬南瞻部洲地。

噶嘉洛森姜珠姆,

上自天竺佛法地,

下自汉地律法门,

中间悉补野藏地,

娇美艳丽无可比。

再说古人常言道:

雪山顶上的雄狮,

放上鞍鞯无人骑;

苍穹蓝天之青龙,

扔出铁链抓不来;

山腰草甸野牦牛,

没法架鞍运驮物;

原野上的野毛驴,

没法捡起当坐骑。

犹如无形神鬼女,

思思念念也是空,

人生伴侣没法定。

白岭神族子弟们，

各自有序排座次，

土生土长之女子，

为了守护安家园，

白岭上下中部落，

谁能称王归谁家，

赛马称王做赌注。

最快白鼻赤兔马，

风驰电掣奔如飞，

姑娘一生属觉如，

赛马夺魁得珠姆，

成为岭部女主人，

岭部幼系之媳妇，

洁白之身献岭王。

雄踞黄金宝座上，

三界妙法上师和，

金银财宝之主人，

世间妖魔之克星，

上师诸佛之宏愿，

得偿所愿去人间。

从此往日岁月里，

妙龄美艳珠姆女，

犹如山口之经幡，

东风袭来向西飘，

西风吹来往东移，

谁赢谁得难预料，

片刻欢愉云中日。

欢快时日不知足，

思念幼小父母疼。

平地升天往高处，

岭国王位争夺中，

绝世美人赢珠姆。

蹉跎岁月未善终，

又要变成寡妇身。

一段轮回宿命中，

没有福气之一生，

荣华富贵似无缘。

上下半夜梦不同，

前后半生福相异。

造化弄人虽不知，

恰今年岁时以来，

觉如郎君未提醒，

难道阿珠[1]愿许错？

幸福岭国王国中，

因缘相聚生小女，

岭王高就格萨尔，

三喜临门多欢乐。

本就福兮祸所依，

春天气候变化多，

乞丐多有非己物，

冬季降雪无定数，

山上树木干湿多。

没有福气倒霉人，

也许会有好伴侣，

恶运或许能避免，

此乃命运使然也。

而今格萨尔王您，

若要雅康北地行，

森姜小女阿珠我，

不会在家要同行。

---

1 阿珠：格萨尔王妃森姜珠姆之昵称。

携手并肩与国王，

一身披挂刀枪箭，

与那鲁赞撞见日，

携手同心齐上阵，

绝不后退半步也。

实在不行用牙咬，

嘴中牙齿手指尖，

踢腿蹬脚无不用，

奋勇向前战黑魔。

生要共同迈步子，

坐下同铺一垫子，

吃要同享一口锅，

共度难关暗黑日，

欢乐同唱一首歌。

格萨尔之赤兔马，

珠姆女之紫红马，

不分远近并排走，

放行奔跑并辔行，

上坡下坡共徒步。

对敌枪口需一致，

对友刀尖分肉吃。

格萨尔王若远行，

孤身潜入北境地，

森姜岂能独安生？

绝不会苟活于世。

话语多了没有用，

必须带我去北地。

再就古人常言道：

独飞小鸟入鹞嘴，

鸟羽散落天空中；

离群羊羔被狼吃，

血溅三尺染岩石；

壮士独行遇强敌，

一身行头落敌手。

如此不做细思量，

好比孤儿无人管。

露宿荒野不得已，

没有主人的兽类。

独往独来不得已，

没有头人之强盗，

要不何来孤身行。

勇士背后需后援，
没有本事要独行，
恰如荒野之窃贼。
没有财产嘴炫耀，
犹如断腿之奶牛，
所说谚语确实对。

今年发生的事情，
白岭君臣属部们，
叔伯兄弟不同行，
根源究竟是什么？
部落兵马不聚集，
真是要自讨苦吃。
北魔鲁赞气焰盛，
千军万马要号召，
勇士健将需随行，
长辈深明韬略者，
统摄兵马当大将。
国王行将出征时，
叔伯兄弟健儿们，
行军布阵安排好，

前仆后继需有序，

骑兵犹如下冰雹，

步兵好比卷风雪，

刀枪剑戟转车轮，

就看能否灭鲁赞。

女人也会拿武器，

母马也要配鞍鞯，

是该到了动身时。

珠姆说话无二心，

歌儿听在君臣心，

不听不会再多唱，

君臣心中请谨记。

唱罢，珠姆泪如雨下，手指在卡垫上乱抓乱挠好比清理杂乱羊毛。此时，谁也没有应答发声。须臾，从前排首座白色银制宝座上，非同凡人，浑如十万小财神围绕的赞巴拉财神，体如巍峨山岳，面如朗月没有一丝黑斑的嘉洛·敦巴坚参，珠姆姑娘的父亲，觉得有必要说上几句，遂由三名仆人搀扶，面带微笑慢悠悠地起身，并以国王为首，依次给父王僧伦、四大头人、国师达奔等人敬献了哈达，又依原样回到银宝座上，如同财神赞巴拉降临般说道："是非原因，行居起止，千古往事。妙法成就需靠上师指引，方能自如运行法力之道。英雄儿郎们的保护神是天神昂雅杰布。就算如此，也有生死无常，祸福无门。好比山势起伏不定，山头冰雪凝固融化有变，山中林木大小不一，等等，有很多故事说道。你森姜珠姆还是要留下守家，一百个男人远行，哪有一百个女人随行服侍之说？成群驮上鞍鞯之时，毛驴不会插在马队中。男仆拿起斧头时，女仆就要背起取水桶。跟这相似的谚语还有：上师讲法弟子修炼，长官制法臣属执行，父母说教子女遵照，等等，所说谚语都是一个道理。"然后以财神宝藏之曲调吟唱道：

  唵嘛呢呗咪吽逝！

  阿拉歌之神曲献，

  塔拉词义得结果。

  岭国歌若不会唱，

  上师教法似不明。

  岭国历史若不知，

  轮回命运难掌握。

  宝物在手不识货，

  此人就是没福泽。

  岭国歌儿吟阿拉，

  不吟阿拉不唱歌，

  除了三宝不皈依。

  敬奉恭迎上苍神，

  护佑帮助自然有，

  关键时刻神灵护。

  祈请虚空之年神，

  上师法身本尊请，

勇士空行众神灵,

圣地神山转三圈。

上界灵霄净土中,

礼敬多闻天王神。

下界深海财宝宫,

祖纳米衮龙王请,

荣华富贵请赐予。

中间北方原野上,

念青唐拉财神爷,

南措秋摩女神湖,

东自白崖马齿山,

水晶白光仙女山,

沃措秋摩湖护佑。

倘若不知此地名,

藏地高岗之中心,

玛隆心中之圣地,

上天神灵栖居地,

中天年神聚会场,

塞卡尔九顶城堡,

念青格佐之神宫。

犹如白色雄狮立,

上界天神之宫殿,

浑如白色海螺塔。

金光灿烂黄灼灼,

犹如和煦阳光照,

中天年神之宫阙。

蓝色玉石曼陀罗,

浑如擎天玉柱般,

祖纳龙王之宝殿,

皆是天堡龙宫城。

玛隆心中之圣地,

在那远古时代里,

自曲培纳布以来,

曲拉本占土称雄,

热赤康巴来守成,

曲培纳布后裔居。

父业子承相续中,

而今繁衍各岭部,

非是一人所独有。

威震四方幸福苑,

森珠达孜城堡响。

财神伏藏藏宝殿,

名唤茶堡仁摩宫。

威武富贵到处兴,

名叫紫色神宫堡,

皆是岭部祥瑞堡。

四方原野草甸上,

四个山丘如铁环,

格萨尔王幼小时,

玛麦鬼域三岔口[1],

长牙魔鹿女妖精,

其子大力小魔童,

深埋洞窟之时日,

命令四大天王神,

砍断山峰半腰处,

犹如上师取供品,

速速搬来四山包,

压在魔童尸身上,

形成四座小山丘。

这以上虎坝滩上,

---

1 玛麦鬼域三岔口:格萨尔王小时候被驱逐之地。

猛虎头与豹子头，

棕熊头与狗熊头，

地神山神显灵处，

妖魔鬼怪镇压场，

黑头人们求助地。

白色神帐之福泽，

与其他帐篷相异，

出自仙女巧手线，

如出一辙无粗细，

年界玉女来造就。

顶梁靠柱无一根，

下届龙女来编织，

玲珑剔透无误差，

空行自在之神帐。

帐篷中央宝座上，

人间太阳森钦[1]在，

中排锦绒宝垫上，

总管戎擦查根在，

边排纯银坐席上，

---

1 森钦：格萨尔王别名，意为雄狮大王。

嘉洛顿巴坚参在，

可知幸福岭部众？

然后左右排列中，

九十九座席位上，

九十九个好汉在，

红白不同绸垫上，

算师咒师等上座。

草垫绸绒层台上，

五彩缤纷花垫上，

母婶眷属等落座。

环形中排座位上，

我是何人若不知，

赞巴拉神转世也。

噶隆仁青六部地，

说起部落源流来，

上部噶域生六子，

噶瓦南扎头人他，

生有六子很神奇，

本想统分六部落。

长兄次子幼弟等，

长幼前后没分别，

大小高低无争论。

但是噶瓦大部中，

五位兄弟似虎豹，

每个儿子心相异，

不见蓝天之边际，

日月星辰当坐标。

如此中间有一子，

勃罗[1]勃罗被叫唤，

当成本地之异类，

男人中的下贱人，

非人非鬼畜生身，

面容猥琐丑女脸，

呆头呆脑哑巴嘴。

知书达理你没有，

长相身材你没有，

勇力技艺你没有，

荣华富贵你没有，

聪明机智你没有，

让我五兄弟丢脸。

---

1 勃罗：一种贬损人的称呼。

离开本部随你去，

若不滚得远远的，

必将取你勃罗命，

说罢众人都打骂。

最终勃罗心意冷。

非是不恋家乡地，

只因生命诚可贵，

离开噶域去流浪，

饥肠辘辘过日子，

寒冷无衣度时光，

身心受困似无期。

然后正值龙年时，

十日晌午时辰里，

天空映照五彩霞，

金光直射破帐篷，

霞光瑞气耀全身，

妻子塔宗生一子，

长子米久杰布生。

大儿还在幼小时，

次子骨秀有神力，

不类凡尘非俗相，

取名为曲炯贝纳。

又过三年零九月，

幼子三韬六略身，

与众不同如老臣，

名唤仁青扎巴也。

勃罗父亲生三子，

然后过了七年后，

长子要去岭部落，

说是岭国智谋广，

次子也要去岭地，

说是能当岭部将，

彼时幼子没开口。

最终三子之长兄，

噶米久曲杰旺秋，

长子称嘉洛敦巴，

敦巴坚参夏天生，

青苗季节我出生。

然后过了三年后，

卓洛桑巴罗布他，

生在春暖花开时。

然后又过了五年，

小弟俄洛托杰生，

一个父亲生三子，

同父同母亲兄弟，

话语不用多说道。

父亲叔父没分别，

左右眼睛无区别，

胸腹热血无清浊，

由此生活在岭部。

我乃赞巴拉转世，

长寿荣华富贵聚，

东方岭国之巨富，

巨富中的掌舵人，

岭地部落之首富。

有财皆是归岭部，

是否我是没权说，

没有丝毫想说道。

空中响起一声雷，

没有听闻是聋子；

响雷之前闪电亮，

没有看见是瞎子；

四方福地神仙宫，

没有去过是无缘。

财富聚在岭国部，

花岭国地是主人，

敦巴坚参有名望，

出征不用领头将，

无功拿回战利品。

自今以往岁月里，

岭部兄弟恩情重，

出门骑上温顺马，

落座铺上柔顺垫，

吃上肉品酥油退[1]，

放牧夏季草场行，

居住安身城堡中，

我之幸福谁可比？

然后森姜珠姆女，

胸中心肝眼中珠，

绝世美人世罕有，

---

1 退：藏族牧区土特产，是用酥油、奶渣和糖制成的食品。

森钦王妃天注定,

实为岭部女主人,

高踞妇女首席座。

身在福中唱悲歌,

苦中作乐唱欢歌。

再说人这一生啊,

身在福中不知福,

苦乐悲欢不知道,

得宠小孩之任性,

担起责任要后悔。

锦衣玉食之宠儿,

刁蛮暴戾年渐长,

这是不愿发生事。

丈夫出门要办事,

不听劝告要随行。

岭森钦世间栋梁,

藏地安宁之保障,

叔伯兄弟皆听命,

大家都要尊重他。

不会飞出蓝天界,

是有万丈阳光烈;

白云披在身上人，
是有青龙火焰翅；
雄踞雪山中心人，
是有白狮绿鬃抖；
翻江倒海惊水族，
是有鳄鱼之利齿。
空中天光彩虹和，
森钦大王自然身，
没有丝毫之差别。
天空普降细雨和，
森钦大王之恩泽，
天下苍生皆得益。
他是威慑强敌人，
岭部男女老少们，
无人不敬此雄主。
别说是骨肉精髓，
更是眼中黑珠子，
没有不过盲人群。
胸腔中的心脏血，
没有不过烂尸体。
城堡中的镇宅宝，

没有福运会消失。

千百好汉之战神，

没有难以取敌命。

他将雅康北地行，

后援叔伯将军们，

需要上天会指示，

而今神明无授记，

说要同行你任性。

泼皮恶女自视高，

若是折腾败家业。

野狗女人游荡急，

不加管束脱狗皮，

是否反复想一想。

鸡与女人性贪婪，

随她必拿无主蛋，

三心二意难持家，

害得伴侣丢性命。

敞开心扉对浪子，

一见夫君瞪眼珠，

看见俊男伸舌头，

这等根本就可恨。

然后阿珠宝贝女，
别再任性守好家，
征服鲁赞魔怪事，
珠姆没用留在家。
不会有丝毫变心，
嘉洛敦巴我担保。
虽说梅萨在北地，
并非自愿去北地，
鲁赞劫掠遭苦难，
上天旨意恰逢时，
内外若是不联手，
鲁赞魔王难消灭，
灭完鲁赞归故里，
阿珠你要清醒点！
好汉出征远行时，
岂有眷属当援兵？
上师经院讲法时，
不用女子做助手。
骏马奔驰原野时，
不用毛驴来同行。
斑斓猛虎钻密林，

淡红狐狸不用送。

若觉有理守茶堡，

想要干事勤持家，

老父好心相劝语，

心肝宝贝留在家。

听懂放在女儿心，

此外不知如何说，

是否在座长辈们？

听罢，白岭王国上中下部落中，大中小辈及男女僧俗老幼等都觉得珠姆父亲所言极是。嘉洛·敦巴坚参也昂然回到座位上，岭部上下人等均对嘉洛·敦巴坚参之言表达了附和赞赏。唯独超同大人浑如黑山羊被毒草麻醉，满腹不快地左顾右盼，面部表情如同黑色岩山雨雾笼罩，嘴角如同公牦牛喘气，手扶脸，鼻哼声，恨意浓浓地盯向敦巴坚参大人。须臾，满脸泪水的珠姆起身磕了三个响头后说道："沃啦嗦！白岭部落的君臣大人们，今天父亲大人所言，小女根本无心听进去，平日里无论话语好坏，都是慈父好心好意，小女也是言听计从。但是今天就好比太阳落入魔曜星口，银色月亮能劝住吗？白色雪山被阳光融化，雪狮何处有归所？奔流江河被冬季寒冰冻住，锦鲤巢穴安在何处？南山密林被熊熊烈火吞没，斑斓猛虎往哪里行走居住？说好陪伴一生的丈夫，岭国王国之瑰宝却独自到北部荒原之地，我珠姆如何度过余生？若问是否遵从父亲教诲，这次实在对不住了。"接着，珠姆双膝跪地，恳求同行，看来再也无人能够相劝。此时乃琼·鲁古擦雅[1]纤腰袅娜，柳月弯眉，轻移飞天仙女之莲步，来到森姜珠姆身旁，

---

[1] 乃琼·鲁古擦雅：格萨尔王妃珠姆之堂妹。

扶住珠姆右手。与此同时，好比鲜花在草地上争奇斗艳，恰如彩虹当空舒展，锦衣玉靴，娇美动人，能让一百个男人心动，能使一百个女人妒忌的贝塔兰泽姑娘，也向前扶起珠姆左手。两人一边低声劝说阿珠不可如此说话，先在坐垫上休息一会儿，一边将她搀扶到碧玉三层锦绒宝座上。然后乃琼·鲁古擦雅姑娘从颈部天成日光宝盒中取出一条白昼吉祥哈达献给嘉洛·森姜珠姆座前，恭恭敬敬行礼后，温言和语地说道："白岭部落的父老乡亲们，实在是不好意思，今日对宝贝阿珠姑娘，也有个不情之请。"遂以喜鹊六变之曲韵吟唱道：

    唵嘛呢呗咪吽逝！

    阿拉歌之引领曲，

    没有阿拉怎唱歌？

    没有父母无慈爱，

    没有上师无指引，

    没有头人无秩序。

    阿拉吟自母亲怀，

    阿声开启佛法门，

    塔拉苍生解脱歌，

    六道众生慈悲护。

    恶业未净堕邪行，

    意未净轮回大转，

    身业未净迷茫中，

焉能获得大解脱？
平日积累罪恶因，
自然投身恶趣道，
时常祈愿发善心，
一切众生如慈母，
愿得解脱登佛位。

东方尊胜福地中，
玉叶盛开之宫殿，
吉祥海螺宝座上，
霞光普照神帐中，
二十一尊度母神，
信佛善女之业神，
日夜庇佑在身旁。
上天尊胜神宫中，
顶礼黑天护法神，
十万黑衣神丁绕，
高岗藏地之护法，
女人们的守护神，
邪魔强敌夺命主，
扶助弱小慈悲主，

今日保佑姑娘我，
祈愿岭部诸事顺，
更愿森钦福运高。
佛母极乐之刹土，
紫色身躯霓虹光，
金刚亥母智慧女，
身语意之供奉女，
明鉴指引乃琼歌。

若是不知此地名，
玛隆大地祥瑞府，
往昔古老日子里，
智谋男士曾统治。
上师经院不庄严，
僧侣法衣不干净。
头人执法不公正，
属民焉能会效力？
长辈胸襟不宽广，
儿孙守土难成功。
母嫂不善做饭时，
漫长春日怎度过？

女人若是不聪慧，

难得丈夫之待见。

冬三月马不喂饱，

出门险地难逾越。

往昔清净殊胜地，

而今幸福祥瑞土，

形成渊源嘴难说。

岭国神族子民中，

老辈见多识广者，

个别原由必知晓，

风土人情需熟悉。

我是何人若不知，

俄洛姑娘乃琼女，

卓洛贝塔兰泽和，

嘉洛珠姆娇娇女，

一家嫡亲三姊妹，

血统没有黑白分。

天性心智虽天成，

细探稍微有不同。

一个上师之门徒，

修法慈心不一样。

同为一朝之臣子，

属部子民存活异。

富家牲畜虽一样，

挤出奶水却相异。

母马小驹虽一样，

跑起路来各不同。

如此三个姐妹也，

吃喝滋养不一样，

好到不用去奉承，

苦到不必去贬损。

众多男人相聚时，

总有碰撞受辱事。

大多女人出嫁时，

伤心难受总会有。

上师传法度化日，

慈爱不弃邪见人。

这些不是我胡说，

多少财富看福运，

大富大贵富家子，

不管是否衣食丰，

窃贼强盗已盯上。
娇美妙龄之女子,
不管皮肤白不白,
长大年轻男子念。

如此乃琼姑娘我,
绝非大智聪慧女,
洞察起来也有趣。
上师转法轮时期,
妖魔鬼怪别骚扰,
中断不顺必定有。
头人明断是非时,
我长你短少说话,
兄弟内部出乱子。
长辈商议大事时,
多嘴多舌不该有,
家园可能送敌手。
寺院僧众聚会日,
姑娘不可献殷勤,
清规戒律会扰乱。
妇女大摆酒宴日,

饥饱苦香不乱说,

低贱乞丐看笑话。

姑娘即将出嫁日,

一身珠宝欲炫耀,

论起来百口难平,

这可不行珠姆姐。

此番岭王出征时,

一只小鸟也不用,

征讨敌人幸福归,

事事祥和顺利中,

天亮向三宝祈祷,

天黑念经许善愿,

一片赤诚向三宝,

毋庸置疑会保佑。

打个比方恰到好:

山里麋鹿野驴游,

芳草香处不留意,

雄鹿可能失长角。

大江大河深海中,

凶猛鳄鱼翻滚处,

若不懂翻江搅海，

小螺也会显本领。

好男儿出征时日，

若是不忘娇娘脸，

心魔迷离会遭殃。

你珠姆跟随国王，

天神早该有旨意，

要不然岂可随行？

火急火燎之行动，

今世来生皆断送，

不会有好果子吃。

匆匆忙忙母马奔，

追赶前去之马驹，

路远不知如何跑。

男人阵前若迟疑，

不会战斗只能跑。

娇美女子姿容好，

方形火炉点桑烟，

向上三宝多祈祷，

向下贫困多布施，

礼拜祈祷多发愿，

高山顶上扬经幡,

大江渡口架桥梁,

内外亲人免灾祸,

实在不行捡土石,

好吗森姜珠姆女?

你我二人姐妹亲,

是我一时之愚见,

对否珠姆请思量。

有理请留茶堡里,

入寝服侍有婢女,

起身腰带我来系,

珊瑚玉石我来戴,

一身装扮我来弄,

睡前卧榻我料理,

蜂蜜红糖牛奶三,

甘露茶酒我来敬,

心中苦乐我来听。

格萨尔王心中留,

远去之人归来一,

能够降伏魔王二,

南瞻部洲太平三，

天下苍生福祉四，

高岗藏地护法五，

想此听我乃琼言。

若是不听请见谅，

阿珠心中请谨记。

还未听罢，森姜珠姆姑娘已是鼻孔朝天、咬牙切齿，星眼圆睁、嘴角撇动、手舞足蹈，在八瓣锦绒坐垫上坐不住，接着向乃琼姑娘，柳眉倒竖，怒目扫视，哼哼唧唧地说道："呀呀！无知乃琼小姑娘，如你所言真正确。门外婢女之安排，姑娘我岂能听进耳中？男仆吃饱了想要去赛马，驾驭不了被扔在马下。女仆吃饱饭就要唱歌，跑音走调很难受。僧人吃饱走街串巷，不能修成正果反而罪孽深重，这些古话何其不真。"珠姆在哭哭啼啼中还想与乃琼争辩一番，接着便唱道：

唵嘛呢呗咪吽逝！

阿拉歌之引领曲，

塔拉词义演示法。

玉叶盛开刹土中，

吉祥海螺宝座上，

白色度母女神她，

瑶台金带系彩结，

法力妙行广无边，

绝非无名之神灵，

今日引领小女歌。

然后在座君臣们，

话说多了听众少，

上师宣讲妙法日，

女流岂能插话语？

寺院僧众不乐意。

头人上座断案时，

下属不可乱说话，

否则搅得血肉飞。

头人安排妥当时，

奴仆不该再添乱，

亲朋好友会忌恨。

骏马飞奔赛跑时，

蠢驴不该来慢跑，

玛地大道会讥笑。

如此空话无意义，

想要听从很困难。

然后乃琼小姑娘，

不懂装懂干什么？

不懂胡说八道人，

好比灰白老地鼠。

装模作样的女人，

石头上的花雀鸟。

未闻装听之女人，

好比院外老母狗。

没有盐巴要做饭，

门外打水笨女仆。

没有坐骑却扬鞭，

孤儿乞丐流浪人。

卑微趾高气扬者，

富豪背后之女仆。

缓慢却想飞奔者，

老马毛驴之姿态。

无胆却要咆哮者，

门外拖尾老母狗。

没人管束妖艳女，

浮浪子弟多喜欢，

灰溜拽走是必然。

没有上师的弟子，

多少女孩席上坐，

堕入地狱是必然。

阿珠若是留在家，

不要说是岭国人，

其他部落也觊觎，

流落何处不确定，

别说岭王来寻找。

嘉洛部落财富多，

强盗小偷来觊觎，

犹如珊瑚遭石击。

虽说不必再强调，

往昔神灵旨意和，

今年出征北地事，

魔王侵凌岭地等，

姑娘背后之兄长，

不是非当牧马人，

剿灭短命鲁赞时，

小女定要去相助。

乃琼鲁古擦雅女，

快乐说道高兴事，

难受絮叨伤心事。

饿了一起吃饱饭，

没有饭吃同饿死，

身陷羌塘鬼域中，

就看空中鸟儿飞。

卓洛贝塔兰泽女，

珠姆要去别劝留，

兄弟后援还得去，

森钦大王出征时，

不分远近要同行，

不论男女同战斗。

倘若不会用弓箭，

投石花绳顶上旋，

鹅卵石头无大小，

投掷石头却有别，

带上长短投石带，

投掷合适的圆石，

弓箭不过名声大。

击中头部脑洞开，

击中眼睛变瞎子，

击中心脏断性命，

击中腿脚变瘸子，
击中手上变残手，
珠姆保证能实现，
长短花绳投石带，
怎能没有需要处？
五六岁孩童时候，
骑在父母脖颈上，
驱散羊羔之豺狼，
左突右奔没出路，
击中额角眼睛上，
晃晃悠悠中跌倒。
如此厉害投石带，
若投向鲁赞大王，
眼角崩裂脑门开，
肝肠寸断心脏爆，
没有损伤不可能。

再说古人常言道：
猎狗一旦性急时，
也会断送野牛命；
苍蝇虫子发怒时，

好比群蚁啃尸肉；

孩童饿急牙齿利，

也会咬破酥油包。

因此鲁赞大王他，

若是撞上逼急时，

可助国王一臂力，

不是空话是事实。

强弱虽是很悬殊，

但在国王威势下，

后退躲避不可能，

降敌男女无区别，

力气当然男人大，

说到撕咬女人快。

再也不留要随行，

白岭神部君臣们，

实在抱歉对不住。

岭王去留何地时，

珠姆不去没办法，

珠姆何去何从时，

乃琼不在也不行。

牙齿舌头与食道，

冷热饮食一起过。

眼睛眉毛与睫毛，

不论长短一起看。

快马鞍鞯与好汉，

翻山越岭在一起。

是否如此君臣们？

听进珠姆心里安，

不听劝阻已无用，

君臣心中请谨记。

听罢，白岭王国的君臣僧俗，男女老少们，皆面面相觑，不置可否，一片静默。这时，中排首座，紫色玛瑙宝座，花团环饰的锦绒垫子上，总管戎擦查根开口说道："森姜珠姆王妃殿下，你所说虽然也有点道理，但是确实存在这么一些情况需要说明一下。"遂将意欲劝阻珠姆之语，以老者慢行长调之曲吟唱道：

唵嘛呢呗咪吽逝！

阿拉阿拉阿拉歌，

塔拉歌儿吟唱法。

一敬二敬三敬神，

一敬白梵天王神，

藏地第一业力神，

古昔十二代以来，

对大神坚信不疑，

担纲佛法之栋梁，

剿灭邪恶魔部众，

人神共谋大事时，

恩情实在无比高。

今年就看何计谋，

岭国老少大人们，

无理取闹闹头疼，

尤其是森姜女子，

好言相劝不听时，

父母好心无用处，

上师教诲听不进，

长辈说教不肯听，

说到底只顾自己，

哪里会有好结果？

神明保佑勿分心。

须弥灵山宫堡中，

格佐年神为首的，

藏地十三业力神，

高岗藏地九大神，

年钦二十八尊神，

上部阿里骡马赞，

雅隆雅拉香波神，

念青唐拉雅孜和，

洛戎朱拉坚参和，

杂日空行女神众，

东方玛杰奔热神，

山神角钦东热和，

朱拉南赞杰布等，

凡有护持佛法者，

赞颂祈祷煨桑烟，

时常垂念很感谢，

直到现在无矛盾，

依然眷顾太感谢。

要说邪魔鲁赞王，

不会轻易被降伏，

铁角森森蔽日月，

巨大身躯满空中，

跺脚大地震塌陷。

上自阿里雪山门，

中部卫藏四茹地，

下部多康六岗地，

华夏汉地天竺国，

任那鲁赞魔王行，

如此恶魔之神力，

南瞻部洲不会有。

为了消灭鲁赞魔，

祈请助力岭部王，

今年就要征北地，

恰逢鲁赞命该绝，

上天早已有授记，

祈请随身勿走神。

江海波翻广无边，

十八龙宫福地中，

祖纳螺盔人头王，

远古藏地之财神，

果萨拉姆之父王，

母亲来到这凡间，

莲花生师有安排，

龙神祭品敬龙宫，

见者有份岭部人，

富庶龙宫如意宝，

祈请龙王赐福宝。

若是不知此地名，

幸福玛麦岭国部，

见者皆喜岭国地。

出征安营扎寨地，

归来炫耀功劳地，

南瞻部洲广阔地，

如此胜境难得见，

福满乾坤满太空，

地久天长极乐土，

殊胜境地更悠哉。

此地什么都齐全，

洞天福地这里有，

神庙奶汁霞光映，

岭地城堡皆神宫。

城堡顶楼内外中,

神龙年等战神群,

勇士空行飞天众,

藏地神灵殊胜地,

不论栖居雪山顶,

不管江海龙族境,

藏地佛法保护神,

没有一个不供奉,

祈请相助来护佑。

岭国富饶藏宝地,

没有一个贫困户,

都是丰衣足食人,

草木盈翠绿满山。

天亮敬神烧桑烟,

高天乌云难分辨。

高山山顶经幡动,

五色彩虹极相似。

半山腰上建神庙,

金刚岩石变宝刹。

佛塔林立山脚下,

坝上坝口草滩地,

十三层佛塔庄严。

所有流淌江河水，

六字真言水声响，

菩萨心咒善缘中，

遇到河流皆有桥。

吉祥圣妙法之地，

欢乐融融衣食丰，

满天欢喜祥瑞地。

若是不知我是谁，

在那远古时光里，

白岭部落主人是，

念摩热噶阿确子，

塞拉本先祖以下，

玉杰罗布以上是，

代代繁衍无间断，

神族子弟化人身，

六个氏族嫡系生，

到了第七代后裔，

曲培纳布首领出。

曲培纳布之长子，

戎域女流戎氏女，

孩时叫戎塞查朱，

而今称戎擦查根。

总管总管为何叫，

在那往昔时段中，

白岭首领总管王。

在此以往先祖中，[1]

紫色董氏第一人，

董氏子热赤康巴，

生下了曲培纳布，

曲培纳布之长子，

戎塞查多神子生，

到了一十三岁时，

成为白岭总管王。

而后过了几年后，

豪气勇猛超同生，

自欺欺人权势高。

再说如是常言道：

保护藏地之英雄，

---

[1] 此句若是直译容易造成语境混乱，所以采取调适性意译处理。

非他莫属无人比,
魔法黑咒神通广,
运用五行自如身,
别说是岭国部落,
就算累世大仇敌,
四方四大魔王和,
边荒十八大魔怪,
非得叔叔来相助,
显密教法了然胸。
达戎锦衣富贵部,
虎豹健儿生岭地,
好勇斗狠争强弱,
勇士威名天下扬。

上岭赛巴八大部,
犹如黄金铺满地,
谁敢想到不威武?
但是征讨魔域事,
无论胜算有多少,
天下能否安宁一,
佛法能否昌盛二,

皈依是否虔诚三,

三件大事还在后。

然后白岭神族们,

中岭文布六部落,

浑如汉绸铺大海,

无底深海浪涛中,

以往时段日子里,

多少溪流汇其中。

但是四方四大河,

流入无边大海时,

大江波涛汹涌一,

鳄鱼翻滚游荡二,

水獭鱼儿性命三,

都在龙魔掌心中。

下岭穆姜四部落,

犹如枪尖对敌人,

森森铁枪闪火星。

但是以往日子里,

小小妖魔灭无数,

北魔鲁赞(上)

四面四个大魔头,

八方十四大鬼雄,

边上七个小魔堡,

二十一处小魔窟,

是否安静未可知。

虽说是武力强雄,

但是征战杀敌事,

兄弟内部团结二,

生死未卜求生三,

多少不在意料中。

然后森姜阿珠女,

青龙飞腾雷震天,

白色冰雹滚滚来,

实在无益害处大,

良田谷穗四散开,

不是损坏是什么?

要不降下毛毛雨,

山村云雾笼罩中,

路边干柴被弄湿,

丰衣足食大家好。

上师法帽法衣鲜，

还未得见入闹市，

如意妙法转四方，

驱使护法神灵众，

显密二教区别大，

红黄法帽闹矛盾，

黑头人群失信奉，

庙宇神像被拆毁，

膜拜异端护法神，

到处是瘟疫饥荒，

纯属无益却有害，

来世报应无你我。

头人制定新律法，

亲朋好友走后门，

不分好坏关牢狱，

欺瞒减刑放仇敌，

乱断官司贪贿赂，

心灰意冷众属民，

实在无益却有害，

最终丢官无去处。

贱女出嫁看门庭，

谁是大户嫁给谁，

奢侈浪费要显摆，

贪婪过度要人命，

家人丈夫皆怨骂，

最后岂知人才空，

没有好处乃坏事。

这还不止有如此，

今年岁月时光中，

东方岭部不和谐，

兄弟齐心协力时，

妇人挑拨闹分歧。

每个营地都停留，

野狗转悠饭食多。

见到一个爱一个，

最终碰到仇敌时，

芳容窈窕娇娇女，

甜言蜜语信口说，

贪心快嘴如蓝天，

乱世风云荡天边，

实在可恨不需要。

今年天时地利时，

森钦大王初征讨，

未曾想过不成功。

佛陀没有生死关，

空灵虹身抓不住，

巍峨雄立如山岳，

老汉我来说原由。

不怕不急岭地男，

一来叔父超同和，

二来米琼膳食官，

不顾家珠姆远行，

算是好事或坏事？

四母超同大人您，

虽是神通成就身，

能敌鲁赞魔王吗？

可以叔叔请独往。

你米琼狡猾善变，

胜算计谋可曾想？

可以协助叔叔行。

珠姆心急嘴快女，

伶牙俐齿可降敌，

有用三人可同行，

灰飞烟灭鲁赞魔，

胜利返回岭国部，

岭国本部交给你，

千百女人之花魁，

谁与珠姆相争艳，

白度母之化身女，

拿出本事来验证。

嘉洛孙辈米琼你，

魔部牲畜驱赶来，

长寿福运当空时，

北境财富顺手抓。

叔父神通广大者，

鲁赞不杀要逮捕，

若是带到岭国部，

岭国江山叔叔占，

岭国国王叔叔当。

老汉话语无亲疏，

是否这样岭部人？

不然分寸掌握好。

吉祥神庙修建时，

刀剑相向不可有；

飞奔驰骋赛马时，

马失前蹄不该有。

格萨尔王远征时，

即将降伏鲁赞日，

争先恐后急斗嘴，

无端浪费好时光。

在座诸位请聆听，

岭部君臣放心中，

是不是诸位君臣？

总管歌儿不糊涂。

总管歌音刚落，右排首座，红宝石镶嵌座榻、八瓣莲花锦绒坐垫上，岭部国师达奔起身将一条洁白哈达献在总管王座榻前面，说道："那么花岭国部的君臣大人们，双方实在不必互相埋怨，今年光景确实如此，大队人马出征时，事情还未办成，兄弟已经起内讧。搅乱乡土的是小小盗贼与燎山之星星之火，翻江搅海的是闹腾江河之小鱼儿，说起来实在不该。"遂以缓慢旋福长调吟唱道：

唵嘛呢呗咪吽逝！

一敬二敬三敬神，

三高瑞霞本性中，

加持护佑不可少。

天下苍生有情众，

护佑上师慈悲心，

不会区分你我他。

统领万户之头人，

秉公执法不用说。

一个上师之弟子，

修行法门皆一样。

各自先天机敏和，

修行是否勤与懒，

各自闻听有差别。

有些是神鬼不分，

有些事善恶不明，

精华糟粕难取舍，

不会行善做好事，

这个没有大分别，

不懂事情重新学，

一视同仁无亲疏。

一个父母的后裔，

相貌美丑自然有，

有些是随父亲种，

有些是随母舅性，

说道聪慧与愚笨，

犹如人马之相近，

都有上部之牙齿，

这个又岂能作数？

一个头人之臣属，

有的只为公干事，

利他慈悲在心中，

出入边缘立中央。

有的贪心只图财，

只顾自己忘公事，

坑蒙拐骗谋私财，

最终损己不利人。

一个家庭之女眷，

有的甜言蜜语多，

浮浪子弟勾引时，

清秀俊朗之男子，

见到一个爱一个，

背叛丈夫抛脑后，

撒泼欺骗变常事，

人前温顺知廉耻，

背后狠心动刀子，

确实有些不一样。

话语落到实处时，

此地白岭公众地，

出门扎营送行处，

归来论功行赏地。

幸福高唱欢歌地，

赛马射箭比武场，

美酒佳肴迎客场，

说闹嬉戏欢笑场，

莺歌燕舞歌舞场，

伤心发生后悔地。

白岭对敌出征和，

凯旋归来日子里，

长辈兄弟勇士们，

一人若是有损伤，

大家岂能无悲伤？

自家父母心悲痛，

最伤伴侣妻子心。

这个何必再说明？

为国出征之勇士，

牺牲性命为大家，

不为家国为什么？

我是何人定知晓，

来生寻求归依处，

今世祈愿降指示，

我若不明向神求，

通晓未来神预言。

男女老少僧俗众，

不懂装懂去蒙骗，

说是大慈大悲心，

说说道道皆佛言。

不听不可不能三，

不做不净不勤三，

无明无智不善三，

没有形状看不见。

教导安排上师来，

大寺经院守戒律。

冷暖法令头人出，

属部饥荒讨生活。

倾城森姜心中宝，

英雄岭部之女儿，

因此好好多想想，

留守家园之女子，

人脉相续天神种，

智慧机敏乃家风，

谋定而动一生欢，

是不是森姜殿下？

歌若听进放心上，

不听歌儿有解释。

　　听罢，岭部君臣、叔伯兄弟、好汉猛将们，无论身份高低，皆对国师达奔之言甚以为然，低头不语。森姜珠姆也不知所措，恼羞尴尬地沉默无语。过了一会儿，珠姆说道："倘若没有遵从上师教诲，来世必有恶报。若是违背头人命令，就会违法乱纪。不听父母苦口婆心之语，不免率性而为。我若再不听你们劝说，最终会落得个不知天高地厚的骂名，有可能被灼热阳光烧伤，也可能被埋进深土，变成烂肉腐尸。既然如此，那么白岭权贵大人们，小女就听一次国师法言，留守在家，但是森钦国王远行时，要相送一程。"说完，珠姆自心里寻思道：给格萨尔王送行时，岭部各路兄弟好汉、妇女家眷、老少男女都会去，我又为何不能同去？到时候，想办法溜出去。三天三夜来个昼伏夜出，等到达北境曲隆地方，然后再作打算。思及此处，珠姆就再也没有多言。

此后，白岭王国的君臣们相聚一堂，一连三天大摆宴席，唱歌跳舞，赛马射箭。女人们盛装出席，犹如五彩霞光般艳丽娇美。在一片莺歌燕舞中，岭地上师、长辈、勇士好汉等人，不论高低贵贱，连番互敬香茶美酒、肉食退品、米饭、红糖等佳肴美食，同时进行了大范围布施。

到了第七日，白岭谷端、谷口、谷中各地僧俗人众都回到各自家乡邦土。然后岭部十五个英雄好汉和上师弟子十五人，女眷仆从七个人马等列队准备出发。而在家岭地叔伯兄弟、僧侣等五千多人在每一个山顶上点燃桑烟，每座山包上挂上经幡，每枝树权上系上飘带，一时桑烟缭绕，灵香弥漫。白岭好汉、长辈、上师诸人敲锣打鼓，唢呐白螺等吹打敲击声响震天。一排排僧侣、一个个领经师的诵经声，响彻如雷。岭国好汉中的精锐丹玛强查、噶德米钦赛沃、赛巴·尼奔达雅、文布·阿努巴森、穆姜·仁钦塔鲁、毒树塔潘、豹纹斯潘、拉杰本图、赤赞雅达；嘉洛、俄洛、卓洛三部将领；大部四大名将；杰瓦伦珠、威玛普益拉塔、噶米久曲杰旺秋、噶堆觉沃拉加、僧格塔杰；玛宁十二村寨之上部头人达孜、下部头人贡嘎、中部头人曲杰晋美；白岭鹞鹰飞翅部落之贡巴普益查杰、贡巴普益唐朱、贡巴协嘎姜扎、拉赛南喀坚参、嘉洛普益凯连；达戎十八本部中，巴日认瓦曲赛、塔丹噶错查摩、拉丹赛吉阔洛等勇士骁将们，顶盔掼甲，全副武装。

达戎头人超同，满身锦绣霞光辉映，光波暗涌、黑红交错的黑方体令旗插在右侧，人头长笛悬挂左侧，硬弓长箭悬在右边；头不变，虚空探雷黄金盔；身不变，暮气森森黄金甲；虎豹熊皮弓袋，锦纹图饰犹如虎豹相争，虎啸豹怒；双翅缨盖飞彩凤，孔雀羽缨映射五彩霞光；一头黑白柳条青丝发辫，被编成菩萨腰带结、金刚吉祥盘髻结、咒师长发结、右发山羊锐角结、

北魔鲁赞（上）

左发绵羊盘角结、后脑发雄鹰盘旋结等九种不同辫梢发结；红白髭须蓬松，虬髯犹如摇铃飘荡；弯月短刀配腰间，左腰边，瓦拉威利罗刹长剑阴森森，右腰侧，饮血食肉罗刹箭直挺挺；长空惊雷罗刹盾牌圈挂在手肘上；浑如罗刹王发怒，一身披挂鲜亮异常。

岭部国王格萨尔，头不变，盘髻冲天，貌似天神状；身不变，彩虹神帐，三层锦袍绣服；青龙右腾，猛虎左旋，锦毛豹纹镶边，白色母狮图案宝珠闪亮；大鹏羽花翎顶戴，犹如高空中狂风嘶鸣；非同凡人仪表似天神，恰如帝释天尊、梵天大王出征；白皙面容浑如十五满月，笑容璀璨好比万丈阳光；三十颗白牙如同双排珍珠，吐舌长红，犹如风吹红旗；八瓣莲花嘴唇，恰似莲花庄严坛城；双目炯炯，恰如启明星闪烁；百头母牛聚集眼睫毛，好比小母牛回归牛场；双孔唢呐大鼻子，犹如明净透光窗户；玉叶回旋双耳垂，恰似衣锦还乡，风萧萧耳旁吹过；上半身祥瑞神光，中腰部年神灵动，下半身龙纹飞绕，千万神兵龙将环绕前后。

格萨尔英雄戎装，威风凛凛。头顶遮天黄金盔，身披万重黄金甲。金铠辉煌鳞甲动，金龙咆哮声震天。连环银甲价值连城，银龙幻影腾空，真如玉龙飞天。四棱锁甲披身上，无敌宝剑握手中。这宝剑，挥动如踏上解脱之道，斩杀如散去满腔悲苦。上砍想要截断山头，日月也会被砍下。下劈如同狂风漫卷，犹如野人下山横行霸道。剑刃向上望去，犹如上师戴上五彩缤纷的灌顶法帽。剑鞘浑如三佑怙主[1]，恰似三神自天而降。剑环丝线团绕，好比彩虹落地上，剑鞘红艳，珠光宝气。金银珠宝镶嵌，左环右绕。水龙雾气腾腾，雾龙蒸汽滚滚，天龙风云漫卷。佩戴此剑好比三佑怙主如意护身宝盒戴在身上。吉祥锐利数字箭、水鸭展翅降敌箭、大鹏鸟飞腾箭、生吞敌命箭、雷舍火焰箭、三界命主箭、地狱救度箭等九十九支神箭，放入六纹火焰虎皮箭囊中，悬挂在右边腰侧。左边九变花斑豹皮弓袋，雪豹、

---

1 三佑怙主：分别象征佛陀的慈悲、智慧与力量的三位菩萨，即观世音菩萨与文殊菩萨、大势至菩萨。在藏地佛寺中多有组合供奉。

山豹等红白花三色豹皮合成的弓袋中，放入盘角野羊铁弓。铁弓上部遍布万千神兵，铁弓下部千万龙兵环绕。上中下三方战神威玛齐聚中，战神吼声震天，威玛瑞气虹身，仿佛就要飘过来。三捻合一弓弦，拉动犹如喷发千百火山，呜呜轰鸣震雷声。射出去恰如青龙火焰翅膀，暴卷狂风。左边腰悬巴扎长弓扁状形，外面白竹、红竹、黑竹等三种竹子混合制成；内部三重大鹏鸟铁角拱卫。能够砍断顽敌与猛虎骨肉身躯之天铁水晶长斧，光影如半月照空，放在马鞍左边的熊皮斧套中。那黑熊闭嘴斧套，尖刺皮毛如火山爆发，紫色光亮暗影出。三界夺命长枪，九重天铁红铁熔铸。枪尖神灵环绕，天兵神将厉声呼叫。枪杆年神盘绕，年兵年将喊声震震。枪上龙神围绕，虾兵蟹将哼哼哈哈。紫色枪幡风起云涌，看似要降下毛毛细雨。枪尖喷火焰，枪杆卷风云，枪上绕地神。浑如密林猛虎正在咆哮的双虎锦绣枪套中，放进十八尺长枪。这长枪，上刺会给天空捅个窟窿，刺散云团，神鬼胆颤，就连天泰神魔也飞逃。中间抡起虚空之中，中泰神魔也会投降，如同牵走狗。下刺截断奔腾江河，黑恶毒辣的地泰神魔，哭喊奔走，看似黑绳索套擒拿。如此，将紫幡吉祥长枪，放在神骏鞍鞴腹边的贵重枪套中。非同凡人的格萨尔王，浑如战神赴敌阵。五彩虹光身，腰系锦丝宝带，犹如腾飞青龙在咆哮。脚登瑞霞锦靴，恰似地神在燃烧。锦眼绣纹鞋带，象征十八大洲。似乎要征服多康大地，收伏潜踪地魔。气势好比龙王被部众围绕，恰如财神伏藏神，来到人间。

　　格萨尔的胯下马，乃赤兔神骏，被众神环绕呼应。马头如同宝瓶，马身如同孔雀彩翎，光彩照满空。双睛凸似星光闪烁，睫毛浑如乌鸦卧巢。马脸似大鹏鸟头，恰如大鹏鸟飞越长空。下颌堆肉囊，颌下毛堆如山羊毛绳飘落。眼角如同黑披风，又如黑披风斜侧里横飞。马脸颊恰如大鹏鸟飞入天堡。前半身雄狮昂立，恰似狮子抖擞绿鬃。马鬃分如江河水，仿佛山水雪水流淌，好比空中大瀑布。马尾如南天乌云，乌云就要降雨水。四蹄如白海螺右旋，吹起海浪呜呜响。四蹄值百头犏牛，腰身如鱼跃龙门，下腹如飞鹰盘旋。百宝尊胜黄金马鞍，配上六种装饰，令人眼花缭乱。鞍鞯如同红火神，火焰图纹镶边角，火神大笑，火星闪闪，绿蓝烟雾腾腾。马鞍前桥镶黄金，金色太阳在闪耀。马鞍后桥配白银，银色月亮落地上。马鞍腰部嵌珍珠，白色星辰闪耀。马镫如同鳄鱼对冲，鳄鱼咀嚼响声高。马镫系绳丝线缠绕，金丝霞光交相争艳。鞍鞯如同双龙盘旋，青龙雷声轰隆震天。肚带如同黑蛇头结，黑蛇灵动飞窜空中。

此时此刻，世界森钦大王格萨尔，穿着三重花纹锦靴，"嗒阔"一声踏上马镫环扣，飞身上了马背，手执三节白竹马鞭，犹如白色霞光冲天。岭国女眷妇女们茶酒相送，男人勇士们左右捧起扶住，牵马垂镫。袅袅桑烟如乌云滚动中，众勇士的旁边，白衣白人，面如满月，犹如雪山顶上的一头雄狮，雄狮抖动绿鬃，一百好汉中的佼佼者，玛杰奔热神的儿子巴拉塔杰森达，白盔白缨，白甲白背旗，右悬白色虎皮美日塔嘎箭囊，左悬白色替雷塔嘎豹皮弓袋，胯下白色马，骏马东日塔噶，马上白色鞍鞯，三层曼陀罗银质马鞍，九员白衣小将围绕，为了点燃神烟、龙烟、年烟，祈祷赞颂战神威玛、护法、勇士空行等众神灵，准备了不同种类的树枝，不同名目的供品，不同珠宝如：黄金白银、绿松石、琥珀、玛瑙、青金石等；从山的阳坡采集的柏树枝叶，山的阴坡采集的杜鹃小叶，山沟里采集的柳条和桦树枝叶、藏红花、沉香等；并要求大家围绕桑炉右转三圈，然后将马头转向北边，预祝打败北魔鲁赞大王。好汉们矫健如猛虎，女人们灵动如母豹，福运高照如狮子昂立。为了顺利完成首次征讨魔部，剿灭北魔鲁赞之大业，白岭君臣们都弯弓搭箭，箭锋指向鲁赞魔王居住的北境地方。上苍神、中空年、地下龙、战神威玛、地神山神之首领玛杰奔热、格佐年之国王、念青唐拉、觉沃蛟钦东热、南方戎拉坚参、上部冈底斯雪山、玛旁雍措、南措秋摩天湖、东方赤雪恩摩等宝藏神、山神等部众们也一起将刀枪箭口指向雅康北地，大声颂赞祈祷。

巴拉塔杰森达一番祈祷许愿过后，将杀敌凯旋之心愿以猛虎咆哮之曲韵吟唱道：

唵嘛呢呗咪吽逝！

阿拉阿拉上师请，

三佑怙主齐聚山，

莲花生师弘法地，

岭部子民献哈达，

十万空行母围绕，

高岗藏人对神明，

从不相忘做祷告。

上天神宫宝殿中，

犹如堆起白螺塔，

三静神仙宫殿中，

浑如白色水晶神，

指示森钦下凡王，

空行白梵天王请，

时常护佑佛法和，

事关紧要北地行。

吉祥须弥山顶上，

红色城堡红幡耀，

格佐红山虹神请,

红色火焰赞堡中,

千万年兵围绕中,

黄衣黄马格佐年,

浑如金佛显灵来。

大鹏鸟展翅叫声,

红色虎皮扔右侧。

鸟类飞行替日日,

中空迅疾显本领。

大地小虫被风刮,

勇士强援出年钦,

领兵前往北地行。

地处大海宝地中,

水蓝蓝大地雾罩,

珠宝财富美玉城,

碧玉宝座之顶上,

螺头龙兵绕龙宫,

如意宝珠亮晶晶。

龙王祖纳仁青他,

永远是岭部财神,

无尽财宝向你求,

时间紧急往北行。

若是不知此地名,

岭部神子居住地,

国王统领玛域地,

四丘环绕如铁环。

征讨敌人远行时,

吉祥祈愿煨桑处,

白岭赞颂神明处,

战神强援通行路。

凯旋返回故土时,

论功行赏显耀处,

大人领赏哈达地,

荣华富贵汇聚地,

欢乐时的歌舞场。

我是何人若不知,

今生来到凡世时,

玛杰奔热神幻子,

骨肉人身形成时,

玛岗尼玛沃措地，

巴岗雅隆山顶上，

噶摩久智城堡坚，

鹞鹰筑巢安家处。

昵称是塔杰森达，

岭部三十豪杰中，

英勇无比如白狮。

焚香颂赞上天神，

不是我信口胡说，

桑品桑树和桑料，

供品供奉有名称。

白色神桑如云集，

树种红白檀香树，

克什米尔藏红花，

尼泊尔的青莲花，

汉地王土之柏树，

藏地芳草红花和，

草地上的药草香，

长角花鹿鹿茸和，

药材麝鹿之麝香。

桑树右旋百叶枝，

如意神树之树叶，

阳坡小绿桑柏桑，

阴坡杜鹃小叶桑，

枝叶茂盛桦树桑，

玛瑙玉叶芸香桑，

白螺枝叶白树桑，

沙柳枝条玉叶桑，

白草边玛白螺桑，

果树花草精华桑，

八百零八药材桑，

桑料好料如此桑。

天竺国之粮食和，

白色无味长哈达，

金料金丝之金桑，

四部神仙之神桑，

不同品种之佳肴，

蓝色青稞之凝汁，

头道甘露青稞酒，

汉地红茶头道茶，

九种茶叶之精品，

烧开头道敬桑烟。

不同品种之丝绢，

红白颜色之绸缎，

心想如意祈祷声，

嗦罗桑嗦神桑罗，

桑罗梵天大王神，

祈请念青古拉神，

下届祖纳龙王神，

神龙年神之供品，

神兵年将属部众，

龙兵地神山神请。

上部阿里三围桑，

中部卫藏四茹桑，

下部多康六岗桑，

世界九大山神桑，

藏地十三山神桑，

七十五名黑天桑，

玛索班丹拉姆桑，

三界王母随从桑，

白玛炯乃大师桑，

不同莲师八相桑，

本尊畏怖金刚桑，

地府阎罗法王桑，

护佛六个兄弟桑。

还有桑烟与供品，

供奉祈祷在心中，

藏地十二女神桑，

卡瓦格布大神桑，

擦堆鲁格德央桑，

擦盖直日秋摩桑，

擦麦哲噶多吉桑。

还献桑烟与供品，

不同粮食之汁液，

十八品种之琼浆。

戎拉坚参部属桑，

梅日拉赞部属桑，

玛日协隆仁摩桑，

中部玛钦日杰桑，

玛地十三山丘桑，

协扎沃措秋摩桑，

扎楞鄂楞卓楞桑，

洞天福地莲花垫，

百神心中神明桑，

北魔鲁赞(上)

广阔苍穹鸟道中,

乔真南杰卡卓桑,

北地念青唐拉桑,

南措秋摩天湖桑,

财神阿雅德达桑,

那雪那拉赞巴桑[1],

富神财神部属桑,

藏地护法山神桑,

保佑藏地弘法事。

今日欢乐时辰里,

白岭君臣列排行,

兵锋直指雅康地,

即将征讨鲁赞王,

指引箭路护远行,

保佑一路顺风行,

四百二十八病熄,

平常万事皆顺利,

吉祥欢唱煨桑歌,

蓝天上的神兵桑,

---

1 那拉赞巴:地望在西藏那曲市比如县境内的一座神山。

虚空中的年兵桑，

广阔大地龙兵桑，

无处不在之桑烟，

荣华富贵兴如意。

神通心意之授记，

内外茶堡之神变，

身语意之桑烟祭，

不可着急与嫉妒，

赞神不要不高兴，

各自供奉供品中，

尽情享受其所需，

兴高采烈随心意，

咯咯嗦嗦神取胜。

白岭神部上自上师喇嘛，中间叔伯兄弟、姑嫂女眷都在焚香颂赞，咯嗦呼喊祈祷之声如雷响彻天空。然后岭部君臣上师诸人，穿上各色盔甲，整装出发行进。白色海螺本性中，如同艳阳照雪山。黄袍金盔金甲，如同金色阳光照草甸。紫红色的玛瑙头盔玛瑙甲胄，好比南天云彩飘北边。蓝色碧玉头盔与碧玉甲胄，恰如翻江倒海中。花色铁盔铁甲，恍如山上草木茂盛，夏季六月草地鲜花烂漫，看上去眼光缭乱，想起来心中没底。天上神兵左边出发，中空年兵右边行进，下界龙兵左边行走，战神威玛前面迎接，勇士空行后边援助。旌旗招展，骏马奔腾，犹如冰雹纷纷，雪花飘飘，吼声震震，恰如狂风吹动青苗似浪涛翻涌般前行去送格萨尔王。

三

  过了三天三夜，格萨尔人马来到扎西曲隆仁摩地方的达隆山垭口，登上达拉查毛山顶上远眺之时，看到北境之内，只有几处森林草木之山包依稀可见，而往岭地这边看去时，也只能朦朦胧胧地看到几处起伏山包。于是，格萨尔人马在达隆曲扎地域下方安营扎寨。就在这天夜里，南曼杰姆姑母她，头不变髻发盘头，身不变法衣飘飘，右手举起紫檀摇鼓，左手摇动白银小铃铛，脖颈上戴上白水晶念珠，降临到格萨尔王神帐中说道："诺布占堆王子殿下，北魔鲁赞大王他，张开血盆大口，杀害世间人类的杀手，不是这等魔怪，还能是什么？看那被他残害的可怜人，右边是僧侣，左边是妇女，中间是个黑人。"说完，顷刻间消失在空中。第二天，喝着早茶休息的时候，格萨尔森钦·诺布占堆心想：就如昨晚姑母预言所说，看来不可在这里久留。于是人马两个如同闪电般来到达拉查毛山垭口。正在此时，北魔鲁赞大王，张开血盆大口，到阿琼穆扎[1]大王身边，二位魔王谋划着携起手来，弄他个血雨腥风，满地哀嚎，何不快哉！正当二位魔王来到那雪地方的山头，那拉赞巴山顶上，正在东张西望之时，格萨尔王一眼就瞧见了魔王，取出三界降魔神箭，以怒火霹雳之曲韵吟唱这首箭歌道：

  唵嘛呢呗咪吽逝！

  阿拉歌儿来献供，

  塔拉母亲与苍生，

---

[1] 阿琼穆扎：又称工布魔王阿琼穆扎，是鲁赞魔王之亲戚（原整理者注）。后文指明是北魔鲁赞的权叔（译者注）。

引领极乐解脱道。

头顶日月庄严座,

白色海螺光耀耀,

白云会卷之中央,

玉龙吼声呜茹茹,

高山须弥圣山顶,

稳重祥和光明三,

三好重叠山顶上,

梵天大王神宫在,

东方空中日光留,

十五月亮如影随,

群星璀璨右旋绕,

父王白梵天王您,

今日引领小儿箭。

未见没听不知三,

天神明鉴不可有。

白梵天王神之主,

哪里会有不明白?

紧要关头勿分心。

中空广阔大道上,

念青古拉格佐您，

黄人黄马黄金色，

好比那耀眼日光。

五彩霞光掩映中，

风云云雾笼罩中，

胯下是白额牦牛，

白狮昂首塔拉啦，

黑风火星亮熠熠，

老鹰飞翔替日日，

野兽怒吼呜茹茹，

雷神威玛十三尊，

十万火翅战神随，

今日前来助英雄。

雪山威玛狮子头，

十万绿鬃天兵随，

狂风暴雪突鲁鲁，

今日前来助豪杰。

中间威玛鹞子头，

十万鹏翅天兵随，

今日引领勇士箭。

岩山威玛骑野牛,

十万锐角天兵随,

今日射杀鲁赞魔。

黑风威玛爱吃肉,

十万盘角天兵随,

摇头晃脑来救应,

今日射杀鲁赞魔。

十万黑熊铁锤将,

今日前来护好汉。

十万笑面天神将,

今日前来助我阵。

十万金翅天神将,

今日前来助岭王。

肉草动物飞禽群,

摇动翅膀遮蓝天,

四蹄飞踏震大地,

尖利锐角满碧空,

不要耽搁请速来。

请看上面有好戏,

那雪那拉赞巴拉,

山顶四角八面坡，
紫色岩山戴黄帽，
赞拉穆波之神山，
悉补野藏地财神，
鲁赞魔王在山顶。
仰头眩晕暗影罩，
落脚高山被塌陷，
说将岭将扔出去。

狼狗之间争斗时，
羊群吃草不舒坦。
鹞鹰展翅飞翔时，
鸟群飞行无坦途。
狐狸草狐行径处，
地鼠难觅芳草吃。
妖魔罗刹大嘴间，
藏地苍生难安生。
真是苦难黑暗中，
无论何去何地留，
鲜血浓疮与黄水，
尸臭恶臭和熏臭，

罪孽乌云天地暗。

尸秽凶障与杀孽，

污秽污垢与污染，

黑暗晦气遍人间。

上师权威难树立，

人间幸福何处寻？

神仙居处无安宁。

中间黑头人类地，

悉补野地天竺国，

佛陀圣教之福地，

凡有心脏之生灵，

没有一个能逃生。

下部汉地律法国，

千万山羊皮帽者，

无一例外难生存。

尼泊尔与卫藏地，

成千上万被吃掉，

还有千万要吃掉。

此等魔怪侵藏地，

有无天神就一样。

头顶之上拜一神，

第一白梵天王请，

第二古拉格佐请，

第三祖纳龙王请，

第四八相莲师请，

第五海生金刚请，

第六益西措杰请，

第七狮面凶恶容，

多吉玉珍女神等，

滚滚乌云自天来，

跳跃小曲斯日日，

鲁赞头顶施障霾，

地神山神等神灵，

阻挡鲁赞潜踪路，

鲁赞魔王的势力，

南瞻部洲要控制，

今日该到我出马。

若是不知此地名，

东方岭国王国地，

不变达拉查沃山。

如若不知我是谁，

在那此生之前时，

空性天神虹光子，

霞气虹光抓不住。

没有违背上师令，

下凡人间称王时，

玛麦玉隆为居地。

白岭部落之主人，

悉补野藏地心肝，

佛陀教法保护神，

黑恶魔头之克星，

派遣之人似奔去。

手中所搭之神箭，

与众不同非凡类，

幻影智慧神箭也。

在那远古时代里，

多杰勒巴铁匠神，

特意赠送给我用。

然后手中这长弓，

乌坚白玛炯乃他，

可以送给我使用，

今日到了射出时。

北魔鲁赞大王他，

还未到那绝命期，

首先射向头顶上，

魔头右顶之铁角，

若是没有被射断，

上天福地会遮盖，

中天年域会拆开，

魔头长角力量大，

今日以往日子里，

神龙年等多庇佑。

将要射出手中箭，

战神威玛狂风吹，

护持协助两不误，

鲁赞毒角脱落开，

咯咯嗦嗦天神赢。

唱罢，格萨尔将一箭飞出，火舌焰焰中，似乎要将长空燃烧。那响声，如同十八条子母龙同时震雷咆哮般。在一番地动山摇中，射中了鲁赞魔王头顶黑乎乎之右角根部，半截右角血淋淋的脱落在地上。魔王拖着那半悬半落之断角，来回跑动，一时疼得头晕目眩，跌倒在地。魔王身体内原有噶饶魔帝、玛扎茹扎魔尊、天泰魔王、中泰魔王、地泰魔王等护持的五支护身命脉，也被神箭之力截断消失。为了悼念鲁赞魔王的此次失利,那雪地方的女人们,本喜欢将半部头顶装扮珊瑚、绿松石等珠宝配饰,而后却将头顶半部不做任何修饰,黑乎乎留下寡妇头,从此留下"那雪独角人"的民间谚语。到如今,那雪地方仍存留着这种民风民俗。

此后,鲁赞拖着受伤之躯,飞逃隐迹了三天。身在魔宫中的梅萨奔吉,算了一个神卦,祈求神灵明白指示鲁赞大王此行有何挫折与不顺。于是二十一尊度母女神们翩翩然、身姿摇曳地亲临梅萨跟前说道:今日岭部众人送行岭国森钦大王出征雅康北地,到了北境边缘纳隆曲扎下部地方时,格萨尔王从达拉查毛山顶上射出一箭,将正在巡游那雪地方那拉赞巴山头的鲁赞魔王的一支铁角射断,魔王生死不明。听此,梅萨高兴异常,心想,杜鹃鸟冬天不会鸣叫,真正快乐的时节是春天来临之时,瑞雨普降喜融融,芳草烂漫花开香。没有上师的弟子,不会修行只会钻山洞,未卜先知何日有。没有人生伴侣的寡妇,被邪恶敌人掳掠到北境荒野,只有乌鸦对你打个招呼,叫声啊若[1]!孤影随行,这荒荒凉凉的北境羌塘,何日才能逃生?如若幸福阳光从岭国照射进来,何愁不融化北境冰天雪地?于是第二日拂晓天明,戎伦阿奴桑陈即将要去放牧牛羊之时,梅萨准备了丰盛的饮食,说道:"呀!阿奴桑陈儿,你昨日有何梦兆?"戎伦回答道:"我高兴胸中太阳照,欢乐十五月儿圆,欢喜夏草繁盛中,将要听到杜鹃鸟欢唱。昨夜睡梦之中,看到乌云掉落地上,看到黑色野牦牛跌倒在平地上,牛角滚落在旁边。看到空中雷电交加,北魔鲁赞头部被雷击中。你我二人之主人魔王他,是生是死,还真是难以预料。"梅萨奔吉听后,心底非常开心。然后,戎伦阿奴桑陈依旧去放牧千万头牛羊,梅萨留守在家。

且说,过了五天五夜之后,疼痛难忍的鲁赞大王在一声声啊热啊擦中,叫苦连天地回到九尖铁角魔堡。"梅萨奔吉妖女,快点给我准备吃喝,速

---

[1] 若:意为说道,藏地牧区方言(原整理者注)。

将人肉、马肉、狗肉、鸡肉等拿上来。我是口渴难忍，恨不得一口喝干血海。第一要人血，第二要狗血，第三要马血。今日我饥渴得似乎胸腔肚子要燃烧，头痛眩晕，脑子发呆，无法忍受的阵痛持续了几个日夜。要不是叔叔工布魔王阿琼穆扎他老人家给我治疗，我差一点就丢了性命。真是晦气，从东面来了一个黑曜觉如吃地鼠肉的老魔，突然间投掷出一颗惊雷，将我头顶上的右角给打掉了。"听到这些，可乐坏了梅萨，真的是乐在胸中，喜在嘴角，差一点就笑得前仰后翻。但梅萨还是装出一副伤心难过的样子，在啊咔啊希叹气连声中说道："此番大王您不该远行出游，应该留在自家城堡宫宇之中。自家财物自己收罗，自我家园自己守住。自己属部自我管理，自家饭食自己吃喝。先将山上的野驴、野牦牛、黄羊、羚羊、麋鹿等吃了，这也是不得已的。要是不吃本部范围之内的子民牲口，何来人血、马血、狗血？看来现在已经不得不吃本部生灵了。"鲁赞寻思：梅萨所言极有道理。正如，家道中落时肚子里饥火中烧，败坏清规戒律时脑中想法赛过闪电，快要面对官司时会嫉妒如同烈火，饥荒之时，粪便也会当饭吃。看来梅萨所言是有道理，搜刮积累财富是有一定目的，想方设法当富豪，饥饿之时若不能大快朵颐，死后又有何用？寒冷之时若没有衣服穿，死后只不过是盖住尸体而已。出门若是没有马骑，平日里饲料就白喂了。于是，魔王准备吃掉本部子民，急令部下每天送上百人百马，这还算小口小口吃而已。就这样，魔堡中杀气腾腾，血肉横飞，臭气熏天，血雨腥风铺满北境魔域。不论是直立人类，还是俯身牲口、有翅飞禽、草肉动物，等等，都被魔部属下广为张罗，做成肉血献给魔王。

话说回来，森钦诺布占堆所射那支三界降魔神箭，犹如父母派出的儿子、上师派遣的弟子，在护法、本尊众神指引中，火光艳艳地飞回到格萨尔王箭囊之中。国王人马二人又顷刻间返回了岭部营地。岭部君臣们在如意神帐之中盛排筵席，尽情享受茶酒肉食。三天之后，岭丹玛强查说道："森钦国王陛下,我是箭法出众的丹玛强查,是萨热诃大师[1]转世,印度八十成就师[2]之首。因佛菩萨发愿,我生在丹玛地方,名唤丹玛强查。格萨尔国王的大臣,眼中珠,心头肉,嘴中舌头,今日该是效力时,雅康北地可否去?几天之前,达拉查沃山垭口,格萨尔人马神通行,辛苦麻烦有几多?霹雳神箭向谁射?射出结果又如何?不要保密请详说。"如此向格萨尔请求之时,国王笑容满面地说道:"沃沃!好汉确实未卜先知,果然不同凡响,此行功劳情况是如此这番。"未等格萨尔详说,丹玛又说道:"那鲁赞魔王恶名如此响亮,要是再次来到岭地,岭部三十勇士和上师僧众们,有的拿起武器,有的施展神通,就不信奈何不了他。国王前往雅康北地时,我等为何不能同行?国王您又知道些什么由头?若是鲁赞难以征服,我当效力随行。"国王说道,"那么,神族子弟们,不论老少尊卑,还是青壮年,请大家仔细听我道来,上天神明预言和我本人的想法有哪些,最终岭国命运又如何,为何征服鲁赞魔王的使命当由我来完成。"接着便以六变神曲之调吟唱道:

> 唵嘛呢呗咪吽逝!
>
> 阿拉歌儿引领曲,
>
> 塔拉歌之生命树。
>
>
> 不调歌之好韵律,
>
> 有理话语难说明,
>
> 话语若是没道理,

---

1 萨热诃:古印度著名高僧,传说神通广大。
2 印度八十成就师:又称印度成就师。此处显然受印度佛教文化的影响,将岭国英雄人物的出身尽可能地与印度佛教人物挂钩。

犹如人马无生命。

有头臂膀自然伸，

有眼何事都能干，

如此引领献供曲，

向那三宝献供奉，

天可怜见发慈悲，

息灾增益除魔障，

话语无阻请加持，

心思无忘请加持，

不变身躯请加持，

身语意三之护持，

愉悦岭王保护神。

三十三界宫宇中，

白色海螺之大神，

虚空光明赛白螺，

日月之光耀眼中，

五彩争辉霞光殿，

空性虹身白梵王，

请勿分心听儿歌，

赞颂祈祷小儿来。

无论何去何处留，

到了紧要关头时，

不免求助父王您，

桑烟美酒之供奉，

供品树枝绢绸和，

药草甘露之供奉，

凡在人世间所有，

都将供奉上天神，

呼应要灵发慈悲。

威哉高天须弥山，

夏日玛波雄狮堡，

宫顶上鹞鹰飞旋，

斑斓猛虎右边[1]跑，

花斑豹子左边突，

野兽飞禽围绕中，

食草动物嬉戏来，

九万战神之首领，

年达比扎玛波请。

天亮桑烟美酒供，

---

[1] 此处白日改译为右边，可与下句对称呼应。

衣食绢绸哈达和，

沉香檀香等药物，

凡是年地有需求，

黑头人类来供奉，

到了危机关口时，

对于神子占堆我，

呼应要灵速相助，

一瞬间也不分心，

白日巡逻你们来，

不可走神中天年。

大海宝地上下中，

黄金山和黄金石，

黄金大地之巅上，

宝珠身躯莲花座，

福堡檀香宝座上，

碧玉花点小男孩，

穿上蓝色水绸服，

鱼蛙蛇族兵士随，

鳄鱼张开血盆口，

水波焰纹荡漾漾，

汹涌浪涛波翻声,

汪洋碧海深渊中,

荣华富贵何其妙。

龙王祖纳仁青请,

胯下蓝色水骏马,

无尽福报龙宫王,

洪福齐天龙宫王,

垂可怜见小儿我。

母亲是龙族后裔,

祖纳仁青外祖父,

到了紧要关头时,

刹那间也不走神,

该是剿灭魔部时。

今岁时光之初头,

正在前往雅康北,

大魔鲁赞魔王他,

已经到了降伏时。

上苍神明有授记,

根本上师有明令,

千百菩萨之宏愿,

今番出征为首功。

老魔鲁赞大王他，

上天神与中天年，

下界龙族黑头人，

四蹄躬身牲畜等，

不管是谁放嘴里。

万千生灵被屠杀，

罪恶阴霾大地昏，

血染大地红通通，

苍生受难天地暗。

而今说是可剿灭，

今日出征之路口，

雅康北地地界上，

人吸马吞之沙尘，

根源就在下界水，

水神必然是龙王，

没有河水江河干，

水干道路能畅通，

然后一步一步地，

需要之时要求助，

祈请呼救请速来。

战神兵器上库中，

大鹏鸟头人类身，

疾飞翅膀鸣如如，

双手可断闪电腰，

黑蛇毒虫叼嘴中，

多少龙魔之克星，

琼塔噶波战神请。

中空广阔苍穹中，

战神兵器中库中，

狮子头与人之身，

一身披挂绿鬃抖，

雪杵骷髅图录录，

天罡地煞悉塞悉，

青龙怒吼塔热热，

母狮战神神丁绕。

战神兵器下库中，

虎头人类之身体，

人肉笑面秋塞秋，

红皮利器森尔森，

龇牙咧嘴吃血肉，

威猛老虎之咆哮，

战神梅达玛摩请,

草肉动物随身行,

今日到了相助时。

若是不知此地名,

通往雅康北境路,

花岭国部之地盘,

纳隆曲扎沃玛地,

离居送行离别处。

格萨尔远赴北境,

长辈兄弟好汉们,

送行祈愿分别处,

神桑龙桑燃香台,

皈依发愿许愿地。

然后白岭神族们,

我是何人必然知,

天界灵霄神宫中,

白梵天王的神子,

念青古拉的侄孙,

母系下界龙族类,

龙王祖纳之孙子。

可知快乐与幸福，

降魔将军岭部儿，

声名远震天下知，

力量神通如火烧，

无始无终的神子，

没有死亡无病痛，

空性彩虹无相异，

不是空话是事实，

何去何从自由身。

只要风儿能去处，

就有格萨尔神通，

天空玉龙咆哮处，

格萨尔王就会在，

只要日月普照地，

格萨尔恩情就在，

说到做到勿怀疑。

今年雅康北境行，

未曾想过无功返，

要不然同归于尽。

温热月亮在一处，

不然就去群星中，

日月星辰旋转中。

要不如同狂风吹，

大地漫卷旋风起。

要不水路河中行，

任那牛皮船儿飘。

没法控制我人马，

知足常乐欢喜否？

冷饿苦叫在哪里？

神子百变自由身。

神骏赤兔白鼻马，

无量光佛之化身。

就算没有一根草，

不必担心肚子饿。

就算没有一滴水，

口干舌燥不会有，

天下任凭我俩转。

我们人马二人是，

心想事成顺利中，

我乃转轮圣王身，

无人敢敌奈我何，

不死金刚不坏身，

应该就在预料中。

生铁火炼造型多，

格萨尔虹化身体，

无人能抓彩虹身。

格萨尔神变狂风，

无人能追迅疾风。

格萨尔日月空行，

九耀煞星也避开，

因此没有危险事。

然后白岭子民们，

尤其森姜珠姆你，

过分自我之叔父，

乖巧伶俐之米琼，

放弃故乡去他乡，

不留岭地心意绝，

说是不需守空家。

往昔古人常言道：

不留恋故乡之人，

若有人人讥如粪，

要不就是狂风刮，

要不然是洪水漂，

恶人家乡留不住，

定是驱赶之犯人，

要不准留故乡地。

大寺主人上师他，

流浪边地是不好，

去了供奉变毒水，

不行坏在女人手，

最后罪孽深重身，

不然怎能不留下？

姑娘不留故乡地，

要不去当茶酒女，

要不已成寡妇身，

要不然上当受骗，

不然怎会不在家？

失去家乡游异乡，

野狼就会翻九山，

鱼儿就会游九江，

雄鹰翱翔蓝天中，

不然就会留家中。

再说古人常言道：

骡马女人无故乡，

就算有家难留下，

此乃前世已注定，

不然不留因何去。

万丈太阳转四方，

明知辛苦天注定，

世间需要温暖光。

山中野狼翻九山，

明知辛苦命注定，

自给自足是必然。

秃鹫回去吃人肉，

明知脏污天注定，

空中不得不飞也，

高耸悬崖有鹰巢。

水中鱼儿水中居，

虽知寒冷天注定，

游戏水中不得已。

野牦牛栖息岩山，

背箭猎人危险中，

山中游荡不得已，

石山本是野牛家。

地下老鼠钻地洞，

收集夏草冬季吃，

地下本是老鼠家。

杜鹃鸟儿钻密林，

鸣叫声中求雨下，

秋天时节飞门地，

那是自己的故乡。

黄色水鸭黄帽头，

夏天飞往北天湖，

产下蛋卵筑鸟巢，

冬天湖水冰冻时，

故乡门隅南谷行，

原本就是自己家。

再说花枝招展女，

没有思考就胡说，

让人不知所云也。

妙法上师慈悲身，

不食人间烟火心，

空行禅定修行中，

闭关修行绕白石，

但在白石圈内外，

火急火燎吃供品。

大部头人有权势，

发誓不受属民礼，

但在明辨是非时，

毫不留情要剥削，

巧取豪夺咽喉烂，

欺诈谎言被拆穿。

妙龄女子爱美丽，

发誓不会去游荡，

闲不住去找男人，

最后落个众人笑，

欺瞒谎言自败露。

富裕商人钱财多，

发誓让利不贪财，

没有诚意总失信，

这就叫连篇谎话。

不留家乡干什么？

孤儿也会恋故乡，

无心牲口也念家，

无心飞鸟也守巢。

有心之人他乡行，

非去不可有何乐？

若想幸福守家园，

细软衣服香甜饭，

话儿随你去说道，

出门就有父母家，

闲游可在闹市区，

除此还想去哪儿。

歌若听进是甘露，

不听不会再反复，

诸位心中要谨记。

听罢，所有岭地叔伯长辈、兄弟好汉们皆俯首听从国王之命，准备返回各自家乡。唯独森姜珠姆和米琼、超同三人表现出一副极不情愿返回岭部的姿态，继而，怨气重重，怨声连连，流泪不已。尤其是珠姆和米琼二人更是依依不舍。恰在此时，叔父超同却心生阴谋诡计，暗自想到：此番前往雅康北境，我若不能镇住那鲁赞魔王，这觉如小儿又岂是魔王对手？不过万一收伏鲁赞的时候，我若能与格萨尔同去同回，必然使我声名鹊起，名震天下。取代格萨尔成为岭国之主，也不是不可能。思此，便没有再说出什么豪言壮语。过了一会儿，前来送行的岭部众人便一起启程返回故里。剩下森钦大王和超同、米琼、珠姆四人，一人一骑，决意深入雅康北境魔域地界。

五天之后，格萨尔一行四人来到了一片荒凉之地，连荆棘刺尖般大小的树木也见不着一棵，没有一粒石、一滴水。如此一连行进十天十夜之后，口渴如火烧山林，饥饿如饿鬼咽喉发干，珠姆又饿又渴，身心俱疲之中跌倒在地，站又站不起来，走又挪不开步子，是停留还是前行，都不知所措。马王赤兔白鼻神骏心想：阿孜！回想平日里，森姜珠姆王妃，口渴就有甘露美酒享受，肚子饿了就有美食佳肴侍奉，吃不完剩下的还可赏给下人们享用。锦绣罗衣随时穿，珠宝首饰随心戴。那白里透红的脸庞，阳光照热时，可以选择阴凉处，寒风吹来时，可以包裹围巾。喜欢外出时，可去芳草之甸。若想独处，可以待在自己的寝宫中。锦绒坐垫五彩争辉，美丽身躯犹如鲜花盛开，饭食皆是香味齐全。不曾想，今番落难至此，真是令我伤心难过。如此想着，那赤兔白鼻骏马禁不住泪如雨下。说时迟，那时快，机灵的米琼立刻取出准备盛水用的金壶，捧在马的眼角下去接住神骏泪珠。赤兔白鼻骏马因生起无限慈悲之心，情难自禁地洒下泪水，如同甘露之水从天而降，一会儿工夫就盛满了金壶。于是大家都高兴地说这马泪完全可以解渴。只有叔父超同说喝了泪水可能加剧口干之苦。珠姆则说快快给我喝上一杯。米琼则一边说须得烧火煮沸方可饮用，一边看着国王的脸色。此时此刻，格萨尔王心想：呀！身不由己来异乡，酷热煎熬病痛三，苦难汗流难过三，这些若是不喜欢，自作自受难躲开，只能流落到与虱子打交道，讨要衣食的境地，想到这儿就说道："那么，大家不必着急，应该能找到一个烧煮的办法。"接着就从天地和合护身宝盒中取出了红白檀香木的木柴，又取出火镰火石想要碰击取火，这时却发现架起炉灶的石头无处可取。国王说道："叔父您是神咒秘诀之主人，想到什么变出什么来。我也算是法力无边的主人。请叔父愿意用一只膝盖也行，放置两只膝盖也行，剩下一个灶石可用我的一只膝盖充当。"超同连忙回应道："沃！所言甚是。不过我就放置一个膝盖。您才是神通之主，理当支起两个膝盖。"于是，格萨尔王双腿弯曲，架起两个膝盖。叔叔超同跪下架起左边膝盖。叔侄二人一起用自身膝盖架设了三石炉灶，然后放上盛满马泪的金壶，用檀香木羽毛烧起火来。一会儿工夫，马泪烧开，蒸汽腾腾，水雾蒙蒙，水珠溅溅，水雾飘荡，还没有完全煮沸的时候，超同使了个法术，化身为水神，没有一点烧伤腿膝。而格萨尔王也化身为火神，虽说这火奈何不了火神，可是不知怎么的，格萨尔王的膝盖开始出现许多蓝晃晃的水泡，疼得格萨尔王泪水挤满眼眶。看到此景，超同一分心，立马就烧烂了皮肉，忍不住疼痛，一声哀嚎之后，就抽开了一只膝盖。金壶倒悬掉落在地上，赤兔马的泪水散失，檀香木之火熄灭，一滴马泪也未能留下。"而今如何是好，没有饭吃自然就闹饥荒，没有水喝自然是饿鬼投胎，怎会经历这等苦难？"格萨尔王边说边拿出白色莲花哈达，包裹腿膝。超同也从自己的护身宝盒中取出马头明王的寄魂绢绸裹住了受伤的膝盖，心想这点事情怎会难住我？便起身前行，过了三顿茶歇的时间，叔叔开始举步维艰，一步一趔趄，最后天旋地转，昏然跌倒在地。超同想要吐个口水，连试三次，肚子里别说东西连个气味也没有，最后吐出了三口白花花的泡沫，哇啦一声，哭得差点背过气去。米琼觉得今日可能命丧此地，但是死也安然，能死在上师森钦大王跟前，定不会堕入恶趣道中，哪有生下不死的人。如此想着，米琼有时手足并用，有时被胯下马卓钦拖着走。珠姆也是饥渴疲劳交加，面如死灰，满脸尘土灰蒙蒙；风吹日晒的皮肤变得蓝幽幽；眼角一片乌黑；比起那门外的奴婢还凄惨万分，露出犹如八十岁老妇尸体般的脸色；好不容易被架在卓姆琼热马的坐骑背上，由格萨尔王和米琼左右相扶前行。到了扎隆雅玛曲噶谷地，右边是悬崖，左边是石山，前面是江水。哀嚎连声、如同老狼痛哭一般的叔父超同也被格萨尔王架在马上。格萨尔王说道："叔父您还要去雅康北境的话，别说帮我剿灭鲁赞魔王，自身都很可能难以保住，绝对走不出此地，不如趁早就回去，多好。"但是超同却不肯答应，继续往前走了。终于大家走到一块鲜花烂漫的地方，停顿休息。

此时，格萨尔王心想：在我打算前往北境的时候，森姜珠姆说是给我准备了充分的食物，不知有些什么东西。遂从赤兔马鞍鞯上的褡裢中取出牦牛背脊干肉，分别赏给森姜珠姆和叔父、米琼各一小口。这干肉顿时就吃完了。然后格萨尔王说道："这点食物也是托珠姆的福，从嘉洛家的库藏中召唤天下食品的福缘、福运而得到的，吃多了只能成为生病之源。"这一天，他们三个吃饱了肚子，撑得晚上睡觉时呕吐不止，臭气熏天。第二天拂晓时，三个人一起问道："昨日饭食怎么如此有营养？里面究竟有什么？弄得我等肚子疼痛难受。"格萨尔王回答道："去往雅康北地的路上，必然会水土不服，难以消化饮食。你等不可再一起前往，趁早赶紧返回故乡。"叔父超同虽然满心欢喜，但是笑模笑样地说道："国王若是返回故里，我也必然返回。如若不然，前往他乡，没有叔叔我随行，岂能让侄子你孤身进入北境魔域？"格萨尔王答道："没事、没事，叔叔您还是返回原地，米琼，你们不可让珠姆挨饿受冻，你二人一定要将珠姆带回故乡。"米琼没有答应，只是说了声啦索，用手抓土，低头不语。珠姆叫嚷道："要死就死在荒凉北地，要生就活在荒凉北地。眼前格萨尔王生死不知，我不会离开您半步。"然后珠姆倒在右侧，米琼躺在左边，不肯起身。而那叔父超同已经给森达古古若宗马上好鞍鞯，格萨尔王便从北行存粮中取出一勺糌粑，说好每日只能吃一指甲的量。叔父就这样骑马返回故里。

叔父超同走了半日，忽见一座紫色岩山，诚所谓：猫头鹰白日叫唤之地，红黑狐狸哀嚎之地，老狼左右奔突之路。谷顶野狼哭叫，谷口猫头鹰大笑，交叉路口狐狸怨。原来，是到了天地风雨起、阴云垂地、黑雾迷空的北境魔域闷巴曲赤山口。只见公狼母狼各一百只，两百老狼带着一百只小狼崽，三百只野狼左右奔突，臭味满山，挡住了超同人马之路。惊慌失措的超同叔父吓得啊擦、啊热、啊那叫苦连天，嘴中呼喊："马头明王保佑我，格萨尔大王保佑我。"虽说狼群没有冲上来咬住超同人马,但是叔叔连一只小狼也没敢对付。正当超同无路可逃之时,格萨尔神通感应,忽然涌出一圈白光,格萨尔人马飞腾而下。超同叔叔愤愤不平地对格萨尔王吟唱了一首胆小狐狸短歌道:

唵嘛呢呗咪吽逝!

一吽二吽三吽声,

三吽过后唱首歌,

吽是咒师法术语,

凶狠大声呼喊时,

鬼魅魍魉收伏歌。

红黑花色神堡中,

红色马头明王请。

水草雍仲城堡中,

威赛达拉梅巴请。

沃摩隆之密洞中,

雍仲次旺仁增请。

今日若来是真神,

今日不来是假神。

若是不知此地名。

岭国上部雅康北,

地界山界与水界，

闷巴曲赤山垭口。

阿孜如此险要地，

仰望没有如剑天，

落地没有虎皮地，

行走不见一线路。

右山[1]黑岩枭鸟巢，

猫头鹰白日飞行，

猫头鹰白日叫唤，

左山石山狐狸家，

红黑狐狸在哀嚎。

白色悬崖峭壁间，

谁都心惊肉跳中，

罗刹妖怪在哭嚎。

岩山碎石滑陡坡，

飞虫电光火石中，

绝壁崎岖锯齿口，

右边一百黑背狼，

1　此处将对面之山改译为"右山"，可与后句中的"左山"对应。

左边一百红背狼，
后面一百小狼崽。
张口就腥风扑鼻，
血肉气味滚滚来，
屁股下垂臭气熏，
恰如吃了大蒜味，
真是憋屈又害怕。

我呼喊保护神们，
关键时刻想侄子，
命主马头明王求，
叔伯兄弟才救应，
亲戚骨肉才疼爱。
国王你从何而来？
刹那间也不耽搁，
救助叔叔脱险境。
像你一样世难求，
定能剿灭鲁赞魔，
必能守护叔叔命，
真高兴啊真幸福。

然后侄子格萨尔，

往日身在岭地时，

叔叔我权势熏天，

真正有权格萨尔。

在那岭国部落中，

叔叔我高高在上，

真正高人格萨尔。

住在岭国部落时，

叔叔我是心眼多，

咒术秘诀能使唤，

运用五行能自如。

跨越无人北境时，

马头明王没护佑，

真是令人泄气事。

然后侄子格萨尔，

你去雅康北地前，

先把叔叔送回家，

若是回到自己家，

我来代替侄子你，

岭部属民之生计，

匡扶弱小从边上，

因果报应记在心，
侄子格萨尔恩情，
永不相忘记在心，
时常祈祷诸事顺。

我此行雅康北地，
须发鸟儿前面引，
持鞭小鬼后面赶，
鲁赞魔王来诱惑，
活生生前来送命，
外冷骨肉已枯萎，
内饿肠子唱水歌，
嘴唇颤抖如旗幡，
风卷狂沙满胸腔，
没有森马走不动，
没有岭王谁救应？
叔叔我一身本领，
急需无用真悲苦。

格萨尔王若不来，
叔叔此番命休矣。

没有坐骑是瘸子，

没有侄子无守护，

没有饮食要饿死，

一滴水都没喝到，

自今以往日子里，

算起来一十二天，

昨日才闻到一点。

你国王神通广大，

速将叔叔送回家，

无知前来真后悔。

歌若听进发慈悲，

不听失去叔侄情，

侄儿心中请谨记。

听罢，国王森钦诺布占堆自然清楚叔叔心中的花花肠子，如明了掌中物件一般知道叔叔喜欢谁忌恨谁。超同心中暗想：看这远近地势，估计应该快要接近霍尔王国白帐大王的地界了，不如就去见一见他。格萨尔心里明白叔叔的想法，说道："那么超同叔叔，从此地往东行，就会到达下部汉地西宁地方。往南行，就会到达阿钦杂热白玛地方，那是霍尔王国白帐王的领地。往西行，是红罗刹的地盘。继续往北行，则是鲁赞魔王的领地。切莫忘记必须往东南方向走，我会指示路线。如果您老人家迷路，走错或被挡住去路时，我会及时救应协助。"

超同心中暗喜,他就是想去霍尔国,于是说道:"好侄儿、乖侄儿,森钦诺布占堆,愿你富比天高,马到成功,战胜鲁赞魔王,快快凯旋归来。到了此地就不用再送我了。"说完,一心想着会在哪里碰到那霍尔白帐大王呢?就一直往南而去。超同紧赶慢赶,从日出走到天黑,在黑雾漫漫、阴风飒飒中行进时,突然不知从哪里冒出一个乌云腾空般的黑色人影,胯下骑着一匹黑色野牦牛般的黑马,顶盔掼甲,一身黑色乌铁披挂,身上铁器碰撞之声响天震地;往对面山上呼喊时,呜如如回音就会飘荡过来,从此山顶上狂笑时,对面山顶上也会抖一抖,从谷地上部怒吼时,谷地下部就会哀嚎;狂吼哀嚎,吆喝噪声,似乎要将对面之山来个异形换位。超同细看那黑影人,只见:如云黑铁盔,如山黑大汉,如同黑色野牦牛般的黑马坐骑,浑如黑色旋风一样,头戴一顶冲天黑铁盔,身披一副黑森森的铁叶黑铠甲,左悬黑铁嗡嗡长弓,右装黑铁桑桑长箭,胯下远行黑马恰如高山滚石一样,左摇右晃,飞奔而来。只见,黑人右手拾起一颗牦牛般的巨石放到左手中,摆出一副要教训超同的凌厉气势,以野蛮狠辣之曲韵唱道:

　　唵嘛呢呗咪吽逝!

　　这是天降霹雳歌,

　　大地满目疮痍中。

　　这是大地闪电歌,

　　希望草木枝叶茂。

　　这是怒火中烧歌,

　　想要岩山变黑炭。

　　这是江河水底歌,

　　想要洪水卷大地。

祈请魔尊武艺高，

风云暴戾魔宫中，

噶饶旺秋护法请。

右手高举扬太阳，

左手抓取月亮光，

群星放在手掌中，

今日保佑魔弟子。

西方罗刹岩洞中，

夏萨奔吉红罗刹，

内脏血发尼离离，

嘴中尸体绰斯绰，

血红长舌拉斯拉，

吃肉咀嚼塔斯塔，

百男百女红罗刹，

一声呼唤速来此。

江河奔腾峡谷中，

哈夏切人女魔请，

虎吞狼咽生吞肉，

饮血之声替日日，

身披人皮大红衣，

凶狠奔来呜日日。

右手巨斧锋利口，

挥上去时降血雨，

下砍大海变陆地。

没有敌人怎吃肉？

天上龙聚天泰神，

地上龙聚地泰神，

中间飞鹰中泰神，

今日到了需要时。

此地堆隆纳玛雄，

石山岩山之中间，

山林江河之府地，

后山猛虎怒吼上。

我是何人若不知，

雅康北地后山坡，

九尖铁角魔堡中，

喝光世间鲜血者，

四水变成血水者，

冷了身披人皮者，

渴了嘴饮人血者，

饿了要吃人肉者。

直挺人和弯俯畜，

碰到什么吃什么，

鲁赞魔部之王者。

红色小人你这厮，

你有生命或没气？

从多远之地跑来？

即将前往何处去？

故乡家乡是哪里？

来到此处之根源？

为了何人何事情？

不可隐瞒照实说，

如实说来有好处。

话语射箭直接好，

若是拐弯就出事。

狡猾弯弓喜弯绕，

话儿常说有长处，

父亲姊妹离远点，

话儿说短也有短,

礼义廉耻要短点。

你从何部城堡来?

今日以往日子里,

走了多少年与日?

汉地还是天竺国?

尼泊尔国或蒙古?

藏地还是南诏国?

绝对不会是天界,

没有神魔之气质。

为了佛陀之教法,

小罪猫头鹰眼睛,

黑咒秘诀修炼中,

恰似黑羊爬悬崖。

力量威势全然无,

好比狗陷粪堆中,

又苦又怕又紧张,

犹如野猪上山坡。

你究竟叫何名字?

若是不如实说来,

五行身躯一口吞,

一口下去变方位，

不见咽喉有阻隔。

真是可怜又可恨，

外看一副红彤彤，

想吃口肉山里转，

有福之人之嘴边，

突然出现如风卷，

真是高兴闻肉味。

听到红人记心中，

不听不会再解释。

听完这首讥讽嘲笑之歌，四母头人超同抓耳挠腮，眼睛一眨一眨连眨三下，低头哈腰，差一点就从马背上滚下来，然后右腿盘在马背上，左腿勾住马镫，左看右看，胆战心惊中自思道：今日真是倒霉透顶，根本就不用比较，谁比谁好，谁比谁厉害，根本不用说道。怎么偏偏碰上了真正的强者鲁赞魔王？看来事情很不好，如果不忽悠几句，就不知道青红皂白。没有三十颗牙齿填充脸颊，肉香骨味何从知晓？没有舌尖咀嚼，大块肉食又怎能通过咽喉？想到这儿，超同说道："今日我真是三生有幸碰到了鲁赞大叔。我确实是有点来历的人，会有许多好听的话儿对您说。"接着便在马背上装模作样吟唱道：

祈请马头明王神，

保佑我心想事成。

二请达拉梅巴神，

助顺大事能成功。
三请次旺仁增神,
故乡不要太遥远。

阳神战神土地神,
如影随形来护佑。
上空雍仲城堡中,
威赛达拉梅巴请。
沃摩隆仁极乐宫,
雍仲次旺仁增请。
护持助力不可小,
何去何从来相助。

若是不知此地名,
雅康北境岭国部,
山水部落相连处,
突兀石山如核桃,
起伏草甸如手指,
锯齿高山之顶部。

我是何人若不知,

太古时光岁月里，

只闻其声不见物，

苍穹中的青龙也。

看似艳丽抓不住，

虚空中的五彩霞，

凶神恶煞不出战，

蓝天中的九煞星。

红黑六三东山顶，

红色赞城火焰山，

光风交泰刹土中，

人之身躯马之头，

马在嘶鸣嘶厉厉，

既有马头又人头，

人马难以分辨神，

马头明王愤怒神。

黑咒秘诀声名响，

无形神鬼之克星，

红黑护法随身行，

噶举上师之护法，

神通变化遍大地。

黑风海与虚空霞，

北魔鲁赞（上）

白色龙神土地神，

红色马头明王神。

下凡人间投胎时，

岭国部落地盘上，

一坚二坚三坚固，

坚固杂玛央噶山，

颇若宁宗城堡坚。

此城核心主人是，

叔父超同名声响，

岭国部落之私主。

生下阿丹宝贝儿，

一般勇士难匹敌，

绝对不是说空话。

如同铁杯坚城中，

浑如铁水之三子，

阿丹年擦与斯潘，

岭国地界威名盛，

董氏子弟没有错，

紫色董氏之长系，

绝非自吹自擂语。

高天翱翔大鹏鸟，

头顶有宝可知道？

栖居雪山之小狮，

也有绿鬣可知道？

密林深处之猛虎，

毛皮笑纹可知道？

岭部头人超同我，

洞晓天机可知道？

我乃七代大头人，

神咒密术之主人，

吽死啪倒黑咒术，

截断流沙妙法术，

这些都是实情也。

为何来到此地呢，

老汉背上弓箭时，

就想射杀长角鹿。

头顶玉盔直冲天，

就想阵前立大功。

身披东措贡梅甲，

是为挡住利箭口。

胯下马黑风神骏，

登上山头上下坡。

往昔很早日子里,
自从生下叔叔我,
对抗敌人不留情,
克刺惹巴罗刹鬼,
天亮时分到我家,
腰带没系衣袍松,
鞋带未紧靴边宽,
裤腰没紧裤腿松,
克刺惹巴我俩斗。
好汉直接靠角力,
举起罗刹扔地上,
鹅卵岩石吸脑血,
黑色大地吸肝血,
不是空话乃事实。
头戴这罗刹头盔,
除了超同还有谁?
身披森森罗刹甲,
特别舒服显英武,
胯下古古若宗马,

爬山越岭要远行。

食肉饮血罗刹箭，

是要取敌人性命。

瓦瓦嗡嗡罗刹弓，

是为射断强敌头。

顶盔掼甲英雄气，

是为征服魔怪来。

然后黑人乌云身，

真是一身披挂身，

勇话狠话谎话三，

大言不惭是不好。

我此番前来目的，

手持鱼钩捕鱼人，

白腹鱼儿江中捞。

我是巡山老猎人，

斑斓猛虎额前抓。

我是飞越鸟道人，

大鹏鸟儿抓进家。

不见事情之发生，

就算你是鲁赞王，

又有何怕何惧哉?

两个好汉对阵时,

若说害怕非男人。

头顶白盔去冲锋,

丢下顶盔不曾想。

披上甲胄去对阵,

甲飞断骨未曾想。

拿起弓箭赛准头,

未曾想到会射空。

跨上骏马去征讨,

放过来敌未曾想。

撞到了该碰之人,

碰到鲁赞真高兴。

都是母亲生下来,

命有粗细不可能,

同为一母所生驹,

怎会奔跑不一样?

从我走出家门时,

就想碰到鲁赞你,

而今相撞该厮杀,

非要分出高低来,

回头逃跑绝不会。

不做此事有如此,
大山背后树木多,
放弃低谷不会跑。
大河出口是大海,
不待灰溜戈壁滩。
先锋背后大部队,
不会独自孤零行。
今早来此山垭口,
前来巡游查敌情。
我是守住山口人,
若有来敌必阻挡。
我是谷口守关人,
若有声明想听听,
炽烈火山鲁赞儿。
这还不够还有呢,
岭国王国地盘上,
声名赫赫小男孩,
去年前年再前年,
岭部赛马可听闻?

若是听到谁称王？

神力神通之国王，

你这厮的夺命主。

此事是否听说过，

听到赶紧钻狐洞，

你就像洞中狐狸，

是想变成狐狸帽，

想在红黄血中滚。

你是草甸白绵羊，

身后却有野狼跟，

没有防备想丢命。

你是鸟儿想单飞，

婉转鸣叫过鸟道，

身后飞来鹞鹰也，

空中羽毛想四散。

你是高兴或难受？

岭部男人不简单，

男人都是神子身，

上苍指派的勇士，

专来绝杀黑魔命。

> 你这黑魔听好歌，
>
> 歌若听进放耳中，
>
> 你这黑厮放心中。

唱罢，超同装出一副毫无畏惧的模样，说出了一堆豪言壮语来。超同不知道这是格萨尔王幻变之身，心想：就算他真的是北魔鲁赞，格萨尔肯定会前来相助。若是我叔侄二人联手取下鲁赞魔王的首级，就不用在北地耽搁，可以快快回到故乡，何乐而不为之。如此想着，超同强作镇静，咬牙切齿，愤然盯着眼前的黑人。可是一眨眼的工夫，那黑人却消失得无影无踪。

森钦大王回到森姜珠姆和米琼身旁，二人都埋怨格萨尔王耽搁太久时间。格萨尔王说道："我是送叔叔返回故乡，路上并不太顺利，碰上了鲁赞魔王，叔叔他老人家急需帮助。你二人切不可乱走乱看，需在此地停留，我再去看看叔叔是否回到了岭国，你二人先烧火煮茶，等我归来。"于是，大王猎杀了一只黄羊，扔在二人身旁。米琼一听说让珠姆和他二人烧煮黄羊肉，留在此地不可乱走乱看，就装作没有听到的样子。珠姆闲不住，独自爬上一座小山丘顶上，放眼一望，忽见，山后面有一座高耸入云的城堡，城堡周围是苍翠掩映的树林和芳草艳艳的大草甸，不禁心想：只可惜我不是那美丽城堡的女主人。相反却要经过无人北地，受尽如此煎熬。而后着实伤心难受了一阵子，然后，几次三番眺望那城堡，心思全然被吸引了过去。

且说，那城堡是霍尔白帐国王的首府宫宇，雅斯噶摩宫殿。由于珠姆对此城堡心动不已，也已预示着将来珠姆会不幸沦落到霍尔王国。珠姆回到原处，对米琼也没有说什么，二人依旧留守原地。森钦国王前去打探到了前往雅康北地的路途长短，距离白岭故乡的路程远近，叔叔超同的所作所为等诸般情况，在太阳还没有落山之前返回到森姜珠姆和米琼所在地方，当夜留宿此地。

第二天，一行三人继续前进，来到了强隆曲扎仁摩大沼泽滩的上部，名叫曲隆纳扎贡玛的地方时，格萨尔王说："昨天我吩咐你二人留在原地，不可乱动乱看，但现在看来并没有听我之言。那么有没有看到什么山水草地、河流路径、城堡村落之类。"珠姆回答道："我昨天爬上了一座山头，看到了一处美丽的城堡。"如此这般说了个大概。格萨尔王说："这就预示着将来你将流落到那个地方，而且一待就是数年光景。那是霍尔白帐魔王的雅斯噶摩城堡，堡主是白帐大王。"珠姆一听，顿觉莫名悲伤，说道："倘若这事情是因我失误造成的，将来大王一定会想方设法寻找我，就不知会耽搁多长年月。"格萨尔王说："命里注定之事就是没法躲开，就算事先知道了也没法改变。藏地古人常言，人死尸体就不会有什么荣耀。太阳落山、短命人到死期、尼姑破戒等都是已经发生过的事情没法绕开回头。自心没有约束，恶果总会降临到自己身上。幸福属于你的时候，要是不会珍惜，就会胡作非为。心智若是混乱起来，必然成为罪恶根源。是非源自自身行为，而今福兮祸之所伏，祸兮福之所倚，我是不敢断言的。但是，森姜珠姆你，不把我的话当回事，不愿听我劝说，根本就不信任我。女人心思如同春天的天气，总是变来变去，最后只能自食其果。是否如此，请再好好想一想。这么多天以来，一直没听从我的劝告。我早已转遍天下归来，如同镜子中的影像，是什么样子，再也清楚不过，山水路况早已弄明白。雅康北境山脉之后的鲁赞大王的地盘所在，四方四大魔王的领地，各路边缘妖魔鬼怪的状况。征讨时候如何行进停留，路程驿站都了然于胸。而且我使用神通前行，与空中彩虹一样，来无影去无踪。这可不是空话是实言相告。可惜，事情已经发生，再后悔也没有用。你的命运终将会被掳掠到霍尔地方，然后会经历多少岁月时辰，我实在没法断言。但是最后，我必然会追踪寻找，不然就显得无情无义了，情况就是这样。得道高僧在讲经宣法的时候，僧众如是不肯听从，那么人人有可能变成罪恶罗刹身。英明头人制定的律法，属部若是不肯遵从，最后只能出乱子起内讧。所说古话，何其不真。有没

有道理，你好好想想。往昔岭国部落是英雄辈出，而今到了我辈子弟，首次出征是面向北境魔域。还有很多魔王，需要慢慢收拾。我这一生的责任啊！江河水波，一波未平一波又起，何日才算最后结束？美丽的森姜姑娘你，安分守己时就是白度母在世，反之与一条美丽的母狗没有两样，绝不会用来当做供品。妖艳女子的身体，让天下好汉浪子们动心；就算是护法贤臣也情难自已；高高头人也会低下尊贵的头颅；英雄好汉也为之气短。最后祸起萧墙，引起部落争端，让无辜之人丧命。母狗女人的屁股，山羊腐肉的疼痛，古人谚语说得多有道理。要听就拿头边耳朵听一听，若放就放在心窝窝里。将来我会尽力而为，通过神通寻找你的踪迹。不是对你不上心，而是命中注定难以躲开，如同额头上的皱纹没法洗掉。"接着格萨尔将吩咐化作蓝天青龙，将话语的重点巧妙比喻，以金刚无阻之曲韵吟唱道：

唵嘛呢呗咪吽逝！

阿拉阿拉塔拉热，

上师本尊与三宝，

祈祷求助请护佑。

塔拉歌的演唱法。[1]

真真假假有许多，

是是非非亦多少，

没有信奉佛法一，

内心没有信仰二，

---

[1] 在格萨尔王史诗中，说唱艺人在演唱时往往以"鲁塔拉"或"鲁阿拉"等几句作起音，是开始吟唱史诗时有音无意的衬词，作为唱腔的起音曲已成定格。

无动于衷的心性，

佛祖妙法难超度，

身心解脱难成功，

富贵荣华不会有。

自身霞纹坛城中，

四方四门妙法门，

从何门入皆法门，

去往何处皆妙乐。

顶礼无碍三宝众，

若尊因果是净土，

如是心中当明亮。

轮回本是罪恶性，

苦海无涯乃必然，

一切罪恶难抛开。

慈心悲苦之如来，

上师本尊菩萨请，

源自内心祈祷时，

禅定智慧知本因，

不堕邪见随善法。

若是心中无忍耐，

无边苦海之中是，

罪恶孽缘无止境。

说走将要去何处，

说留何处能安身，

皆是菩萨修行道。

一请二请三许愿，

清净无私之祷告。

若是不知此地名，

雅康北境的地方，

说到底亘古藏地，

被那黑魔占领去。

然后慢慢往上走，

父部十二万户在，

格仲一十八部落，

朋塔姜塔和格茹，

查沃雄与江摩雄，

格摩雄和朱曲部，

玛仁绰仓雍仲部，

阿扎索德比如和，

杂玛安多帕塔等，

仲巴杂纳岗日部，

上部阿里三围和，

北部九百属部众，

如今就在鲁赞手，

若能考察就这些。

我是何人若不知，

在我长大成人时，

一百英俊男人中，

黑白神鬼首领和，

上师如意菩萨和，

饶益众僧之根本，

智慧妙觉修行等，

虽说没有圆满功，

世间凡人一样板。

内里空行虹化身，

无畏无惧之神子，

前世命中注定事，

遵从菩萨的旨意，

六善愿力德精进，

我为天下苍生来。

空性神龙年诸神，

护佑佛法的护法，

山神土地随身绕。

蓝天乌云变通人，

降下妙法之甘露。

旋转宇宙苍穹人，

日月发出万丈光，

四面八方黑暗散，

饶益众生为我尊。

我勇我高我厉害，

不可常说是人伦，

这些不是我厉害，

前世佛陀愿力成，

今生该我来实现，

拯救苍生不得已。

白头秃鹫睡悬崖，

崖上太阳不暖和，

但是不来平地中，

翱翔大鸟之命运。

青龙睡在大海中，

三冬时节不腾空，

水中动物的命运。

白色雄狮雪中立，

草甸湿地不来逛，

绿鬃狮子的本性。

白唇野驴北方马，

饥饿寒冷病痛时，

不去南方谷地中，

鬃毛动物之本性。

绿蓝野狼奔走中，

翻山越岭惊恐中，

吃肉饮血轮转中，

不去人烟村落中，

凶残野狼之本性。

鹞鹰展翅飞翔中，

翱翔空中鸟道中，

不怕罪孽去杀生，

空中风雨虽难行，

不在大地缝隙中，

空中鹞鹰之本性。

锐角凌厉野牦牛，

翻越石山走草甸，

石山草坡吃芳草，

饿也不去牛圈中,
野牦牛之本性也。

世界神通大王我,
苦乐都会讲真理,
胜败都会转边地,
我人马二个命运,
苦难煎熬忍受中,
血肉之躯轮回里,
历经苦难是必然,
只为天下苍生事。
年轻男子好汉们,
顶盔掼甲戎装中,
迎战来犯之敌人,
金戈铁马去出征,
生死没有放心上,
勇士一身披挂时,
不怕牺牲要战斗,
英雄好汉之本色。
妙龄女子玉簪发,
自从生出娘胎来,

荣华富贵有几多？

身材长相会怎样？

生身父母不做主，

自己长得不好看，

涂脂抹粉也无用。

身不由己嫁别家，

说话身体与命运，

都在他乡不得已，

日夜都在悲苦中，

就是不能回娘家，

年轻女子之命运。

如此白岭国王我，

上天早已指派人，

妖魔鬼怪之克星，

天下苍生之社稷，

如来妙法保护者，

饶益众生担当人。

绝对不是说空话，

情况就是如此也。

然后森姜珠姆女，

此生注定之事是，

你是白度母化身，

我乃三佑怙主神，

既然来到藏地中，

苦乐人生一起过。

我好你坏不会说，

你好我坏也不说。

你我虽非互相找，

佛陀菩萨上师们，

宏愿愿力使然也，

此生此刻时光里，

注定是伴侣夫妻，

所有好坏话语等，

心里话儿必须说。

然后今年时光里，

国王我去北境时，

魔部斥候不好走，

邪恶魔鬼的地方，

怎会有舒服之事？

黄风吹动野草荡，

飞沙走石降沙雨,
沼泽湿地遍地有,
巨石峥嵘撞人马,
岩上食人猫头鹰,
野驴野牛斗角力,
黑色野狼撕咬中,
紫色鬼魅暗影来。
格萨尔神通大王,
征讨魔怪出行日,
女人出阵未曾有,
父母妻儿跟随来,
哭哭啼啼乱心智,
说到底不欢而散。
英雄国王要出征,
王妃珠姆追在后,
这将是敌人福气。

然后再走三天后,
山高水长路难行,
请往故乡掉头去。
米琼和珠姆二人,

每个人一个坐骑，

我用神通来送行，

回到岭部以后呢，

霍尔兵马会来到，

珠姆流落霍尔国，

掳往雅斯城堡时，

不要伤心与绝望，

最多不会过三年，

最少两年之内来，

在三年时光之内，

寻找迎回是必然。

化身黄帽僧人来，

就看那时可相认，

你我两人相遇时，

要是没能认出我，

我会变身鸟儿来，

就看那时可相认。

要是没能认出我，

施展神通又变身，

摇身一变大商队，

就看那时可相识。

要是没能认出我,

化身长帽独行人,

手中紧握长杆枪,

三只绵羊赶前面,

三只牦牛牵在后,

装扮一副乞丐样,

一身赞巴装束来,

就看那时可相识。

要是没能认出我,

摇身一变鼻涕儿,

难看肮脏龌龊身,

满身虱子之小儿,

来到曲塔家门口,

就看那时可相识。

要是没能认出我,

化为手舞足蹈身,

化为白色海螺头,

摇动身姿跳歌舞,

热闹好戏大家聚,

黄霍尔或被燃烧,

白帐大王变糊涂,

完成这些事情时，

就看那时可相识，

要是没能再认出，

我会收起神通术。

心不变森姜珠姆，

身体变了没问题，

假装白帐王妻子，

一颗衷心向岭国，

不分日夜来祈祷，

不可忘记森钦王。

听到珠姆放心中，

不听就算解释歌，

一个字也没错误，

未曾想过不寻你，

然后森姜珠姆女，

珠姆心中请谨记。

听罢，珠姆和米琼二人伤心过度，一时陷入浑浑噩噩之中。不是挂在嘴边的痛苦，而是内心真正的悲苦。心中凄苦无比，在凄凄冷冷中，珠姆双膝跪地，磕头碰地之中说道："根本上师请明鉴，莲花生大师请明鉴，白度母绿度母女神请明鉴，诸位神明请明鉴。"言未毕，二人早已昏厥过去。国王立马取出天神净水、千万菩萨发丝、不死长寿甘露药丸等放入嘴中，熏在鼻孔，于是二人立马醒转起来，异口同声地问道："刚才发生什么事？我二人身在哪里？究竟何去何从？"格萨尔王叹气说道："你们已经饿得上气不接下气，而北境无人区风沙很大，加上又没有什么东西可吃，非变成皮包骨被风卷走不可，除了死亡别无他处可去也！你二人今夜就在此地宿营，休息一会儿。我去尽量多猎杀几只黄羊、羚羊等动物，要不然空着肚子走路是撑不了多久的。人的肚子是需要喂饱饭食，牲口肚子需要喂饱草料。有道高僧的空性禅定是需要打通七经八脉的。你二人真能饿着肚子走回去吗？"米琼回答道："生病、墓地和死亡三个，阎罗王的索命牌指向哪里就得算哪里。自从出了娘胎以来，每天都要面对死亡，无处可以躲藏。或者死在平地上，或者死在水中河滩。或者死于饥荒，或者被冻死被折磨死。除此还能有什么结果？但我能跟随服侍您，虽死亦无恨了！"说罢，双手拂面而泣。而珠姆却想，平日里自家幸福的城堡宫殿、锦衣玉食的生活、对自己疼爱有加的父母双亲，自己作为声名显赫的岭部女主人，不致于如此短命受死吧。想着，珠姆只是沉吟哽咽，不知道说些什么。国王对米琼说道："呀！那你就先烧个茶吧，接着给每人一小勺糌粑。"然后格萨尔王整装骑马，疾驰而去。二人烧完茶，各自吃了一丁点福粮精华之后，顿觉神清气爽，力量倍增。

且说，刚刚格萨尔王飞马疾驰，是想到若不继续跟踪叔父超同的行止踪迹，万一让他跑到黄霍尔地界里，那么我白岭部落中，男人走后留守的女人，必定会被他送到敌人的手中，绝不能让超同叔叔走错道路，必须以飞行神通术追赶过去。恰在此时，超同叔叔已经来到了霍尔王国的上部地界，羌塘果拉山附近，当曲河、蕃曲河与霍尔曲河等三江并流之地。这是霍尔国过不去，藏地过不来，岭地下不去的三不管地界。超同仰面撞上了从霍尔部出来打劫的十五个强人，其中走出霍尔·日巴塔奔，黑衣黑马如同滚滚乌云般对超同唱了一首威慑之歌道：

鲁阿钦歌之供奉，

塔拉歌之吟唱法，

唱首霍尔强盗歌。

仰头云中宝刹中，

白色天泰白锐角，

祈请护佑塔奔儿，

愿将所想掌中握。

中泰花色山羊角，

霹雳狂风震大地，

前来大败霍尔敌，

收获多少愿随心。

黑色地泰毒辣神，

协助征战取敌命，

大获而归藏宝丰，

此乃黄霍尔敬神。

杂玛热桂东赞山，

食肉大力红赞神，

益西巴沃孜杰二，

果玛邦日肖朱三，

日塘十二部落神。

若是不知此地名，

曲隆阿敏岭青地，

黄羊秃鹫之故乡，

野狼狐狸之通道。

食草麋鹿野牦牛，

善跑白唇野驴和，

小山羊死尸为食。

饿着肚子流浪时，

到处都会吃到肉，

走到哪里是盐湖。

石山草甸野牦牛，

日巴塔奔擒牛人，

可曾听说红衣人？

霍尔热噶雄朱地，

天上天罗鸟道阻，

有翅飞禽难飞越。

地上铺网阻行路，

草狐地鼠过不去。

中间风网洒空中，

狂风卷起也无用。

白帐大王天之子,

蓝天白云遮不住,

高天天泰之神子,

大地口袋装不下,

凹凸塌陷袋口松,

巍峨妙高山顶上,

天泰难容平地上。

十二万户部落中,

财食如同动物多,

哪儿都是牧人部,

牧群牛羊赛草木。

还有霍尔习俗是,

聚敛私物劫人财,

一身披挂戎装中,

骏马鞍辔不离身,

好汉刀枪不离身。

上去猎杀野驴牛,

下去捕杀青羊鹿,

黄羊羚羊不放过,

业余闲来时光里,

水中鱼儿捞岸上,

食肉霍尔日巴部。

日巴四个万户部，

塔奔头人名气响，

霍尔戎德六部中，

聪明之外有机智，

如此前来太随性。

打个比方是如此：

短命绵羊入狼口，

死期到了来狼洞；

短命山羊豺狼吃，

死期临近入豺谷；

短命之人归阎王，

死期已到拘牌来。

不止如此还有呢，

没有强援之大叔，

好比山口经幡飘，

风未吹来幡已动，

母亲未打儿已哭，

看见敌人准备跑。

是否害怕红色人？

你从何处来此地？

有何重要之理由？

打算前往何地方？

结义兄弟有哪些？

家乡名字叫什么？

富饶或是贫困地？

父母名讳是什么？

血脉渊源又如何？

你又叫什么名字？

不要隐瞒要实说。

我霍尔十五人骑，

走到哪儿算哪里。

公狼翻越山顶时，

就想吃个绵羊肉，

碰上岂能放活口？

江河大海右边上，

手持鱼钩捕鱼人，

欲得银鱼与金鱼，

碰上岂能留活口？

险峻荒山沟壑中，

身背弓箭老猎人，

想要取下花鹿茸，

碰上岂能会放生？

羌塘无人荒野中，

心狠手辣之强盗，

撞上了人仰马翻，

所有财物归囊中，

马尾小命也取走，

因此最好说实话。

看你额上头盔耸，

身世看似很显赫，

身上铠甲闪星火，

似乎是勇士后裔，

胯下骏马马尾长，

看来也是良马种，

盔上红缨长飘飘，

看来部族很强势，

马镫绣带垂下来，

似乎祖先源自神。

你是何人早明说，

倘若你不说实话，

必将立刻取你命。

歌若听取放耳中，

不听此歌没解释。

唱罢，日巴塔奔左手取弓，右手取箭，然后慢慢地张弓搭箭，昂然挺立在马背上。超同吓得心想：就不知此人究竟有何想法，给霍尔部落美言几句应该没错。要是说到很久以前岭部是要给霍尔部落交税纳贡，我就是当事人超同，也未知能放我生路。接着就说道："沃啦索！黑人黑马大哥，今日有幸见到霍尔·日巴塔奔好汉，我有几句老话要说，况且我二人就是故事里的证明人，以往关联的人。"接着超同唱了一首说明情由之歌：

唵嘛呢呗咪吽逝！

阿拉塔拉塔拉热，

阿拉塔拉不吟唱，

不变故土乡音也。

供奉阳神请明鉴，

红光涌动宝刹中，

人身马头之神灵，

红色马头明王请，

走到哪里多护佑，

住到何处事顺利。

高峻红岩绝壁上，

威赛达拉梅巴请,

雍仲童措城堡中,

敦巴辛饶祖师爷,

次旺仁增众部属,

三百六十苯神请,

护持苯教能兴盛。

咒术密法不一样,

雍仲苯法之力量,

可以使岩石燃烧,

可以让江河倒流,

狂风也会被阻隔。

掌控五行运自如,

让你下就雨水泻,

让你停就戛然止,

让你燃烧火焰腾,

让你熄灭顿静止,

让你流淌就席卷,

让你停止变湖水,

此乃雍仲苯密法。

若是不知此地名,

霍尔北部荒野地，

鲁赞吃肉饮血地，

一路奔走血肉路。

北地无人旷野中，

凄凄茅草悲歌声，

能使活人心意烦。

溪流沼泽湿地中，

无助行人心悲苦，

北风狂吹沙洲中，

远行路人心沮丧。

无德父母之家业，

父系母族谁厉害，

好坏能否续九代。

没有教养的子孙，

九代人中恶名扬。

粗劣土质之农田，

过了九年变荒地，

所言古话何其真。

若是不知我是谁，

原初生命形成时，

自那天竺佛法国，

身不由己变护法，

马头明王愤怒神。

莲花大士法旨一，

释迦如来授记二，

天界誓言愿力三，

生在玛域岭部地。

杂玛雅噶险要地，

颇若宁宗城堡坚，

也称扎玛东孜堡。

马头明王刚强人，

三赞强势之名头，

不是虚名乃实情。

春雷响时青龙他，

是想击碎那岩山。

融化雪山之太阳，

熊熊烈火的对手，

爆燃山林变木炭。

高天厚土之中间，

施魔法吽死啪倒，

诵黑咒飞沙走石。

不止如此还有啊，

花岭国国部落中，

虎豹兄弟成对双，

名号狮子的国王，

年少雪堡难守住。

苍翠密林桦树园，

树木繁多之家园，

檀香树木却稀少，

若有香味不一样。

空中飞行之鸟类，

不同种类飞禽多，

但是罕见大鹏鸟，

如有能飞高山顶。

碧绿汪洋大海中，

有名江河有多少，

凶猛鳄鱼却稀少，

有也难到大海边。

花岭国部地盘上，

长辈英雄有多少，

名唤超同就一个。

达戎绢绸大部落，

兵强马壮威名盛,

英雄豪杰胆气壮,

刀枪剑戟锋锐口,

骏马驰骋脚力雄。

生下阿丹英雄种,

赛过一个大邦国。

名唤玉鸟神骏马,

自杂玛岗路飞奔,

圣城拉萨一日转,

江河之上能腾空,

荒原沙漠平地上,

四蹄飞腾不沾地,

浑如大鸟空中飞,

马匹家畜虽一样,

此马脚力难匹敌。

达戎骁将东赞儿,

一百健儿难匹敌,

锐利胆气不一般。

我乃达戎头人也,

今日日巴塔奔啦,

古往今朝说不完，

可是又非说不可。

三次盟誓之兄弟，

九年之后又见面，

分吃好肉在今天。

一次成交之商人，

过了九年又碰面，

多少买卖再商议。

在那很久以前啊，

董氏曲培纳布时，

岭部有个总管王，

实权握在超同手。

霍岭之间起争斗，

长达一年零三月，

最后停战靠本人。

玉杰本图被霍杀，

岭部妥协纳贡时，

蓝色青稞税为一，

白色小麦税为二，

白糖人参果税三，

荞麦豌豆税为四，

白臂骡马税为五，

供奉赋税向霍尔,

整整九年纳贡物,

属部岭部来交税。

在那霍尔地盘上,

白帐大王的糌粑,

汉地白绸柔绢等,

供应齐全不缺货。

霍尔白帐大王和,

超同杰布叔二人,

比那亲兄弟还亲。

然后过了几年后,

上岭赛巴八大部,

尼奔达雅成头人;

中岭文布六部落,

阿努巴森为首领;

下岭穆姜四部落,

仁钦塔鲁为头领。

然后后代子弟中,

每个勇士生一子,

狂起来背走山岳,

傲起来臂扛大海。

别说是阿钦霍尔，

要把天竺当帽戴，

要把汉地当鞋穿，

悉补野当腰带系。

然后又过了几年，

龙女果萨拉姆她，

生下觉如响当当，

天竺汉地尼泊尔，

悉补野和黄霍尔，

群雄鼎力的时候，

岭国部落搞赛马，

玉鸟神骏虽飞快，

不料遇上赤兔马，

达戎没能成岭王，

果萨丑儿登王位，

霍岭从此分离开。

从此一直到今日，

黄霍尔与岭国部，

再也未曾来往过，

友好供物没人送，

恶意争斗也没有。

四母超同叔叔我，
想去雅康北境地，
与那大叔鲁赞王，
商讨商议一些事，
谈论协商某些事。
白帐王和鲁赞王，
父母族源虽不同，
降生行事却一样，
国政社稷差不多，
凶恶气势差不多，
凶残杀戮差不多，
这等旷世枭雄们，
我欲联合建功业。
想要过去路难走，
上边北境地域上，
路障关隘有如此，
千崖岩山如对嘴，
万壑溪流如猫鹰，
峥嵘巨石人马翻，

飞沙走石人马吞，

山口绝路野狼奔，

深沟鬼谷枭鸟飞，

僵尸游荡荒野路，

没法通过来霍尔，

请求送往北境地，

这还不算什么事，

霍岭友好会依旧。

然后日巴塔奔啦，

大人跟前可求助，

宽广胸怀智慧多，

带我前往霍尔部，

想要拜见白帐王，

慢慢商讨未来计。

听取塔奔放心中，

不听歌儿应回话，

塔奔心中请谨记。

  塔奔听得惊骇异常，惊奇不已。打算如此引狼入室，把自己家乡葬送水中，卑鄙无耻到这种地步的人，怎么可能是紫色董氏的后代子孙？若是，怎会如此不济？而且没有一丝骨气。连说个话都战战兢兢，犹如胆小狐狸说谎话。想说话却成咿呀结巴，话语没有出口就已经颤栗。这厮如此狡猾卑鄙，根本不必动用我霍尔人的长弓利箭。要不直接斩下其首级，或者将其关进黑牢，或者挖眼珠削嘴唇。这三种严惩中索性干他一件，否则风平浪静的霍岭两个王国，不免要被这厮搅得血雨腥风，会像洒掉酸奶汁一样弄乱席间，像盗贼一样祸国殃民。这人谎话连篇，最后会挑衅起争端，烧杀掳掠，弄得霍岭两部族鸡犬不宁。自家不愿有疾病，他人不愿有争端，双方都不愿发生战争，根本就是不该发生的事情。一个坏男人会祸乱天下，一个坏女人会弄散家庭，一顿馊饭会毒害身体。这些古人谚语何其不真。看来这种情况必须改变制止。想到这里，塔奔说道："呀呀！逆贼超同狐狸头，你这厮可真不简单，今天是遇到了该见之人。撞对人是没有错，无人北境出好汉，偏会碰上胆小鬼。我勇士手上沾满血，杀你一点不留情。像你这种人见得多了，你为何非要挑拨离间霍岭两部关系？你我之间不必搞什么合作，说出的话怎么如此阴毒？甜言蜜语好温情，实际上是口蜜腹剑。卑鄙小人如同眼中小刺，过了九年也不安生。往日霍岭两部之间是有冲突，岭部也曾被迫向霍尔国纳贡称臣。但那皆是陈年烂事，好比山顶积雪已融化，雪狮故事无从说道。大海枯干变石滩，已经没有鳄鱼什么事。天翻地覆大劫难中，还谈什么天下大事？兄弟分家你和我，水冲山谷阴和阳。这藏地凸起、方形、圆状等，谁先居住平地谁占有。祖辈家园子孙继承，而今依然来守成，安分守己不必再争论。你这超同卑鄙小人，决不能放你生路。"日巴塔奔一边说，一边暗自思量：这贼子，免不了要让霍岭两部引起争端。今日恨不得割其嘴唇、挖其眼珠、削其鼻子。奈何古人有云：神仙不喜污秽熏臭，凡人不需是非怨仇，人间不需瘟疫灾荒，诚所谓三不需也。往昔预言授记和老辈们的传说中，在雅康北境魔域中，鲁赞大王被射杀，世界格萨尔大王，正好年方一十二岁。看来今年恰好是格萨尔北行的日子，格萨尔王前去北境途中，超同肯定是误入歧途。恶人总会滋扰乡民，麝鹿总在峭壁乱蹦。这样想着，塔奔气得怒目圆睁，咬牙切齿，取出红黑色圈头索套，将一首讥讽威慑超同的歌以霹雳滚滚的曲韵吟唱道：

唵嘛呢呗咪吽逝！

阿钦歌儿吟唱法，

呼应不变喊三声。

蓝天白云飘渺中，

白色山羊海螺角，

千金花座安踏稳，

盘髻头顶之上方，

白色南泰白角头，

相貌昂然白螺齿，

白云锦袍披在身，

腰系白绢飘雨带，

脚穿白色云跟靴，

白色盔缨撒天上，

白袍银甲声声脆，

右旋白弓左擎旗，

顶盔掼甲势鹰扬，

今日前来助好汉。

人心安定福缘来，

江河顺流福缘来。

虚空山间密林中，

飞禽鸟翅喧腾腾，

雪山亘古崇山中，

白甲映射宝珠光，

右旋花箭左花弓，

森森花甲彩霞纹，

黄铜羊角立重天，

角尖刺透九霄云，

花色中泰花羊角，

今日前来助塔奔。

千山万壑转弯处，

江河弯绕荡碧波，

鱼獭尾翅跃波峰，

鳄鱼吞咽咀嚼声，

奔腾江水绝壁处，

黑羊坐骑地泰神，

黑山羊乌黑铁角，

头顶罗刹血发飘，

大鹏羽发黑色人，

狂风卷起浪淘沙，

山崩地裂草木枯，

天翻地覆惊涛起，

黑色地泰毒辣性，

气势汹汹灭顽敌，

协助垂念来护佑，

助我塔奔一臂力。

无数霍尔鬼神和，

霍尔热桂孜松山，

锐角黑色野牦牛，

尖利牛角如断崖，

怒哼吼声响震震，

铁尾钢鬃硬邦邦，

今日前来助好汉。

若是不知此地名，

嘉仁凯巴险峻地，

山地万户林立中，

大小部落有很多，

皆是日巴部族地，

野驴野牛故土也。

我是何人若不知，

自家食物自己吃，

自家部落自己治，

出人头地自己争。

山中觅得嘴边肉，

山中自有衣食寻，

霍尔日巴部头人，

名叫日巴塔奔也，

日巴唐孜之父亲。

你可曾听说唐孜，

神箭射手无人敌，

日巴唐孜玉珠也。

飞舞霍霍利剑者，

凶煞辛巴梅茹孜。

枪法最为出众者，

霍尔琼拉穆布也。

神力惊人大力士，

多庆朗布查巴尔。

雅斯噶摩之大王，

霍尔虎王阳光灿，

属部群星璀璨绕,

将相月光明亮中,

天下无人不知晓,

出生于斯塔奔我,

一个男人的睿智,

一面之缘就知道。

你这红脸灰土色,

山水故乡在岭地,

流落霍尔偏远地,

放弃故土走他乡,

胯下一匹小矮马,

罗刹甲胄披一身,

说是食肉饮血人。

孤身独行异乡人,

怎会拥有国土名?

或者是流浪小偷,

或者是走失孙儿,

要不然孤魂野鬼,

反正是邪恶主人。

倘若你是岭国头,

怎没有后应兵马?

犹如无手啄食鸡。

无仆主人自牵马,

无伴女子寡妇居。

山岗独狼到处跑,

要不碰上一嘴肉,

要不剥掉一身皮。

夜里飞行猫头鹰,

要不吃上水中鱼,

要不羽毛散空中。

独行老狗晃悠中,

要不饿了寻狗食,

不然飞石加其身。

真是奇怪红衣人,

你若是超同老贼,

右手手鼓里外敲,

左边摇铃里外摇,

让天下血雨腥风,

胡作非为肇事人,

出卖自家兄弟人。

久闻你无恶不作，

自打生下娘胎时，

一母奶水无法养，

二母奶水不足喂，

三母奶水还不饱，

四母合喂方养成。

众家兄弟之公敌，

自吹自擂胡说者，

自欺欺人忽悠人，

无事生非后果是，

项上人头落风中。

说是钢铁变碎铁，

钢铁破碎难粘连，

说是超同怒无敌，

是否无敌看今日，

是否钢铁塔奔验。

再说往昔时光中，

紫色董氏之后裔，

祖先源自天神种，

天下苍生擎天柱，

北魔鲁赞（上）

如来佛法之栋梁，

悉补野[1]藏地精锐，

撞上无人能匹敌。

路上行人称大哥，

路边女人称大姐，

与谁见面当兄弟，

来自汉地好茶叶，

皆会送往白岭部，

紫色茶堡声名响。

来自拉达克买卖，

白岭部落可成交，

拉喀穆波城堡中。

来自天竺之佛法，

南来弘传白岭部，

凡人生起菩萨心，

慈悲怜悯本性中，

不愿侵凌害他人，

不肯掳掠他人财。

诚信守义不欺人，

心中正义天地灵，

---

[1] 悉补野：原指吐蕃王国的自称，但在《格萨尔》史诗中往往指代传统意义上的卫藏地区。此处又代指更为广泛的藏族聚居区。

辛勤劳作致富人，
罪恶丑事不懈人。
所有往事我知晓，
再说超同鼙鼓头，
往昔曲培首领时，
总管是戎擦查根，
何来你称雄岭地？
骄狂男人欺属民，
骄狂女人成寡妇，
烈性马儿跳悬崖，
暴躁狗儿遭石击，
超同可知此后果？
黄霍尔和花岭国，
开战根源在哪里？
没有陈年的宿怨，
哪来的人死马翻？
没有杀父之仇怨，
怎会有报仇雪恨？
没有盗走百匹马，
何来追踪去讨回？
霍岭平静如水时，

掀起浪涛就是你，

霍尔森普查桂他，

正在山上打猎时，

达戎头人施黑咒，

霍尔神鬼降其身，

岭部玉杰被误杀，

事后心惊胆颤中，

岭部兄弟不知道，

你连夜奔逃前来，

私自许诺白帐王，

才有岭部纳贡事，

后来作废也没事。

头与头骨身体三，

生来长在一人身，

叫出名来上下头，

根本就是没必要。

那山阴面这山阳，

阿钦霍尔地盘上，

宝贵性命难保住，

是否高兴你来看。

然后狐狸鳌鼓头，

不可里外做小人，

小人恐惧颤抖时，

口出甜言蜜语中，

天下到处起风波。

大寺出来还俗僧，

看到妙龄女子时，

甜言笑脸相迎中，

清规戒律失其手，

还要装作沙弥僧，

敢上寺院法会席，

没有羞耻的败类。

贪淫无耻街边女，

多少浪子被笼络，

里屋化作卖淫路，

弄脏身体百病生，

还想充作娇美娘，

祸害乡邻之寡妇。

红人超同可知否？

要走就去岭国部，

倘若不会到岭部，

不从头砍要剖胸，

不会刺杀要横切，

针刺眼睛掏眼珠，

五脏六腑取出来，

割肉寸桀变肉泥，

如何是好你选择。

听罢，超同吓得魂飞天外，嘴颤如同鼓风皮囊，身抖如同树叶摇晃，胡须如同柳叶飘荡，急急忙忙翻身下马，双膝跪地磕了三个响头后说道："塔奔头人啦！请不要如此发话，放我一条生路。我是胆小之人走错了路而来到此地，鄙人有几句话要陈述，说得对不对你再定夺。"塔奔想没必要再说来答去，就没有搭理超同的话，只是厉声喝道："你这厮到底回不回去！"超同连声回答："要回！要回！"后退几步后，反身牵马，跨上罗刹马往岭部方向飞奔而去。塔奔的助手雅堆仲堆纳布和夏波巴丹扎巴、聂绥江摩雍仲、霍尔日巴·白噶多丹、霍尔日巴·赛托杰布等人，心中极不情愿，说道："呀！今日送到嘴边的美食就这样被自己舌头顶了出去，塔奔头人怎可如此发话处理此事？常听白帐大王说，花岭国地有一个叫超同的人是大王的结义兄弟。还说此人曾经给霍尔国送了不少贡礼。"塔奔回答道："你等切不可如此说话。常言道：选择驻扎地址时，要先看天时地利，天不变吉祥八福轮，地不变八瓣莲花，中有祥瑞合人事。离家远行时要焚香敬神，要自我防患于未然，家产不可败坏，人不可生病，家畜不可损失。外面敌人不得放进来，里面之人不可走出去。今日尔等可知超同就是那外面的敌人，看这厮虚张声势，狐假虎威，无事生非的样子，而且连个同伴都没有，风雨独行，绝对不会有什么好事。恰似泼皮无赖饿急了就杀人一样，此人绝非良善之辈。霍岭两部风平浪静的时候，若是掀起血雨腥风，将如何是好？人财两失不说，丢掉江山也不是没可能。因为与岭国为敌，霍尔子民将不得安宁，不管臣子们如何考虑，我们的结局肯定是家破人亡。"听完，大家直点头，说道："如此看来，塔奔头人所言甚是。常言道：别灰心能不能得到是看梅花鹿，是不是真正拥有还得看人参果。今日我们如是劫杀超同，麻烦会比河流还长。不如猎杀几个野驴和野牦牛之类，还能饱餐几顿。"大家一致同意后，就往前行进一程，然后烧茶煮肉，休息了一会儿，接着看山头路标和界标垒石，继续前行。而格萨尔王通过神通，对他们的行踪对话等了如指掌，心想：这塔奔头人不愧为千年难寻的智谋人士，耳中听得进良言，能为别人设身处地着想，自己也肯定会诸事遂心。因此格萨尔王心里也特别高兴。

  话说回超同。超同走了一连七天，终于到了自己本部地方门朗塘地方。格萨尔王也回到了米琼和珠姆身边，微笑不语。米琼是个聪明伶俐的人，看国王如此高兴，立刻意识到今日国王或者知道了许多是是非非，或者消灭了某种魔王寄魂动物，或者免了超同误入歧途，或者探听到了各路妖魔鬼怪荼毒生灵的阴谋诡计。当夜格萨尔王三人在当地住了一宿，第二日天一亮，国王说道："呀！米琼和珠姆二人，不可再随我往前走了，不然会被北境无人区的风沙卷走。你二人考虑清楚，我是一片好心相告。返回途中，为了你们的安全，会有战神威玛护送。为了不让你们挨饿受冻，会有神龙年天兵神丁的迎接。会奉上天然佳肴、各类暖身衣袍。"接着格萨尔王将命令二人即刻返回岭部之歌，以金刚岩石之曲韵吟唱道：

  唵嘛呢呗咪吽逝！

  阿拉塔拉塔拉歌，

  阿拉吟自法性中，

  塔拉直冲极乐宫。

上敬白梵大天王，

白色天路引解脱。

花岭国地故乡和，

雅康北境之地盘，

阿钦霍尔之地域，

犹如一百兔唇口，

恰似回旋交叉路。

此地飞沙走石山，

茅草凄凄唱悲歌，

土豹石豹水豹奔，

陌生之人会饿死。

此地鬼哭狼嚎处，

绝对不会想过去，

这些地方谁喜欢？

男人责任不得已。

森姜天之娇女和，

米琼不可再任性。

森姜不要再撒娇，

森姜珠姆心爱女，

何必恶言惹心痛？

森姜珠姆如生命，

何陷苦难黑夜中？

家乡才是温柔乡。

阿珠姑娘一日行，

岭人曾经走一年，

这种险途如何走？

然后森姜珠姆女，

你对觉如之深情，

对格萨尔之信任，

毅然决然去敌境，

一片赤诚乃为我，

但是不该你随行。

为何不行原由是：

自继父产是天理，

有福之子不需要；

良言无价是道理，

哑巴儿子难出口；

佛法慈心与怜悯，

恶人心中却没有；

福运就在山顶上，

招手不会即刻来；

倒霉就在腿弯处，

抖一抖就不会走；

前世注定难逃避，

额上皱纹擦不掉。

百口莫辩的衙门，

哪能乱说我没做？

生死到了注定日，

怎么可能活百岁？

是否如此小姑娘？

不是我要嫌弃你，

疼爱有加皆知道。

森姜仙女白度母，

我乃大慈大悲身，

为了苍生去北境，

你我职责不一样。

且请立马回岭部，

留在嘉洛父亲部，

住在慈祥母亲旁，

与珠杰兄弟携手，

共同打理家务事，

牛羊家畜管理好，

此等北境不能去，

国王所说对不对？

花岭国都之地盘，

不喜也是自己家。

雅康北境山脉后，

山势险恶荒野地，

险山恶水黑暗中，

想去却无比艰难。

你我二人不一样，

我是空行彩虹身，

血肉之躯我没有，

饥饿饥渴我没有，

保暖衣袍不需要，

代步马儿也不需。

若是我想办事时，

花岭国与雅康北，

一刹那间可来回。

你若留在岭国部，

每隔七天时间里，

一定亲身来见你，

是否真的后面知，

不是格萨尔无义。
然后从那霍尔国，
征讨赋税献岭国，
我会亲自接珠姆，
嘉洛女婿还是我，
岭国主人还是我。

我此行雅康北境，
时间不会长耽搁，
老魔鲁赞大王之，
多处寄魂要破坏。
往日我还未生下，
岭地丹玛射一箭，
射断鲁赞第一魂。
然后到了噶德处，
噶德曲炯贝纳他，
大力投掷一巨石，
砸散鲁赞第二魂。
然后来到岭国部，
耀武扬威侵扰时，
我取腰间投石带，

转动指向鲁赞王,

一击打断第三魂。

不会耽搁时间长,

我想最长就一年,

最短也就六个月,

中间就算九个月,

六八九月时间里,

就会回到岭部来,

赶着魔域牛羊来,

不知对否森姜女?

赶紧返回自己家,

要不住在茶堡城,

要不留在嘉洛部,

此外不可乱走动。

狗儿乱逛伤鼻子,

鸟儿乱飞掉羽毛,

姑娘乱跑遭非议,

男人胡来丢性命,

所说谚语何其真。

那么回家就最好,

你米琼跟我一生,

何必对你说谎言,

你就侍奉珠姆女,

如影随形勿相离,

需要什么做什么。

听得进去当甘露,

听不进去不重复,

二人心中要谨记。

　　森姜珠姆姑娘听完泪如雨下,哭泣不已,接着额头碰膝盖,蜷缩着身子,眼神迷离中愣神片刻,之后,抓着国王的手说道:"呀!既然大王非要如此不可,那还得必须留下此生不变之诺言、来世不变之誓言。您要前往北境,那就从此地此刻开始,向我保证不会与北境腹地的木雅姑娘梅萨奔吉缠缠绵绵、双栖双宿。一直到返回故乡岭地为止,大王心中片刻也不能忘怀森姜。"国王说道:"那当然,你对我过于依恋,而我前世就已注定,不得不去剿灭那恶魔。虽说梅萨在北境魔域,但早已变成了口是心非之妇,与她纠缠只能是引火烧身。抛弃好友去找损友,那人就是自寻死路。"格萨尔抓起森姜之手立下了不会与梅萨旧情复燃的誓言。森姜这才放心说道:"沃啦嗦!您去雅康北地时希望使用神通消失,千万不要让我觉察,否则我又会舍不得您,求您今夜再住一晚。"于是国王欣然答应,当夜又住了一宿。第二天,天还没有亮,国王与赤兔马无影无踪,如同消散的彩虹般不见了。

四

  在面向森钦大王方向的声声祈祷中，森姜珠姆在前、米琼卡德在后，米琼服侍着森姜珠姆，二人往岭国方向奔去。此时米琼心想：呀！上师佛祖菩萨，救应今生之战神，引渡来世之此等圣人，在前往北境的时候，我不该立刻将马头倒转，而应该是面向格萨尔远去的方向。于是米琼又将坐骑恰拉秋果马回辔转向北边，向国王方向一阵许愿祈祷，然后左手拉回恰拉秋果矮马的缰绳，快马追赶森姜。此时，珠姆似乎遥遥望见格萨尔就在前面，只顾盯着那大光环，却没注意米琼的去向。而米琼是因为前世注定的因缘命运使然，没能及时跟上珠姆，竟然斜侧里朝着霍尔国的一条通道奔去。珠姆被光环所吸引，往西南方向走过去，过了一顿茶的工夫，前面的光环突然消失不见。珠姆回过神来，自以为米琼还跟在后面，回头望了一眼，天上影子、地上踪迹、胯下马蹄印等全然不见。珠姆伤心地想到：呀！今早还在一起的米琼，此刻却让我走了岔路。真是好比身边恶仆断送主人，枕边恶女弄脏护身宝物。珠姆黯然神伤地任随坐骑卓姆马儿游逛，来到一处起伏不定的草甸上，看到一个干巴巴的岩洞。此岩洞外无雨水进来，内有霞光萦绕，与一座神庙毫无二致。珠姆心想：这洞里会不会有一个闭关禅修的大师呢，不然怎会如此？于是又定睛一看，只见岩洞中央端坐着一位身穿紫色龙凤呈祥对襟锦袍的男人，满口白牙，笑容满面地起身说道："阿珠姑娘来了，欢迎！请进！"然后躬身迎请珠姆走近洞里。珠姆感觉一下子回到了自己父亲嘉洛·敦巴坚参的家里，浓浓的酥油茶，美美的青稞酒，香喷喷的牛羊肉。男子接着端上了退和酥油、白糖红糖、水果、米饭、人参果等各类生食熟食，似乎有取之不尽的库藏。

珠姆心想：这人会是谁呢？或者是格萨尔幻变之身，或者是度母女神前来迎接我。要不然绝对是梵天天尊、念青古拉、龙王祖纳、玛杰奔热等岭国山神保护神之一。如此想着，珠姆立刻凝神静气地许愿道：不只是我，所有六道众生皆在无边苦难之中，普愿沉溺诸众生，速往极乐刹土。然后珠姆喝了口香醇入口的酥油茶，看这茶，红茶伴上黄色酥油，北方白盐取精华，然后在供奉赞颂神明中享受了一番美酒佳肴。须臾，出现了一个绿松石发辫的十三岁女孩，慢悠悠地给珠姆端茶敬酒，盘中摆上各类食物。交谈间那姑娘说起自己来自岭国，是专门奉命前来服侍白度母女神的，名字叫岭部达措姑娘。珠姆心想：会是岭部谁家的女孩呢？这达措又是谁呢？珠姆立马说道："呀！达措姑娘，你去寻一处水甜草美之地，今晚好好放养照顾我的坐骑卓姆马儿。"珠姆自己则端坐在锦绒垫子上打坐静修。次日天一亮，达措姑娘就牵来了卓姆马。看这马，膘肥体壮，亮光闪闪，没有受到一丝损害，比起先前还要光彩熠熠。达措给卓姆马配上鞍鞯，珠姆骑上去后，达措姑娘在前面牵马而行。快到天黑的时候，突然间那姑娘顿然消失得无影无踪。珠姆自言自语道："达措姑娘凭空消失，定然是度母女神的化身。卓姆马儿你若不带我回家，我是血肉之躯，受到贪嗔痴之苦。那达措仙女真应该给我指出一条明路。"然后在一番喃喃祷告中来到一处荒芜之地，忽见一块浑如佛塔一般的巨石矗立着，巨石中央开有一扇四方形坛城门。珠姆心想：为何此处会出现一座神庙呢？于是勒住卓姆马的缰绳。下马走近往那石门里一看，只见大约有一百多个僧人正在举行诵经法会。珠姆赶忙躬身跪拜了九次，心中祈求自身所有苦难能脱离，所有罪孽秽污能洗净，祈愿尽快返回东方岭国故乡。此时，三位比丘起身扶起珠姆的手，将她迎请到红色檀香木宝座的锦绒软垫上安坐。奉酒待茶，摆上各类佳肴。那几个比丘也随之坐到软垫末位，躬身说道："我等乃岭部国师达奔的弟子，您森姜北行返回故里，特此相迎。"珠姆闻言十分高兴，心想：只要对佛菩萨的虔诚之心不变，就会有如此善报。于是再次向三宝祈祷礼拜。不多时，一位小和尚牵着珠姆的坐骑卓姆琼热马说道："小僧会将此马牧放到一处药草芳香，水质甘甜的地方，森姜您就在这儿安住一宿。"心情舒畅的珠姆就与众僧详谈阔论，说起岭部往事、上师仙迹、嘉洛部落的财富、岭部妇女们的风俗举止，等等。忽然，巨石中又现出乃琼·鲁古擦雅的身影，并且说道："呀！阿珠辛苦了，从北境回来了吗？"珠姆喜出望外，当夜即与乃琼姊妹彻夜长谈，乐开了花。次日天一亮，乃琼服侍珠姆上马，二人直奔岭部。太阳还未落山的时候，珠姆远远地看见了茶堡仁摩城堡顶上黄灿灿、亮闪闪的金顶，心中升起无比喜悦，但忽然又念及格萨尔王，想起往昔快乐的日子，心想着自己不好好留在自家幸福的城堡中，非要跑到异乡受尽折磨。国王他已经去了魔域，而今我回到了故里，又有什么意思呢？托格萨尔王之福，总算回到了家乡。想到这里，珠姆眼中泪水情不自禁掉了下来，下马缓了一口气。乃琼说道："喔！珠姆姐姐。我是绿度母仙女化身，你若不识，乃琼姑娘还在俄洛家，今早我还见到她。我马上叫她过来陪你，你不要再哭了。"说话间，两人已经到了茶堡大门口。岭部姑嫂兄弟们在门口迎接，一同走进茶堡宫殿里。乃琼、贝塔以及几个姑嫂姐妹聚在一起，为森姜珠姆安全返回家乡举行了一场盛宴。

　　话说米琼，追赶不到珠姆后，米琼来到了雅坞若波石山背后一处只闻水声潺潺、却不见溪流的地方。小矮马无水喝，米琼无饭吃，那晚就在一个灰白岩石脚下，拴上小矮马，睡了下去。因为不见珠姆踪影，米琼只觉天地倒转，心口如同针刺般痛苦不已。夜半狂风嘶吼，不停地下起雨雪。次日天明时分，雪已经湮没了马头，弄得米琼不知何去何从，惊慌莫名，不由得自言自语道：顶礼祈请三宝众，今日恩主四蹄马，恰拉秋果小矮马，你也算是一匹有名马。向格萨尔王祈祷，不至于遭受这等罪过。向三宝供奉，不致于流落无人荒野。平日里喂饱马料，不至于徒步行路。秋果神骏啦！不可分神，带我前往白岭部落。就在米琼默默祈祷的时候，不曾想，霍尔部落的八名猎人却摸到了此处，将米琼人马如同鹞子抓小鸡般逮捕起来。其中辛巴梅茹孜说道："你等在此休息一会儿，我将这小矮人带到一个荒僻之处杀掉。我辛巴手段毒辣，尔等不用跟着来瞧。"话虽如此，辛巴却暗自想到：不好！一看此人就是岭部儿郎，岭部儿郎中应该就是米琼。格萨尔王肯定去了北境。具体情况如何，应该能从此人嘴中套出些话语出来。于是辛巴将米琼拉到一处僻静无人之处，说道："呀！小小男人，岭部儿，不可隐瞒说实话。"遂以三言寿歌之曲吟唱道：

  三言两语霍尔语，

  霍尔不变故乡话。

  上敬蓝天高空中，

  南泰白神白山羊，

  祈求霍岭无争斗。

  中泰花神花山羊，

  霍岭酸奶平静地，

  血雨腥风不要来。

  地泰黑神黑山羊，

  花岭国和黄霍尔，

  无端争斗不要有。

  在那很久以前时，

地泰黑神很毒辣，

因为地泰很狂躁，

天大怨仇急匆匆，

狂风吹动岭部落，

岭人怒从心中起。

超同头人施神咒，

关进黑牢有十天，

从此友善对岭部，

是否记得那承诺？

从此霍岭很平静，

停止争端敬地泰。

若是不知此地名，

纳隆森塘查摩地，

日巴部落狩猎场。

卡隆险隘四要道，

没有盗贼出入口，

只有野鹿来回奔。

野驴野鹿野牦牛，

棕熊野狼与狐狸，

撞上何人如鸡啄。

牵着猎狗好汉前,

相貌丑陋小矮人,

不可隐瞒说实话,

我一眼看去猜到,

你是来自岭国部,

而且是嘉洛子侄,

有个名号叫米琼,

格萨尔王御膳官。

你是米琼准没错,

健步如飞小矮马,

嘉洛部族畜群里,

此马也是一良马。

良马身躯虽不高,

水草丰美奔跑快,

矮人身材不高大,

勇敢机智若具备,

赛过身躯庞大人。

我是何人若不知,

水汪眼睛没看见,

头边耳朵应听说,

黄霍尔部落首领，

白帐大王虎皮帽，

南泰天尊之神子。

若是说起我的事，

没有投生娘胎前，

牲畜四蹄未有前，

红色阎魔之化身。

天竺佛国刹土中，

金刚座的佛庙里，

万千菩萨齐相聚，

如来佛祖升法座，

降下妙法甘露时，

所讲法言我清楚。

你未生错在岭部，

岭格萨尔需臣子，

岭格萨尔从天降，

岭勇士是成就师，

所说预言在胸中，

岭国掌故我清楚。

我是天界神宫中，

排在十五神子里，

天界供佛法会上，
贪心一念吃两次，
不净恶业坠霍尔，
论起来是天神子，
还有唐孜亦神子，
皆是格萨尔兄弟。
霍尔辛巴梅茹我，
文殊阎魔之化身，
而今投生在霍尔，
将来君臣必相聚。

再说古人常言道：
手掌也会分里外，
脉络纹路不一样；
嘴舌之间有里外，
饮食口味不一样；
门槛也会分里外，
去处寝室不一样。
神鬼之间分高低，
神气高扬压魔头。
最终霍尔白帐王，

会被岭国消灭掉，

霍尔十二万户部，

成为岭国之属部。

辛巴我和唐孜儿，

变成格萨尔大臣，

这些话儿绝没错。

你就是米琼卡德，

真对岭王格萨尔，

有那忠诚不二心，

切不可胡言乱语。

今日你说过的话，

死也贴着尸体走，

不能向着风口说，

不能顺着水流语，

天降暴雨不可说，

燃起烈火不能说，

倘若传出米琼死。

我辛巴想到的是，

格萨尔王去北境，

你米琼跟在后面，

未能成行走错路，

来到霍尔上部地。

短命绵羊入狼口，

死到临头到狼窝。

短命虱子衣领口，

死到临头靠指边。

短命山羊遇豺狼，

死期到时进豺洞。

短命之人遇阎罗，

死到临头遇霍敌。

碰见我不必惊恐，

我是不会乱杀人。

盛气凌人大力士，

多庆伦布查巴尔。

紫衣锦凤翅盔缨，

是妖人琼拉穆布。

飘云锦带黑衣人，

是魔煞仲堆纳布。

年纪轻轻俊男子，

霍日巴部唐孜儿。

这些人物不简单，

你今日难以逃生，

我是好心提醒语，

说的可是心里话。

你赶紧回岭国部，

从此往东立马走，

若从此地往西南，

则是雅斯堡近道。

短命鱼在鱼钩边，

是否就看捕鱼人。

利箭雷舍猎人喷，

短命花鹿躺山后。

如此米琼可怜人，

看来霍岭要出事，

挑拨之人是米琼，

预言宝典有记载，

因此遇到今日事。

米琼你和黄霍尔，

会有什么很难说？

辛巴好汉说的话，

认真记在心里头，

口风要紧管好嘴。

你我之间有缘分，

不是前世誓言故，

只因同出一师门，

是否庆幸米琼儿？

歌若听进放耳中，

要走就回岭国部，

辛巴所言不会假，

米琼谨记在心中。

听罢，米琼惊奇万分，但是对辛巴所言甚以为然。心想：阿孜！这霍尔辛巴大人，是上自天上飞禽，下自地上小虫，所有能呼吸、有生命动物的命主。毫不在意残害生灵，别说在霍岭两部，上自天竺、下自汉地、中间尼泊尔等地域中也是如雷贯耳。究竟发生了什么事呢？真是哪里有诸菩萨，普现一切诸愿望。凡是如来诸弟子，各以一任度苍生。凡是诸慈悲菩萨，皆有相应的地狱救度任务。一个深谋远虑的男人，总能帮上一个大忙。一个贤惠机智的女子，总会预感某件事情。如此谚语，果真不假。在天神世界排位时，世界财富主人格萨尔和唐孜·玉益珠杰、霍尔·梅茹孜杰、岭部嘉擦霞噶、丹玛强查、赛巴·尼奔达雅、穆姜·仁钦塔鲁、贡巴普益查杰、噶德米钦赛沃、文布·阿努巴森、白岭骁将巴拉、噶宁松奔吉拉杰、噶仁青曲吉旺秋、嘉洛俄洛卓洛，等等，同为天界神子，下凡人间出生不同，但最终还是会相聚在岭国。想到这里，米琼说道："喔啦嗦！您辛巴大人所说之言，我会听从。从今日开始，一直到明年时日，我绝不会违背承诺，如同不喝毒水一样，佛菩萨作证，不会再有比这猛的誓言，我也绝对不会说漏嘴。你我二人,一颗善心向着岭国。对森钦诺布占堆大王,也同样忠诚不二,同为天下苍生着想。一个祖先的后裔,胆气慈悲善良等,不会有什么不同之处。说起来,还不止这些。一是佛祖愿力,二是苍生社稷,三是前世注定。生病死亡与墓地,阎王拘牌指向哪里就算哪儿,没有任何改变的可能。我定当遵从辛巴之言,想方设法,尽快赶回岭国部落。"于是乎,两人立下誓言,辛巴回到原处。米琼也踏上了返回岭国的道路。

却说,辛巴一行八个狩猎者中,琼拉穆波和栽庆南喀巴增、协庆日沃邦阔[1]、神箭手阿安铁朱等人向辛巴大人询问米琼的出身来历。辛巴回答道:"那小矮人是汉地小外甥,名唤汉童·索玛贝达。"大家信以为真,未作进一步探究,各自猎杀野驴、野牦牛、梅花鹿、青羊等食草动物。就这样过了两日后,雅堆仲堆纳布、栽庆南喀巴增、神箭手阿安铁朱三人朝西去猎捕长角鹿,其余去猎杀野驴、野牦牛。九名狩猎者分成三组,分开行动。此时此刻,米琼走到了巴罗孜杰山背后,继续往北行进时,没过多久,突然天昏地暗,一时分不清东西南北。上天注定之命运使然,如同《董氏授记宝典》记载:米琼不去霍尔国,霍岭之间无战争,怨仇根源就在此,森姜珠姆是起因,搅扰小鬼是米琼,自骄自傲白帐王,霍岭争端之根源。米琼还是迷失了方向,又倒转回来。猎捕长角鹿的三人小组中,走在前面的雅堆仲堆纳布远远地看见了米琼。只见那霍尔魔将不似凡人浑如黑石山,恰似石山黑雾迷迷,一身铠甲,如同黑云腾空,一身披挂,好比青龙展火翅,阎罗王的面孔,涌动威威杀气,武器如同棕熊牙齿,渗出锋利毒液,嘴中喷出毒雨,眼中喷出怒火,磨牙之声如干炒青稞,一下子跑到米琼跟前,说道:"哈哈!这厮如同黑头毛毛虫,大也不大如拇指,小也不小似拇指,乞丐之子是没错。矮马矮人小脚步,三小一连更渺小。青稞颗粒般的小贼,打算前往何地?要实话实说。"接着将一首耀武扬威、威胁恐吓米琼的歌,

---

[1] 协庆日沃邦阔:《格萨尔王传》中霍尔国著名的大力士之一。原文名字存在一字之误,译文已做修正。

以夺命哈拉梅巴尔之曲韵吟唱道:

      哈拉哈拉哈拉歌,

      霍尔阿钦吟唱法。

      南泰白神海螺角,

      白云大氅披身上,

      白霞飘带系腰间,

      海螺长发飘荡中,

      手持神钺银制钺,

      盘顶角尖泽热热,

      白色胡须夏啦啦,

      仰头跺脚塔热热,

      锐角顶撞人群中,

      白螺身躯夏热热,

      嘴中吼声如雷响,

      天地之间颤巍巍,

      今日垂顾魔煞儿。

      无边无际天空中,

      黑云毒雾冰雹下,

      黑雨黑风黑云中,

黑人满天转刀剑，

黑耀秽污与瘟疫，

赞神替让也难逃，

晦气笼罩大地上，

黑头人类瘟疫多，

清净佛法消亡中。

对那些罪恶之流，

大力护佑魔神们，

花色山羊瑟珠角，

花色身躯灵动中，

瑟甲瑟鞍瑟马镫，

瑟盔瑟甲披在身，

喳喳戳戳斯厉厉，

花枪花箭夏热热。

卷起狂风雷声震，

黑色蟒蛇腰带飘，

瘟疫雨水塔拉啦，

今日垂顾魔煞儿。

真是怪哉有好戏，

小狼翻越山头日，

白色羊羔难逃生，

走动多了丢性命。

鹞子飞行鸟道上，

小鸟展翅欲疾飞，

散落羽毛真可怜。

生死红色山沟中，

豺狼奔走岩石路，

山羊叫声很响亮，

血肉内脏掏体外。

北路霍尔山地上，

命主阎魔之跟前，

犹如空中掉下来，

卷起空中狂风来。

杀手奔走角落里，

口福极盛好汉前，

哪有善恶之区分？

皆是白色佛法敌，

都是黑色魔业神。

黑土悬崖河谷中，

黑角黑山黑水冲，

紫黑玛瑙之角尖,

十万黑龙围绕中,

脚踏蛇蛙妖皮靴,

十万魔龙随身绕,

瘟疫毒雨降下来,

狂风卷动取敌命。

地神土地黑神医,

地下龙妖属部围,

佛法顽敌魔神众,

今日相助勿分心。

矮个小嘴你这厮,

有命人或无形鬼。

若是不知我是谁,

阿钦霍尔地盘上,

山地岩涧河谷中,

热桂东孜石山前,

黑铁滚动宫殿中,

龙神咆哮夏热热,

风暴火焰乌茹茹,

十万杀手随身行,

北魔鲁赞(上)

父系赞神母系魔,

魔赞仲堆纳布我,

自幼爱好杀戮事,

食肉饮血之好汉,

只因喜好见血红,

一生戎马血染中。

今日高兴日子里,

小小羊粪小黑头,

你从什么地方来?

想要前往何处去?

有何大事要说道?

不得隐瞒说实话。

说出实话饶你命,

要不然性命不保,

三步之遥也难逃。

骏马鞍上飞只鸟,

展翅蓝天遇横祸,

旋风激荡满空中,

飞鸟落地砸下来,

犹如母亲甩面袋,

灰溜溜地随风扬。

你究竟要去哪儿?

父母来历说清楚,

否则难以留活口,

白帐大王之跟前,

留条性命带过去。

听进小贼心中留,

不听歌儿不重复。

听罢,米琼心想:呀!这霍尔鬼地方,才从一地逃脱出来,又转回一处,没完没了,还要把性命送掉。事到如今,又有什么办法呢?闭关修行的人,注定要成为上师僧侣,上山下坡弘法时,使命戒律自然中,为佛法事业赴死是理所当然。山顶狩猎的老猎人,麋鹿麝鹿与青羊,就是为了取这些动物的性命,没能成功反而丢掉自家性命,但要是后悔就如同女人身。治理属部的大头人,江山社稷就一个,倘若他人要占去,牺牲生命也无悔。违背格萨尔王的命令一,惹出大乱负担二,森姜珠姆没有回到故乡三,面对这等事情,我米琼还不如死了要好。于是,米琼将小红宝剑抽出半截,剑把环配套在手腕,毅然决然地以猛虎怒吼之曲韵吟唱道:

唵嘛呢呗咪吽逝!

一唱二唱三唱歌,

三唱曲中敬神明。

五岳台山山腰处,

五部空行来护佑，

佛法净土汉地界，

红黄颜色太阳照，

右手举起智慧剑，

左手拿起八福轮，

缤纷祥瑞遍汉地，

汉地天将神丁随，

文殊菩萨请保佑。

清净吉祥佛殿中，

金光闪闪灵鹫山，

虚空飘渺神庙里，

如来佛祖请保佑，

护佑迎战当头敌。

若是不知此地名，

白日眼睛虽未见，

遥遥耳旁却听闻，

霍尔盗窃谎言地，

骗子来回闲逛处，

吃的全是偷盗饭，

野生动物为食物，

没有善恶因果地，

霍尔阿钦沙漠地，

一群无耻偷盗贼，

罪恶血肉嘴中嚼，

南泰魔子秃顶头，

十二万户之大王。

高高蓝天九煞星，

横行霸道不收敛，

嘴中吞去颌下溜，

饭不饱肚空吞咽，

不净恶业转天边，

贪心不足吞日月，

哪能想到就成功？

强壮鳄鱼盘曲鳞，

水中生物皆活吞，

吃不饱张嘴摇舌，

终后吃到鱼蛙窝，

不净罪孽风云荡，

血色染红碧海波，

终海螺虫穿肚子，

右边吃进左边飞，

最后一堆白骨现。

霍尔飞沙荒漠地，

千万盗贼之首领，

说是南泰神魔子，

欲将太阳当坐垫，

想用月亮作窗户，

敢将大地披身上，

远近商旅不放过，

太骄太狂太随性，

白帐大王名声响，

恶名远扬天下知。

男人若是不自制，

忽现敌人霹雳电，

野狼奔突生子女，

没法准确之四敌。

身体倒在垫子上，

生命没法分粗细，

引渡灵魂到净土，

未能解脱风中飘，

如若为作是谎言。

我是何人若不知,

汉地吉祥万门城,

法度严明辨是非,

无尽财富来回中,

红茶运往卫藏等,

都与汉地有关联,

名字叫索玛伦琼,

赤吉汉王之侍从。

黄金虽小装饰美,

价钱多少论黄金。

碧海深渊宝地中,

得到如意宝珠是,

物件虽小福运广,

荣华富贵之根源。

矮人小马走天下,

霍尔盛气凌人话,

大路朝天各自走,

黑色汉地小儿我,

小山之后有大山,

大山顶上是雪山,

雪山顶上有雪狮。
小溪之后有江河，
深不见底有大海，
鳄鱼游荡之江海。
矮人背后有巨人，
夺命汉鬼道行深，
不是空话是真话。
人虽矮小系汉臣，
马小汉地西宁马。
再说古人常言道：
星算卦师占卜时，
星辰大小无区别；
福宝财富之根基。
财宝大小无分别；
清净自然分界线，
大山小山没分别；
智慧勇气才华聚，
身躯大小没分别。
闹上饥荒肚子大，
去到哪里算哪里。
我此行要去藏地，

汉藏两地之中间，

货物商品要交换，

汉地王法传藏地，

藏地佛法传汉地。

汉藏祖先同一人，

语言相貌虽不同，

胸中思想却一样。

智慧汉人之易经，

悉补野藏人要学，

藏地各类土药材，

交易买卖运汉地，

汉藏金桥要搭建。

黄鼻小魔你这厮，

说是霍尔之大臣，

杀杀罪恶烟雾腾，

吃吃骨肉恶臭熏，

如你罪孽不会造。

黑色汉地国度中，

王法森严很清楚。

而且王法习俗中，

汉鸡不许随便飞,

飞了不许随意降。

半夜婴儿不许哭,

哭了父母不许看。

汉马不许随便跑,

跑了不许随意转。

汉地王法黄金轭,

理性思考之法度,

汉地若是无王法,

无数属部怎治理?

南瞻部洲之中心,

所在地域非寡妇,

悉补野是我兄弟,

财富来回交易中。

我要去往悉补野,

藏赛扎巴伦珠和,

曲杰贡嘎尼玛等,

藏王松赞干布前,

有些礼物要送去,

汉文文书要呈献,

还要拿回回信等,

北境耽搁不会久。

霍尔狼嚎飞沙地，

犹如无边之地狱，

与其在此生为人，

不如别处为狗身。

如此荒野妖魔地，

苦难灰心过日子，

煎熬罪恶守故土，

日夜昏暗星辰下，

如此命运真可怜，

是否知晓魔臣们？

别来欺凌我矮人，

一身披挂可瞧见。

买卖交易未成功，

长辈叔伯之说词，

财神法力看大小。

男人勇敢与懦弱，

一日福气之盛衰。

马儿速度之快慢，

七天水草之好坏。

妙法超度之说道，

上师传法之威力。

地方是不是和睦，

就看执法可分明，

是否小魔狠毒心？

刀鞘当中拔一刀，

锐利弯曲红刀柄，

上扬蓝色天空中，

如同阎罗挥宝剑，

砍向敌人身上时，

恰如野火烧荒草，

是否立刻见分晓。

临终遗言赶紧留，

好戏就在空中看，

你和我的人马间，

身材长短会丈量，

头顶之上霍玛呀[1]！

  唱罢，米琼将红柄小弯刀砍向仲堆纳布头颅，脑花四溅，从头顶一直劈开到肩甲，尸身晃晃悠悠掉落马下。正在远处观望的栽庆南喀巴增和神箭手阿安铁朱二人，急忙奔袭过来。栽庆南喀巴增掣出套索在空中盘绕一番后抛向米琼，套住了米琼的脖子，环钩锁住了臂膀。阿安铁朱也射出一箭，射中米琼的肩膀，虽然没有伤及皮肉，但是米琼被此箭力道震落马下。

---

1 霍玛呀：象声词，衬托挥刀砍去之声势。

于是两名霍尔大汉如同老狼群扑,又似恶狗拉扯死鹰尸体般将米琼外捆如环扣、内绑如线团般绳穿索绑地押解起来,来到安营扎寨的地方,见到了已经回到营地的狩猎者多庆朗布查巴尔、琼拉穆波、辛巴、唐孜等人。尤其是几天前才刚刚与米琼见过面的红衣红马之屠夫辛巴,一见到米琼,用力干咳了几声后说道:"呀!今日究竟发生了什么事?无敌霹雳闪电是岩山垮塌的根源,无敌烈火火焰是大山变成木炭的根源,无敌汹涌洪水是平地变成滩涂的根源,这无敌矮人和小矮马是你们在何地碰上的?雅堆仲堆头人,竟然被血肉横飞地扔在马下,是何原因造成如此恶果?"接着辛巴扬起手掌厉声呵斥米琼道:"你这厮真是胆大妄为,马上的小矮人,似乎就要凭空消失的样子。胯下小矮马快要钻进地缝的样子。虽然一身披挂,但是却一副正准备逃亡的样子。想要断送性命的短命鬼,从何地而来?要去往何处?欲将蓝天戴头上,欲将大地踩脚下,欲将江河当腰带,这不是太骄狂了吗?想要与黄霍尔抗衡,你一个满身虱子的小乞丐,简直就是异想天开。呀!你这小贼,你可分得清木棒头尾、手掌里外。要是明白是好汉,若不清楚丢性命。"边说边给米琼使了一个眼色。米琼面不改色,不肯答话,只是昂昂然摇了三下头,嘴里嘟囔了几声。

辛巴松了一口气,心里暗自想到:若是杀了米琼,此人对佛法虔信不移,岭部好汉就应该有如此胆气。惊奇中,装作不认识米琼,又说道:"呀!你这小贼,正如古语所说,善待俘虏要赛过照顾儿子。虱子头上举斧头,蚂蚁身上砸铁锤,老狗身上挥舞宝剑,一点也没有这个必要。雅堆仲堆纳布他,犹如懦夫先动手,啊卡卡!真是太不幸了。但是人生在世,生死无常,祸福盛衰日月也有。动手在前的懦夫刀剑,夺走了勇士的性命。解开他身上捆绑的绳子,你就坐下来,我们这儿有些猎物的肉血,你先将就着吃一些。"于是众人给米琼解开捆绑,然后烧茶煮肉,一起吃喝起来。辛巴梅茹孜反复强调,不许虐待米琼,一根细绳也不许绑,一根手指也不能动,一个针眼也不能扎。杀死雅堆大臣的血肉赔偿，等带到白帐大王座前自然就知道了。这个小贼不太好处理，谁是谁非，男儿女儿要辨别，是敌是友要看清，执法木桩跟前审，恶人善人要分开，从十八层地狱就可以审视观看。必须让白帐大王来明断是非方可。于是次日天明之时，众人将米琼放到他自己的小矮马上，带往霍尔王国。

米琼被带到霍尔王国，将成为霍岭之战的第一个根源。此时，故事正好讲到了北岭争端与霍岭争斗的中间部分。

与此同时，格萨尔诺布占堆已经来到了雅康北境之险要地界扎荣雅玛曲塔峡谷。独眼女妖、独翅枭鸟、九头罗刹等一众魔将在各个关口要道设卡巡逻。马王赤兔马，似乎不愿再往前行进，踟躅不前，连番后退了几次。森钦大王心中犯疑，下马走到一块如同马背铺垫一般的灰白草甸上，心想：马王赤兔马会不会肚子饿了？是不是跑累了？其实那赤兔神骏是想告知格萨尔，前面路途将会出现哪些关隘险道，有多少妖魔鬼怪，鲁赞大王的守关门将替乌让魔怪以及各类赞魔女妖等等，就以噶姆霍霍马曲之调吟唱道：

　　　　唵嘛呢呗咪吽逝！

　　　　鲁阿拉阿拉阿拉热，

　　　　阿拉是歌之引领曲霍霍，

　　　　塔拉是歌之吟唱法霍霍，

　　　　白岭人与白岭马是霍霍，

　　　　除了阿拉就不唱歌霍霍。

　　　　一切为了佛法因缘霍霍，

　　　　是该拯救苍生之时霍霍，

国王您和赤兔马儿霍霍,

我俩该是同心协力霍霍。

今年去往异乡道路霍霍,

上师言教弟子记住霍霍,

中阴通道畅行无阻霍霍。

头人指令臣下遵从霍霍,

善恶是非就会分明霍霍。

我的主人是格萨尔霍霍,

你和我人马两个是霍霍,

上苍天神指派人间霍霍,

为了天下苍生大事霍霍,

所作所为皆有意义霍霍。

这是雅康北境地方霍霍,

马儿我乃畜生牲口霍霍,

外表虽是牲畜皮容霍霍,

内里却是千佛心性霍霍,

风脉明点运用自如霍霍。

人语马语皆能知晓霍霍,

上知天上天神语言霍霍,

下知中空年神指示霍霍,

下知龙海涛涛水声霍霍。

为了六道众生利益霍霍,

艰苦奋斗的时日里霍霍,

你我人马二人皆是霍霍,

是千佛菩萨的弟子霍霍,

自有天界神明护佑霍霍,

自有中空年神救应霍霍,

自有下界龙王赐福霍霍。

岭王格萨尔大王是霍霍,

此生是黑头人类身霍霍,

实际上是如来佛祖霍霍,

千百菩萨至尊圣贤霍霍,

三佑怙主圆满化身霍霍,

莲花生大师的弟子霍霍,

随意往登极乐刹土霍霍,

往来天界随顺趣入霍霍。

八万四千微尘净土霍霍,

白梵天尊最为尊崇霍霍,

此天王儿子就是你霍霍。

中空年神凌霄世界霍霍,

念青古拉最为尊贵霍霍,

此年神侄子就是你霍霍。

下界龙宫安乐宝刹霍霍，

珍玩宝藏之主人是霍霍，

祖纳仁青龙王最为尊贵，

你是祖纳仁青外孙霍霍。

你和我人马二人是霍霍，

不懂地方自我摸索霍霍，

艰难险阻不会气馁霍霍，

空性虹化之身难料霍霍，

为了饶益天下苍生霍霍，

佛陀岂能泄气言苦霍霍？

万分辛苦皆为有情霍霍。

雅康北境地域之中霍霍，

九头鲁赞魔王就是霍霍，

邪恶妖魔中的魁首霍霍，

一切生灵夺命之主霍霍，

残害荼毒天下苍生霍霍，

但愿今年速能除灭霍霍，

不必耽搁长久岁月霍霍。

此地扎隆雅玛山口霍霍，

岩山恰如女妖斗嘴霍霍,

独眼替乌让女妖怪霍霍,

狂风沙尘吞咽人马霍霍,

黑幽湖泊红头相连霍霍,

北鲁赞大王出生地霍霍,

此湖叫作黑湖红湖霍霍。

东北方向黑色山脉霍霍,

鹞山豹山野牦牛山霍霍,

似乎老鹰飞落山顶霍霍。

山后杂嘉藏布江水霍霍,

十八沙漠十八沼泽霍霍,

不必担忧我有火翅霍霍。

你和我两个人马是霍霍,

马上人士若不胆怯霍霍,

我胯下马不会失误霍霍,

犹如青龙腾空飞越霍霍,

您国王心中要记住霍霍。

　　唱罢,赤兔马又说道:"我们不必惧怕北境魔域之十八沙漠十八沼泽地,你我可以从空中飞越过去。"于是赤兔马的凌空展开红彤彤火焰双翅,在蓝天白云之上疾飞而去,越过了雅康北境食人吞马的十八魔域,飞落在食人枭鸟河畔。赤兔神骏对格萨尔大王说道:"大王与我人马,必须先在此地落脚,呼唤神兵、年兵、龙兵等前来协助,要把此大河的渡口抹平破坏掉。

要不然，鲁赞魔王的上中下几路魔军杀奔悉补野藏地的话，卫藏四茹之佛法世界将会在一日之间灰飞烟灭，所以必须阻止住。森钦大王不可大意，赶紧向神、龙、年兵诸神求助。"于是格萨尔王使起神通，天空中神兵天将们携带诸般神器利械，雷声乌云交集，降下倾盆大雨。杂嘉藏布河水顿时巨浪滔天，大水狂澜，瞬间卷走两岸要津，所有渡口面目全非，谁也无法相认。而且一泻千里的怒水狂涛将北境杂庆隆巴以下、阿塔湖水以上的十三处空阔地方几乎全部都湮没了。江河彼岸，国王人马二人和上界神丁、中界年兵、下界龙兵等各路人马齐聚并驻扎了下来。只见：白色帐篷如同皑皑雪山，红色帐篷恰似燃烧烈火，蓝色帐篷好比扬波，花色帐篷浑如草木茂盛般，在上下河滩平地上支满了各色帐篷。

在雅康北境大山之后，九尖铁角魔堡之中，魔王鲁赞大王的寄魂枭鸟九头猫头鹰和长翅黑乌鸦、紫黑梅花妖鹿、红角野牦牛、黑背狼妖、长角公羚羊、黑色黄羊怪等都闻到了外敌入侵的气息，急忙通知鲁赞大王。其中黑色九头鸟怪飞落在魔堡顶楼屋檐上，三声哈哈鸣叫过后，吟唱了一首提醒鲁赞大王强敌已经深入北境，需要召唤各路魔将妖兵的鸟曲道：

  咯热咯热咯咯热啦嗦嗦，

  今日呼应众鸟怪，

  日鸟白翅老鹰和，

  夜枭黄色猫头鹰，

  南方谷地黄鸭子，

  南方黑色乌鸦鸟，

  食肉鹞鹰铁爪鸟，

  鸟类统领大鹏鸟，

  恶兆岩鸟昏暗脸，

蝙蝠鸟与啄木鸟，

孔雀艳羽光芒和，

红眼呼雨布谷鸟，

一切鸟类之魂湖，

皆能聚在我身上。

右山九顶黑岩山，

赞堆玛布兽妖请，

饮血啖肉随从绕，

亲近守护恶兆鸟。

杂措措纳秋摩湖，

黑色大力魔龙请，

亲近守护恶兆鸟，

展翅翱翔天空中。

热瓦孜松魔山顶，

魔神吸血红肉鬼，

四爪风翅魔妖等，

世界形成老怪们，

前来护佑勿分心。

若是不知此地名，

雅康北境山背后，

石山草坡与湿地，

沙谷沙山荒漠地，

溪流江水湖泊等，

山地浑如莲花开，

九顶尖角魔堡起，

鲁赞大王之魔宫。

我是何人可知道，

鲁赞大王魔之子，

正值今年岁月里，

头疼头角遭雷击，

身疲身体被风吹，

乡土不安盗贼多，

九百千户属部中，

上自上霍部落和，

中部下霍部落地，

下部安多以上是，

鲁赞本部直属地。

自家属部肥美中，

血流成河扰别部。

叔叔鲁赞大王啦,
我是九头魔鸟也。

魔界九个寄魂处,
叔叔鲁赞大王一,
霍尔白帐大王二,
姜国萨当大王三,
南方辛赤大王四,
阿柴其日朱古和,
卡切李赤泥婆罗,
呼应救助之魔鸟,
魔鸟展翅飞噪声,
铁嘴之上铁角尖,
巨口獠牙更凶狠,
饮血啖肉喜杀生。
上部阿里三围地,
中部卫藏四茹地,
下部汉地以上飞,
如您所愿去巡游。
没有我未飞之处,
没有我未落之地。

麋鹿麝鹿青羊和，

虎豹熊类野兽群，

铁嘴尖角取性命，

至于本部鹿羊和，

野驴狐狸野牦牛，

不杀完成大王愿。

此外凡是有佛法，

昌盛之地我飞掠。

黄帽僧侣之魂鸟，

黄鸭鸟巢搅稀烂。

壮士奋勇之魂鸟，

长颈仙鹤羽毛散。

空行仙女之魂鸟，

布谷鸟儿羽毛散。

妙音喜鹊鹦鹉等，

藏地到处皆应有，

悉补野藏人魂鸟，

凡是心想愿成鸟，

皆当肉食鸡肉类。

那么鲁赞魔王啦，

不能再这样坐着，

青龙睡醒可知道？

晴天霹雳已到时，

天边绕来可知道？

妖鬼醒来可知道？

已到吸血夺命时。

玛康岭国部落中，

往昔不存今时有，

生生世世造化中，

大地精华产恶人，

恶母怀中生逆子，

逆子地鼠觉如生，

说是能降四方魔，

除灭妖魔之杀手，

不论大小魔怪们，

说要剿灭不留名。

随他而来有这些，

上界天神弟子和，

中空年神后裔和，

下界龙宫各小龙，

不同身份来人间。

有的化身为上师，

授记预言说道者。

宣讲妙法行法事。

有的变为天上云，

昏暗明亮转天时，

生死命运测算者。

有的化身为医生，

无病安康造就者。

有的变为占卜师，

过去未来说道者。

有些变成魔法师，

运用五行得自如，

有话掐指算出者。

有的排在咒师列，

咔死啪倒施黑咒，

天翻地覆之能人，

翻转大山之强人，

横截倒流江河人。

有的生在豪杰中，

不死虹化自成就，

金刚不坏之身躯。

有的化身为神骏，

畜生却有飞禽身，

空中如鸟飞腾者，

水中如鱼戏游者。

一群幻化神变男，

占据世界之中心，

天竺汉地卫藏间，

亘古藏域朵麦地，

岭国强部乃形成。

今年年头时光里，

说是天神降预言，

说是赞神来显灵，

化身转轮大王之，

恶母地鼠觉如他，

要将兵锋指北境。

已从岭国故乡行，

过了一月零六天，

杂嘉藏布之彼岸，

驻扎大营遮天地，

数不清的兵马群，

安营扎寨大河边。

大王不可无行动，

要召集千万魔军，

中军大军集卓雪，

上中下三军兵马，

多少数量大王知。

打鼓无槌敲不响，

脚不成双没法走，

没有敌手难对阵。

再说古人常言道：

牧群后面要主人，

没有就是野外物，

无主动物任谁杀；

巧嘴后面需有财，

没有财富成空话，

话语出口空回音，

听来没有什么用；

好汉身后需后援，

没有就如荒野贼，

遇到阵仗难交锋。

您鲁赞大王威武，

若对上下中魔部，

不准备强援后应，

觉如贼人会侵占。

能否听懂大王啊？

听懂是魔鸟预言，

未听预言无显隐，

大王心中要谨记。

　　唱罢，巨大鸟翅在空中扑愣、扑愣地抖动中，连声发出长短不一的怪叫声后，飞往热桂东孜魔山山口去了。鲁赞大王如梦方醒，浑浑噩噩的大脑仿佛一下子清醒了过来，于是连声呼喊梅萨奔吉贼妇三次。梅萨心想：定是那恶鸟在喳喳吱吱、哇哇歪歪怪叫中弄得鲁赞大王坐不住了，或者正如天神预言，格萨尔大王也该来到雅康北境了。鲁赞魔王是想中途阻挡格萨尔前来，于是梅萨尽量控制自己的情绪，腰带也来不及系上，裤腿松垮地跑到鲁赞大王跟前。只见梅萨两眼昏昏沉沉，蓬松头发扬空中，裙摆拖到地上，一副非常邋遢的模样。北魔鲁赞大王说道："梅萨奔吉女，你去召唤牧羊大臣青恩和阿达鲁姆、日希恰嘎、巴杰塔松、梅达隆钦、恰日奔吉等魔将魔臣们。远的就递送书信，对青恩等牧羊人、放牛人、养狗人一众亲信仆人，立刻送去这些信件。"说完，魔王着手写书信，开头写上事情原委，结尾处是魔王号令加盖大王魔印，一共写了十五封书信交给了梅萨。可是梅萨一连七天只是烧香祈祷，并没有把这些书信寄送出去。

　　到了二十九日夜晚，黑色野牦牛热玛琼孜魔牛，铜头尖角闪火光，几声粗气鸣鸣响，四蹄扬土疾飞绕，一身长毛卷尘土。哈哈声响中惊醒了鲁赞大王。鲁赞侧耳一倾听，就听见那牛怪在说道："我乃北境魔域之牛妖，是鲁赞大王之寄魂魔牛。头顶双角之间坐着一十八个罗刹小妖精。一口气跑到了石山顶上，一眼望去，看到了在杂隆河谷边上驻扎了无数兵马，帐篷犹如群星灿烂，旗幡恰似云雾笼罩，您怎么还如此安睡在这里？"然后一声咆哮，震得铁堡魔宫也摇晃了几下。于是鲁赞大王又呼叫梅萨夫人，一连呼喊了七次。梅萨拖到了天亮之时，才慢慢悠悠地跟上次一样来到了魔王身边。鲁赞大王问道："本王在几天之前交给你的书信有没有送出去？上霍、下霍、中霍三个地方的九百个部落，时至今日，为何不见一兵一卒？"随后魔王又是写信盖印，说道："你梅萨不可信，叫那青恩过来。"于是传唤亲信侍从青恩和牧放山羊群的独角罗刹女妖、养狗独眼女妖等布置送信任务。青恩似乎也不愿去送信，但是两位女妖欣然领命分送了各个书信，传唤了魔域上中下九百个部落头领魔臣们。九尖铁角魔堡脚下，外围围墙中间平地上，血淋淋骨肉大厅之内，吃吃喝喝震耳欲聋，啊啊呜呜、哈哈呼呼喧闹声中，饿鬼穷魂们大口吃肉、大口饮血。于是，北境魔王鲁赞大王从九尖魔堡顶楼的白玛扎西寝殿，吉祥福运三宝珠窗户中探出头颈往下一看，对着魔境红黑九百部落头领们，将排兵布阵之命令以黑色食肉大呼之曲吟唱道：

  一鸣二鸣三鸣声，

  三声鸣响唱首歌，

  叫声鸣曲魔域歌。

  啖肉饮血嚼尸体，

  黑色魔妖三习性，

  人皮阔声替日日，

  人尸绰声尼列列，

北魔鲁赞（上）

人血呼声替日日，

吃肉咀嚼塔斯塔，

尸骸遗骨遍大地，

黑色魔域之特色。

上界天神魔宫中，

噶饶旺秋护魔神，

千万魔兵随其后，

五百九十魔将绕。

中空云池血海中，

赞魔夏瓦玛波和，

魔神朱拉南杰和，

噶饶旺秋曲炯等，

千万威玛魔兵随，

五十魔将绕身边，

今日前来做后援。

东魔夏瓦茹扎他，

杀生断气喜吃肉，

今日垂佑鲁赞王，

看到前来要协助。

南魔穆扎阿琼他，

父辈骨系是一样，

十万南境魔兵随，

碧绿江湖之河妖，

坚韧岩山之岩魔，

峡谷密林之树怪，

深山竹林之竹妖，

深涧漩涡之水怪，

今日里不可大意，

助阵后应两不误，

扫除觉如那贼子。

龙妖森波玛摩她，

千万肉食罗刹鬼，

剥皮撕裂替日日，

尸体哭泣尼列列，

罗刹啸叫呜茹茹，

女妖哀嚎替日日，

小妖颤笑希塞希，

鲁赞儿之母亲也，

魔儿对敌来相助，

灰飞烟灭扫佛法。

鸟怪天魔南泰儿，

南泰嘎波之后裔，

是霍尔白帐大王，

千万泰让来随行，

天地雷声轰隆隆，

狂风飞卷扬尘沙，

大地颤抖江河断，

山塌地陷岩石崩，

毁坏佛教泰让神，

今日救应鲁赞王，

觉如贼儿要镇住。

若是不知此地名，

雅康北境山地后，

朱古王国之南边，

阿柴王国之东端，

卫藏两地之北部，

整个藏域之北端。

我乃湖中魔龙种，

父系赞魔母龙妖，

鲁赞名号由此响。

非同世间普通人，

下界龙妖之嫡系，

口中喷出气浪时，

人间恶臭满天熏；

伸出长长手爪时，

人间岩山搬平地；

两腿舞动跺脚时，

大地连根翻转来，

大力鲁赞魔王也。

吃的是鲜红肉类，

喝的是温热血水，

北境之人穿虎皮，

各类各样野兽皮，

血肉模糊当坐垫，

野驴牦牛当肉食，

野牦牛鲜血解渴，

野牦牛皮当腰带，

野牦牛皮作捆绳，

自家部落酥油香，

劫掠搜刮他人财，

鲁赞大王是富豪。

北魔鲁赞（上）

谁也没有我强大，

谁也没有我富裕，

我的王国最强盛。

强部威王险地三，

三大威势之王国。

边上没有外地来，

恰米松瓦多吉地，

漫漫黄沙吞人马。

北境纳塘雄朱地，

水关食人青蛙在，

东边水道之要津。

北敌不能南下之，

风关哈热鸣茹在，

所有来着卷空中，

所有来着送天边，

所有来着背气回，

狂风怒气人丧气，

长短斗气丢性命。

一阵红风卷地起，

掠过空中呼啸时，

天上云彩被吹散，

一风吹断火焰翅，

谁人能与我争雄？

然后如海属部中，

上部霍族七万户，

中部霍族两万户，

下部霍族一万户，

十三万户属部们，

听我大王来唱歌，

说来有这些故事。

雷声响自云层中，

要下冰雹可知道？

知晓就要去防范。

太阳融化雪山时，

溪流猛涨可知道？

知道要去筑河坝。

瘟疫笼罩乡土时，

断气夺命可知道？

明白就需药食疗。

盗贼侵害故乡时，

需要兵马可知道？

明白就去召精锐。

冈底斯雪山以下，

杂措秋摩湖以上，

杂纳湖水沿线上，

普拉赞堆为大将，

副将赞堆扎堆和，

扎堆托拉梅巴和，

曲堆拉玛梅巴三，

共同领兵三十万，

随从裨将骁勇者，

手下人马各带领，

从杂隆河谷这边，

挡住杂钦藏布路，

不让岭鬼入北境。

中部霍族九小部，

每个部落精锐中，

选出一员领兵将，

赞拉雅美陀杰和，

纳赞真拉巴沃和，

赤赞桂波童杰三，

各自领兵三万众，

一共九万之兵马，
奔向杂嘉藏布河，
安营扎寨在南边，
所需勇士裨将等，
就按各自意愿带。
下部帕察夏察部，
纳日赛玛炯纳等，
安多上中下地方，
秦克巴沃为主将，
副将西罗威噶和，
扎堆森波卡玛二，
赞堆阿玛索查三，
奔赤陀拉梅巴四，
四员前锋之猛将，
前往杂嘉藏布东。
岭儿觉如那贼子，
统领大军入北境，
具体情况还不明。
或言神兵自天降，
或言鬼兵落凡尘，
或言年兵扎下来，

或言龙兵降下来，

不惧死亡各将领，

上阵杀敌自然成。

叔叔鲁赞大王我，

统领大军空中行，

白云披在身上来，

日光绕成腰带系，

乌云穿成靴子来，

劈开石山山头来。

高山顶上踏双脚，

信手拈来各动物，

直立人与俯首物，

有翅飞禽各鸟类，

大力张口吞吃来，

不许一人入北境，

如果硬要闯北境，

那是鲁赞有口福，

立刻抓来当饭吃，

活吞生杀或暴揍，

手忙脚乱是必然，

牙咬手抓也不错。

再说相似亦如此，

天空不下毛毛雨，

地上怎会茂草木？

若是草木不茂盛，

富贵荣华难齐聚。

部落若是没头人，

严明法纪何从来？

若是法纪不严明，

人仰马翻会无数，

弱者永无出头日，

任凭强人欺弱小。

部落要是无首领，

家破人亡风吹散。

头人若是无属部，

名气荣誉谁来赞？

富强威严何处来？

倘若属部很广大，

头人自然威势盛，

荣华富贵自然有。

属部若是有名气，

头人自然会幸福，

仆从到处可召唤。

明白事理要慈悲,

还会如此治理中,

最后也是会如此。

若要爱护各部众,

神部魔部无分别。

属部若是能扩大,

头人神魔无区别。

安乐自由日子里,

穿着破烂无所谓,

吃饱肚子的日子,

米粮黝黑也是饭。

温暖和煦日子里,

说你邋遢也是衣。

幸福美满的时刻,

不需善法恶也善,

敌人多了财富多,

说是佛教之敌人,

但不知何为敌人。

天下护法是属部,

首领头颈不分离,

头人仁慈待属民，

法度严明讲因果，

明断是非有分明，

罪犯要按律伏法，

好人会得到奖赏，

善恶分明有结果。

倘若不遵守王法，

寸桀割肉滴血滴，

酷刑斩杀活吞吃。

国王号令若遵行，

就会列入臣属中，

加官进爵不用说，

如何就看属部们，

杂嘉藏布此岸上，

放进一人成罪人。

听懂属部臣子听，

不懂歌儿不重复，

在座诸位记心中。

听罢，众妖臣魔将齐声欢呼，诺诺连声，各自派出信使、传令兵等召唤本部精兵良马，并要求务必召集所有膘肥体壮的马匹与勇猛强壮战士。过了七天之后，魔堡四面八方驻扎着千军万马。次日拂晓之时，四员先锋骁将带领六十四名裨将，六十四名裨将又各自率领六十四名护从，一行十三万兵马准备奔向杂嘉藏布河岸边，将要分兵驻守东南西三面要地。总统领南喀扎巴成吉思[1]，针对出征回归、行军布阵、粮草温饱各方面，以号令三军之歌的威震聚会场之曲吟唱道：

  一鸣二鸣三鸣声，

  三声鸣响魔部歌，

  不变是魔域乡音。

  一敬二敬三敬神，

  魔神拉赞察哉请，

  杀生断气食肉类，

  不知善法只作恶，

  善长恶业之魔子，

  这才是妖魔骨肉，

  敬啊赞啊魔尊神。

  赞魔夏萨拉若您，

  十万夺命赞鬼绕。

  噶饶旺秋曲炯王，

  阿修罗之争斗中，

  杀戮毁坏数不尽，

---

1 此处人名中出现了蒙古语术语"成吉思"，说明藏北草原历史人文中存在蒙古素材。

生生世世百代中，

除此没有魔之神。

佛陀正教不独全，

神魔教法同时兴，

宇宙沙子同形成，

山石草木一起长，

雪山狮子共同存，

河流鱼儿一起在，

一无一有不可说。

魔神越大越保佑，

武艺忠心皆有之，

平日里相助暗佑，

长寿福运富贵齐。

人类先祖渊源长，

财富积累年月长，

食物精华美味全，

衣服暖和又柔顺。

人心若是叵测中，

急躁嫉妒会加剧，

狂妄残忍会增加。

妖魔若是有善心，

和平自然会成就，

化作一颗菩萨心，

大慈大悲旋即来，

神魔区别就如此。

礼拜赞颂护佑强，

一身本领之魔神，

协助救应两不误，

心底怎想虽不知，

但是今日时辰和，

一年两年几个月，

穷人富户无分别，

都想吃肉磨刀子。

没有理想之乞丐，

凡有食物随便吃；

没有坐骑徒步行，

想去远方是空想；

没有财物夺人财，

持续长久非常难。

若是不知此地名，

雅康北境山背后，

铁角魔堡之脚下，

雍仲嘎齐大草坝，

扎隆雅玛曲达也。

若是不知我是谁，

北境上部地域中，

存在三个万户部，

合称上霍大部落。

卡纳热米头人和，

赞桂扎杰头人和，

朱扎南杰头人和，

曲拉赞桂头人等，

皆是领军先锋将。

北境中部两万户，

查肖查瓦茹仁和，

赞肖塔玛奔图和，

查赞陀吉美巴等，

三员领兵先锋将。

帕德帕塔九部落，

下部安多杂玛等，

领兵先锋四勇将,

杂益南拉陀潘和,

仲给嘉玛茹仁二,

纳给赞堆多杰三,

朱给巴沃奔图四,

四员前锋大将也。

总领兵马大元帅,

真噶南喀扎巴也,

协助领兵副将有,

达赛扎巴伦珠一,

措赛塔玛赤桂二,

分统右翼与左翼,

出谋划策共商议,

共同进退斗顽敌,

魔王盛怒力量下,

觉如行踪在搜寻。

再说古人常言道:

鸟王空中飞腾时,

群鸟降落田野上,

次日可以取鸡蛋。

狼王奔走密林时，

群狼来到草甸上，

可以平地抓狼崽。

鱼王戏游湖中时，

群鱼游出湖边来，

鱼钩可以捕小鱼。

说是觉如到北境，

杂嘉藏布河对岸，

岭部大营在驻扎，

大王若是去征讨，

将士踊跃会随行，

功劳自然勇士争。

不可胆怯儿郎们，

各自勇敢站出来。

听进放在诸位心，

不懂歌儿有解释。

唱罢，南喀扎巴成吉思又接着吩咐道："鲁赞大王会作为后援，打算使岭贼灰飞烟灭、血流成河、无处藏身。但是在北境上中下各魔部中只有个别人会使用神通、魔法、黑咒。谁都会珍惜自己的性命，气息有长短，肉食有香臭，力量有大小，但是性命却不会有粗细。有很多命根的只有北魔鲁赞大王自己一人而已，别人都只有一条命。就九煞魔曜和赞魔、岩魔、河妖、龙魔等几个魔怪各有两三个命根。而且那恶母之子觉如，地鼠贼人神通广大，法力无边，犹如空中彩虹一般，无从下手。他会变身为山上草木、土堆小丘、食草食肉的动物、鸟类等万物，变化无穷，防不胜防。大家都珍惜自己的性命，所以如何上阵冲杀，怎样行军布阵等方面，还需各位耆宿元老和勇敢机智的将军谋士们慢慢反复商议。"于是众魔军骑兵如同冰雹滚滚，步兵好比风雪弥漫，恰似鬼魅被狂风吹赶一般杀奔过去。

在杂嘉藏布河对岸，姜隆纳热山前面，阿塔盐湖上边，图瓦坚河下游，纳达仁摩草甸，上部安多地界，矗立着北境山后九尖铁角魔堡，从此魔堡三日路程，有一个叫卓隆仁摩的地方。南喀扎巴成吉思将军亲自带上九员心腹裨将，一行十名人骑前往那里侦查敌情，然后登上奔日山、其姜山、赞玛山等山头进行放哨瞭望。只见：杂嘉藏布河对岸，人群如群星荟萃，取水兵丁好比鸟群飞旋，烧茶蒸汽雾气腾腾，团团灶石恰如石山崩塌，震震喊声如雷贯耳，铺天盖地兵马雄壮，骑士们盔缨飘满天空。空中霞光万丈、庆云祥瑞之中敲鼓、吹海螺、弹琵琶、吹唢呐等仙音缭绕。仙女们漫天飞舞，婀娜多姿，神将勇士们跳起威武雄壮的舞蹈，上师们宣扬佛法，法音缭绕。十八层虚空中，响起一声天翻地覆般的剧烈响动后，突然在右上空犹如大鹏鸟展翅般地伸出一双巨翅，头顶宝珠光芒四射，巨口獠牙与铁角狰狞三界，四只钢爪可以力压山岳，体形比其它巨鸟还要大上百倍，从这山飞到那山，在所有突兀山顶上肆意妄为地抖动翅膀，张开巨口，利爪飞舞。左上空也出现了一只白色雄狮，抖起绿鬃，伸出四爪去挠山顶。察索山和朵索山、塔嘎顶日山等都被几百只雄狮盘踞，山脚下，斑斓猛虎、白臂棕熊、白唇野驴、髭须猞猁等一群以往未曾见过的巨兽，红彤彤、光灿灿、黑乌乌的巨兽满山游荡着。再往羌隆纳玛肖朱地域方向一望，与以往根本不一样的一百对野驴母子，亮花花恰如地上花色巨石群。然后再往下一瞧，杂嘉藏布河边，只见一顶顶白色帐篷之内，皆是白衣白马白盔甲，体大如山丘般的白色巨人将士，驻扎在上部。中间营地上也是体形相似的黄色巨人，身披黄色甲胄、头上黄发飘飘、黄色皮肤如同黄云向北飘荡。往下游西南边的河岸一瞧，蓝幽幽如同大海静波，非同凡人恰似蓝色布谷鸟，蓝晃晃好比绿色芳草，浑如河滩鹅卵石般上滚滚、下滚滚，感觉到似乎快要山崩地裂，洪水狂泻。

　　看到这里，南喀扎巴成吉思将军黯然自思道：今日看这阵势，情况很糟糕。对抗这等敌人，别说是人，可能连根骨渣都不会剩下。别说是马，可能一根马尾也不会留下。犹如被狂风吹走，好比太阳融化雪水，恰似烈火燃烧草木，就像流水卷走沙土。倘若不是这个结果，我这统领大将军成吉思宁愿死九次，宁愿不如家庭主妇，宁可被当做地虫石虫。于是对裨将们说道："今日我绝不是胆小放水，胆怯说胡话。行军打仗各有各的套路，掷骰子时胜负点数会轮流。是该到了亮剑时刻，身为三军统帅，要想带好北境魔域之上部上霍、中部中霍、下部下霍等地的十三万兵马，确实难度非常大，令人头疼不已。而今正是愚蠢之人脑袋发蒙，有识之士心胸开阔，勇武之人向前冲杀，胆小鼠辈临阵脱逃如狐狸，弱小之人滞留在后，勇猛之人建功立业的时刻，我等又该如何进退呢？"副将扎拉南杰陀赞说道："那么，总管统帅大人！您大可不必如此惊慌，就算血流成河，我也会带领几千兵马冲杀过去。"接着就唱了一首夸下海口之歌道：

　　　　黑色鸣声魔部歌，

　　　　魔域乡音不会改。

　　　　饮血啖肉是喜好，

　　　　自从生下娘胎来，

　　　　红肉鲜血随口吃，

　　　　酸奶奶水解饥渴，

骑兵坐骑用野驴,
未曾想过会失足,
母赞父龙之后代,
胆小惧怕未曾有。

若是不知此地名,
北境扎玛雅桂地,
玉龙雪山山脚下,
好汉心情激荡处,
懦夫心惊胆颤处。

魔部如海将士中,
犹如小鱼之一员,
扎拉陀赞勇士也。
一万兵马之首领,
大王身边之大臣,
守护王族之栋梁。
应承功劳之好汉,
上阵面对顽敌时,
就算碰到阎魔王,
不肯后退一步也。

那边觉如名声响，

是否来了我不知，

这边北魔鲁赞王，

天下无敌却清楚。

上自天竺教法门，

下自汉地王法门，

中间卫藏四茹和，

阿钦霍和巴达霍，

朱古国和卡切国，

泥婆罗和拉达克，

四方国王无人比。

在这广阔天地间，

去留皆是自由身，

顶天不用拿柱子，

身躯就是擎天柱。

天竺财富不用求，

右手一伸卷过来；

汉地茶叶不必运，

左手一抓大把拿。

大军摆开阵势时，

北方朱古以下和，

卡切泥婆罗以上，
藏域上中下地方，
不说以往就清楚。
让别部血流成河，
一一吃进人肉时，
牙间牙缝塞不满，
吃上一百人肉时，
也就算个半饱肚。
说是佛法弘扬国，
黄帽黄靴之僧众，
黄色红色鲜红中，
饭口天嘴一起开，
狂妄残忍皆具备，
贪吃他人财物心，
说是天地佛陀心，
说到底自食其果，
因此无人可敌对。
让这悉补野藏域，
变成血流成河地，
搞成尸身遍野处。
白日不见鹰羽扬，

老鹰不会落地上，

是恶心血淋地面。

野狼不愿来奔跑，

实在厌烦鲜红肉，

锦鲤鱼也烦血水。

我等立马去征战，

勇士后面跟上来，

萨堆赞拉多杰和，

哲堆辛吉沃玛二，

扎拉陀赞我们三，

一杆长枪吐唾沫，

一把利剑对利刃，

胯下马儿一起跑，

手上枪尖一起指，

环钩套索一起扔，

绝对不会败下阵。

今日早上时光中，

一千骑兵冲过去，

如同冰雹落地上，

在那觉如贼营中，

有形无形去看看，

鼠辈好汉要判断。

亮出利刃去斩杀，

挥舞长枪去点刺，

空中利箭玩指尖，

骏马奔驰掠敌阵，

立下惊天之功劳，

否则不是我陀赞。

再说古人常言道：

山顶之上大鹏鸟，

不会时常展翅膀，

一飞就会冲天来，

毒蛇必然难逃生；

南方谷地斑斓虎，

不会时常醉血腥，

一醉人马难逃生，

成百上千滚血海。

两方大军厮杀时，

勇士上阵呈勇力，

弯弓搭箭玩箭法，

快马利箭看谁强；

一条长枪舞动中，

技艺臂力看谁强；

宝剑利刃在交锋，

刃口锋利谁胜出。

今晚太阳落山前，

若是不能见分晓，

就不是扎拉陀赞。

好汉背后有后应，

一千个精锐骑兵，

浑如江河流淌来，

恰似滚石落陡坡，

倘若后退一个人，

绝不手软会斩杀，

一步之遥也不退，

无法逃脱当场杀，

谁杀也没有区别，

敌人杀或自家杀，

毫不留情是一样。

歌若听进当甘露，

不听歌儿无重复，

诸位将士记心间。

　　唱罢，扎拉陀赞魔将浑如天空乌云滚动一般，毫不迟疑地往岭部军营杀奔过去。白花花水波翻动中，一下、两下、三下飞跃中已经冲到了杂嘉藏布河对岸。紧随其后的赞拉多杰查杰和哲堆伦布查巴二将也连人带马跃入水中，冲了过去。接着一千多骑兵犹如一粒粒黑团羊粪丢入江河般，黑乎乎地接连跳入水中。而岭部神龙年各路神兵天将们立刻运用神通，一时雷电交加，霹雳滚滚，顷刻间下起暴雨。只见那杂嘉藏布大河，大水狂澜、巨浪滔天，瞬间将那一千两百个魔部人马如同卷走羊粪般冲走，消失得无影无踪，只有四百个魔兵能够脱逃游到岸边来。此时此刻，魔将扎拉陀赞当先立马冲到了岭部山神杂杰罗布平措的营地，接连大吼三声索战。山神杂杰罗布平措从营地里起身出战，只见他：犹如黑色石山雨雾弥漫，恰如乌云霹雳滚滚，好比青龙腾空盘旋一般，黑衣黑盔黑甲胄，气势如虹威力满天，胯下骑着一匹乌云般的黑马，左右拉动缰绳中昂然立于马上，恰如大鹏鸟落在高山顶上，挡住了魔将去路。

　　扎拉陀赞勒马说道："黑人黑马你这贼子，如此张狂，你和我二人谁更厉害，立马就会见分晓。我乃雅康北境山后，孤胆独行之勇士，手中没有寸功不会返回。独行野狼翻越九山九谷，没有吃到绵羊不会罢休。劲风溢满空中时，山口祭台随风扫荡。河流翻腾狂泻时，沙石土堆顺流抹平。青龙轰鸣天空时，霹雳冰雹降地上。英雄男儿冲杀时，你这黑色钢铁军营，我会如同狂风催火势，森林变成木炭堆，是否如此看结果。你这黑厮，究竟何人说实话。"说完，勒住隆纳粗协黑风马，双足稳踏双马镫在马背上挺了挺，手指勾住剑柄套绳，随时准备冲过去。就在此时，山神杂杰罗布平措浑如空中乌云翻滚，左右火焰喷发，震震雷声天地为之颤动，声若青龙咆哮，一首是非原由之歌以虚空无遮之曲韵吟唱道：

礼敬唐拉雅孜神，

念青古拉之主尊。

礼敬帕赞玛波神，

食肉嚼骨绰绰绰。

礼敬哲达崩增神，

饮血啸叫替日日。

礼敬戎赞卡噶神，

白人微笑雅拉拉。

礼敬玛杰奔热神，

请将敌军扫灭掉。

若是不知此地名，

雅康北境之地方，

说是高山如土堆，

说是石山如地鼠。

黑湖盐湖等大湖，

看似只有碗口大。

杂嘉藏布大河是，

工匠手中量尺线。

既然号称主尊神，

亲信属部召兵马,

若是没有亲信兵,

难取强敌性命也。

上界白梵天王请,

头顶白盔白缨飘。

中界格佐年神请,

甲胄紧绳刀剑崩,

一身披挂杀气腾。

龙王童炯嘎波请,

麒麟骏马四蹄熟,

快马疾飞如风驰,

千千万万之龙兵,

犹如大海翻怒涛。

今日若是有豪气,

今日没有无意义。

然后战神猛将有,

年噶达噶与扎噶,

恰似白螺空中吹,

响彻四洲四方天。

今日好汉对阵时,

先看弓箭之射程,

再看剑法谁厉害,

长杆铁枪挥舞时,

臂力技艺看谁强。

蓝光宝剑如转轮,

智慧利刃飞旋中,

挥动斩断看锋利。

然后铁环套索比,

神套龙套与年套,

利刃切断未曾想,

烈火烧断不曾有,

霹雳截断也未想。

杂嘉藏布河边上,

鲁赞力量强大和,

北境魔兵骄狂二,

北人心高气傲中。

上部拉达克雪国,

雪山环绕地域中,

黑色念青扔牢狱,

王法森严可知道?

鱼钩往下拉小鱼,

钩掉性命可知道?

熊熊火焰烧鸟巢,

飞禽失去栖息地,

是否知道飞鸟们?

蓝色沙堆被水冲,

哪里还会吞人马?

霹雳击碎岩石山,

峥嵘岩山在哪里?

大河河滩变良田,

食人青蛙在哪里?

抛石石炮空中来,

人仰马翻在哪里?

北境魔域变佛土,

魔部声名在何处?

鲁赞要被消灭掉,

魔王名号在哪里?

魔堡变成岩石滩,

九顶铁角在哪里?

北境无人回应地,

魔部十三万户地,

变成卫藏四茹地。

在卫藏两地之间，

上部阿里有三围，

中部卫藏有四茹，

下部多康有六部，

皆是不同凡响地。

天神子侄好汉们，

血肉之躯不会有，

无形神子有神通，

天下不会有对手。

天空彩虹用手抓，

皆是岭儿天神种，

虚空风行转马头，

能够飞腾是岭马。

绿色江水用手挡，

挡住岭子小鱼儿。

如此岭儿神子们，

谁可与之争锋也。

我是何人若不知，

康地杂堆杂麦地，

杂地蛟钦东热山，

杂地杂杰平措名。

北魔鲁赞（上）

杂地仲热南宗山，

杂地姜隆纳塘谷，

杂曲康巴饶麦河。

杂堆上部地域中，

杂杰罗布平措是，

多康岭地山神也。

麒麟马与黑头人，

齐聚效力自然有。

对索托阿拉噶里，

自有神子格萨尔。

降伏罗刹鬼妖者，

自有莲花生大师。

天下弘扬妙法者，

阿扎波迪堪布在。

人类持续安生者，

自有铜州药王神。

地域变成佛界者，

文武转轮圣王在。

预言授记指示者，

南曼杰姆姑母在。

神咒魔法之主人，

红色马头明王在。

神力武艺之对手，

护法曲炯贝纳在。

抓住稳如磐石是，

尼奔达雅好汉在。

每一个神子身边，

千万神兵在护卫，

想要对抗真可笑。

若想竞赛与我比，

若想交战跟我打。

今日上界白梵王，

中界战神年神们，

财神福禄龙王们，

不会懦夫先动手，

听你开口说什么，

若是有理放生路，

若是没理取你命。

与我相斗难取胜，

究竟如何自己选。

歌若听进当甘露，

不听歌儿无解释，

你这黑厮记心中。

唱罢，山神杂杰罗布平措勒马停顿了一会儿，想听他如何回话。魔臣扎拉陀赞立刻以三鸣魔歌之曲吟唱道：

一鸣二鸣三鸣声，

三声鸣响唱首歌，

鸣声呼喊魔之语，

鸣歌鸣曲在一起。

玉龙咆哮鸣茹茹，

闪电霹雳之本性；

碧海涛声鸣茹茹，

波涛汹涌之本性，

三六各地变荒脊。

石山崩塌鸣茹茹，

悬崖峭壁滚石飞。

黑魔歌儿吟鸣声，

英勇无敌显本领。

一敬魔尊巴杰请，

上阵杀敌我获胜。

二敬杂纳扎果魔,

垂怜护佑不可小。

三敬陀拉热噶魔,

面对强敌不胆怯。

若是不知此地名,

那唐姜塘仲塘三,

突兀山包丘陵多,

黑乎乎野牦牛家,

野牛发飙牛角尖。

江河流淌哗啦啦,

沙土混入流水中,

北境纳隆乃魔乡。

若是不知我是谁,

达隆热擦贡玛山,

一个万户之头人。

出征之时当前锋,

回兵之时做后盾,

不是未建寸功男。

说起好汉壮举来,

蓝天霹雳用手拿，
我就叫扎拉陀赞。
父系赞魔母系妖，
赞妖合好之魔子。
红人红马名号响，
无敌赞拉陀杰将，
黑人黑衣跃马来，
是鲁堆扎巴让赞，
鲁赞大王之内臣。
巴掌大时吃红肉，
刚会走路吃母亲，
赞拉扎杰吃母人。
七岁时候吃父亲，
红脸罗刹杀父者。

你是有形或无形？
若是无形之鬼神，
电闪神通可会使？
霹雳闪电能否滚？
河流浪涛可会翻？
作恶多端可知晓？

若是这些个主人，

化作无形隐石岩，

要不虚张声势语，

我是根本不在意。

说起来龙去脉是，

似人似魔之身形，

血红阎魔红脸人，

欲与陀赞比高低，

神通疾风一起吹，

要与彩虹一起现，

运用五行自如身，

是否如此看今日。

不可逃跑在原地，

诸般武器慢慢比，

第一看我手中箭，

虎豹雷舌火焰箭，

非同一般能挡住。

岗杰赞魔之手杖，

犹如陨铁霹雳闪。

好汉臂力开弓弦，

直取性命当箭靶，

霍玛雅啦魔儿冲！

唱罢，魔将扎拉赞桂将那康松旺堆威震三界之魔箭疾射出去，正好射中山神杂杰罗布平措的前胸护心镜上，那宝镜被击碎。但是杂杰平措乃山神地神之幻化神子，不是人类血肉之躯，一点也奈何不了他。只见杂杰平措山神将那魔箭用手一抓，说道："呀！你这魔贼，就这点魔箭力道，射出此等窝囊箭，还不如扔出女人的羊毛纺锤，还不如好汉吐口唾沫。"说完将魔箭用膝盖一顶，擦扎声响中断成两截，又说道："呀！你的利箭已经射完，咱们好汉接着再比试比试。"随即抽出白云九旋套索，绳环铁钩亮闪闪中举在空中唱起一首短歌道：

唵嘛呢呗咪吽逝！

阿拉歌儿塔拉歌。

祈请各路护法神，

英雄好汉一起行，

上部阿里三围中，

冈底斯与守护神，

玛旁雍措秋摩神，

杂日协嘎本措神，

雅拉嘎布觉沃神，

羊卓雍措秋摩神，

卫地觉姆岗噶神，

念青巴沃唐拉神，

措嘎南措秋摩神，

觉沃蛟钦东热神，

玛杰米益扎拉神，

玛央索给念青神，

玛域良马业力神，

格佐年给杰布神，

多康岭域地盘上，

赞日查玛本杰请。

前来查赞你这厮，

自认好汉真糊涂，

虚空蓝天苍穹中，

黄白彩虹有何用？

只是天神魔幻影。

雪山水晶宫殿中，

白色雄狮屹立身，

只是狂徒之魔法，

最后绿鬃陷沼泽。

上天云雾缭绕中，

大小雷声是空响，

若是不降细雨来，

云雾飘荡无归处。
恶魔扎拉陀赞儿，
你对鲁赞大王是，
一片忠心够赤诚，
臣属忠义已得全，
为人臣子应如此。
可惜死到临头时，
不知死亡来耀武。
母狼快要饿死时，
不知将死还咬牙。
鼠辈断送性命时，
大话连篇如沟渠。
无耻虚荣之女子，
讥笑媚笑娇泣三，
归入俗气不自知。
无德无才假上师，
死鬼活鬼不清楚，
吽吽真言充高僧，
邪秽疾病不清楚，
预言授记有几多，
不懂装懂真可悲，

其实就想骗人财，

最终贪吃死者物，

阴间路上苦痛多。

无耻头人有权势，

属民上陈诉求时，

谎言恐吓有几许？

失误恶果有多少？

未来不忘臭名扬，

皆是贪吃贪财故。

猫头鹰白日出行，

小鸟定是没办法，

没有鸟翅不拍打。

所言古语好相似，

话若听进乃良言。

你对我射出利箭，

是你脑子不清醒，

不会让你跑三步。

我手中扬起套索，

天空白云所编织，

白云九旋神套索，

三十仙女来编织，

五只铁钩系套索，

五部空行来绑系，

铁环神变之套索，

玛杰奔热赐给我，

想要毁坏不可能。

死到临头撞上我，

如同老狗牵着走，

押解前往白岭国，

虽然岭国不缺狗，

就你魔臣当成狗，

满头屎尿牵起走。

歌若听进放耳中，

不懂奈住性子想，

钩索脖颈霍玛雅！

唱罢，山神杂杰罗布平措将白云九旋套索在头顶上空旋绕几下后抛了出去，正好套住了扎拉陀赞的脖子，一支锁钩钩住其背部甲胄，一支铁钩钩住了前胸护心镜部分，恰似鹞鹰捕小雀。扎拉陀赞是魔妖之子，自以为有各路魔神佑护，就暗自祈祷挣扎。但是命中注定，已然无法挣开套索，随即跌落马下，像被野狗拉扯老鹰死尸一样，押解到浑如雪山崩塌般的白色大帐附近，那儿早已钉住了几根跟八岁小孩差不多大小的铁柱。山神将其捆绑在其中一根铁柱上，然后对魔将说道："从今日开始，将你自己所掌控的地盘全部交给岭国，要不然就取你魔域贼子之性命，不是从下往上斩杀，而是从上往下劈开你的身躯。"只见那魔将，立马认怂投降，发誓会将所部改编为岭国属部，并且信誓旦旦地签字画押。

话说，跟随其后的魔将赞拉多杰查杰，远远瞧见扎拉陀赞被抓走，一时怒从心头起，恶向胆边生。犹如尖刺扎眼睛，下身血液往上涌，上身血液脸上涌，脸上血液充眼中，双目红红现血丝，咬牙切齿，愤然抽出岗噶董缺宝剑，没有多言，如同陡坡滚石一般冲向黄色营盘中。左冲右突中挥剑无数，杀得剥土扬尘，风声鹤唳。但是剑锋所指的人马，却未能伤及毫毛。未曾听到一声啊擦、啊热之惨叫哀嚎，一滴血也未见滴落。大约过了一顿茶的时间，赞拉多杰查杰飞奔出岭部营门之外，回头一看，心想：究竟怎么回事呢？接连看了几眼宝剑刃口，只见利刃已经变形残缺如锯齿，可是一滴血也没有沾上。赞拉多杰查杰心想：这绝非有形血肉兵营，定是神鬼幻影。看来不能再逞英雄，还是跑回去要紧，顺便带上残兵败将。于是转回马头往杂嘉藏布江边跑去。说时迟，那时快，岭部黄色兵营中的觉沃蛟钦东热山神，头戴黄金头盔，黄云盔缨飘满天；身穿黄金甲胄，红云锦袍火焰喷；犹如青龙腾空般追赶过去，说道："呀！你这好狂妄的魔子，鲁赞魔王的大臣啦，急急鼠辈先动手，挥舞利剑冲进来，上界天兵荡昏云，中界年兵冲凌乱，下界龙兵撞散开，如此罪恶滔天的魔贼，没有报仇还击，岂能轻易放过？"说完，按住旋风虹光宝剑的剑柄，将剑柄环绳套在手指上，虎啸龙吟中以霹雳火焰之曲吟唱道：

　　唵嘛呢呗咪吽逝！

　　阿拉歌之开门曲，

　　塔拉歌儿有解释。

第一若是不开门，

第二不知路何方，

若是不知去哪里，

天昏地暗苦难中，

难寻佛法入门口。

因此阿拉歌之门，

日出东方歌儿唱，

太阳若是不游动，

大地岂能有温暖？

大地若是不和煦，

冬夏时光如何分？

若是冬夏不分明，

山上草木难生长。

若是草木不茂盛，

黑头人类难安生。

黑头人类不安居，

农田村落无从说。

荣华富贵与长寿，

积德行善之善法，

胡作非为之罪恶，

黑白分明之因果，

皆是命运之使然。

第二歌曲开篇时，
吟诵塔拉之原因，
首先解脱安乐是，
天空日月若没有，
四方黑暗难扫荡；
四方黑暗若不去，
天下太平何处有？
若无上师菩萨行，
哪来门徒僧侣众？
众僧若是没戒律，
苍生虔心皈依谁？
倘若众生未教化，
没有解脱之末路。

吟唱歌曲有几因，
听懂语言不唱歌，
黑头藏人如牲口，
妙法真谛无从知，
妙法益趣不知道，

罪过苦果无从晓。

倘若善恶不分明，

不过人世空一场，

因此黑白需分明。

善恶若是不分明，

凡是广阔天空下，

不会经常有善缘，

黑白花色各不同。

八瓣莲花大地上，

人类身形虽相似，

出口语言却不同。

生来同为人类身，

命运好坏何相异，

有的能言狡猾人，

黑心如夏季毒草，

甜言蜜语如蜂蜜，

心如毒刺恶狠狠。

有的好恶无所谓，

身体保暖就知足，

有口饭吃就快乐，

人间烟火他不管，

此乃好坏之中间。

有的聋瞎哑巴身，

上不敬三宝神明，

焚香沐浴不知道，

对于乐善好施者，

总说不可没必要，

就是不明事理人。

不懂怜悯犯罪恶，

地虫石虫夏天虫，

只要看到就扼杀，

没有看见踩脚下，

不知罪恶已深重，

与那畜生无分别，

是否知道红面人？

你骄狂要抓日月，

妄想山岳当坐垫。

你的福运如虚空，

想要白云披在身，

想让青龙当坐骑，

闪电霹雳当武器，

需要但是不可能，

想法命运不一样。

正值今岁年初时，

在那岭国部落中，

佛陀妙法正弘扬，

算起因缘时日来，

正是菩萨愿力成，

空性虹化功德身，

已然到了需要时。

格萨尔罗布占堆，

四方四魔之克星，

慈悲怜爱众生灵，

不论贵贱皆平等，

罪恶包袱卸下来，

妙法良善做根基。

随喜岭部功德大，

若欲说何等为大，

悉补野佛法圣地，

没有邪魔不觊觎，

遍地是宝大家知。

高自天空鸟类和，

低自大地动物群，

财富皆可变良药,

将死之人救性命,

死去之人得解脱。

上师宣法灌顶和,

僧众各类法事二,

礼敬诸佛如来三,

因果正义在此处。

东方岭地无可比,

生出之人皆神子,

高山谷地皆药材,

定是不同凡响处。

你我是否相类似,

若是相同来试试,

如何交锋你随意,

挥出利剑能否断,

抛出套索能否抓,

黑咒魔法能否灭,

雄强臂力能否胜,

如若不然看最后。

你在今日清晨里,

肆意挥舞宝剑时,

最终结果是怎样?

不说也知镜中影。

前面所说无空话,

后面行动在手中,

尤其今日时辰里,

你这红人赞魔脸,

我用套索抓俘虏,

要不然取你狗命,

神子不可无作为。

我乃蛟钦东热也,

岭地玛杰奔热神,

帐下十八名大臣,

答应有所作为来,

前来相助格萨尔,

是不是红色魔将?

若是不服来交战,

用何武器你随意,

你在后悔难过时,

我若不采取行动,

蛟钦东热就白叫。

歌若听进放贼耳，

不听歌儿不糊涂，

你这红人记心中。

觉沃蛟钦东热山神唱罢，朝那魔将挥刀砍了过来。正如古语所云：空中乌云雷声响，霹雳冰雹落地上，草木以上可击打；大河奔流冲刷时，山脚沙堆与桥梁，可能没有稳固时；大火燃烧森林时，树木花草无长短，只想变成木炭山；阎罗王在发怒时，罪恶之人虽狂妄，不会留出一线路。岭国山神抽出宝剑一扬手，顿时剑光闪亮，冷风飕飕，大地为之昏暗，日月为之黯淡，将那把有灵性的宝剑硬生生砍在魔将的头颅上，一时狂吼哀嚎之声响彻河边大地，令人感到天地亦随之颤抖摇晃起来。这天魔将赞拉多杰查杰是难逃死期，他的魂魄归于东方一座号称苏美热桂三兄弟的三峰山顶上。并且让其发愿维护佛陀正法，为天下苍生谋幸福，让家畜无恙人间无病，远离腥风晦气。由此北境魔域之七个大部落也改成弘扬佛法的地方。这些魔部中的帕德、帕塔、梅摩、卓雪等部落的人们，生起了与以往不同的慈悲之心，开始烧香拜佛，礼赞行善，演习经法。鲁赞魔王的势力一下子减弱到七个由旬[1]之边。

---

[1] 由旬：古印度里程名，一由旬合四千弓或四千尺。

五

到了第二天，北境魔魔军的首领，雍仲拉赞和朱拉南杰陀白、辛吉赤图、赞堆扎杰雅梅等四员猛将带领四部兵马，叫嚣道："今日岭贼恶母之子觉如地鼠儿的天兵神将们，我等若不杀他个风卷残云，水冲沙石，就不是北境鲁赞大王麾下的精锐。"接着各自夸下海口，跃跃欲试，一致打算勇猛冲杀，至死方休，由此也希望从鲁赞大王那里获得高厚禄显爵位。第一位魔子魔将，犹如霹雳般带领一队人马，分别从杂嘉藏布河上游的右岸纳隆支流和阿达盐湖、雅康盐湖等地出发，来到噶顶贡玛之哈热呼如地方，朵苏日山脚下，仲日纳布山附近安营扎寨。雍仲托拉梅巴魔将统领两千精锐骑兵，副将朱拉南杰雅梅为先锋，也陆续奔赴杂嘉藏布河上游河边，往那对岸一瞧，只见那岭国兵营：黄色帐篷浑如天上黄云落到地上。帐篷顶上黄色金顶黄旗飘飘，如同黄色神仙排列，好比太阳照射草甸，恰似水鸭回到湖泊中。战神主帅念青格佐和年虎贝子玛布两位年神，黄人黄马，顶盔掼甲背旗烈烈，人如巨人，马似巨马，好比移动中的小山丘一般来到河边，勒马挺身，雄赳赳、气昂昂地等待魔兵冲杀过来。且说，河这边的魔将雍仲托拉梅巴骑上玛布隆秋红色赞马，足踏双镫一挺身，将三幡长枪套头取下，双臂一抖，大喊一声："男人要冲就几丈远，自强男人不失魔部本性，你这黄人黄马贼子，今日该我扬威立功，好比风吹灰烬，水冲沙滩，是否如此一会儿见分晓。"接着就吟唱了一首好汉之歌道：

　　一鸣二鸣三鸣声，

　　九声鸣响唱首歌，

黑魔九转鸣声歌。

北境切玛山口上，

阿夏真果罗刹女。

杂纳仲措秋摩湖，

龙妖夏萨米玛请。

羌日热桂东孜山，

魔神梅吉洛玛请。

迅速前来保佑我，

胆气力量两不误。

扬威立功到我手。

若是不知此地名，

北境荒野我故乡，

仲日纳布山脚下，

朵苏日山背面处，

杂嘉藏布大河边。

平日不见奔流声，

今日大浪却滔天；

平日不曾吹北风，

夏季沙土狂风卷；
平常难闻青龙吼，
今日疾风扫云层。
青龙雷声鸣茹茹，
霹雳闪电拉斯拉，
山涧水流尼列列，
北境荒野沙漠上，
哪有如此回音绕？
觉如鼠贼之魔法，
天地之间尘土扬，
奔流峡谷瞬间出，
山涧沟壑河谷等，
三大深谷已形成，
怎会如此狂妄啊！
北境鲁赞大王他，
大鹏鸟般落山顶，
身躯虽然不下山，
铁嘴却在探毒蛇，
收缩翅膀未展开，
四爪镇住山岳顶，
头顶宝珠闪亮光。

鲁赞魔王之神力，

赫赫威名天下知，

直立人们心颤抖，

不愿碰到鲁赞王，

四处寻找躲避处。

生吃鲜肉之胃口，

千万兵马塞嘴中。

黑头人类生存处，

路上碰见骑马客，

只问是否见鲁赞。

大型人群集市上，

只问鲁赞可会来，

若是前来就后悔。

上师讲经宣法时，

蓝天要是起风云，

惊呼是否鲁赞王，

他若前来毁经院，

说是将会灭佛法。

头人聚众执法时，

是非原由未曾说，

就问鲁赞会来否，

他若前来吞属民，

不论老少贵贱人，

口干舌燥准备死。

北境鲁赞日夜说，

心惊胆颤过日子，

食物丰盛无胃口，

锦衣玉袍不暖和，

万贯家财难保存，

良善行为不欢迎，

恶劣行径难张扬，

鲁赞叔叔之嘴边，

就是没有活路也。

天上鸟类无权飞，

地上食草动物和，

狐狸草狐无权跑，

地下水中无权留，

碰到哪个吞口中。

黄人黄马你这厮，

往昔古人常言道：

野狼奔走觅食路，

绵羊吃草就可叹；

野狗浪游大陆口，

狐狸招摇就可笑；

好汉一身披挂时，

女人争吵就可悲。

老猎人玩弓箭时，

长角公鹿不招摇，

过分内脏露皮外。

阎魔王在索命处，

壮士不可拿刀剑，

不然阎罗拘牌来。

泼皮打架斗殴处，

美女不该来媚笑，

笑过头了丢性命。

强盗游荡荒野时，

马儿不可来身旁，

要不容易变坐骑。

阿热可怜可悲人，

北境鲁赞魔王下，

无数兵马满大地，

斧头截断奔流河，

荒野平地人马多，

高低山头骑兵游，

真要动手或玩玩。

想与鲁赞大王斗，

好比空中抛石头，

落下砸在自己头。

对头人争吵回嘴，

反而自己受惩罚。

随心所欲地胡来，

教训总会归自己。

阿孜觉如地鼠贼，

竟然是神通广大，

没曾想到会如此。

让岭营血流成河，

北马自然过北河，

就这缓流过不去，

一声好汉朝敌喊。

听进黄人放耳中，

不懂歌儿不重复，

你这黄贼记心间。

唱罢，北境勇士中名声响亮的雍仲托拉梅巴，弯弓搭箭，勒住缰绳停顿了一会儿。于是岭部天兵之念青格佐神将说道："呀！你这魔贼，你来听好我来说，不说几句由来话，就成哑巴间的争斗，我岭部的传统就这样，天神神通会如此。"接着就以雷舌火焰神通之曲吟唱道：

唵嘛呢呗咪吽逝！

阿拉歌之吟唱法，

塔拉引领解脱道。

今日所唱之歌词，

核心道理会说清。

礼敬赞颂请阳神[1]，

九层蓝色天空上，

伏乞贡曼神女王，

预言授记不可断。

三十三界神宫里，

白人白日光华灿，

日月星辰得自如，

白云神套炫动中，

玉龙神鞭飞舞中，

---

[1] 阳神：藏地古老神灵系列中的父系神或男性神，一般认为居于男人右腋窝下，一旦阳神和战神离开男人躯体，就很容易受到外来伤害。后来阳神信仰在藏族民间信仰中逐渐衰微，被护法类战神信仰所取代。

麒麟风马疾驰飞，

胯下龙腾千万兵，

前山震震雷声中，

危难之时请眷顾。

在那山岳高峰顶，

白狮年旗飘荡荡，

大地温暖太阳出，

万丈光芒耀虚空，

黄色风马气力长，

撕开狂风精神装，

快马刹那转世界。

九百年神之统领，

玛杰人类之战神，

玛山良马之产地，

玛央家畜之宝地，

玛隆安乐祥和地，

玛地宝藏之福地。

玛阔十八地域中，

谷头冈底斯雪山，

雪山自有小雄狮，

雄狮自有绿鬃毛。

谷中石山草地花，

草甸归来野牦牛，

牛羊家畜在兴旺。

草原湿地草甸上，

白色绵羊母牦牛，

漫山遍野牛羊群，

降下细雨奶水处，

黄白酥油砌墙处，

小牛小羊满地跑，

牧人欢唱小曲地，

这就是家乡宝地。

玛杰人间战神请，

今日到了紧要时，

格萨尔王之战神。

好汉已到角力时，

北魔鲁赞该搏杀，

施展武艺来争雄，

五种器械不顶用，

赤膊上阵拼气力。

若是不知此地名，

雅康北境之地方，

杂嘉藏布河岸边。

大河翻腾波浪处，

河流惊涛骇浪地，

江水扯开丝线地，

北境沙漠之故乡，

曾是悉补野藏地，

鲁赞魔王强占去。

老魔实在太贪婪，

右手伸向天竺地，

天竺教法被破坏。

左手伸向汉地里，

汉地王法被扰乱，

茶叶精华被摧毁。

张嘴咬向悉补野，

玛康六岗三部和，

佛陀正教弘扬处，

没有此魔不觊觎。

往昔侵扰日子里，

啸叫声中转藏地，

贪婪之上有妄想，

去年大概这时间，

嘉洛幸福富饶部，

无数绵羊吃嘴里，

噶域腹地噶族人，

巴掌扫去带空中，

噶德男儿去追踪，

让鲁赞失声哀嚎，

就是岭部之好汉，

不说就在手心里。

我是何人若不知，

东方岭部之战神，

悉补野藏地业神。

上界白梵天王一，

中界古拉格佐二，

下界邹那龙王三，

高岗藏地保护神，

佛陀正教守护者，

压制扫荡魔怪者，

一般神魔难抗衡。

遨游雪山之雄狮,

村落市集狂吠狗,

绿鬃屎毛岂能比?

南方密林斑斓虎,

茅草黄皮小狐狸,

皮毛笑纹安能比?

南方深山毒蛇和,

碧海流域之青龙,

有点形似火翅异,

腾空奔走怎能比?

南山长耳毛驴和,

北方白唇小野驴,

体形虽同奔跑异,

北方冰原不同行。

岭部豪杰之阳神,

北境魔域之魔将,

血肉身躯虽相似,

气力武艺安能比?

若觉相同今日试。

我格佐日玛旺许,

三百六十神将围,

千万年兵随时在，

刹那之间现出身。

随心所欲之年尊，

不是人类血肉身，

无尽神通虹化身，

九百战神之主人。

你这鲁赞贼臣子，

赖皮青蛙之骄横，

小溪水沟中横行，

大海深渊没法测。

无技毛驴之狂奔，

谷地短途能胜任，

旷野平地过不去。

黑色毒蛇之肆意，

南方密林可钻出，

空中云路岂能赶？

鲁赞大王之臣子，

平日里骄纵自傲，

白岭天龙八部众，

世间人力安敢比？

道行神通不一样，

若觉相似就出战，

今日就看谁更强。

天空青龙咆哮和，

闪电礌石击下来，

地底虫类冒出头，

岁月流转之现象。

东方日月升起来，

乌云密雨一起行，

正好相遇天空中，

雨水季节之规律。

天上飞起一只鸟，

地上抛出一块石，

空中石鸟撞一起，

前世轮回之命劫。

鲁赞大王之魔兵，

不是血流成河中，

就如狂风卷过来，

我念青山神手下，

一个不留随风飞，

根除黑魔之邪法，
弘扬佛陀之正法，
邪恶魔部全扫荡，
过了几百岁月后，
再也无人提魔域，
今日定能灭掉你。
岭王格萨尔大王，
身随心转会前来，
飘渺彩虹一起现，
嗖嗖冷风齐卷动，
前锋引路不需要，
绿水奔流一起淌，
白岭国王的意志，
心随境转无障碍，
使唤天兵如仆人，
绝刈不会说不能。
今日好汉之后援，
天兵神将神龙年，
想要交锋无匹敌，
今日事实会说明。

歌若听进放耳中，

不懂不会再唱歌，

你这魔贼记心中。

念青格佐神唱罢，那魔将雍仲托拉梅巴是真正的妖魔之子，所谓神龙年与佛教护法等字眼，根本就听不进耳中。犹如荆棘抽打身上一般，气得下半身血液涌到上半身，上半身血液涌上脸庞，闪电般冲了过去。纵马飞奔中已然张弓搭箭，一到渡口飞射一箭，冲到河水中间射了一箭，快到对岸时又射了一箭。接连射出的三支铁箭全部射中念青格佐山神，怎奈山神却毫发无损？只见，念青格佐山神犹如大鹏鸟啄食一般，弯腰从河中捞起那三支魔箭，扭转打结后，发愿天地乾坤，日月流转，等到佛法昌盛之时，让这三支魔箭变身为卫藏四茹境内三大佛寺的护法神灵，永远成为邪恶妖魔的克星。过后将那三支打结的魔箭就交给了格萨尔大王惠存。此时此刻，念青格佐将手中哈拉孜古火焰长枪的枪尖往那空中一指，一时火焰喷腾，风云翻滚，只听得雷声轰鸣，响彻天边。一条火翅玉龙从天而降，飞落在念青格佐身前。念青格佐年神一手抓住龙首，另一手握住龙翅，猛然举起火龙砸向雍仲托拉梅巴魔将身上，一连砸了三下。只见，烧土裂石，火光腾起，江河枯干。魔将人马双双犹如火烧羽毛般灰飞烟灭。

紧跟其后的朱拉陀吉梅巴魔将毫不退缩地拼死冲杀过来，射出箭囊中所有泰让魔箭，用完身上所有武器，然后赤手空拳进行搏杀。忽然间，岭国战神年达玛布红念虎，摇身一变，化现出非比寻常的老虎身形，身躯如同野牦牛，四颗一尺长的钢板獠牙狰狞外露，虎尾倒竖，铮铮作响。斑斓虎皮艳艳中，两肩一耸，两爪一按，昂首张开血盆大口。然后左右摇晃虎尾巴，四爪胡伸乱扑。上跳跃空中，上跳下窜，剥土扬尘，滚动滚石。下窜跳水中一口咬住魔将朱拉的腰部，上扬抛到蓝天中，下扔砸在大地上，上下扑腾中杀死了魔将。身后五百多魔部骑兵也死伤殆尽，尸骸遍地，血流成河。

而神龙年各路神兵依旧铁围重重中四面围拢，旌旗招展中扬威耀武。摇动缰绳跨雕鞍，纵马驰骋在山野空阔之处。

　　四部骁勇魔兵的统帅，北魔鲁赞大王的大臣南喀扎巴成吉思震惊异常，自思道：呀！不免拼死一战，因为鲁赞大王的命令是，生病死亡与墓葬，就看阎罗王的亡灵拘牌指向哪里。自从生下娘胎以来，谁也无法逃避死亡。今日就是临死期，今日必将血战到底，是人是鬼，我成吉思大臣来验证。我也是不同凡响之人，是魔域山神地神之幻变之子，曾听母亲大人说道，我是金刚不死之身。那格萨尔大王带领的兵马，倘若真是天兵神将，不可能有杀死消灭我的机会，但是总会有云开日出，得见真容的日子到来。于是，心中默念祈祷，率领上万魔军向岭国兵营冲杀过去。这魔军统帅一马当先，哗啦啦飞跃河中，几下子冲到对岸。只见他：非同凡人像雄狮，恰如雄狮绿鬃抖擞，昂然屹立在雪山顶上。胯下马浑身花蓝玉色，绿鞍绿镫美如玉，银盔银甲背旗烈烈，一身披挂来到岭部神营之前，大声喊道："喔呀呀！边荒之地育恶贼，恶母怀中生恶子，恶子觉如地鼠儿，有形人或无形鬼，速速出阵，来我成吉思勇士跟前一较高下。"说完，发出三声长啸。

　　不一会儿，世界格萨尔大王他，上半身神光奕奕，中间腰部仙气荡漾，下半身龙珠璀璨，战神威玛、神龙年等各路神兵围绕左右前后、四面八方。马中之王赤兔马，在霞光瑞气之中，马首长寿福宝，犹如长寿宝瓶，孔雀花翎艳丽；马颈上部黄金利刃，恰如上师讲经；马颈下部白银利刃，好比僧人念经；马耳五方佛众，浑如仙女戴五方佛冠；马身天空雷舌，恰似大鹏鸟展示羽毛，火焰翅膀飘飘；马尾南天飘云彩，云雾深处似乎就要降细雨；马鞍前桥是黄金，浑如金色太阳升；马鞍后桥是白银，恰似明月照空中；马鞍腰部珍珠镶嵌，珍珠好比群星灿烂。达彩[1]火纹六线，火神狂笑连声，腹带黑蛇套绳，半死半活按头绕，鞍鞒双龙盘绕，青龙咆哮声声，前襟威震

1　达彩：应该是马上备鞍所用配件之一，译者不知何物，只好音译。

神鬼，神鬼鬼哭狼嚎，就这样，福德之光，火焰闪闪。神龙年各路神兵围绕在四面八方。笑容灿烂、紫色脸堂、下颌有一颗玉痣的世界格萨尔大王来到魔军统帅成吉思跟前。只见格萨尔王他：顶盔掼甲，战神九种武器带在身上。威震三界之诸战神威玛群的首领，男子汉的战神，妇女同胞的食神，所有有形无形神鬼、鬼魅魍魉们都会礼拜赞颂的三佑怙主化身。高岗藏地的栋梁之才，佛陀正法的维护者，地狱救度的上师，此生救助的头人，人间真正的大王，威震三界的英雄豪杰，不是此人还能有谁？气势如虹，光芒万丈中，一时巍然屹立、不置一词，只是双目扫向空中，手上也似乎没有打算拿起弓箭、长枪、利剑，套索等任何武器。成吉思南喀扎巴万分惊讶地看着格萨尔，心中暗自想到：天下闻名的岭王格萨尔，不是英雄豪杰，还能是什么？将来天下必定一统于此人麾下，虽然鲁赞大王也是个一代枭雄，但是看来时日不多，命不长久。想到这里，成吉思说道："喔勒嗦！你究竟是人是鬼，不可隐瞒说实话，有何来历与本事。"接着成吉思魔将便以虚空法音回神之曲吟唱道：

    唵嘛呢呗咪吽逝！

    一鸣二鸣三鸣声，

    三声鸣响唱首歌，

    黑魔九转鸣声歌，

    不是随地皆吟唱，

    紧要关头黑鸣曲，

    鸣声吟唱北境语，

    北境鲁赞之乡音。

死亡流转家族空，

但是乡音无法忘。

野牦牛家在北方，

吃饱了不去低谷，

饿了不吃屋边草，

是野牦牛的禀性。

渴了不喝沟渠水，

是布谷鸟的个性。

落魄中不改乡音，

是男子汉的禀性。

礼敬赞颂多康神，

雪山水晶圣地中，

大慈大悲莲花生，

随行八相八上师，

神通护法雪花飘，

不敬此神没道理，

前代供奉之阳神。

玛旁雍措湖里面，

米衮龙王宝藏多，

荣华富贵福运生。

北境热桂东孜山，

鲁赞大王之阳神，

千万兵马保平安。

杂果纳隆德擦地，

大地黄金自成身，

赛米杰姆是湖神，

富贵荣华之主人，

今日定会来护佑。

次姜山和苯萨山，

黄羊山和达雅山，

帕卡山和穆波山，

查沃山和九小山，

皆是阳神保护神，

生活此地黑头人，

不管神鬼怎作怪？

救应护佑不分离。

若是不知此地名，

北境无人沙漠地，

杂嘉藏布流经处，

白色山头黑原野，

噶雄嘉摩地方名。

若是不知我是谁，

北境南扎仁摩地，

南茹万户之主人。

与北境天地共生，

上下先祖皆是成，

成吉思杰布托增，

或者叫南喀托扎，

声名如同青龙响，

南喀扎巴由此称。

神赞鲁赞与年赞，

三赞降伏震慑人。

稳坐观望见上部，

上部各部之首领，

帕茹帕塔穆塔塘，

森曲康巴河旁边，

成吉九百部落在。

下部安多帕塔和，

斯玛炯纳帕德部，

成青崇巴噶迪部，

皆是成吉思属部。

说起往昔故事来，
曾是悉补野藏地，
北山六百大部落，
六百部落在游牧，
而今鲁赞大王部。
弯弯蓝天当衣服，
茫茫大地铺坐垫，
白云绕身当腰带，
江水一口喝嘴中，
十三万户罪孽重，
犹如山上鸟蛋臭。
鲁赞之上无国王，
凡是日月所经处，
凡是疾风吹动地，
凡是河水流淌处，
天下所有地域中，
杀戮残害吃血肉，
根本无法数过来。
北境鲁赞大王他，

年龄正好二十五。

自今去年往日里，

无心心中之忌恨，

吃喝烦心厌佛法，

要说欺凌就藏地，

卫藏四茹去抄掠，

一日路程之地方，

没有百千吃不饱。

如此魔王之大臣，

名唤成吉斯多旦。

福运权势我自有，

属民归心寄希望，

大王恩宠有加二，

众臣信任有度三，

福运高照成吉思。

金光闪烁你这厮，

空中彩虹可抓住，

夏季水涨冬天冻，

生下娘胎成头人，

如此说来有形人，

黄人赤马太阳身,

是否就是格萨尔?

若是我就说实话,

带领属部会投降。

与岭部为敌没用,

格萨尔根本上师,

我未曾想过对抗。

前世注定命运和,

今世生活之家乡,

无法躲避之人生。

违抗上师之法旨,

必然护持有嫌隙。

违抗国王之命令,

必然惹祸受惩罚。

忘恩负义父母恩,

因果报应落自身,

但是还在抱希望。

鲁赞魔王路过时,

比之烈火还炙热,

山上干草枯木中,

安能没有燃烧处?

鲁赞魔王的势力，

比之大海还广阔，

山脚土洞与沙石，

岂有不散安固时？

鲁赞魔王的力量，

犹如冬季冷风吹。

山顶山腰山野上，

集集人群没法待，

若想保住自身命，

可以服侍鲁赞王，

若想高官厚禄时，

就给鲁赞当臣子，

若想荣华富贵时，

言听计从鲁赞王，

因此一直如此活，

看来到了结束时。

格萨尔是人是鬼？

不可隐瞒说实话，

我是没有对抗事，

我也不愿做抵抗。

>听进国王留心中,
>
>不听歌儿不糊涂,
>
>格萨尔谨记心头。

唱罢,成吉思勒住缰绳,没有拿出任何武器,等候格萨尔发话。岭国森钦诺布占堆大王心中暗自思道:呀!此人绝对是往世菩萨的转世,北方念青唐拉山神的弟子,必须收伏此魔将成为岭国内臣之一,因此不可动用刀枪。今日要一番苦口婆心,劝他回心向善,然后可以让他发誓归顺岭国。如此想着,森钦诺布占堆大王将一首是非原由、何去何从之歌以六变神语之曲吟唱道:

>唵嘛呢呗咪吽逝!
>
>阿拉阿拉阿拉热,
>
>阿拉三声吟唱法,
>
>没有回应是鬼言,
>
>此等音声不会唱。
>
>阿拉吟自法界中,
>
>清净意业现法身,
>
>无尽烦恼众生灵,
>
>无知业障轮回中,
>
>无尽罪恶满天地,
>
>孽缘包袱背身后,
>
>最终结局会如何?
>
>阿拉音声为何起?

阿拉是妙法之门，

化变唵音为六字。

塔拉极乐净土歌，

高僧讲经塔拉啦，

祈愿慈悲度众生。

云雾密雨塔拉啦，

祈愿大地草木兴。

江河奔流塔拉啦，

祈愿大海静悄悄。

塔拉引领解脱道，

礼敬诸佛皆回向。

上界尊胜神宫中，

父王白梵天王他，

身不变霞光瑞气，

语不变夏季龙声，

意不变稳如山岳。

慈爱照看草木盛，

悉补野藏地阳神，

阳神佑神与救神，

犹如慈祥父亲身，

紧要关头助岭王。

高大山岳峰顶上,
红色旗幡飘扬中,
红色赞堡之精华,
赞神大王唐拉他,
所有年钦之主尊,
慈悲化为活菩萨,
愤怒化为食肉鬼,
垂怜慈悲来护佑,
需要时刻请速来,
霹雳暴雨淅沥沥,
到了扫灭魔部时。
今日前来就是有,
而且还要上战场,
对阵不可吃败仗,
一切拜托上天神,
救度六道众生事,
神龙年乃最殊胜。

下界大海深渊处,

碧玉城堡龙宫中,

玉盔玉甲之男子,

玉翅奋飞之勇士,

雨蛙虾蟹绕身边,

宝藏财物如山堆,

无尽福运下界龙。

邹那仁青龙王他,

是我母亲真父王,

今日助顺小孙我。

要紧时刻显本领,

北魔鲁赞该降伏,

最后扬威并耀武,

一个不留诛群魔。

如流水冲刷岩山,

如狂风卷走红虫,

好比昨夜之梦境,

天亮醒来无影踪,

扫荡魔部来助阵。

若是不知此地名,

雅康北境的地方,

噶雄山下河谷地，
杂嘉藏布之渡口。

冲杀过来魔军们，
贪婪愤怒与残忍，
好比湖中毒蛇游。
各个答应立军功，
杀气腾腾奔岭营，
最后对虹化神兵，
没有寸功可捞取，
可叹可悲真丧气。
想要入侵反被攻，
玩火反烧脸上须，
给人设计反被害，
纵马撞地头见血，
杀奔过去反被追，
真是一个倒霉事。

驻扎此地之大营，
与彩云一起腾飞，
飘渺无形之神营，

看过去触目惊心。

人和山丘一样高，

天空未曾变昏暗，

恰如群星闪耀中，

日月双尊为统领。

地上河边沙石地，

狂风还未卷沙土，

统领是地鼠觉如。

虽然无从抓根系，

种植轮回大树人，

随顺安宁天下人，

佛陀正教守护人，

魔部背上踩踏人，

魔王救赎引渡人，

魔域变为弘法人，

若是信解如父母，

不能了知是屠夫。

不会与我争高下，

是否原由在后面。

我是何人若不知，

不是一般之常人，

太古七世如来前，

高岗佛教之圣地，

天竺金刚座为一，

竹林拘尸那迦[1]二，

尸陀林天葬台三，

天竺无俱盘山四，

瓦拉纳西道场五，

佛陀释尊如来他，

尽除罪恶发善愿，

邪魔外道尽收伏，

信受奉行菩提道。

天竺藏地边界上，

愿持诸佛微妙法，

讲经宣法十五天，

扫清魔道之豪杰，

要从天界指派来，

藏地上中下三部，

天竺汉地等王国，

凡是佛法昌盛地，

---

[1] 拘尸那迦：古印度末罗国都城，位于印度北方邦哥达拉克浦县凯西以北约 2.5 公里的摩达孔瓦尔镇。释迦牟尼涅槃之地，佛教四大圣地之一。

必然出现黑公敌,

如佛预言真应验。

边魔辛堆茹扎家,

衍生穆扎纳布魔,

龙魔鲁赞大王生,

头顶长有铁魔角,

腰部长有铁翅膀,

屁股长出铁尾巴,

四肢如同野兽身,

十八獠牙露唇外,

运用五行随自然,

搅得苍生不安宁,

大力如同岩石山,

日月也会一口吞,

翻云覆雨乱乾坤,

南瞻部洲之命主,

不论苯佛之公敌,

自然需要降伏者。

然后东魔鹿妖和,

北魔天魔之子和,

南魔噶饶之子等,

四大魔王之克星，

梵天大王神子生，

八方十八大宗和，

二十五个中等宗，

上苍神灵有指示。

对三界六道众生，

摧残祸害之邪魔，

无端仇视良善法，

一切善根散风中，

不免堕入恶趣道，

身陷轮回苦海中，

所有积累之善缘，

恰如冰雹摧茅草，

别说求财讨生活，

自家性命难保住，

降伏如此魔众之，

白梵天王之一子，

必须下凡人世间。

由此天界自领命，

中天年神做担保，

下界龙宫出生之，

空行仙女龙女她，

成为岭部美娇娘，

世界财富之宝藏，

说要留存在藏地。

最胜誓言诸心愿，

恒住如同水中石。

高高空中之日月，

转遍大地是天意。

空中飘渺之彩虹，

能不能艳丽出场，

须待天时与地利。

地方祥瑞升平与，

高僧大德之诞生，

自有吉兆如期现。

鬼魅魍魉遍大地，

三界六道众生灵，

直立人与俯行物，

有翅鸟类水中鱼，

食草食肉之动物，

不论出生何形态，

心惊胆颤过日子。
三年苦难续百年，
一年遭罪一月同，
不管长短之生命，
畏惧之中度一生，
无边苦海受难中，
佛祖早已有授记。

此时岭国部落中，
作为佛法守护者，
藏地远古六氏族，
莲花八相之化身，
上神中年下界龙，
勇士空行之神兵，
一一诞生出英雄，
为了拯救苍生来。
然后玛康岭地上，
玛麦玉隆三岔口，
三江并流汇合口。
汉地五台山之南，
天竺金刚座之北，

悉补野藏地域中，

多康岭地地盘上，

玛日托沃古直山，

玛拉杂拉擦拉地，

玛盖扎玛列钦山，

玛陲鲁古擦雅地，

查堆赞林山垭口，

玛杂色摩岗地方。

玛杰山脉白雪山，

南卡肖杰雪山名，

玛地十八桑钦谷，

玛地协扎沃措湖，

岭部发源根据地。

然后上中下等地，

英雄辈出有授记，

耳熟能详听闻中，

究竟在哪难预料。

黑头人与畜生身，

愚蠢汗毛竖立群，

对佛法没有信仰，

对苍生没有慈悲，

救苦救难无愿力，

利益有情无加持，

获得财富无福运，

没有丝毫怜悯心，

妖魔横行无人类，

横行霸道之魔类，

今日截断恶魔道。

阿孜魔国境域中，

群魔日益猖獗中，

众妖每月在肆虐，

魔力每年在壮大。

岂不闻古人有云：

烈马急性暴躁中，

四蹄朝天之时刻，

上蹿下跳不停歇；

年轻人耀武扬威，

命丧敌手之时刻，

好勇斗狠不自制；

长须山羊花颜色，

快到豺狼动口时，

东奔西跑要乱窜；

淡红黑背老野狼，

将遇花绳投石器，

翻山越岭跑不停；

在那市集闹市中，

妙龄女子美艳女，

即将惹来一身病，

红颜艳唇洗漱多；

臭屎髭须老野狗，

鼻子挨揍石头前，

死拉硬扯不放嘴。

如此魔域地界上，

好勇逞强想较量，

真是不自量力也。

我乃下凡人间时，

空性彩虹之身躯。

三十三界天宫中，

多少神子我来算。

南瞻部洲地域中，

多少神魔我清楚。

下界龙族世界里，

贫富如何我知晓，

财富饮食算清楚。

下界龙宫之龙女，

实乃小儿我母亲，

而今就在岭国部。

白岭三十名好汉，

三十成就师化身，

皆在花岭国部生。

勇士身后无后援，

独行将军真可怜。

猎物若是砍不动，

弓箭猎人真郁闷。

失物若是不讨回，

山头动物无主人。

黄色法衣之僧人，

若是修行不到家，

就与黄鸭无分别，

所言不虚很相似。

武艺高强男子汉，

若是不能灭敌军，

犹如山间祭神台。

妙龄窈窕小女子，

娇美不嫁好人家，

只能招引浮浪子，

是否如此黑魔将？

上部魔域部落群，

虽称十三万户部，

上霍中霍下霍三，

我是没有统计过，

心中有数是鲁赞，

却是我的囊中物。

岂不闻古人有云：

岩山缝隙花儿开，

夏季三月眼中美，

蜜蜂飞绕唱欢歌，

黑白红色众牲畜，

芳香花草为食物，

秋三月寒霜落地，

一夜之间花枯萎，

群生郁闷自凄凉。

这还不止还有呢，

虚空蓝天之中央,

群星璀璨密集中,

无法数清转四洲,

就在天将拂晓时,

万丈阳光星光暗。

北境邪恶之魔部,

君臣威猛震如雷,

虽然横行霸道中,

格萨尔兵强马壮,

前仆后继会征讨,

上界天神之神通,

看似有形血肉身,

无法抓到虹化身,

奔流江河难阻挡,

犹如阎罗夺命梭,

生死岁月之时辰,

何时会来难预料。

如此岭国神族们,

犹如夏季之湖水,

到了惊涛拍岸时,

潮水退去未曾想。

好比大山之森林，

夏天枝叶会繁茂，

树尖干枯未曾想。

恰如汇流之大海，

深不见底之海水，

未曾想过变石滩。

空中风云变幻之，

夏三月的季节里，

不降细雨未曾想，

未到冰天雪地时，

生机盎然之根本。

成吉思南喀扎巴，

你所言是有道理，

就该信仰佛法和，

心向岭国没有错，

前往藏地乃上策，

是否可行你来看。

三晚客人之马草，

草料好坏不用管，

如何行进记心中。

漫漫人生之好恶，

不要放在财富上，

善恶品行记心中。

黑色魔怪白色神，

看谁能够可持续，

幸福来世相续中，

不到五百个轮回，

未曾想过坠恶道，

皆有成就登佛界，

长寿福禄越圆满，

出生门第越高贵，

荣华富贵越兴盛，

名望荣耀越鲜明，

不是虚言乃实情。

邪恶魔怪之力量，

如云日间的彩虹，

太阳落山无影踪。

恰似夏三月鲜花，

立秋时节无踪影。

冬季山顶之寒霜，

太阳照射不见影，

是否如此你想想。

勇士南喀扎巴你，
心地善良道路顺，
寿命福运必旺盛。
鲁赞魔域之大王，
灭他不费长岁月，
雅康北境我特来，
白日眼睛未发现，
长远耳朵需听闻。
草上露珠干枯一，
湖边鲜花枯萎二，
山头霜雪融化三，
此三来临之时刻，
悦耳雷声轰隆隆。
身着鲜亮法衣来，
幸福阳光照耀来，
藏地吉祥安乐来，

花岭国部地面上，
名望荣誉有几多，

不需新名在手心，

不会耽搁长久时，

虔心修持诸佛法，

何种门派无分别。

西方吉祥铜州山，

常驻莲花生大师，

莲师八相为弟子，

寂静愤怒诸神绕，

神通广大如彩虹，

伸手无形是必然，

是否如此要思量。

一颗赤心向佛法，

如此性命可无忧。

邪恶鲁赞魔王他，

于诸惑业与魔境，

日月年轮造恶业，

但是不会再长久，

格萨尔王会保证，

然后兵马会撤退。

我的天兵神将们，

也是辛苦又麻烦，

中天年与下界龙，

调兵遣将已十天，

安营扎寨已十天，

随顺修养如凡人，

各自返回各刹土，

这些你要记在心。

格萨尔神通广大，

何去何从难预料，

赤兔神骏麒麟马，

飞天钻地河中游，

任随自由奔跑中。

并非胡说与空谈，

真实实践会验证，

考虑清楚下决心。

若要众生随佛缘，

六字明咒需持诵，

巴杂古如法音响，

南喀将军勿担忧。

歌若听进放耳中，

不懂歌儿不重复，

将来必有相会时，

成吉思心中谨记。

听罢，南喀扎巴成吉思将军心中生起妙法欢喜，立即翻身下马行礼，双膝跪地，并且吹响海螺，命令后面骑兵下马。于是众魔军齐刷刷下马，弯弯曲曲跪地求饶，低头不语，一片静默之中。南喀扎巴成吉思就盟誓归降事宜、所属军民的出路问题、能够保证生命安全的排兵布阵，以及如何退避逃跑等方面的情况，对着格萨尔以安乐清净刹土之曲吟唱道：

唵嘛呢呗咪吽逝！

一鸣二鸣三鸣声，

北境雅康魔部歌。

礼敬赞颂祈祷中，

顶礼阿里雪山群，

北境恰雪杂纳岗，

邪恶魔部威猛神，

力量武艺之主人。

若是不知此地名，

北境天边沙漠地，

盐水盐湖形成区，

哈热呼如冷风吹，

崇山峻岭直冲天，

南雄南塔帕玛地，
杂嘉藏布河岸边。

若是不知我是谁，
在这今世之前生，
阿里塔堆仁摩地，
莲师驾临北境时，
雪山水晶山顶上，
光显善行发大愿。
从此以后岁月里，
念青唐拉之神子，
母是姜措阿措湖，
唤儿名为成吉思，
呱呱落地直挺身，
说是儿子自取名，
能当右翼部落头。

鲁赞大王未出生，
南措擦措普措湖，
成吉思儿之生神，
纳拉查拉宗拉山，

成吉思子寄魂山。

上霍十六大部落，

中霍二十五大部，

下霍六十个部落，

南日王子为头人，

南日赤益大王家，

生下三个勇士儿，

口口声声灭鲁赞。

就在那时那时刻，

我父名东日塔巴，

赤吉大王之重臣，

最后君臣闹矛盾。

十二千户万户部，

南日赤益人属部，

南如赤杰统治下，

不堪重负却加重，

不堪重压却加担，

由此出走去上霍，

拥兵自重得自由。

鲁赞大王出生后，

南如上下中三部，

安多六部以上和，

岗噶协宗以下的，

中部本巴陀雪部。

森曲藏布河附近，

下部帕塔安多和，

南北俄仓俄举部。

上下达波德庆部，

一百一十六部落，

一代老国王时代，

南如大王之领地。

南如赤杰大王他，

生有三子如虎豹，

亲近护持上下部，

但对窃贼强盗等，

毫不留情无人比。

然后就在那时候，

帕本扎西琼丢和，

念擦隆拉协梅和，

扎擦陀拉梅巴三，

一个父母之嫡系，

神子南喀扎巴他，

生下三个非凡子,
上部十三万户部,
是悉补野的领地。
上自阿里三围和,
中部卫藏四茹与,
下部多康汉地界,
多少万户部落众,
皆为悉补野属部。
法身释迦牟尼佛,
为了弘法到人间,
藏地有六大氏族,
更为古老七世佛。

就在那个年代里,
阿措塔吉我母亲,
黄金比价当然高,
虽不知用处如何,
但是天下却知名,
各类珍宝汇聚处,
黄金书写高低价。
白玛母后阿噶措,

曲杰白玛之王妃,

生下一个儿子时,

秦格尔黑恶魔子,

生在母亲怀中时,

还未落地顺手接,

由此得名成吉思,

亦有唤我秦格尔。

或言鬼魅妖怪子,

或言赞魔魔神子,

或言天神龙神子,

究竟何人说到底,

念青唐拉山神子。

北境鲁赞大王他,

长大需要大量肉,

饮血啖肉臣子列。

犹如不死金刚丸,

无形空行彩虹身,

不枯蓝色大海洋,

不冷山口之凉风,

稳如巍峨大山岳。

犹如无边之蓝天,

日月绕转之通道，

稳固开阔赛大地，

上中下部转来回。

赐名秦格尔头人，

成为鲁赞大王臣。

从那时起到现在，

鲁赞大王心腹将，

宠爱有加秦格尔，

对我是推心置腹，

让我统领各部属。

正值今岁年初时，

魔岭之间的战事，

谁也没有预料中，

鲁赞大王却清楚，

说是觉如地鼠怪，

回来雅康北境地，

那时对敌先锋将，

成吉思秦格尔勇，

十三万大军统领，

由此我要来担任，

不许推辞必须去，

国王命令如滚石，

流入大海之大河，

无法抗拒三件事。

因此执行魔王令，

千万大军集北境，

噶雪山头兵马壮，

不分上下排兵马，

百户千户与万户，

各部头人分等级，

九十三名头人在，

我乃统领大元帅，

并不是愚昧无知，

君命有所不敢违。

再说岭国格萨尔，

神仙智慧恒无尽，

岂会失误出纰漏？

风脉成就自如身，

不知不晓安能有？

救度来世之上师，

救应今生之大王，

慈祥父母怜爱心，

心里虽然很有数，

但是魔王下死令，

这各部兵马大军，

如何处置才算好？

自不量力要前来，

后有魔王死命令。

火烧森林不得已，

后面狂风在吹动。

江河不可能流干，

上有冈底斯雪山。

仆从不可坐席上，

上面头人有规定。

兵马驻扎在何处？

此去何地宿何处？

一十六位大头领，

犹如鸟羽被火烧。

顶头魔王若询问，

该当如何去回答？

出兵未能立寸功，

反而损兵折将事，

泰让魔神之弟子，

可是不好去糊弄。

然后神子仁波切，

成吉思我与属下，

已然决定要投诚。

天上青龙在咆哮，

与那乌云滚一起，

闪电霹雳如何下，

自然力量在左右。

地上野狼在奔跑，

九山九谷要翻越，

自己肚子要填饱。

千万大军之统领，

匹夫之勇不收敛，

君臣王法不容许。

而今左右为难事，

大王您看该如何？

我自卑身随意处，

生病死亡与墓地，

任随阎王拘牌引，

毫不后悔天注定。

可怜属部千万人，

鲁赞发怒一口吞，

他们遭罪太可怜，

隐藏躲避怎么办？

跑路逃生该如何？

大王慈悲要照顾，

前思后想要考虑。

岭国王国可以去，

天竺汉地可以跑，

指引上师法力大，

只要虔诚不变心，

哪能不出人头地？

前世业缘之财富，

施舍救助得福报，

前世命运之安排，

这个没法再躲避，

前世业缘之果报，

没有不报之说法。

谷头若是不涨水，

谷口桥梁怎会冲？

若是桥梁未冲走，

远行路途岂会断？

山林四周烈火燃，

火后若是没风吹，

山林岂能变木炭？

北境上中下霍部，

兵马云集人马多，

远征边地到处走，

若是魔王无严令，

谁愿奔走去送命？

是否如此森钦王？

听进歌儿有深意，

不听心里请思量，

森钦大王记心中。

听罢，森钦诺布占堆大土回话道："喔呀呀！莫要忧虑，一心向佛之人，来世准保不会堕入恶趣道。虔心供奉三宝，事事必将会顺利。遵听父母之言，子孙后代能持家。作为高僧大德之弟子，来生不用担忧。作为英明头人的属部，各部落定能安乐幸福。你成吉思秦格尔大头人和先锋将官，各部十户、百户、千户、万户等，请立刻商议归降事宜，然后再行决定后续事情。我认为，北魔鲁赞大王自己安住在魔堡宫殿中，派遣属部各路兵马，魔部大军犹如滚滚火焰、好比涛涛江水、恰似悬崖滚石般杀奔过来，可惜兵败如山倒。你等可以将此次征战中人不济、手不快、损兵折将之事，向鲁赞大王如实相告。大约过了七天之后，鲁赞魔王准会按捺不住。那时，你等兵马要驻扎在杂隆扎噶琼宗地方，无论水火风等灾害，还是雷电地震等诸般自然危险都不会伤到你们。"成吉思秦格尔将等人听后，纷纷表示如此甚好。当天夜里，成吉思统帅与十五名魔军将领充分协商之后，决定依从格萨尔大王的指示。大家纷纷说道："死了谁都不高兴，若是不死能逃生，必然会得到很多裨益。森钦大王乃明君，我等有幸在下半辈子能够与佛结缘，此等一切三世诸佛化身之上师，很难来到家门口，尽快步入佛道境界中，赶紧领受加持开光沐浴。何去何从，悉听格萨尔大王之命。"天明之时，众魔将才商议完毕，决定先将大军驻扎在杂日昂青山脚下的曲隆仁摩地方。

　　话说，魔军统帅成吉思秦格尔和副将多旦西拉沃噶、扎擦隆纳粗玛、巴桂辛吉俄玛四人带领十二名仆从，一人一骑前往北境后山。一连行进三天之后，来到了鲁赞大王的宫殿九尖铁角魔堡之西门门口。内外禁军门卫都认得他们，一路放行，于是四人很快来到魔王跟前。宫中的鲁赞大王长短呼吸之声如同公牦牛狂急，心绪不宁、心跳加速、身体不安。一见秦格尔一行前来拜见，魔王心里虽有疑虑，但未能问出一句话语。成吉思秦格尔取出风云残卷黑色哈达，哈达上部放上十五个金币，躬身献到魔王座前御桌上，接着将此次出征失利的情况、岭部神龙年和山神地神之将士们皆是不死之身等情形，以九变鸣声之曲吟唱道：

　　　　一鸣二鸣三鸣声，

　　　　三鸣声中唱首歌，

　　　　鸣歌之名魔之语，

　　　　魔部不变是乡音。

各路魔尊请明鉴，

魔赞哲达岗松和，

红黑花三座石山，

杂日热桂三兄弟，

玉达森魔东玛请，

饮血啖肉随从绕，

今日引领臣子歌。

六谷江河流经处，

赞魔雅夏达米请。

恰纳景巴岩洞中，

赞桂乌巴赛米请。

拉日扎仓南日山，

魔牛红色铁角请。

今日呼应君臣事，

祈求臣子心愿成，

祈求大王宏图展。

若是不知此地名，

雅康北境之山后，

城中宝顶之上部，

九尖铁角之精华，

苦乐母子想随处，

心事要事讲论处，

君臣同心合作地。

珠宝镶嵌宝座上，

龙妖赞魔混生子，

食肉饮血魔之子，

天上日月用手抓，

璀璨群星可计量，

无边大海底朝天，

龙妖雨蛙吃嘴中，

大地山岳为坐垫，

野驴野牛故土守，

魂山魂鸟寄魂处，

不同种类动物多，

随行围绕鲁赞王。

不敢上奏却如此，

当初君臣同心时，

大王坐镇宫堡中，

臣子出门有年头，

作为各部先锋将，

上部霍部十部落，

先锋梅拉玛布和，

扎拉陀赞等头人，

朱拉拉杰陀赞和，

赞拉多吉扎杰等，

四部领军四大将，

随行十八员裨将，

快到出征之日时，

跃跃欲试夸海口。

我是何人不细说，

大王尊前之大臣，

洞悉物情明白人，

善巧谋划之重臣，

智谋远虑了然胸，

鲁赞人王之宠臣。

然而大王陛下啊，

今年这场争端是，

最初此事不该有，

最后最好不后悔。

连绵大山密林中,

冬夏时节冷暖多,

草木长短自然有。

谷顶冈底斯雪山,

阳光照射冷暖多,

中间原野空阔地,

下不下雨变化多,

山上野草变色多。

雅康北境霍尔部,

受苦受难比较多,

祸福交错黄羊角,

饥饱交替似风囊,

上坡之后有下坡,

上下坡地如褡裢。

好汉出征之日子,

勇猛怯懦有几多?

冲杀逃跑又多少?

胜利失败有几许?

取胜之中又失利,

获胜天下难到手,

失败之中又取胜,

最终败到哪里去？

冷暖变化如春季，

有时下起细雨来，

有时刮起风尘来，

有时下起太阳雨，

变化莫测难预料。

然后大王仁波切，

上部十五万兵马，

中部二十万兵马，

阿恰培部上下间，

二十五万兵马集，

大军数量如此多。

上部杂措湖以下，

隆拉山山脉之内，

堆苏仲热等地方，

兵马云集各山头。

鲁益本日山以内，

查沃山和穆波山，

琼日纳雪之地方，

黑头人类兵马聚。

霍尔穆恰九部落，
被敌军摧毁殆尽，
雪鸡大小没剩下，
杀戮横尸血海中。
二十三个日夜中，
争先恐后去杀敌，
不计其数杀敌人，
满目是尸骸遍地，
满地是血流成河，
所有高地堆尸骸，
所有低洼积血水，
我军折损并不大，
敌军死伤可无数。
但是对方神通大，
今天杀死一千人，
明日就会来一万，
明日灭掉一万人，
后天又来十万人，
无垠广阔天地间，
千军万马滚滚来。
飘渺彩虹之身躯，

疾飞如风之神速,

空中飞鸟腾飞术,

水中鱼儿游走技。

黑色毒蛇在盘旋,

蓝色青龙在腾空,

白色雄狮在屹立,

血盆猛虎在张口,

白臂棕熊在抱摔,

卷毛狗熊在舞爪,

残忍野狼在奔跑,

如此各种野兽和,

似人似鬼之兵士,

有形人与无形年,

尤其无形神兵多。

杀来杀去敌尸体,

犹如风吹无踪影,

好比彩虹抓不住,

恰如流水无间歇,

觉如妖怪不死身,

所言确实不虚也。

是否如此大王听，

若是同意放心中，

不认就是臣谎奏，

不置可否若不信，

大王两眼多看看，

心窝深处多想想，

巍峨身躯动一动，

离座起身走一走。

岭军如同河边沙，

流淌冲刷静旋等，

无论如何杀不尽，

该当如何大王啊？

但请谅解做谋划。

听进大王心中留，

不听歌儿会糊涂。

　　成吉思秦格尔唱罢，北魔鲁赞大王他，气得手舞足蹈，咬牙切齿，怒目圆睁，下半身血液往上涌动，上半身血液拥挤到脸部，脸上血液冲到两眼窝。愤怒咬牙之声如同爆炒青稞一样绰绰直响。哈哈呼呼犹如青龙怒吼般，一连三次起身又坐下，起身又坐下，起身又坐下。然后大喊三声"恶婆娘梅萨"！

　　只见那梅萨，轻移莲步妖娆身，笑露白齿粉面生春，窈窕身段牵动人心。

明眸一瞥暗藏风情，足以让高僧都留恋凡尘。那雪白透亮的肌肤，使得头人也会降尊屈贵。轻摇漫步，秀丽仪容，造就空行仙女身。看起来是如意仙女，思起来是心中玉女，不管如何盘算探究，这梅萨姑娘真的是灵异女神下凡人间。

梅萨缓步而来，明眸皓齿，笑盈盈回道："大王有何吩咐？"鲁赞大王喘着粗气，呜呜三声后说道："你不可如此清闲，需要快速行动。大王我的小金金库、大银银库、铁库、珠宝库、玛瑙库等九十个藏宝库，各有九十名门卫把手，存有各类宝藏与穆族传家宝。无数穆族宝藏中，专门保存有我的穆甲、穆盔、穆弓、穆箭、穆刀、穆梭等披挂武器。你迅速将这些东西拿到我面前。"

梅萨听后，轻飘飘、慢悠悠地走了出去，来到宝库，遵照魔王所言，将穆甲、穆盔、穆弓、穆箭、穆刀、穆枪、穆套索等披挂武器取了出来。成吉思秦格尔与达孜琼桂、雍仲托拉等人只能每人搬动一件武器，那穆甲甲胄则由四员猛将一同才能抬起来，送到鲁赞大王跟前。鲁赞大王一番装扮后，身披穆甲头戴穆盔，右悬箭囊左悬弓袋，套索圈手肘，长枪挂上九尾幡，好一副让人目瞪口呆、震慑心魄的威武气势。魔王头顶右角拖垂在地，左角扬在空中，龇牙咧嘴，张开血盆大口，伸出魔掌，欲要搅动天下一般快步走出魔堡大门，让属下牵马上鞍鞯。于是众臣立即从御马圈中牵出鲁赞坐骑魔马热钦康巴，上鞍铺垫、上颈套、绕鞍、系腹带。然后鲁赞大王翻身上马，对众魔臣三声呼叫："出发！"一行人等便风驰电掣般冲下魔山，一座大山一大步，一块小地一小步，跨大江如过马尾，渡小河如跳弹丸，刹那间飞奔到了岭部军营附近的甲戎日山垭口。

一见到鲁赞魔王黑乎乎的巨型身影突显在山头上，岭营中的东方山神玛杰奔热、白梵天王大神、念青古拉格佐、龙王童炯噶布、神子囊瓦沃色等飞身挡在魔王面前。北魔鲁赞大王心想：这些人与恶母果萨之子地鼠黑贼有何关系呢？管他是什么，先吃了再说。如此想着，魔王便张开双臂、伸出指尖，一脚钉在对面山岩，一脚随马镫踩踏此山绝壁，勒住热钦康巴魔马之缰绳，以雷声九转鸣声之曲吟唱道：

　　一鸣二鸣三鸣声，

　　黑魔九转鸣声歌。

　　礼敬赞颂魔之神，

　　祈请赤赞大魔尊，

　　黑色龙魔青蛙脸，

　　黑色毒蛇水中妖，

　　黑色鳄鱼赖皮纹，

　　不可分心来助我。

　　森波昂京石山上，

　　赞桂亚夏达米和，

　　赞堆鲁益杰布和，

　　赞堆索觉鸟头人，

　　夺命勾魂夏热热，

　　食肉饮血焦茹茹，

　　耀武扬威卷狂风，

　　弯弓搭箭霹雳响，

　　利刃狂刀自天来，

　　大地山川震裂开，

诸位魔尊请明鉴。

若是不知此地名，

是我生养活命地，

此地乃穆日琼隆，

杂嘉藏布河流淌，

辛吉措库弯绕湖。

不论冬夏湖水沸，

大湖湖水冒黑烟，

沸腾火焰直冲天。

涛涛白浪卷空中，

虽无指力如利剑，

只从空中落地上。

西边其姜湖水面，

露出血色真容来。

南边联头双红湖，

娘肚脐带滴血处。

西南湖泊如天降，

北境南措秋摩湖，

鲁赞大王之魂湖，

财宝家畜之宝库，

女臣巴姆之故乡，

日希恰嘎大臣他，

就是来自这地方。

看啊眼前真精彩，

阔热岩山阔堆山，

皆是鲁赞之牧场，

如此胜景之归属，

他人岂能来伸手？

祖先基业后人掌，

怎会他人来争夺？

前面站立这白人，

白马碧绿马尾巴，

马蹄声响欲腾飞，

比那黑头人坐骑，

不同体型很庞大，

犹如裹雪大山包，

此马来历有什么？

一身披挂白色人，

白色头盔立空中，

浑如一朵白云挺。

白色盔甲斯利利,

浑如雪山照艳阳。

白箭白弓白色刀,

白镜白盾白鞍镫,

一身白色庄严男,

可是那地鼠觉如,

若是恰逢吉祥日,

手拿鱼钩捕鱼人,

右绕一百大湖泊,

左旋一百小湖泊,

欲撞见玉鱼金鱼,

今日果然碰龙鱼,

钩到岸上当美味。

山上背箭之猎人,

右绕一百大山头,

左转一百小山包,

就像撞见一雄鹿,

芳香美味之雄鹿,

两山之间撞猎人,

该是拿下鹿角时。

威武雄壮之大王,

北魔鲁赞大王称,

降伏三界鲁赞王,

吃遍天下鲁赞王。

天竺教敌鲁赞王,

汉地法敌鲁赞王,

泥婆罗与卫藏地,

多康地方木乃地,

二十五个大部落,

耀武扬威是鲁赞,

威名赫赫是鲁赞,

惧怕惊恐颤抖三,

鲁赞跟前乃常事。

天亮莫要见鲁赞,

睡觉切莫碰鲁赞,

想要保命喊这句,

磕头祈祷是这句,

焚香礼拜是这句,

摇铃祈愿是这句,

是否黑头畜生们?

与鲁赞一较高下,

山那边是阎罗王,

怎会惧怕更无敌?

山这边果萨贼儿,

虽说神通稍微有,

鲁赞岂会心害怕?

中央须弥大山岳,

鲁赞大王能扛动。

周边七座大金山,

鲁赞大王能搬走。

北境七湖之湖水,

只给鲁赞解解渴。

上部玛旁雍措湖,

鲁赞大王之泪水。

玛地协扎沃措湖,

鲁赞大王之尿水。

那些名声响亮者,

想要较量无匹敌。

然后白人白弓箭,

先不急吃等一等,

先不杀你缓一缓,

手上青筋缩回去,

利刃武器放套中，

骏马奔速缰绳勒。

你若勇猛有力气，

可与鲁赞王较量，

无胆短命之鼠辈，

道出事情来投降，

能否活命我来看。

在这以往日子里，

长在山头日希人，

日希恰嘎岗楚父，

日萨白玛奔吉母，

生有阿达鲁姆女，

日沃查朱姜朱儿，

一个未杀留活命，

因为同是一方人。

然后鲁赞去多康，

多康岭地地盘上，

恶女梅萨奔吉和，

戎伦阿奴桑陈二，

没吃抓捕带过来，

一个放羊当仆人，

一个灶旁当厨师。

还有多人留条命，

天竺地方四高僧，

罗布拉桑上师和，

白玛旺丹上师和，

曲古多杰上师和，

勒贝释迦上师等，

原本鲁赞要吃掉，

后来未吃放活路，

如今是鲁赞御医，

有了疾病用药治，

成为通晓万物人。

前往汉地地盘上，

汉子查朱普德和，

克曲伦布塔凯和，

桑曲陈巴让夏和，

其玛西贝东索等，

掳来四位先生来，

如今算卦测吉凶。

北边阿扎地界上，

守土封疆自然成，

还有北部千万人，

成吉思头人为首，

统领十三万兵马，

自家属部酥油湖，

滋养滋润皆具备，

家畜草木野花香，

是否如此白衣人？

你赶紧下跪投降，

盔甲武器脱下身，

可当鲁赞王臣子，

那位觉如在哪里？

究竟有什么本事？

是你就不要隐瞒。

歌若听进放耳中，

听不进去不重复，

白人心中要谨记。

唱罢，魔王两手不曾动作，等候回话。东方玛杰奔热山神听后万分威猛地从剑鞘中抽出半截陨铁水晶宝剑，厉声说道："你这鲁赞老魔怪，是人是鬼不清楚，取命夺魂千千万，食肉饮血千千万，还要如此狂妄说诳语，真是碰到了该碰的敌人。玛麦神域三叉口、岭王三身一体之神子，你竟然污蔑为恶母之子觉如地鼠儿。说出口的都是无耻之语，吃进口的都是各种脏食，无耻扰民之语还当是贪婪头人的命令，你这恶魔是否听说过这些藏地古老谚语？若觉得有些奇怪，我会给你说出个所以然来。别说跪地求饶，我倒是会在你头上放臭屁，在你嘴里塞灰土，在你眼里塞沙石。不管听不听得懂，总之有些话儿要说道。"接着就以青龙怒吼之曲吟唱道：

　　唵嘛呢呗咪吽逝！

　　阿拉阿拉阿拉歌，

　　阿拉歌儿吟唱法，

　　塔拉明理之度母。

　　礼敬赞颂藏地神，

　　上部阿里三围中，

　　白雪水晶雪山中，

　　祈请莲花生上师，

　　祈请玛旁伏藏神。

　　祈请二十一度母，

　　玛旁雍措湖水中，

　　湖神噶姆海螺头，

　　桂姜噶姆女神请，

　　龙宫王母之身份，

　　财富宝藏赐藏地，

请勿分心地神们，

山神武艺不会弱，

若是勇力难降伏，

就比神通谁广大。

一敬二敬三敬神，

下界龙宫宝刹中，

龙王邹那仁青和，

千千万万之龙兵，

童炯米衮龙王等，

皆是宝藏财富神，

藏地财富饮食库，

贫穷变成富裕者。

高僧光显微妙法，

佛陀功德继承者，

僧众佛法之根本，

供养佛处众会中，

勇士空行本尊神，

震慑一切顽敌者，

怜悯弱小之父母。

上界庄严天宫中，

三十三界神殿里，

祈请白梵天王神，

垂顾护佑不可小，

援手助阵勿减弱。

龙天年神世界里，

亘古九大山神和，

中古十二地女神，

灵性空行五部众，

一切威力诸神明，

世尊释迦牟尼和，

与之相应法报身，

八十成就师围绕，

今日到了紧要时，

天兵神将运神通，

摧灭老魔鲁赞王。

若是不知此地名，

霍尔替乌羌域地，

北境十三万部落，

一个小王一小臣，

一个地方一地名，

一条河流一水名。

名声响亮雪山主，

白色雄狮堪以任，

绿鬃抖擞之威力；

流淌江河之主人，

虽有鱼獭等水族，

龙王邹那最胜任；

财神宝藏之主人，

千万年轮大山上，

虽然林木很茂盛，

食草动物乃护法，

今日到了关键时。

此地羌隆噶布地，

杂嘉藏布河谷地。

我是何人若不知，

不是附近在远方，

很远玛康岭地界，

汉藏两地地界上，

玛地十三山神和，

玛地十三地母神，

玛山相对各山神，

玛堆色莫岗楚和，

玛日托沃古直山，

玛堆十三赞拉山，

玛山七大妙高山，

玛地十七湖泊水。

玛域雪山右侧处，

玛杰奔热可听说，

守护朵麦之山神，

邪恶魔怪之克星，

南瞻部洲之护法，

格萨尔王之战神，

阳神生神我皆是，

有形人与无形神。

血肉人类身躯时，

黄金甲胄英雄汉，

降住敌人压服者。

化作无形神灵时，

空中彩虹系腰带，

北魔鲁赞(上)

团团云层披身上,

手执玉龙当皮鞭,

胯下绝尘嘶风马,

刹那霹雳迅疾来,

六般神器荡风尘,

江河压在身下者,

河流用手截断者,

搅乱大海底朝天,

日月抓在手中者,

不是空话就如此。

无垠蓝天当衣服,

辽阔大地成坐垫,

山神地神索陀[1]们,

有形无形诸生灵,

誓言愿力随喜者。

在我之上无他人,

高僧大德之法臣,

头人们的总头领,

长辈们的心头肉,

勇士们的助力者,

---

[1] 索陀:格萨尔王传中岭国战神之一,似乎可以与扎拉、威玛等术语交替使用,但其语源出处不是很明确,可能属于远古苯教神灵之一。

空行们的女神尊,

妙龄女子之生神,

良马骏马速度神,

白色绵羊之福神,

黑色牦牛之畜神,

天地食物之宝库,

对岭国神族子弟,

时时垂顾救应者,

震慑一切顽敌者,

怜悯弱小之父母。

食神成就供养宝,

本尊神灵之大臣,

这些皆是我来历。

你这老魔鲁赞儿,

啊卡[1]口气真狂妄,

如此广阔天地间,

鲁赞面前会惊恐,

鲁赞跟前会颤缩,

天明害怕见鲁赞,

---

1 啊卡:藏语中经常使用的惊叹词,表示惊讶或惋惜之情。

天黑惧怕遇鲁赞。

惊恐颤抖没办法，

善恶慈悲你没有，

吃喝节制你没有，

饥饱分寸你没有。

再说古人常言道：

九曜魔星无好恶，

若是取胜吞日月，

若是失败随云朵，

想要日月变昏暗，

得道高僧之法力，

密法咒师之咒语，

天空乌云风吹散，

万丈阳光威射中，

转遍四方大洲地，

恶毒魔星难抗衡。

无耻夺命之妖魔，

任意断绝承认命，

卦师咒师与算师，

不敌非是等除外，

最后夺取卦师命，

阎罗手上一把刀,

高兴乎与悲伤乎。

浪女花心无羞耻,

寻到新欢抛旧夫,

想要驾驭百夫男,

前世命运已注定,

后裔子孙如串珠,

恶臭熏熏病床榻,

阿擦阿那阿热三,

百种佳肴亦无味,

一口饱饭无保障,

一身衣物难齐全,

真是可悲又可怜。

北魔鲁赞大王你,

自以为威猛强大,

真要好勇来斗狠,

我乃玛杰奔热神,

你和我二人之间,

是人是神来较量,

武艺勇力看谁强。

今日半天时间里,

渊源岩石与柏树,

回应犹如鼓和槌,

因果人参锅中炒。

上半生罪恶累累,

下半生报应遭罪,

前世罪孽深重身,

来生就往地狱中,

前世没有遵因果,

今生化为乞丐身。

疾病死亡苦难三,

病根不除疼痛多,

是否如此鲁赞儿?

你在往昔日子里,

生长在北境荒漠,

黑色魔怪无故乡,

有也恰如一股风;

邪恶妖魔无家业,

有也食肉饮血中。

你所作为我知晓,

对白岭格萨尔王,

为何仇视当敌人？

不自量力的小丑，

真是奇哉怪也哉。

说将蓝天当衣服，

哪有像你这山岳？

说要大地当坐垫，

汉地天竺亦难寻。

说要一口喝碧海，

龙王也难夸海口。

欲将日月伸手抓，

九曜煞星也不敢。

正好碰到恶贼你，

我和你撞见之时，

不必逞口舌之勇，

谁强直接来搏杀。

悬在腰间这宝剑，

陨铁水晶宝剑也，

三界虚空随意斩，

挥剑空中卷狂风，

砍下劈开高山顶，

今日挥向老魔你，

是好汉不必惊颤，

敢来迎战我高兴，

歌儿唱多没必要，

话说多了变牢骚，

穿厚衣服不舒坦。

听进老魔记心中，

不听歌儿无反复。

唱罢，东方玛杰奔热山神抽出陨铁水晶宝剑，在震耳欲聋声中、耀耀红光之中，多次向鲁赞身上挥砍过去，可惜鲁赞命不该绝，虽然被砍杀得九次翻滚、九次后退，但未能伤其皮毛。鲁赞腾身飞跃，两手凶猛地抓向玛杰奔热山神。二人拼杀了一顿茶的工夫，也未能分出胜负来。最后鲁赞魔王有点怯战，慢慢后撤退避，发出一声震天动地的呼号长啸。只见麾下众魔军犹如突然从空中落下，骑兵霹雳滚滚，步兵风雪飕飕地冲杀过来。而玛杰奔热山神的天将神兵们也是清一色的黄人黄马、红人红马、花人花马、蓝人蓝马、白人白马装束，浑如五彩霞光。双方一阵拼杀过后，岭国神兵们作为空性幻化之身，没有受到一点损伤，血肉之躯的魔军们却损失惨重，血流成河，尸横遍野，连一块落脚之地也没有。战到后来，鲁赞魔王更加毫无顾忌，决绝地赤手空拳扑向玛杰奔热山神，犹如野牦牛角斗般大战了一顿茶的工夫，杀得天旋地转，天上日月星辰为之黯淡，地上山林河流为之颤抖摇晃，但是胜负依然未见分晓。

北魔鲁赞

(下)

《格萨尔》藏译汉项目领导小组办公室

亚东·达瓦次仁　翻译
索朗扎西　　　　译校
方晓玲　　　　　编校

西藏藏文古籍出版社

图书在版编目（CIP）数据

北魔鲁赞 / 亚东·达瓦次仁编译 . -- 拉萨 ：西藏藏文古籍出版社，2021.7

ISBN 978-7-5700-0556-7

Ⅰ．①北… Ⅱ．①亚… Ⅲ．①藏族－英雄史诗－中国 Ⅳ．① I222.74

中国版本图书馆 CIP 数据核字（2021）第 114602 号

北魔鲁赞·下

译　　者	亚东·达瓦次仁
责任编辑	曾　恒
装帧设计	刘　炜
策　　划	天利文化
出　　版	西藏藏文古籍出版社　邮政编码：850000
	打击盗版：0891-6930339
印　　刷	大厂回族自治县德诚印务有限公司
经　　销	全国新华书店
开　　本	16 开（710×1 000）
印　　张	33.5
印　　数	01—2,000 册
版　　次	2021 年 9 月第 1 版第 1 次印刷
标准书号	ISBN 978-7-5700-0556-7
定　　价	138.00 元（全二册）

版权所有　翻印必究

《格萨尔》藏译汉项目领导小组

总顾问：洛桑江村

顾　问：白玛朗杰

组　长：陈　凡

副组长：索　林　　车明怀　　卢明秀　　降边嘉措
　　　　杨恩洪

成　员：诺布旺丹　　次仁平措　　许德存　　宁　梅
　　　　达　瓦　　黄　智　　蓝国华　　王彦杰
　　　　白玛扎西　　阴海燕

办公室：次仁平措（主　任）　　蓝国华（副主任）
　　　　王彦杰（副主任）　　裴洪霞　　尼玛仓决
　　　　白玛扎西　　阴海燕　　索朗扎西

专家组：巴桑旺堆　　格桑益西　　曼秀·仁青道吉
　　　　仁　增　　索朗格列

《〈格萨尔〉艺人桑珠说唱本》
汉译丛书编委会

总　编：索　　林
主　编：次仁平措
副主编：白玛扎西　　阴　海　燕
编　委：龙仁青　　平　　措　　李　连　荣
　　　　蓝国华　　王　彦　杰　　刘　红　娟
　　　　方晓玲　　索朗扎西　　达　　琼
　　　　宋博瀚　　阿旺曲吉

目　录

总　序 ... 1

内容梗概 ... 1

六 ... 1

七 ... 108

八 ... 193

九 ... 285

十 ... 396

十一 ... 469

整理者说明 ... 500

译者后记 ... 501

总　序

白玛朗杰[1]

传承民族优秀传统文化是推动文化大发展大繁荣、建设社会主义文化强国、传承民族血脉、建设人民精神家园的必然要求。党的十八大提出,"建设社会主义文化强国,关键是增强全民族文化创造活力""建设优秀传统文化传承体系,弘扬中华民族优秀传统文化"。2015 年,习近平总书记在中央第六次西藏工作座谈会上指出:"加强民族团结,不断增进各族群众对伟大祖国、中华民族、中华文化、中国共产党、中国特色社会主义的认同。"为了把西藏建设成为中华民族特色文化保护地,我们亟需将藏民族史诗《格萨尔》推向全国乃至世界,以进一步丰富中华民族文化宝库。2013 年 6 月,西藏自治区社会科学院向西藏自治区人民政府呈报了《关于启动自治区重大文化工程〈格萨尔〉史诗藏译汉项目的请示》。在洛桑江村主席的亲自关心下,2013 年 12 月自治区重大文化工程《格萨尔》藏译汉项目得以立项。如今,30 卷本的《〈格萨尔〉艺人桑珠说唱本》汉译丛书即将陆续与广大读者见面。这是党和政府大力关怀和支持的结果,是课题组的同志们辛勤努力的结果,也是中国《格萨尔》学界众多同仁通力协作的共同成果。

---

[1] 白玛朗杰:西藏自治区重大文化工程《格萨尔》藏译汉项目领导小组顾问,第十届政协西藏自治区党组副书记、副主席,西藏自治区社会科学院原院长。

一

　　人类的思想和文化是智慧的结晶、进步的阶梯、文明的象征。德谟克利特说："智慧生出三种果实，即善于思想、善于说话、善于行动。"为了实现中华民族伟大复兴的中国梦，一方面，我们要立足时代，放眼全球，锐意进取，吸取现当代人类社会的一切优秀文明成果，创造无愧于时代、无愧于人民、无愧于历史的文化成果；另一方面，我们还要向历史和祖先学习，发扬中华民族优良传统，保护和传承优秀民族传统文化，从中挖掘有益成分，汲取营养和精华以丰润己身。

　　藏族是中华民族的重要成员，是一个有思想、善说唱、富有智慧的伟大民族。英雄史诗《格萨尔》是被公认为"藏族文学之冠"的名著，在千百年来的流传演变过程中，它以高度的人民性和强大的艺术生命力在藏族民间不断得以充实和发展。直到今天，《格萨尔》说唱艺人仍以他们非凡的聪明才智和辛勤的劳动创作活跃在民间，为史诗增光添彩。从全世界史诗的情况看，首先，《格萨尔》与《伊利亚特》《奥德赛》《罗摩衍那》《摩诃婆罗多》等相比，其最大的不同是仍以活的形态流传于世。早在1776年，俄国学者帕拉斯在《俄罗斯帝国各省旅行记》中就对《格萨尔王传》给予了极高的评价。众所周知，无论是《伊利亚特》《奥德赛》，还是《罗摩衍那》《摩诃婆罗多》等著名史诗，都早有定本传世，但早已没有创作性说唱艺人可寻。《格萨尔》史诗不仅至今尚未有最后之定本，而且各种抄本、刻本、说唱整理本仍在不断增加，《格萨尔》民间艺人的说唱活动从未停止，至今仍有百余位《格萨尔》说唱艺人活跃在民间。从根本上讲，众多活跃在民间的《格萨尔》说唱艺人的存在，是《格萨尔》史诗仍然以活的形态传唱的现实基础。其次，《格萨尔》是一部结构宏伟、内容丰富、卷帙浩繁的史诗巨制。据研究人员不完全统计，《格萨尔》全传至少有226部，累计100多万诗行，这要比之前常说的世界最长史诗《摩诃婆罗多》的20多万诗行还要长。较早研究《格萨尔》的王沂暖（1907—1998）教授，曾经填写《凤凰台上忆吹箫·格萨尔颂》[1]一词，把千年史诗《格萨尔》的神采风华歌颂得淋漓尽致。

中华文化是中华各民族成员在长期的生产、生活中积累形成的，是一笔宝贵的精神财富。《格萨尔》是中华文化中闪烁着熠熠光彩的魅力瑰宝，它集中代表了古代藏族文学的最高成就，是一部涉及古代藏族社会生活、民族历史、经济文化、阶级关系、民族交往、意识形态、道德观念、风俗习惯、宗教信仰的百科全书。自20世纪30年代始，任乃强、李安宅、谢国安、刘立千、马长寿、何剑薰、谭英华、陈宗祥、彭公侯等一批学者就对其作了详细述介和研究。中华人民共和国成立后，在马克思主义理论指导下，中国民族民间文化的发展迎来了新的春天，《格萨尔》也受到了前所未有的重视。著名文学家茅盾、周扬和老舍等人较早对《格萨尔》给予了关注。1956年在北京召开的中国作协第二次理事会上，老舍做了关于少数民族文学创作和发展的报告，其中提及《格萨尔》并首次将其定性为"史诗"。1958年，中央政府有史以来第一次在青海、西藏、甘肃、四川、云南等广大藏族同胞聚居地有计划、有组织地搜集、整理、抢救《格萨尔》，并取得了显著成绩。十一届三中全会后，随着国家对文学发掘和研究的深入，《格萨尔》的搜集、整理与研究在国内出现了无比繁荣的局面。1980—1981年，全国七省区召开"格萨尔工作会议"，之后有关省区相继建立了"格萨尔"工作组及专门机构[2]积极从事《格萨尔》的抢救、搜集、整理、翻译、研究和出版工作。随着国内相关科研院所、高等学校格萨尔研究机构的纷纷成立，尤其是中国社科院《格萨尔》研究中心的成立，国内集中出现了一大批主

---

1 这首词的全部内容为：世界绝无，人间仅有，说来话粲莲花。似空中虹彩，天外奇霞。难尽无边才艺，何须借铁板红牙，只面对云山雪岭，传唱千家。堪夸，英雄儿女，有梵王神子，度母仙娃。任东西南北，雨露风沙。战罢天魔五百，让玉宇无限清嘉。舒放眼，泱泱万里，诗国中华。

2 参阅《记〈格萨尔〉工作座谈会》（载《民间文学》1980年第8期）、《藏族英雄史诗〈格萨尔〉第二次工作会议纪要》（载《民族文学研究》1981年第1-2期）、《西藏成立抢救、整理〈格萨尔王传〉领导小组》（载《西藏日报》1980年6月25日）等。

要从事《格萨尔》研究的学者，成就斐然[1]。20世纪90年代，中国学术界已经鲜明地提出建立"《格萨尔》学"[2]，这是中国现代藏学繁荣发展的重要表现。2001年10月，在法国巴黎召开的联合国教科文组织第31届大会上，参会人员一致通过将我国"《格萨(斯)尔》千年纪念活动"列入该组织参与的周年纪念活动之中，这是迄今我国政府向该组织唯一申报成功的一项周年纪念活动。2009年9月，在阿联酋首都阿布扎比召开的联合国教科文组织保护非物质文化遗产政府间委员会第四次会议上，我国的《格萨(斯)尔》被批准列入《人类非物质文化遗产代表作名录》。

二

人民群众是历史的创造者，是一切文艺创作的源头活水。《格萨尔》史诗是一部以抑强扶弱、除暴安民为主线的宏伟史诗，反映了人民群众与社会丑恶势力作斗争，消除青藏高原一切不平等和灾难，用自己的劳动和汗水缔造幸福生活的美好愿望。也正是因为如此，在"政教合一"的封建农奴制度下，统治阶级最害怕听到说唱《格萨尔》，最害怕听到这一歌颂人民的力量以及呼唤自由、平等和幸福的乐章。旧西藏地方政府利用统治农奴的各种手段，禁止《格萨尔》史诗的说唱和传播，把它当作"下等人"

---

[1] 从1989年开始，中国政府主导开展了七次《格萨尔》国际学术研讨会，时间分别为1989年11月（成都）、1991年8月（拉萨）、1993年（锡林浩特）、1996年7月（兰州）、2002年7月（西宁）、2006年7月（玛曲）、2015年7月（成都）。

[2] 王兴先：《关于建立"格萨尔学"科学体系的初步构想》，载《西北民族学院学报》1993年第2期；王兴先：《〈格萨尔〉与"格萨尔学"》，载《甘肃科技》2003年第12期；扎西东珠："格萨尔学"学科之我见》，载《中国藏学》2002年第4期。王兴先在《〈格萨尔〉与"格萨尔学"的发展历史》中提到："《格萨尔》研究之所以能够逐渐形成为一门独立的学科，就是因为既有《格萨尔》史诗本体提供的形成一门学科的基本要素和它所富有的历史文化之魅力，又有它的研究者们的创新思维和开拓性研究之功以及二者的有机结合。"

的"俗言俚语",称其为"乞丐的喧嚣",称民间艺人为"下贱的乞丐"。广大民间说唱艺人过着以乞讨为生的流浪生活。

西藏和平解放后,党和政府投入大量人力、物力和财力到西藏《格萨尔》的抢救、整理、出版、翻译等工作中,在党和政府的领导、关心、支持下,该项工作有了快速的发展。1980年4月,国家批准成立西藏自治区《格萨尔》领导小组及抢救办公室,指定自治区党委宣传部、自治区社会科学院、自治区文联、自治区出版局的负责同志分别担任抢救领导小组正副组长,自治区文联代管抢救办公室。财政下拨抢救专项经费,建立了西藏有史以来第一个《格萨尔》抢救领导小组和抢救办事机构——西藏自治区《格萨尔》抢救办公室,核定编制为15人。同时,在西藏师范学院(西藏大学前身)成立了《格萨尔》民间说唱艺人扎巴抢救小组,当时受到中央有关部委的表扬,并成为七省(区)的榜样。1984年,西藏自治区《格萨尔》抢救办公室正式划归西藏社会科学院管理,成为社科院下设县级部门,编制10人,专项经费每年10万元。1987年机构改革时,《格萨尔》办公室降级合并到西藏社科院原语言文学研究所,并取消了专项经费。1997年机构改革时,随着原语言文学研究所和民族研究所的合并,《格萨尔》办公室划归民族研究所管理,成为民族研究所的一个内设室,对外亦称自治区《格萨尔》研究中心。

西藏《格萨尔》抢救办公室成立之初,国家投入大量人力、财力和物力,为史诗的抢救、保护、整理、出版和研究工作奠定了良好的基础。30多年来,《格萨尔》抢救办公室做了大量工作:

一是20世纪80年代开展大面积的艺人普查工作,对西藏范围内的重点说唱艺人及其唱本进行了录音、整理和出版。了解和掌握艺人的现状,记录艺人口头说唱本是《格萨尔》抢救工作的重中之重,在当时是一项非常急迫的工作。20世纪80年代初,自治区人民政府投入大量资金,先后20余次派人到《格萨尔》史诗流传比较广泛的地区，进行了大规模的民间艺人普查，《格萨尔》史诗旧版本搜集以及有关传说、实物等抢救工作。经过这一阶段的工作，工作组先后共寻访到能说唱10部以上《格萨尔》史诗的民间艺人57名。根据"择优择缺"原则，按照"优先为老艺人录音"的指导思想，《格萨尔》抢救办公室进行了深入细致的录音整理工作。目前，西藏社会科学院已完成录制100多部《格萨尔》艺人说唱本，整理磁带5000多盘，笔录成文90部，《格萨尔》抢救工作的进度和质量均走在了全国各省（区）前列。

二是《格萨尔》旧版本及实物的登记和抢救取得历史性突破。过去，与《格萨尔》史诗相关的实物及旧版本零散地保存在民间，这些资料不仅从来无人问津，还极易损坏和丢失。在普查寻访艺人的同时，抢救办公室对这些有关《格萨尔》史诗的实物进行全面普查和鉴定，对其中具有一定历史价值和艺术价值的珍贵文物进行抢救和保护。这是《格萨尔》抢救工作的重要组成部分，对于史诗的全面研究具有不可替代的重要作用。随着工作的深入开展，西藏全区先后搜集和发现50多种与《格萨尔》史诗有关的民间人物传说和10件实物，搜集到74部55种《格萨尔》史诗旧版本和旧手抄本，整理出版《格萨尔》旧版本32部。

三是2000年之后启动了抢救、整理、编辑和出版《〈格萨尔〉艺人桑珠说唱本》的文化工程。桑珠（1922—2011）是杰出的《格萨尔》说唱艺人，也是一位被人津津乐道的奇人，他目不识丁，却能说唱50万诗行。这是藏民族独有的一个文化现象，"桑珠现象"可以说在全世界都绝无仅有。桑珠是西藏丁青县人，他在旧西藏和其他很多说唱艺人一样云游四方，以说唱《格萨尔》史诗为生，过着牛马般的乞丐生活。西藏和平解放后，他和百万农奴一起翻身获得新生，在拉萨市墨竹工卡县尼玛江热乡定居落户，建立了自己的家庭。1984年，桑珠和其他十余名民间艺人一起受聘于西藏社会科学院，并与他们合作抢救说唱故事。桑珠艺人极富说唱天赋,说唱从不人云亦云,对《格萨尔》史诗有着自己透彻的认识和独特的见解。1991年,他被国家民委、文化部、中国文联、中国社会科学院四部委联合授予"《格萨尔》说唱家"称号。而后,他又被授予"国家级非物质文化遗产项目代表性传承人",并被学术界誉为"语言大师"和"国宝级人才"。目前,藏文本的《〈格萨尔〉艺人桑珠说唱本》丛书45部(48本)经整理、编校人员的艰辛劳动,现已基本整理和出版完毕。这套丛书的问世,不仅创造了世界史诗领域个体艺人说唱史诗最长的记录,而且填补了迄今还没有整理和出版过单个艺人全套《格萨尔》说唱本的历史空白。若按平均每部(本)10000多诗行计算,这套丛书的诗行总数将超过520000,大大超过了《摩诃婆罗多》的207000诗行,创造了世界史诗文本新的吉尼斯纪录。2011年2月16日,桑珠老人不幸去世,这是《格萨尔》抢救保护工作的重大损失。我们只有加倍地努力,继续做好这项工作,才不辜负老人的期望,不辜负人民的期望。

三

翻译是语际交流和沟通的桥梁,是传播民族文化、促进文化交流的重要途径。历史上,西藏地方通过翻译佛教、医药、天文历算等书籍[1]与祖国

---

[1] 松赞干布时,从古印度翻译《十二缘起》《六日轮转》等占卜理算书籍;又如《松赞干布遗教》说,"法王松赞干布在位之时,从印度迎请鸠摩罗罗大师,由吞弥·桑布扎为他担任翻译,译出《阿毗达摩藏》的广、中、略三种写本;又迎请尼泊尔的锡拉曼殊大师,由尼泊尔妃赤尊公主担任翻译,译出《经藏》《华严经》《观世音菩萨经咒》等;又迎请印度的婆罗门夏迦罗,由阿札雅达摩郭夏担任翻译,译出《律藏》《迦陵迦光明律》《止雅经咒》等;又从汉地迎请和尚摩诃衍那大师,由汉妃公主和拉隆多吉贝担任翻译,译出众多汉地历算及医药之书籍"。赤德祖赞时,汉族人格谢哇翻译了《金光明经》《业缘智慧经》,比吉赞巴锡拉翻译了许多医药书籍。赤松德赞时,有所谓"译师六试人"出现,他们是努布·南喀宁布、孜·嘉哇洛追、如贡·比雅热扎、突厥吾比夏、朗·贝吉僧格、杰·古古热扎,他们翻译了许多密咒部的经续。达仓宗巴·班觉桑布著,陈庆英译:《汉藏史集》,西藏人民出版社,1986年,第87、89、95、99页。

内地及周边国家和地区保持了密切的文化联系[1]，丰富了西藏地方文化的结构体系和内容，也为藏文化的翻译积累了历史经验。《格萨尔》史诗是当今世界第一长诗，尽快完成从口头文学到文字文学的转化，尽快完成藏文本到汉译本及其他文字译本的转化，是一件功在当代、利在千秋的大好事，是中华民族对世界文化宝库所作出的重要贡献之一，推动了中华文化走向世界，同时也是我们有力回击和反驳达赖分裂主义集团和西方敌对势力长期恶毒攻击"西藏传统文化毁灭论"的现实需要。因此，实施《格萨尔》史诗系列丛书的翻译工程任务十分紧迫，做好这项工作具有重大的现实意义和深远的历史意义。

第一，形成丰硕的《格萨尔》翻译成果，有利于用事实说话，有力驳斥达赖集团的"西藏传统文化毁灭论"。西藏和平解放后，西藏虽然摆脱了帝国主义势力的羁绊，但1959年达赖集团叛逃以后，在西方敌对势力的支持下，长期在国内外从事针对西藏的分裂破坏活动。从国际大形势看，西方反华势力和达赖集团在西藏历史问题上一直歪曲事实，制造谎言，尤其是在文化上鼓吹"西藏传统文化毁灭论"，蒙蔽世界舆论，欺骗了不少不明真相的人士。在文化工作上，我们需要与其展开针锋相对的斗争，开展重大文化工程，以文化保护与创造成果的事实揭示谎言，廓清迷雾，以正本清源。从这种意义上讲，我们开展《格萨尔》藏译汉工程的任务就显得刻不容缓。《〈格萨尔〉艺人桑珠说唱本》汉译丛书的出版，不仅有助于鼓舞西藏人民推动文化大发展大繁荣的巨大热情，而且还将进一步促进

---

[1] 元代中央政府集合官员及西藏、北庭、汉地和印度僧人对汉藏佛教经典进行勘同、分类、纠误和拾遗，最后编写出了一部藏汉对勘的佛教大藏经目录——《至元法宝勘同总录》。（苏晋仁：《藏汉佛教学者团结合作的盛举——纪念佛经对勘七百周年》，载《西藏研究》1985年第4期，第37—47页。）自元以来，《大藏经》曾被译成蒙文、汉文、满文等多种文字，促进了佛教文化的传播和交流。如，元大德（1297—1307）年间，在萨迦派喇嘛法光的主持下，由西藏、蒙古、回鹘和汉地僧众将梵文《大藏经》译为蒙文，在西藏地区雕造刷印。又如，金代民间劝募的《赵城金藏》，1959年9月在西藏萨迦寺北寺图书馆发现31种、559卷卷轴式装帧木刻印本佛经，其编次和《赵城金藏》完全一致，从版式、字体和刻工等方面判断，基本上可以肯定是《赵城金藏》输版入燕京后的补雕印本。

民族文化的传播与交流，有力地粉碎达赖集团和西方反华势力鼓吹"西藏传统文化毁灭论"的无耻谎言，在国际视听中匡正言论，维护西藏地方之于中国的无可争辩的主权，维护西藏社会稳定和民族团结，是一项具有重要政治意义的文化工程。

第二，开展《格萨尔》汉译工程，有利于弘扬西藏优秀传统文化的传承体系，建设好中华民族特色文化保护地，促进西藏的文化认同。2014年9月，习近平总书记在中央民族工作会议上特别强调："繁荣发展各民族文化，要在增强对中华文化认同的基础上来做，对本民族历史坚持正确的观点，不能本末倒置。"这对于我们开展《格萨尔》藏译汉项目、繁荣和发展西藏优秀传统文化，提供了正确的工作方向和有力的理论指导。习近平总书记还讲到："加强中华民族大团结，长远和根本的是增强文化认同，建设各民族共有精神家园，积极培育中华民族共同体意识。文化认同是最深层次的认同，是民族团结之根、民族和睦之魂。文化认同解决了，对伟大祖国、对中华民族、对中国特色社会主义道路的认同才能巩固。"[1]2015年8月，习近平总书记在中央第六次西藏工作座谈会上指出："必须全面正确贯彻党的民族政策和宗教政策，加强民族团结，不断增进各族群众对伟大祖国、中华民族、中华文化、中国共产党、中国特色社会主义的认同。"要想把《格萨尔》变成中华民族共同的精神财富，进而成为全人类的共同财富，就需要通过翻译，而做好汉译本的翻译，是至关重要的。可以说，开展《格萨尔》藏译汉项目，有利于将藏民族千百年来世代传唱的英雄史诗翻译成国家通用语言文字，使之传播于全国乃至全世界，有助于增强西藏各族人民对于中华民族的文化认同，进而增强各族群众对伟大祖国、中华民族、中华文化、中国共产党、中国特色社会主义的认同。

第三，开展《格萨尔》汉译工程，有利于推动西藏文化大发展大繁荣，

---

[1] 习近平：《在中央民族工作会议上的讲话》，2014年9月28日。

促进西藏哲学社会科学和藏学研究事业。作为民间文学，特别是具有世界级重要成果的《格萨尔》是藏学研究的重要领域之一，对其进行系统整理和翻译，对于繁荣发展我国哲学社会科学和藏学研究事业将发挥积极作用。藏学的故乡在中国，西藏是藏学研究的发祥地，藏学的旗帜理应由我们高高举起。然而，长期以来在藏学研究上"西强我弱"的被动局面始终没有被根本扭转，给我们的涉藏外事外宣工作带来了诸多麻烦。西方反华势力和达赖分裂主义集团企图长期把国际藏学研究当成阻止中国前进步伐的工具，现行的国际藏学学术研讨会，时常由国外研究机构操作，反华势力幕后插手，明确设置我国参会人员的资格、论文评定等学术"门槛"，企图把持我国涉藏外宣在国际舆论舞台上的话语权。积极主动改变这种不利的被动局面，已成为当前藏学工作迫在眉睫、势在必行的大事。我们开展《格萨尔》翻译工作，即是瞄准这一方向的有益文化工程。有一次，时任中央外宣办副主任的崔玉英同志曾与我交流涉藏外宣问题，她鼓励我们将来把藏族英雄史诗《格萨尔》翻译成外文，将其拿到国际藏学研讨会上和涉藏外宣活动中，这是对我们继续开展好《格萨尔》传承工作的莫大鼓励和鞭策。

　　第四，我们有能力、有信心、也有勇气做好《格萨尔》翻译工程。中华人民共和国成立后，党和政府高度重视《格萨尔》史诗的抢救、整理、保护、出版和翻译等工作，经过30多年的艰苦努力，该项工作取得了令人振奋的丰硕成果。然而，整理出版的《格萨尔》文本绝大多数是藏文书籍，能够阅读原文的人很少，更不必说概知其全貌。与此同时，现实中的《格萨尔》译本屈指可数，根本不能反映全传的完整面貌，让这部世界级的民族史诗埋没于世实在可惜。这种严酷的现实告诉我们，必须下大决心攻坚克难，及时启动《格萨尔》史诗的翻译工程。经过几年的努力翻译，我们这套《〈格萨尔〉艺人桑珠说唱本》汉译丛书即将与世人见面，可以使全国各族群众都有机会了解《格萨尔》史诗，实现了我国政府向联合国教科文组织申报世界遗产时许下的"要在几年内让《格萨尔》工作取得显著成效"的承诺，又能以此丰富中华民族的文化宝库，为实现中华民族伟大复兴的中国梦提供文化智力支持。

四

翻译工程必须遵循翻译标准，实施精品战略。中国的翻译理论和实践在世界上有显著的地位。《格萨尔》藏译汉项目是西藏自治区重大文化工程，为了保证翻译工程的质量，项目领导小组办公室专门制定了《翻译要则》，统一了名词术语。在项目开展中，要求项目参与人员树立精品意识，实施精品战略，将"科学本"与"文学本"相统一，力求达到艺术翻译的高度，使《格萨尔》汉译本成为经得起时间和实践的检验、经得起人民群众的检验、经得起国内外专家学者的检验的典范之作。在质量上，译文总体上遵守"信、达、雅"相统一的原则，以信为本，遵实崇本，雅不背信，辞尚体要。同时，忠实于原作的内容、形式和风格，保持译文的真实性、文学性和文化性，充分展现《格萨尔》史诗所蕴含的文化内容和民族地域特色。在技术上，译文总体上遵守原则性和灵活性相统一的原则，韵散结合，直译与意译相结合，坚持真实性，把握文学性，体现时代性和文化性及民族、地域特色。

当然，《格萨尔》史诗是一门内容丰富的学科，它包罗万象，错综复杂，涉及政治、军事、历史、地理、民俗、宗教、语言（方言、词汇）、文化等各个方面，在研究和翻译过程中也会遇到各种各样的困难。可以说，系统地翻译一整套《格萨尔》史诗丛书，我们没有可供借鉴的有用经验，只能摸着石头过河，慢慢地去研究和探索。对于我们自身而言，整部地翻译《格萨尔》史诗故事，要求译者既要专精，又要博通，而事实上对于每部史诗故事的翻译，又必须经历一个初译、译校、编校、再校的反复过程，一个人很难独立完成全部的工作内容。尽管如此，我们并不回避这些困难，有些时候还将课题组的参与人员集中起来进行统稿和研讨，尽量达成基本统一的意见，诸如《〈格萨尔〉藏译汉项目规范术语》（样本）就是这样反复琢磨出来的。我们付出了艰辛的努力，这项工程基本已经完成了，然而我们却越来越感到翻译工作的艰难，项目开展中有许多问题还值得深入研究和完善解决。即使丛书得以出版，其中依然会存在这样或那样的不足甚至错误，希望广大读者和专家批评指正，以便我们以后有机会进一步修改、补充、完善和提高。

在《〈格萨尔〉艺人桑珠说唱本》汉译丛书即将出版之际，我们衷心感谢自治区党委政府对这项重大文化工程的高度重视以及在财力、物力等方面给予的大力支持和关心。同时，还要感谢自治区社科院几届领导，长期从事《格萨尔》抢救、录音、整理的科研人员的大力支持和辛勤劳动，感谢中国社会科学院民族文学研究所及全国《格萨尔》工作领导小组办公室、西藏大学、自治区档案馆、自治区电视台、布达拉宫管理处、西北民族大学《格萨尔》研究院、青海省文联等相关部门专家学者的鼎力帮助。正是在多部门的专家学者的通力合作下，才如期圆满地完成了这项文化工程。

2015 年 12 月

于拉萨

内容梗概

话说大神梵天之子无垢闻喜降生在岭国部落，以衣衫褴褛、相貌丑陋之逆子觉如身份度过了十二年光阴。十三岁时，觉如在白岭赛马场上，尤其是在戎岭激烈角逐中获胜，并显现真实面容登上白岭国王之黄金宝座，从此，世间格萨尔诺布占堆之威名越来越响亮。就在那时，四方妖魔猖獗，边地鬼魅侵入雪域腹地，特别是北魔鲁赞王危害上部天竺佛门之清净，侵扰下部汉地王法之秩序，血洗卫藏四茹，对敌岭国地，掳走以梅萨奔吉和戎伦阿奴桑陈为首的无数人畜。

当天下苍生尤其是藏地子民在苦难中挣扎时，十五岁的格萨尔王遵照姑母南曼杰姆之法旨，将首次征讨外敌之剑指向雅康北地魔国。米琼和珠姆、超同三人各怀心事前往送行，因脚力不济，各自陆陆续续与格萨尔道别。格萨尔王人马以神变之行通过了北地之水路各处关隘渡口，直抵杂嘉藏布河流之畔。在神、龙、年三部诸神兵之协助下打败此地魔军，收伏了魔军大将成吉思，将魔部大众招安为白色佛国之子民。然后格萨尔人马运用神通继续前往雅康北地魔国中心，途中与阿达鲁姆与阿奴桑陈等魔国内外关口守将结盟，将魔王之寄魂野牦牛、寄魂绵羊等魂魄之依所悉数消灭。格萨尔人马继续前往九尖铁角魔堡，在梅萨奔吉的大力协助下，于九月十日那天杀死了北魔鲁赞王。

但是梅萨给格萨尔王饮食中投放丧失记忆之药丸，使格萨尔浑浑噩噩身陷魔堡，长达三年。而在此期间叔父两面鼓超同勾结霍尔国，引狼入室酿成霍岭大战。兄长嘉擦霞嘎为首的岭国尊贵勇猛之诸多战将命丧霍尔人手中，仁摩茶堡被毁，王妃珠姆被虏往霍尔国，父亲僧伦被驱为奴，白岭部众哀鸿遍地。危机之时，格萨尔的神变大营突然降落在岭地，对叔父超同进行适当责罚，然后收回幻变神通并以真身显现与岭国部众相聚。

六

　　此时，岭国的白梵天王飞身前来助阵，大喊一声："你这无耻老魔鲁赞，像你这样的魔头，决不能留在世间。"顺嘴向鲁赞身上吐了三口唾沫，立即化为三支霹雳雷电，落在鲁赞头上，腾腾烈火瞬间烧毁了鲁赞王的头盔和三分之一的甲胄。鲁赞魔王仰头一望，只见那白梵天王，白甲白马浑如白色雄狮屹立雪山，恰似雄狮抖擞绿鬃，昂昂然从天空日月之间向下俯视着。鲁赞王愤怒地伸出左右手往空中横扫抓去，但除了抓到一些高山上的草木沙石之外，梵天大王的身体分毫未曾碰到。于是魔王恶狠狠地向白梵天王吐了几口唾沫，咒骂道："你这贼神，我恨不得将你抠鼻挖眼。"接着顺手抓起一把沙子撒向空中。白梵天王厉声大喝道："呀，你这魔贼！可惜就你这点力道，连那八岁小孩子也不如，还痴心妄想要控制天下。你可知道，闲逛石山顶上的野牦牛和被绳套拴住的待宰绵羊之间，谁先死去还真是不好说。你现在性命已经到了朝不保夕的时刻，还要叫嚣男儿英勇不埋葬的诳语。你且听好，我有几句话儿要说。"接着白梵天王扬起手中九尖长矛，去探大空龙穴，只见那公龙吼叫连连、母龙电光闪闪，而白梵天王伸手一把抓住一条火翅青龙在右边，一把抓住一条玉翅青龙在左边，顿时震震雷声响彻九层天际，在轰鸣雷声中白梵天王唱了一首号召神龙年诸神之歌：

　　唵嘛呢呗咪吽逝！

　　阿拉阿拉阿拉歌，

　　塔拉歌儿吟唱法。

上师本尊三宝众，
礼请诚意来鸿佑，
护持垂顾如雨下。
祈请藏地业力神，
四层天界宝顶上，
大神湿婆天尊和，
玛哈噶拉护法神，
多吉勒巴铁匠神，
至尊黑氅六臂神，
山神地神诸大神，
请来助阵当援手。

若是不知此地名，
北山四部之地盘，
北魔山谷八部落，
曾是悉补野北境，
游牧部落放牧场，
四大部落领地中，
野驴野牛生养地，
北兵北境之地域，
黄羊羚羊跳舞场。

上部里噶盐湖和，

中部阿达盐湖和，

东北雅根盐湖和，

东部直根盐湖和，

南边南措秋摩湖，

北边玉措秋摩湖，

皆是护佛龙女神，

伏藏宝藏是胜地，

悉补野之藏人地。

往日一段时日里，

邪恶妖魔控制下，

老魔鲁赞大王你，

一阵妖风平地起，

变成魔域强占领，

而今变成鲁赞家，

其实根本就不是。

清晨太阳照阳面，

下午太阳照阴面，

阴阳融雪轮换中。

上部阿里三围地，

中部卫藏四茹出，
下部多康六岗兴，
北境几百部落盛。
往昔一段岁月里，
魔怪第一出鲁赞，
以肉为食饱肚子，
畅饮鲜血解饥渴，
北境荒原各部落，
说是归于恶魔王。
富裕人家之财物，
猖狂强盗来劫掠，
北境鲁赞大王他，
玩火胡子·反被烧，
欲说别人反被训，
食肉野狼之狂妄。
鲁赞魔王亦相似，
统领千万魔兵群，
残害生灵如鸡啄。
上自空中飞禽和，
下自地上昆虫类，
水中青蛙鱼儿等，

逮到多少吃多少，
还要四处放狂言。

鲁赞虽然很强大，
但是岭王格萨尔，
上界天神所指派，
下凡人间救苍生，
生来已过十五年，
正好就在今年时，
远征雅康北境地，
北魔鲁赞大王你，
就要灰飞烟灭中，
变成灰烟扬风中，
河流干涸变滩涂，
北境山野横群尸，
不然绝非格萨尔。

我乃白梵天王神，
太阳神幻之套索，
月亮魔幻之斧头，
彩虹幻影之神箭，

北魔鲁赞（下）

滚滚霹雳之根本，

蓝色玉龙抓在手，

睥睨天下之英雄，

你这魔贼安能比？

格萨尔王之父亲，

九千九万战神和，

千千万万威玛神，

想要较量能行吗？

啊哟真是奇怪哉，

老魔鲁赞孤身来，

一人独行去远方，

进入牢狱之危险。

一马独奔狂跳中，

四蹄损伤之根由。

财富之后要主人，

无主如野生动物；

大山背后有鹿马，

没有就如沙漠地；

大河之中有鱼獭，

若无就是沟渠水；

好汉背后需后援，

没有援军如窃贼，

天亮时刻无去处；

姑娘身后需兄长，

若无流浪乞丐女；

良马身上需好鞍，

没有鞍鞯如野驴。

草料蚕豆没希望，

老魔鲁赞是不是。

军前独行之魔王，

何处是你栖身处，

财富宝库你没带，

山头动物你没有，

营盘村落你没有，

乡邻邻居你没有。

岂不闻古人有云：

离群羊羔被狼追，

只剩一点内脏血。

没有后援之勇士，

遇到顶盔掼甲汉，

日落之前丢性命。

万丈太阳独转时，

正好遇上魔煞星，

一时天下变黑暗。

是否如此鲁赞王？

你要反复想一想，

向格萨尔王投降，

给梵天王立誓约，

向格佐年神磕头，

下界龙王留承诺。

这些若是办不到，

一个月或一日夜，

最长不会留一年，

你是喜悦或悲伤，

不会让你跑三步。

昏昏黑暗前头迎，

命运狂风后头赶，

獠牙之口咬住身，

翅膀之手空中抓，

尖利爪子掏心窝，

套索铁钩钉身躯，

环配铁钩森森响，

不抓鲁赞非梵天。

这日月神幻套索，

三界虚空抛出去，

没有套不住东西。

这蓝色青龙套绳，

缠绕龙肉龙骨结，

金龙金纹光灿灿，

玉龙玉纹绿悠悠，

今日套向贼魔头，

轰鸣雷声震耳中，

魔力神力套下来，

鲁赞头上霍玛雅！

　　唱罢，白梵天王将日月虚空挽定龙绳套索，盘绕空中抛向鲁赞魔王，正好套住鲁赞的脖子，铁钩钩住了鲁赞身躯。但见鲁赞右爪一伸，将绳套从头颈处解开，左爪一伸将铁钩从甲胄上拔了下来，"哈哈"三声中从嘴里喷出毒雾，弄得天上神界也一时黑烟蒙蒙，瘟疫不绝。说时迟，那时快。白梵天王雄赳赳厉声高喊："我也给你施个'吽吽'黑咒。"话音刚落，便举起银纹银刀向鲁赞连砍九刀。鲁赞侧身翻滚，左晃右跳地躲避着。此时，觉沃牟尼拉赞也拿出套绳，一心想把鲁赞魔王像狗一样牵走。只见他奋力将套索抛了出去，鲁赞魔王连着翻滚躲避，未能套住。鲁赞魔王翻滚之地出现一处坑洼地段，被后人称为"鲁赞魔王跌倒之地"，现在依然能够见到。

此后，双方漫山遍野地大战一十三天，魔军折损了三万人马。鲁赞大王发现实在没法与这些岭国神龙年军团抗争，心里仿佛黑夜笼罩，凄凄然如同冷风中的荒草，趔趔趄趄地赶奔九尖铁角魔堡。

一连狂奔三日之后，鲁赞王来到了自家魔堡前面。饥渴难耐、疼痛难忍的鲁赞大王在铁堡大门口如同野狼哀嚎似的呼喊："梅萨贼妇！梅萨贼妇！"梅萨心里乐开了花，表面上却装作愁容满面地问道："大王是否有恙？身体哪里不舒适？"鲁赞王无暇顾及回话，只是嘴里不停地嘟囔着："以往经历千千万，看来今后还要遭受千千万。"嘟囔之中径直走进魔宫，浑如死尸一般四仰八叉地摔躺在床榻之上，一直无语，直挺挺地躺了三顿茶的时间。

过了好长时间后，魔王抬头说道："梅萨贼妇，本王又饿又渴，身上又一阵阵剧痛，下半身阵痛涌到上半身，上半身疼痛往下半身跑，上下身的苦痛又集中到腰部。而今身体已经扛不动盔甲，脑袋已经顶不起头盔，腰间也是悬不住宝剑。不知为何？究竟是不是因那觉如地鼠儿，也不好说！反正是一帮什么神啊、年啊、龙啊、鬼呀、赞呀之类的，对着我如同一群秃鹫扑向死尸一般。千思万虑，我不能就这样算了。必须赶到黑色姜国，向姜国萨当王借兵。再前往阿钦霍尔国，请求霍尔白帐大王，让他麾下的猛将阿安铁朱和伦布查巴尔、琼拉穆波、萨堆辛吉赤玛等精锐兵马助我一臂之力。要不就再去一趟南境魔域，南魔辛赤大王与我同属一个父系祖先，而且他是噶饶旺秋魔尊的弟子。往昔日子里，我等魔境枭雄们，扫荡佛陀正教，扬威天下。本想把上部天竺当成帽子戴，下部汉地当鞋穿，中部藏地当做腰带系。如今看来这些希望皆是一场空，你是怎么想的？我被他们揍得惨啊，突出在身体外面的都被砸到里面了，五脏六腑也是血肉模糊。有个叫白梵天王的白晃晃家伙，简直是胡作非为，左手举白龙，右手扬青龙，砸得我剧痛万分，差一点就回不来。赶紧给我弄些血肉食物补充补充。"说完，将那魔手往仓库里一扒拉，刚好摸到了日希阿达鲁姆猎杀的野牦牛的三副肉腔，日希恰嘎奉献的五副野牦牛肉腔、十副野驴肉腔以及一些黄羊羚羊肉类，狼吞虎咽地吃了个精光，哈哈呼呼声中沉睡了过去。半夜里魔王喊道："本王欲火燃烧，贼妇你可愿意与我交欢？"梅萨赶忙拿出阿达鲁姆送给他的野牦牛之肺，将那肺团夹在两腿之间，回应道："我不和你享受鱼水之欢，还会有谁？大王您就放马过来吧。"梅萨摆出一副世间人妇之妖媚姿态，鲁赞王喜滋滋心醉神迷，与梅萨共枕同欢。梅萨心想：是时候了，看来脱离苦海、完成心愿的日子即将到来。

　　另一边，白岭部落的格萨尔大王和白梵天王、古拉格佐、邹那仁青、米衮噶布、童炯噶布、蛟青东热、赤霄卡瓦格布、南方戎拉坚参、上部冈底斯、中部念青唐拉等一众神仙山神聚在一起商议下一步的对策。格萨尔大王以清净无垢之佛心，向三世一切诸佛菩萨，礼敬祈祷，随喜功德无量，然后说道："为了天下社稷，为了守护佛法正道，明日后日以及大后天三天之内，要把所杀魔军的灵魂全部超度到极乐净土，为此我要讲经宣法三天，那些活下来的魔军才会厌恶魔道，改邪归正，皈依我佛。"于是岭国神龙年各路神兵，在场的魔军统帅成吉思秦格尔和魔将多旦扎巴、扎西雍仲、拉杰桑布、赤吉罗布、北境巴丹杨贡扎巴、鲁杰丹巴饶杰等，在三天时间里都兴高采烈地领受佛法教诲。被杀的魔军尸体被处埋到江水中。被鲁赞魔王强行征用驱赶到这里的二十万魔军中，还剩下十七万之众。于是森钦诺布占堆大王支起吉祥长寿灌顶孔雀宝盖帐篷，帐篷内琼香缭绕，摆满了甘露异果。森钦大王手拿三节灌顶旗箭，刀箭森森，海螺唢呐，妙音无穷。天人师与勇士空行母、本尊护法等犹如腾腾云雾笼罩在帐篷周围。森钦大王升起法座，前排首席，八瓣莲花锦绣飞檐，虚空耸立神帐中，大王坐上曼陀罗立体坛城一样的空性彩虹宝座上，左右皆有神龙年等天王尊神围绕在锦缎彩虹宝座周围，举行了长寿灌顶、加持沐浴、赏赐护身灵丹等大转法轮的仪式。大王以教旨金刚佛音之曲吟唱道：

  唵嘛呢呗咪吽逝！

  阿拉歌之起音曲，

  没有阿因无法门，

  塔拉引领解脱道，

  困住只因罪孽深。

  轮回苦难如大海，

  十恶非法五无间，

  闲来人生贪吃肉，

  渴饮鲜血穿红皮，

  四蹄牲畜杀无赦，

  自己家畜不算数，

  无主草肉各动物，

  宰畜屠生无顾忌，

  罪恶黑雾漫四方，

  血肉吃尽骨头垒，

  依然不明伤天理。

  顶礼三宝佛菩萨，

  顶礼释迦牟尼佛，

畏怖金刚本尊神，

东方宗喀巴大师，

金刚持等诸佛尊，

迪洛那若玛尔巴，

堆龙妙法圣地中，

噶玛拔希成就师，

后藏扎什伦布中，

班禅无量光佛尊，

曲炯贝纳护法神，

玛索班丹拉姆神，

这些神明要呼请。

东方普陀山宝刹，

度母女神长寿佛，

时常呼应来救护。

若是不知此地名，

北境无人荒漠地，

茅草凄凄悲歌地，

嶙峋山头撞行人，

流淌河水入地下，

大河吞吐人马处，

鲁赞魔王转游地，

细究是高岗藏地。

北境属部有九百，

上霍名号不成霍，

霍有上霍与中霍，

地上藏人地域中，

霍尔部落有三部，

上部米穆卓雪霍，

中部阿钦黄霍人，

下米穆巴鲁达松，

除此之外无霍人，

北境部落称霍人。

所有部落归魔部，

鲁赞大王来统治，

想吃鲁赞嘴边肉，

想留鲁赞来役使，

藏地霍人之故乡，

虽然还在鲁赞手，

最终自己当主人。

尽管牦牛跑山上，

与野牦牛会不同，

最终回归自己家。

骏马混在野驴群，

放在原野荒漠中，

难抗冬寒回马圈。

千户万户霍尔部，

虽然落在魔王手，

佛菩萨愿力使然，

最终回归正教部。

可知凄惨霍人们，

不必难过要安心，

虽然久历魔部中，

家乡传统不可忘，

鲁赞习俗扔脑后，

藏地妙法来闻听。

天亮礼拜行供奉，

睡前祈祷佛菩萨，

清净安乐归自身，

北境霍人可明白？

我若不死能长寿，

时常不忘北境人,

好比那日月星辰,

光明温暖常随身。

犹如东方红太阳,

总会灿烂遍光辉。

冬夏季节变化多,

好比那珍贵人生,

当你生下娘胎时,

好坏善恶谁知道?

最终人生之活法,

任凭儿女自发展,

信佛自心乃清净,

行恶自心生罪念。

今年顺风顺水中,

北境鲁赞要消灭,

可知北境牧人们?

今年若是不剿灭,

往后日子难降伏。

我将尽快去雅康,

上天授记旨意一,

三是如来宏愿二,

今世紧要关口三，

今年正好合祥瑞，

不是空话乃实话。

北境山后即刻行，

各位牧人回自家，

话从耳入记心中，

雪白真心勿分神，

岭王话语不会变。

听进各部放心间，

不懂以后会清楚，

诸位牧民要谨记。

　　格萨尔王唱罢，北境游牧部落的子民们，声声祈祷犹如皮风囊被鼓动，各自取下戴在身上的金银珠宝，献给格萨尔大王，并且承诺今后将虔心信奉佛陀正教。随后以成吉思秦格尔大头人为首的牧人军团各自返回故里。

　　岭国神部众神们经过多次商议，认为北魔鲁赞麾下还有几个赞魔、龙妖和亡灵鬼怪，如果不能事先铲除这些魑魅魍魉，他们会给予鲁赞大王白日预言、梦里提醒、占卜算卦等提示，干扰消灭鲁赞魔王。因此必须拿下历算师南萨阔代、御医起死回生、措钦安玛朱扎大湖妖、湖魔德米纳波、伏藏魔神宇拉赞堆等魔将。神龙年们一致表示会如影随形帮助格萨尔大王。而今格萨尔王必须立刻行动，孤身直入魔国腹地。大家协商后，一致同意神龙年率各路兵马返回各自领地。于是，刹那间，无比宽广的营盘消失得无影无踪，就连一只草狐的踪迹也难以寻到。

森钦诺布占堆格萨尔大王来到洛益扎沃帕玛地方，那里居住着北境魔臣日希普益恰嘎和日萨措吉拉姆夫妇，阿达齐威鲁姆、羌楚卡拉梅巴、多庆仲崇安玛、载庆姜松隆秋等一干人马。格萨尔王在禅定中冥想片刻之后，知道了日希恰嘎已被北魔鲁赞的寄魂野牦牛杀死，但是其魂魄还在中阴路上飘荡着。于是格萨尔王人马径直走向洛杂果沃玛石山，来到杂隆仲措秋摩湖边，远远望见一缕青烟直上云霄，旁边非马又似岩石群，灰溜溜、黄灿灿中不知何物。格萨尔王人马冲着那一缕青烟奔去，突然间从石山山坳中冒出一个怪物来。只见那怪物长得异常凶恶：不似人类却像食草动物，体形巨大，两边乱蓬蓬的鬃毛，辫子凌乱，鬃毛辫发纠结在一起，右悬箭囊中装满一百多支利箭，左悬弓袋里放进一把三只野牦牛角拧结在一起的长弓，身挂牛皮皂罗袍，足踏红皮靴一双，系上三股牛尾紧鞋带，腰间系一条三股牛尾紧罗带。紫红脸膛血光闪闪，胯下骑一匹没有鞍鞯、岩罗刹一般的光背白唇野驴。怪物冲到格萨尔王面前，从右边箭囊中抽出一支利箭，左边弓袋中取出劲弓，张弓搭箭时以北境风吹茅草之曲吟唱道：

　　萨热热斯利利歌，

　　不变北境茅草歌，

　　不是嘶嘶不唱曲，

　　不用短语不说话。

　　就那短见之想法，

　　除此生不会再有，

　　无需易积之财富，

　　只思一口饱肚饭。

若今生衣食无忧，

即是所谓富豪也。

日食充足即富人，

一日速达即骏马，

挡雨帐篷是坚堡，

保全自己即英雄。

无需冬夏之营地，

夏之风雨迁其云，

北方地广道畅也，

野驴野牛也是富。

豪雄力拼能抗衡，

没有敌人惹别处，

无敌呼敌丢性命，

真是无事惹是非。

擅长弓箭亦勇士，

手中长弓是客人。

女人自强是贤淑，

如法得道是上师。

云游天下见多者，

六居本地是最好。

我的来历若说开，

无父无母游北境，

野驴麋鹿为主食。

没有盗窃无追踪，

没有杀人无命价，

没有交易无益损，

没去侵扰无来敌。

高高蓝天腾云雾，

若是白雪不落地，

羊羔皮虫怎处理？

高低河水不流淌，

绵延江河何处来？

大山植物不茂盛，

野生动物回何处？

北魔鲁赞不走运，

属部百姓福安在？

我在雅康北山后，

美措玛摩湖边缘，

扎嘎普隆仁摩地，

父母在时难陪伴，

人生无常失双亲，

孤儿独自讨生活。

自从隶属鲁赞王,

未曾上交针线税,

三句责怪不用听,

三步差役不用跑,

也不求赏赐酥油。

我日希恰嘎老人,

黄羊羚羊是亲戚,

不会胡乱射利箭,

不会无端去杀戮。

守望相助乡土安,

没有外敌心自安,

没有战乱就平安,

财富不多内心安。

没有头人无属民,

没有属部哪来官?

没有财富眷恋谁?

没有朋友依靠谁?

有何大事可商议,

没有计策安下心。

与其骑上獾头马，

不如两腿矫健行。

与其召乌合之众，

不如睡个安稳觉。

与其患得患失财，

不如去当富家奴。

天亮起床做准备，

安心舒坦吃饱饭，

保暖柔衣自己有，

心中没有一丝苦。

照此雅康北境中，

无敌无友亦无财，

坚耸城堡我没有，

我的环拱长帐篷，

比那三层高楼强。

我没有肥沃水田，

曲措曲东野牦牛，

比那一百良田好。

我虽没有良马骑，

坐骑白唇小野驴，

比那一百骏马好。

我虽没有小牦牛,

漫山遍野是羚羊,

比起一百牦牛强。

白色绵羊我不需,

黄羊羚羊美玉角,

比那几千绵羊好。

迷恋尘世我不需,

今生如匆匆过客,

或者杀生恶业重,

或者砍柴修道路,

或者梳理织羊毛,

或者摇线拉皮筋,

要不法衣披在身,

这些道理若不懂,

轮回地狱之罪孽,

贪嗔痴多恶业多。

我虽没有大财富,

措吉拉姆我老伴,

来世虽然无作用,

此生幸福日子里,

心情舒畅安乐中，
天亮烧火煮好茶，
夜晚安排就寝事，
碰面是大哥长寿，
看见熟肉阿哥吃，
暖和衣服阿哥穿，
红茶香甜阿哥喝，
此乃人生之福气。
兄长叔父爷爷等，
我有非同一般儿，
儿子阿嘉夏瓦加，
下午猎杀野鹿驴，
老爹安坐要休息，
狩猎花鹿安排中，
做事精彩显本领。
我虽没有也不需，
女儿不会送姑母，
就算寄养衣物足。
山下原野滩涂中，
小红人参采无偿，
此乃酸甜伏藏宝，

美味佳肴口之福。

宝石珠帽我没有,

头上帽子是毡帽,

向上抛去山神悆,

头上帽子会追风。

头盔无需戴耶那[1],

灰白扁形毡帽好,

比那锦缨头盔强,

身上不用披盔甲。

部落聚会断案时,

惊恐颤抖去求情,

不用头人是自己,

无所畏惧自由身。

叔伯后援我没有,

右悬皮囊有利箭,

比那一百兄弟强。

亲戚朋友我没有,

左悬皮袋有角弓,

比那一百亲朋强。

左皮套里有角弓。

---

[1] 耶那:说唱艺人习惯用语,意为"这里"(原藏文整理者注)。

慈恩父母我没有,

野驴野牛遍山野,

无异于父母族裔。

兄弟盟友我没有,

腰间小刀皮套中,

比那一百兄弟强。

男人自强是好汉,

出征得胜立大功,

射箭有数是智勇,

跑马有度乃善跑。

你黄人小马威武,

头戴一顶铁帽子,

帽子顶上盔缨闪,

缨幡装饰羽毛亮,

此顶帽子称何名?

身上无衣铁小眼,

万千铁片皮绳紧,

觉得不重不可能,

如此披穿为什么?

右边九纹图案亮,

黄色利箭黄翅闪,

准备射向何方敌?

左边豹纹弓袋中,

耀耀长弓霞环中,

何时悬在胯腰间?

不可隐瞒说实话。

你这儿郎何族人?

故里家乡叫什么?

为何前来北境地?

有无兵马一起行?

后援兵马有多少?

你是首领或仆从?

身份名号是什么?

不可随便瞎转悠,

日希恰嘎故里地,

为何来到此地也?

若是没有说事情,

我手中所执弓箭,

若要射出很恐怖,

射向那野牦牛时,

每发一箭杀一个。

不会开弓会克制，

开弓没有回头箭，

弯弓一次杀一次，

野驴野牛不乱杀，

家用宴请节日三，

除此认为不需要。

虽然不能称富户，

日希恰嘎是富人，

北境空阔原野地，

我恰嘎心胸广阔，

北境野生动物群，

就是恰嘎家畜也，

除此之外无话说，

这些歌儿是实情。

你的来历说实话，

若是敌人比刀箭，

若是亲人做盟友。

听进黄人放心中，

不听歌儿无重复。

日希恰嘎唱罢,格萨尔大王朗声说道:"呀!箭也不射仍在箭囊中,弓也不取依旧在弓袋中,刀也不拔盖封印,谁是谁非未知晓。亮出兵器没必要,没有到那必要时,箭头枪尖与利刃,若是挥动是懦夫。你且听好,日希恰嘎头人,你我之间没有一丝恩怨。低贱乞丐行走大路,狭路相逢就斗殴,争来斗去谁也得不到好处。野狗对着拿弓箭长枪之人冲过去,利嘴尖牙咬住时,连一个线团大小的争端也没有。走在北境无人区的流浪汉,说话若是不对路,好勇斗狠要搏杀,最终落得个两败俱伤,原本就是没有必要的事情。说话要直言不讳,话语利箭直接好。胡言乱语弯弯绕,道路长弓弯弯好,此乃藏地老谚语。言归正传说起来,我会知无不言、言无不尽,水中石头不会变,嘴中话语没里外。心里话儿若是酥油汤,没有必要添加芝麻油。我的身份来历是这样,竖起耳朵要听好,牢牢记在心窝里。想好来世需要什么,不能贪恋轮回是真的。为何如此,要说的话,就得从源头讲了,这可不是幽默贫嘴之歌。"说完,格萨尔大王将此番前来北境的故事原由、双方之间的说道、饮食情况、杀伐对阵、勇猛程度、口舌之争、头人们的态度、上师们的妙法感动、骑士们的放马跑马、弓箭手的射箭留箭态度等诸般陈述,以白色柔软哈达之曲吟唱道:

　　唵嘛呢呗咪吽逝!

　　阿拉阿拉阿拉歌,

　　阿拉吟自菩提心,

　　一片赤心唱佛曲。

　　阿拉母亲皈依歌,

　　慈母善心之使然。

　　阿拉歌儿妙法门,

　　没有阿声无法门,

心中生起光明佛,
中阴路上愿走好,
心中梦想变佛道,
佛法鸿佑不间断。

阿拉阿拉上师请,
上师菩萨不护佑,
精修禅定无作用,
妙法真谛不结果,
藏地高僧之羞耻。
阿拉广阔天地歌,
路上偶遇陌生人,
说起何去何宿时,
没有阿声无法门,
原因道理要讲清,
没有回应如哑巴。
灰白岩石山头上,
扯开嗓音高呼时,
回音就在缭绕中。
虚空层层云雾中,
火翼公龙在盘旋,

轰隆声中随云腾,

高山顶端响回声,

阿声回应替日日。

谷头沸腾大湖中,

奔流之水波涛涌,

此乃风水之回音。

禅修上师住密洞,

手鼓铃声在响动,

鼓声震震冥想中,

神鬼上师之回音,

阿声需求根本也。

塔拉极乐解脱歌,

塔拉解脱行路歌。

塔拉双手合十唱,

塔拉烟雨迷蒙中,

塔拉湖水荡漾时,

塔拉烈火燃烧中,

塔拉高僧法音声,

塔拉大军出动时,

塔拉长辈智谋歌,

塔拉大事跑马歌，

塔拉青年相亲歌，

塔拉英雄斗敌歌，

阿拉塔拉交流曲，

没有提示歌难懂，

美言不会放耳中。

春日慢慢路途长，

食物充足可持家，

大路朝天好行走，

来生引渡需长久，

父母双亲若长命，

儿孙心里就踏实。

话不远说套近话，

无边无尽苍穹中，

何必狭隘起争端？

眼中艳丽之彩虹，

想做衣服可不行。

听好日希恰嘎男，

吟唱塔拉之原由，

来生不会有磕绊。

头人法令塔拉啦,

善恶是非不会错。

父母忠言塔拉啦,

子孙不会走穷路。

长辈计谋塔拉啦,

不可能失策于人。

天空细雨塔拉啦,

花草繁茂不枯萎。

河水波涛塔拉啦,

大湖不会变滩涂,

这些吟唱塔拉因。

礼请赞颂上天神,

祈祷三世三宝神,

益西措杰空行母,

虚空本性功德守。

吉祥铜州圣山上,

身上莲花叶子闪,

手执天铁金刚杵,

鬼魅妖怪罗刹地,

无智障碍食血肉,

无知陷入罪恶中。
利乐众生之上师,
如来光明古如请,
剿灭邪恶妖魔者,
顶礼天神上师者,
请勿分心来保佑。
度母菩萨女神是,
佛陀正教守护者,
红帽僧人之护法,
救应三界之父母,
请勿分心助岭王。
亘古藏地九山神,
请勿分心来助我。

若是不知此地名,
北境荒原沙漠地,
绵延高耸黑石山,
湖泊波涛盐湖水,
荒草凄凄唱悲歌。

不是此地无福德,

太古曾有七世佛，

悉补野藏地护法，

六臂护法神灵与，

二十一度母女神，

十六罗汉亦诞生，

曾是清净极乐土，

而今鲁赞魔国地。

妖魔罗刹虽猖狂，

诸世佛陀法力雄，

魔界不会长久存，

高岗藏地幸福来。

天竺八十成就师，

空性法身皆知晓，

虹化之身都知道。

法音声声度六道，

疾病灾荒会扫除，

邪魔外道会清除，

妖魔鬼怪要镇压，

让佛祖扬眉吐气，

永远是护教栋梁，

希望永恒无变迁。

一千两百个菩萨,
为了救度六道事,
八十英雄成道师,
到了与敌搏斗时,
妖魔鬼怪罗刹群,
扭转乾坤扫荡时,
强行降旨护佛法,
不用呼喊遇护法,
清净佛法之圣地,
护法山神地神群,
一时疏忽瘟疫发,
上师授记供琼浆,
礼敬赞颂加持中,
大德菩萨围绕中,
这些神明不保佑,
藏地众生就可怜,
来世没有妙法言,
今生幸福也难求,
既没有丰富食物,
也没有温暖衣物,
安心舒适亦没有,

因此三世诸佛们，

为了六道来世间，

决心不辞辛劳中。

若是不知我是谁，

白日虽然未曾见，

远处名号应该闻。

听到声音看不见，

蓝天中的青龙吼。

眼前美艳抓不到，

虚空中的彩虹影。

有眼平时见不到，

另外世界阎魔王。

如此多康岭地上，

有些戏称恶母子，

或称地鼠觉如儿，

或言恶贼老魔子，

或言岭王格萨尔，

或言诺布占堆也。

正事若是说到底，

往昔远古日子里，

黑魔罗刹妖怪子，

饮血啖肉血口人，

身穿红色血衣者，

善恶因果不讲究，

所有大虫吃进嘴，

高天翅膀鸟类和，

地上野生动物群，

河流中的青蛙鱼，

直立人与俯行物，

不留活口任意杀，

传说此等恶魔盛，

魔道猖狂需压制。

一千两百个菩萨，

因为需要派人间，

这消息毫无隐瞒，

我是如实说出来。

跟我较量会吃亏，

岂不闻古人有云：

喝上烈酒必然醉，

碰到邪魔成病根，

此说就应在我身。

南瞻部洲地盘上，

不是我自高自大，

往昔诸佛发愿和，

三宝众神之愿力，

天神护法之授记，

山神地神之保佑，

空行仙女的迎接，

男儿好汉们护送，

上界天神之鸿佑，

中界年神之助力，

下界龙神之福佑，

黑头人类之皈依，

普现一切如意事。

我乃空性彩虹身，

高天日月星辰之，

何去何从与多少，

皆在我的手掌心。

九煞魔星很强大，

要把日月吞进口，

能否吞到在我手。

何去何从住何地，

天地命运之使然，

游走天下也无妨。

中间人类世界里，

各种不同的王国，

不该要的敌人多，

自知之明善其身。

不自量力对抗我，

不会留你太长久，

说的绝非是空话，

于我而言如抓菜。

我自岭国远行来，

多少日夜匆匆过，

长短大约三个月。

鲁赞王与我交手，

神龙年三协助我，

杂嘉藏布河岸边，

大战十五个日夜，

北魔鲁赞损失大，

北魔鲁赞威势消，

北魔鲁赞力量减，

不用详说会看到。

昨日前日七天中，

扎巴公子收帐下，

秦格尔统领军团，

三十万兵马投降，

幸福正教妙境中，

喜悦欢乐自然得，

不必争斗与拼杀。

眼未见到但听说，

我今早来到之地，

雅拉香布嫡系中，

日希恰嘎人不变，

正如传闻确实有。

我心虽发菩提心，

命运安排征战中，

事实守护佛陀教。

我乃岭国之将军，

自来到此地以后，

若是不用杀一人，

实乃佛陀正教事，

就是完成岭国事，

慈母众生得安乐。

就算杀掉百千万，

不倦不怕也无悔，

留下承诺来办事，

是否相信看节目。

与此相似有此例：

未曾翻越大山口，

岂会到达平地路？

没有尝过酸苦味，

甜美口味难感受。

不曾穿过粗糙服，

柔软舒适没感觉。

没有经历辛酸事，

不知坐享安乐时。

少小若是不努力，

老大很难讨生活。

壮年没有经历事，

老了当家作主难。

年轻时不做善事，
临死哪会结善缘？
冬三月不喂公马，
夏三月长路难行；
春三月不喂奶牛，
夏三月没有牛奶。
春天没有放种子，
秋天哪来仓廪实？
善法护持力大小，
就看本性慈善度，
尽除一切诸障碍。
你若是还不放心，
与岭王格萨尔王，
远远比箭也可以，
是否幻化那时知。
刀剑搏杀亦可以，
内外魂魄方可知。
赤膊拼杀也可以，
力量多少那时知。
如何选择你思量，
若是听从我忠告，

北魔鲁赞（下）

你以往所造罪孽，

罪过恶行诸污秽，

不会逃脱来世苦，

救度之人可念我，

不入地狱我答应。

上半生所造恶业，

下半生忏悔洗涤，

若没有真心悔过，

罪恶孽缘难清净，

是否如此恰嘎男？

你说祖业不需要，

真能舍弃自然好。

你如同夏虫擦巴[1]，

我乃沙沙之蟋蟀，

城堡屋宇我不需，

我是单骑独行者。

农田财物我不要，

我乃浪荡天下者。

其实坐骑也不要，

快步如飞比马快，

---

1 擦巴：译者不知何物，故选择音译。

沙沙声中飞掠过。

日照蟋蟀很舒服，

嗡嗡响声震空中，

日落西山夜色黑。

擦巴顺嘴风凉话，

擦巴还是建房屋，

擦巴还是耕田地，

擦巴还是买财物，

擦巴还是买衣服，

擦巴还是要吃饭。

擦巴赤身裸体者，

必然冻死无疑议，

擦巴无粮亦无财，

准闹饥荒饥渴死。

因此擦巴不着急，

人间生活需住处，

来生指引需妙法，

狩猎山与饮用水，

你若一个都不需，

好比生在饿鬼道，

这种也是有可能。

然后日希恰嘎男，
若是听从格萨尔，
你所栖居之地方，
借给格萨尔寄宿，
直到降伏鲁赞魔，
你我结为好兄弟，
信誓旦旦之盟友，
来世也能常见面。
我这远方陌生客，
你就好比那城门，
由你指引前方路，
何去何留你来定，
熟悉陌生你来说，
何去何从你决定。
一旦到达鲁赞堡，
最多耽搁七八月，
最少花费三四月，
就在五六月时段，
你和我两人之间，
来生不变之誓言，
盟约之上你盖印，

今生不变之信物，

盔甲武器等披挂，

马匹鞍鞯与金银，

身上所带一切物，

皆都留给恰嘎你。

你我二人之间是，

友爱如同亲兄弟，

一片赤诚心相连，

一口饭可以同吃，

一件衣服可同穿。

最后生死关头时，

鲁赞若是能消灭，

恰嘎你来替代他，

统领千万属部主，

给格萨尔当助手，

绝非空头之承诺。

这天下广阔领土，

终归轮谁看好戏，

我手中所持镜子，

你来看看很清楚。

歌若听进放耳中，

不听歌儿无解释，

恰嘎心中要谨记。

格萨尔王唱罢，日希恰嘎心中暗思：啊！真是令人惊奇，到现在，我整整活了六十三年。好比一生游走山里，竟然不认识山中动物。早就听闻东方玛康岭地上，有一个强行占据六地的恶贼，恶母怀中的坏小子，名唤恶贼地鼠觉如的人。直到今日终一睹真容，还未互相说话商讨事宜，而今竟然要亲如兄弟，尊如盟友，像对待父母一样孝顺，尊奉上师一样虔诚，面对鬼神一样忌讳。不过看他说话这情形，似乎还是对我掏心窝子了。但是正如古人所言：才说了三句话的朋友，不可完全信任，不然有可能违背誓言；才同床共枕三次的恋人，不可全然相信，有可能是个忘恩负义的女人。想到这里，日希恰嘎并没有立即从野驴背上下来，而是坐着挺了挺身子说道："呀！你这厮，赶紧把你手里的镜子给我看看。你要是诚心待我，我就可以留你。"

于是森钦格萨尔大王将镜子交给了他。日希恰嘎仔细端详了大约三顿茶的时间，只见他：低头歪脖子，目瞪口呆，虽然鼻涕哈喇子流个不止，却看得一时忘了擦，虽然蓬松乱发中虱子上蹦下窜，却看得一时忘了挠，被那照遍三界的神镜弄得莫名惊诧。日希恰嘎心想：怎么这么奇怪呢？这究竟是什么地方？看到的都是活生生的人。真是奇了怪了，白的如酥油，好比太阳暖酥油；黄的如黄云，恰似黄云天上飘；红的像朱红颜料，犹如朱红颜料在添色；蓝的如碧玉，就是不知为何物。日希恰嘎想这会不会是魔法幻术，眼前这人是不是岭王格萨尔还不敢确定，还是先比比刀枪箭法，若真是有形人类，在我刀箭之下难有活路，若是无形神变之身，再慢慢投降也不迟。

正如古人有云：春日苦长，何去何从慢慢来，吃饭喝茶有时间，人生苦短，饥饱总会有；冬夏冷暖轮换多，山头高低亦很多，花花绿绿如同猫头鹰羽毛，沟沟坎坎如同梳篦锯齿；世间人类身上，不可能同一种人生，前后半生衣食不一样，上下半夜梦境不一样。我也不过是听说过有个叫格萨尔的人而已，并没有亲眼见到过，怎能立马投降？反正是福是祸总会见分晓。想到这儿，日希恰嘎说道："呀！你这黄人独马贼，你若是白岭格萨尔，我北境荒山野岭，不论冬夏皆是野蛮之地，不会信奉佛法，不会拒绝杀戮，不会害怕人类，不会礼貌待人，不知善恶因果。究其原因是这样，你且竖起耳朵听好了。"遂以风中日希之曲吟唱道：

    一鸣二鸣三鸣声，

    三鸣北境魔域歌，

    北境荒漠诸事顺。

    沟沟坎坎丘陵地，

    高山不能当柱子，

    未曾想过撑蓝天。

    奔腾河流难当马，

    上山下坡不可行。

    荣华富贵不用乐，

    就这一生难消受。

    祈请魔尊诸圣山，

    黑羊九顶魔山上，

    食肉红面罗刹和，

    饮血长牙罗刹女，

饮血啖肉罗刹和，

夺命恶魔鬼神等。

各种动物的主人，

念青唐拉嘎波请，

衣食温饱之成就，

生生不息浪涛中，

鲁毛沃丹财神女，

南措恩姆碧绿色，

鲁噶迪雅女湖神。

若是不知此地名，

阿钦沙漠荒凉地，

姜隆沃隆湖边上，

黑色石山之脚下，

野驴野牛之故乡，

姜隆纳查仁摩地，

前往鲁赞魔宫路。

九尖铁角魔堡中，

万丈阳光魔王在，

交付头颅之大王，

不用准备拜见礼，

雄壮如山之大王，

灵丹妙药不需要。

大臣眼界开阔一，

大王心胸广阔二，

日希浪迹天涯三，

走惯了荒漠原野，

不愿途经狭窄路。

安乐舒适帐篷里，

没有城堡也不苦。

夏天下雨无衣遮，

冬季寒冷无衣穿，

鹅卵石难当墙基，

总在日晒雨淋中，

千变万化也这样。

我是何人若不知，

北境茅草数不尽，

北境风沙无法追，

北境风霜难断绝，

北境沟坎无止境，

北魔鲁赞（下）

日希好汉独行时，

后应强援不需要，

无端敌人哪里来？

一马平川原野上，

绵延丘陵是很多，

四蹄动物也很多，

射出箭后有肉吃，

垒砌花花之肉堡，

历经秋季到春日，

储藏肉类吃不完，

狩猎秋天可不来。

香味野食在山上，

只要山草没枯干，

日希口粮不会断。

农田稻米我不要，

野牦牛就是稻田。

黑色牦牛我不需，

老鹰就比牦牛好。

白色绵羊我不要，

黄羊羚羊赛群羊。

冬三月不围畜圈，

春三月不用放牧。

春三月不分上下，

吃多少就杀多少，

比我舒服在哪里？

白唇飞翅小野驴，

北境无边天地间，

与疾飞野驴同行，

高山原野急速转，

红雷利箭飞射时，

犹如霹雳闪电来。

就这牛角大弯弓，

胜过一群精锐兵，

岂能说出不算远？

十五明月当空照，

只要乌云没遮住，

直到拂晓天亮前，

减弱光芒未曾想。

如此日希恰嘎我，

去年以往六年间，

北境南措秋摩湖，

鲁姆巴姆无主女，

吉祥草中生此女，

日希恰嘎当养父，

措吉拉姆为养母。

父母二人有一女，

巾帼不让须眉也，

勇力赛过男子汉，

北境姜塘姜雄地，

除了鲁姆没别人。

敢去抓野牦牛角，

只有鲁姆英雄女。

敢于横渡南措湖，

也就鲁姆人类身，

此乃日希恰嘎女。

自今以后日子里，

多少匆匆岁月中，

衣食无忧安乐中，

日希恰嘎幸福人。

然后黄人听我说，

你是有形或无形,

北境日希不清楚。

蓝天究竟有多高,

除了日月谁可知?

中央须弥之名山,

大小高低有多少,

只有南瞻部洲知。

大湖玛旁雍措湖,

深度宽度有多少?

除了龙妖谁知道?

大鹏铁翅膀鸟儿,

展翅飞翔去哪里?

除了虚空谁可知?

海中腾起之青龙,

轰鸣雷声震天响,

火翅盘旋在哪里?

只有乌云才了解。

岭格萨尔神鬼身,

勇力神通有多大?

只有北境鲁赞知。

日希恰嘎好汉我，

北境鲁赞兵马中，

就是与众不同人，

百千武士林立中，

我的箭法最凌厉。

百千妇女云集中，

措吉老婆最贤淑。

虎豹儿郎集会时，

阿达姑娘最骁勇。

各个丰衣足食中，

福德成就我最高，

心高气傲就如此。

而今要去猎野牛，

石山顶上太阳落，

日希随那阴影去，

日希星辰一起闪。

天明旭日初升时，

日希山顶同时到，

闲聊滞留没时间，

你若真是有本事，

不必担心把持住。

此箭射出难逃命，

射出格萨尔没命，

弯弓射箭疾飞去，

顺着河流一起奔。

你这普照三界镜，

不是有用之金银，

不是能吃之鲜肉，

不是能穿之皮衣，

不是能骑之野驴。

今天不用说空话，

与其闲人说废话，

不如自己找饭吃。

与其无端跑山顶，

男人必须知进退。

恰嘎不留就要走，

射不射此箭问你，

若是真要射一箭，

别说你格萨尔贼，

日月星辰也击碎，

黑土绿水击枯干，

野驴牛羊难逃命，

此箭锐利无人比，

此箭阎罗亲自飞，

射不射你格萨尔。

歌若听进放心中，

不懂就是各自行，

格萨尔心中谨记。

唱罢，日希恰嘎张弓搭箭，正要射出，世界森钦格萨尔王说道："那么日希恰嘎好汉，就如你所说，与其犹豫不定中，不如就来个搏杀决斗。自己若是不做主，头人护佑是谎言。自己清净之心要是不冷静，所谓天神神通是谎话。你若真想与我比赛箭法，那也可以。"此时，格萨尔大王已是气势陡涨，接着厉声喝道："你先不要着急溜走，来来，恰嘎大叔你先射一箭，我回你一个赞神利箭。不会对你对那山，无端不必击毁日月，不必冲散空中云层，不对着你射箭，是有几个原由的。正如古人有云，所有听到的话语，小孩不可去乱传，有些话能说，有些话不能说；所有听到的歌曲，姑娘不可乱唱，得分场合；所有的马不会用来赛跑，总要挑一些快慢出来。你且听完这首歌，好好想想。"遂以金刚不变之曲吟唱道：

唵嘛呢呗咪吽逝！

阿拉歌之引领曲。

三十三重天宫中，

白人海螺顶髻头，

以白梵天王[1]为首，

垂念护佑不可小。

中空年界厉神宫，

巍峨大山之宝殿，

黄金宝座之顶上，

金色阳光年王耀，

照暖世间之神明，

古拉格佐[2]年神王，

今日相助勇士我。

大海宝藏深渊中，

碧玉龙宫之主人，

绿色顶髻小男孩，

无数鱼蛙围绕中，

绿色水绸锦袍身，

玉盔玉甲戎装中，

龙王邹纳仁青[3]他，

速来助我岭王阵。

若是不知此地名，

---

1 白梵天王：格萨尔下凡人间之前在神界的父王。
2 古拉格佐：指念青古拉格佐，岭国黑色董氏父系祖先神。
3 龙王邹纳仁青：格萨尔生母果萨拉姆的生身父亲。

北魔鲁赞（下）

雅康北境之山后，
此山实乃盐碱地，
野牛野驴羚羊地，
黄羊羚羊嬉戏地，
无垠旷野大荒原，
绵延丘陵沙石地，
原本藏地之牧场。

中间一段时间里，
不该兴起妖魔兴，
奇丑无比之魔怪，
魔力强大之恶魔，
食肉饮血之狂魔，
四大魔王之中心，
父系赞魔母妖龙，
鲁赞大王名声响。
生在曲钦湖边上，
长在阔热岩山上，
黑色魔堡所在处，
雅康北境山后也，
南宗秋摩魔山上，

不变九顶铁刃堡，

浑如黑铁尖桩立。

到处闲逛漫游中，

天竺法门之内和，

汉地王法门以上，

上部阿里三围和，

泥婆罗与卡切国，

拉达克与朱古国，

大食国与巴达霍，

全部转遍无遗留。

走到哪里捕来吃，

鲜血染红了大地，

卫藏四茹惊恐中，

度日如年苦难中，

可谓人间地狱也。

如此恶魔之家乡，

鲁姆不该长期留，

慈母天下众生灵，

各类痛苦无止境，

一宿好觉也难睡，

吃起来食不甘味，

心中没有喜悦情，
寒冷饥饿与饥荒，
害怕惊恐见狰狞，
烦烦恼恼暗四洲，
日月无光天地暗。
邪恶鲁赞魔王他，
凡有气息活吞吃，
喜欢杀戮好吃肉，
饥渴饮血穿人皮，
作恶多端千般业，
神界专派格萨尔。

日希恰嘎你这厮，
看起来像个好汉，
阿钦北境地域中，
除了妈妈不认识，
除了门槛无山口，
除了茅草无邻居，
除了驴牛无家畜。
长辈大人你没有，
儿孙小辈你没有，

亲朋好友你没有。

就靠鲁赞当头人，

贪吃野驴野牛肉，

没有温暖之灶火，

不论冬夏寒风多，

外面身体快散架，

里面心火快熄灭，

自讨苦吃之一生，

竟然自认很幸福，

明显恰嘎是糊涂。

你且听我说道理，

不可如此要这样，

家乡地域虽辽阔，

沙漠大了也不行。

把那鲁赞当靠山，

死后无人来指引，

别说得登极乐境，

十八层地狱难行。

阎罗手中业力镜，

高至宇宙之顶尖，

低至人间生灵群，

善恶之业镜中明,

善缘罪孽这时算,

善法良缘此时知,

罪恶果报此时明,

罪孽包袱有多重,

良善福地有多宽,

两者可能不平衡,

我是苦口婆心话。

你若不脱胎换骨,

这难得清净人身,

说要获得历数劫。

珍贵人身赛黄金,

这珍贵的人类身,

想要投胎可很难,

而那极乐佛刹土,

别说你日希贼子,

就算高僧也难登。

善有善法之回报,

不是富家就能去,

想去就去行善法,

想要幸福生慈悲,

若要做事辨黑白。

天亮礼拜做祈祷，
睡前忏悔发善愿，
不用明说有正道。
五百善业之轮回，
首先转世为高僧，
一百上师千门徒，
妙法善行之结果，
良师没有好弟子。
然后转世为僧侣，
妙法善业诸行力，
慈爱悲悯之良友，
清净善业之益损，
不用说道现自身。
若能投胎男人身，
犹如善跑之骏马，
陆地行路是坦途。
若是转世为女人，
地湿石湿水也湿，
三湿中间难寻路。

越想变好越难受，

此乃人生之规律，

心中就要如此想。

然后日希恰嘎男，

向观音菩萨祈祷，

所愿增益得解脱。

不净轮回罪孽身，

日夜不懂虫子身，

寒冷不会丢性命，

水中青蛙蝌蚪鱼。

吝啬之鬼是饿鬼，

有生无死长命苦，

天神长寿之苦厄。

神龙年道之身体，

不算殊胜有不足。

珍贵人身黄金库，

清净善心得人身，

人身菩萨妙法身，

如是喜悦做祈祷，

话语无分毫厘外。

不把你超度净土,

格萨尔就不是佛。

你的利箭若射进,

格萨尔非幻化身。

挥剑若能取我命,

格萨尔没有神通。

长枪刺穿格萨尔,

格萨尔就非神子。

我自天界下凡来,

为了六道众生事,

此话无三心二意,

念此把我当上师。

我年幼觉如强盗,

玛麦地鼠皮衣汉。

长大降妖伏魔将,

四大恶魔之克星,

凡是邪魔横行处,

皆受格萨尔镇压。

最后三世诸佛陀,

引领六道得解脱,

地狱变成正法道,

怜悯弱小之双亲，

顽劣强敌震慑者，

日日夜夜菩提心，

身是慈悲之本性，

业力苍生之社稷。

乳沟日希恰嘎你，

真心向我做祈祷，

不会让你下地狱，

普陀山上梵净地，

变成一个小沙弥。

歌若听进放耳中，

畜生发愿微妙法，

诸佛菩萨会眷顾，

是非业缘必知晓，

皈依三宝乃正道，

日希恰嘎得解脱。

格萨尔歌音刚落，只见日希恰嘎头顶一道颇瓦白光直射苍穹，游荡在中阴路上的孤魂刹那间转生到普陀山净土，变身为一位叫做贡桑坚参的比丘僧。

随后，森钦诺布占堆大王前往果邦阿隆切古大草滩。日希恰嘎之子夏绥夏嘉扎巴从远处瞧见了一个黄衣黄马、身材魁梧的人正在飞马过来，立即给坐骑白唇风翅小野驴上鞍鞯、套缰绳、系腹带，刀枪箭一身披挂，极速奔到距离格萨尔一箭之遥的地方，心中暗思：强盗已然到了家门口，看他顶盔掼甲、一副戎装的样子，肯定是前来收拾我的，是来杀我一家三口的，所猎杀的野驴野牦牛肉，非我所属，这北境大好狩猎场，不能被这人夺走。如此想着，夏绥夏嘉扎巴遂将提问之歌以狂风卷沙之曲吟唱道：

一鸣二鸣三鸣声，

三鸣声中唱首歌，

黑魔之歌吟鸣声，

不是鸣声不唱歌，

不是肉类不进食，

不是鲜血不饮用，

一生就在杀戮中。

魔神纳布赞杰儿，

吃肉饮血血腥中，

夺命吸魂喜伤害，

就只为屠宰杀生。

重视黑头人类身，

轻视家畜畜生群，

本地没有这风气。

吃起人肉味甘美，

狂饮人血甜味浓，

碰谁不会留活路，

在那三尖黑魔山，

夺命玛布仲拉请。

若是不知此地名，

北境黑沙六谷地，

茅草凄凄悲歌地，

河流沙石滚流地。

高坡垭口是沙湾，

沙丘丘陵绵延地，

口里吃的牛驴肉，

北境荒凉生存地，

不见一座灰城堡，

却有九环帐篷立。

一处屋宇有何用？

哪有青草往北走，

最后任随水草居？

我之所需逐年盛，

只要野牛还存活，

食肉饮血无穷尽。

出门可骑小野驴，

上山下坡不用说。

坐垫可用驴牛皮，

暖和舒适不用说。

在恰嘎日山脚下，

父名叫日希恰嘎，

母名唤措吉拉姆，

儿子叫夏嘉扎巴。

青春美丽之女子，

阿缅卓洛缅姑娘，

非我族系不同种，

有形人身之女孩，

吉祥草中诞生女，

南措秋摩之公主，

阿达鲁益巴姆名，

而今赛过一百子。

纤腰婀娜容貌秀，

九邦十国亦难寻，

英姿飒爽娇女将，

一百好汉可生拿，

女辈英华聪慧敏，

天下里外在眼中，

卜算祈愿之灵验，

犹如同听两人话，

安乐人生很充足。

黄衣黄马你这厮，

你从什么地方来？

为何来到此地方？

家乡名字叫什么？

城堡争端有什么？

再说古人常言道：

大官背后需仆人，

没有仆人如夜贼；

大山要野鹿野驴，

没有不过沙子山。

短命山羊豺狼口，

尤其来到豺狼窝，

你今日难逃活命，

若有亲人留遗言。

唱歌多了没意义，

你黄人心中谨记。

夏嘉扎巴就这样给森钦大王唱了一首骄横耀武之歌，惹得森钦大王怒从心中起，恶向胆边生。森钦大王格萨尔愤愤然说道："呀，呀！你这犹如孤魂野鬼般的无毛贼子，身上无衣如同水中鱼儿，嘴中无食好比饥渴饿鬼，山口腾飞之雪鸡，头顶无帽脚上无鞋，习惯了在石山草甸中生活，春暖花开时节雪水香醇，罪恶的鹞鹰飞来了，展翅扑腾冲散飞鸟群，最终死在树尖上。杀人越货的盗贼，飞马耀武扬威中，最后死在牢狱中。北境无人区的狂妄贼子，野驴野牦牛为食物，邪恶魔怪认头人，不用多久必然丢性命，如果不赶紧脱胎换骨，就不会有来世出路。三界六道众生，若是没有妙法正道，不净五百苦厄轮回，会在无数次转世投胎中经历煎熬。苦难疼痛有多少，在去往十八层地狱途中会知晓。当你堕入恶趣道中时，就会明白酷热阴寒之苦。投生在恶趣道的根本原因是生前罪恶累累的果报，神鬼昭彰，自作自受难以逃避。你且听好我来说，有一些是非，我给你说道说道。"遂以金刚自便之曲吟唱道：

唵嘛呢呗咪吽逝！

阿拉阿拉阿拉歌，

阿拉实乃妙法门，

轮回之中求解脱。

塔拉极乐佛刹歌，

喜乐与生俱在中。

心中无苦难痛苦，

日夜不知怎度过，

还未想起生死关。

自己没有温饱中，

自觉财富很充足。

头上帽子身上衣，

脚上鞋子等三样，

别说北境寒冷地，

南方暖谷也需要，

竟然自觉很温暖。

上看天来下瞧地，

别说家畜牲口群，

遑论城堡与家业，

奶水母牛与山羊，

最低生存保障也，

一根毛也见不到，

竟把野生动物群，

当做自家之牧群，

阿孜异想天开事。

自家财物自己管，

自从当家作主后，

自给自足勤持家，

十个恶事扔脑后。

随顺珍贵人类身，

虔心接受十善法，

行走居住转法轮，

礼拜祈祷发善愿，

兴许减轻来世苦。

轮回苦难大海中，

何时才算解脱日，

放弃此生修擦擦，

风吹沙尘般灵魂，

自己屋中抛下时，

痛心疾首在后面，

知道要反复考虑。

六字真言要口诵，

时常礼拜去转经，

慈心善心悲悯心，

护法神明常祈祷。

今生之荣华富贵，

父承子继轮回中，

只能放下带不走。

但是就在死亡日，

能够随顺一善业，
自我认识一丁点，
曾经见过的上师，
慈恩心中应如是，
堕入地狱登善趣，
自有善恶来区分，
此乃人间之规律。

啊哟可怜又可悲，
你所说真是奇怪，
一个父辈之子孙，
即使同出一棵树，
夏季枝叶茂盛时，
荆棘毒树树身上，
只能长出毒枝叶，
不会有良药功能，
冥冥之中注定事。
奇哉怪哉真闹心，
夏嘉小儿你这厮，
你真是名副其实，
生活地方是北境，

虽说没有大危险，

事业想法与家业，

不明就里罪恶源，

即将丧命无忏悔，

还不清醒夏嘉儿。

你屠肉求生安养，

睡前肉食留几多，

明日天亮起床时，

大如野牛野驴等，

小如黄羊羚狐等，

杀一杀二屠杀中，

乐此不疲说高兴，

杀死百千还嫌少，

宰畜屠生想带走。

自从生为人类身，

唵字玛尼你没有，

佛陀妙法怎领会？

上师名号无从知，

辱骂僧侣无数次，

法事供奉怎知道？

别说礼貌怜悯心，

老马老人与老狗,

越老越是要打骂,

小马小孩与小狗,

越是长大越希望,

这也是轮回幻觉,

不过不能去怪你。

只因生在蛮荒地,

缺吃少穿苦难一,

鹿驴不杀煎熬二,

饥寒交迫痛苦三,

不死地狱在眼前,

没有比你更糟糕,

还要如此高调中。

再说古人常言道:

谷地长耳毛驴和,

雅康北境花野驴,

奔跑起来不一样,

吃的草料盖身布,

冬夏日子很不同。

夏天夏草堆草料,

冬季防寒羊毛罩，

好心主人会爱护。

白唇野驴速度快，

北境平坦之恩德，

冬天冻死寒风中，

夏天水中窒息死，

这些苦厄你不知。

恶兆小黑乌鸦和，

阴沟崖壁猫头鹰，

生来想法是一样，

乌鸦自高自大是，

吃在灰渣粪堆里，

还要啊声叫响中。

金眼飞禽猫头鹰，

住进阴沟绝壁中，

白日无权去飞翔，

只能飞在黑夜里，

饿了不得不觅食，

可惜还是吃不饱。

北境野人就如此，

雅康北境流浪汉，

没有栖身祖屋一，

没有耕种农田二，

未曾子继父业三，

没有牛羊家畜四，

没有财产积累五，

衣帽鞋子不全六，

六道轮回中转游，

轮回最后结果是，

北境日希父子也，

还会不知苦乐吗？

此地北境荒凉洲，

悉补野藏地故乡，

上霍中霍与下霍，

所有万户大部落，

不属于高岗藏地，

鲁赞魔王无权管，

鲁赞妖魔叔伯们，

往昔造就之恶业，

中间势力兴盛和，

最终命运好坏等，

马上就能见分晓，

日夜月份和年轮，

不会耽搁多长时。

说起事情之根由，

须弥山顶大鹏鸟，

头顶光辉照满天，

空中呼啸狂风吹，

巨口嘴角吃毒蛇，

想此傲立在山顶，

头顶若是无宝珠，

就会有饿死危险，

老魔鲁赞亦如是。

大海之中的鳄鱼，

年小体壮的时候，

任意畅游湖海中，

张开火翅行云路，

声声怒吼震长空，

顶角雄狮霹雳闪，

盘旋之中闪雷电，

最后落在大海中，

变成水中鱼虫类，

北魔鲁赞（下）

吉祥铁鳞空唤名，

最终死在泥土中，

鲁赞魔王也一样。

野牦牛野生动物，

翻山越岭吃香草，

渴饮山水雄壮身，

黄角白角磨岩石，

四蹄翻腾扬尘土，

发出怒吼耀角尖，

神箭猎人藏山角，

牛角晃亮死箭下，

前后马鞍挂驮肉，

北魔鲁赞亦如是。

我是何人若不知，

来此地是有要事，

听我名号无恶趣，

听我音声得解脱，

我乃神子龙神子，

我是年子战神儿。

我是讲经宣法师，

我是大乘智慧身，

我是苍生之父母，

善恶因果明辨人。

人体有形之肉身，

人马不分中行进，

此马畜生草包肚，

奔腾飞跃长空中，

可与日月同飞行，

跑起来快如疾风，

如履平地凹凸间，

狂奔绕转须弥山，

大赛幻影无形中，

化为掌中一皮筋。

草料饮食不需要，

冬天不用披暖盖，

夏季不用系绳索。

我是空性彩虹身，

能否对抗你来看。

你这好汉勿分心，

北境鲁赞大臣和，

岭国格萨尔大王，

本来不想与你斗，

如你所愿满足你。

顶盔掼甲之勇士，

不较量也说不过；

上了鞍鞯的马匹，

不来赛跑也不行；

拿了公文之头人，

不得不依法办事；

珠玉珊瑚妙龄女，

不去嫁人也不行。

今日你弯弓搭箭，

我不疼痛当箭靶，

射不中该你羞愧，

然后我来回一箭，

不必大力真射箭，

可用移魂法替代，

不用锋利之宝剑，

伸指拆散你躯体，

血肉布施它品尝，

灵魂无痛无忧中，

顺登净土可保证,
是否如此你考虑。

我将前往雅康北,
鲁赞大王有希望,
日希男儿有希望,
野鹿野驴要放生,
野牛野驴山头游,
不可祸害放活路,
不可无故积罪孽,
无罪不必吃官司,
无财不会招灾祸。
弱小不会去欺负,
权势不曾压头顶,
一百勇士之对手,
名望显耀之对头,
强势头人之克星,
九山背后之侦骑,
九谷九地之探子,
不死无垢格萨尔。
你这好汉怎么想?

今日轮到你头上，

你父恰嘎在哪里？

子后若有父亲来，

张弓搭箭有意义，

可以前来报血仇。

不是心头念上师，

移魂超度我来弄，

你和母亲妹子三，

二十九个时日里，

中阴道上会游荡，

吉祥草阿达鲁姆，

最后归我格萨尔，

是非最终会明了。

你只有一个出路，

明白把我当上师，

会做赶紧跪双膝，

一心皈依向佛法，

一颗善心走正道，

六字真言常口诵。

　　格萨尔王唱罢，夏嘉扎巴如芒在刺，心口被针尖扎得生疼，下半身血液涌到上半身，上半身血液涌上脸部，怒目而视，心里想道：话语如此盛气凌人，好汉我绝不会吃这一套。别说是他，就连北魔鲁赞也不吃不杀我，觉得我有用，委以大臣重任。因此，身为北魔鲁赞大王的臣子，九死一生也无憾。不为自家大王办事，头戴白盔做什么？身披甲胄为哪般？一生充裕之衣食，向谁求得恩赐？喜怒哀乐向谁求助？我是不懂什么来世，死后地狱也不知，善恶之分无从说。自从脱离娘胎以来，嘴中要有一口饭吃，身上要有衣服穿，胯下能骑上一匹马，这些大王早就给了我。我有野驴野牦牛等食用不尽的野生动物，这贼子竟然还说我贫困无财。说的话还真不可相信。把无边大地分割得像扯剪牛皮一样，非得说是家国祖业。垒起石头砌上几块围墙当做什么城堡，真是可笑。

想到这里，夏嘉扎巴右手抽出利箭，左手取出长弓，弯弓搭箭，迅速射出一箭。平日里远远射那山头野牦牛时，肯定是一箭毙命，原野上的野驴羚羊等也是箭无虚发。但是奇怪，这天他的箭却只是空射一场，不知射到哪里去了。过了一会儿，尘土飞扬中箭落到沙地上，远远可以瞧见晃动的箭羽。于是他又从腰间抽出仲热古阙食肉饮血宝剑，犹如绝壁滚石一般，拍马直奔格萨尔王，用力砍出三剑。但是好比虚空中挥剑，一点也没有着落，夏嘉扎巴忍不住朝剑刃上瞧了一眼，只见原先闪烁的那一缕寒光也黯淡了不少。他简直不敢相信，把宝剑放入剑鞘里，然后，挽起左右袖子，一把抱住格萨尔王。格萨尔心念一动，浑如一座大山，岿然不动。夏嘉扎巴是无论怎么抓住晃动，也无济于事，往后退几步连看了三眼，只见格萨尔王笑容满面、稳如泰山。于是夏嘉扎巴又取出食肉火焰长枪，一连刺了九次，却连根汗毛也没有刺到。接着他又右手掷石头，左手洒土灰，可是一点作用也没有。心想：这家伙是远古黑魔嘿茹果纳之转世，专爱屠宰杀生，除了岭王格萨尔之外，其他任何上师菩萨也超度不了此贼，任凭哪个勇猛好汉使用任何武器也奈何不了他，神通咒师的密咒口诀也对付不了他。

纠缠一番后，格萨尔大王厉声喝道："呀！你这贼子，不是那样要这样，想要快乐就祈祷三宝，嘴巴不要唠叨，要诵念六字真言。否则绝对不放你活路，上师菩萨明鉴。"接着格萨尔王变身为莲花生大师，一边口中默念速将此贼超度到净土佛刹，一边将一支夺命降妖飞羽箭搭在弓弦上，飞射出去。箭头正好射中心脏，刹那间，夏嘉扎巴上身下身之间的灵魂被指引超度到了极乐净土。至于他的坐骑极速飞翅小野驴，格萨尔觉得有点稀奇，就一同牵了去。

　　走了一阵子，格萨尔大王忽然看见日希姑娘阿曼卓罗玛在挖人参果。只见她将一口装人参果的布袋挂在肩膀上，摇动走来。长发辫子垂在左右，乱蓬蓬犹如山羊绵羊的尸体。虱子跳蚤满身，臭气熏天。上半脸乌云滚滚，下半脸暴雨狂泻，泪水如洒黑血，瞪眼如流星闪动，咬牙切齿好比爆炒青稞。阿曼卓罗玛从腰间拔出挖人参果的锄头，往格萨尔王身上砸了七下，格萨尔王是毫发无损，接着往格萨尔王坐骑身上一阵猛抡，也是毫无损伤。于是，魔女在一阵诧异中，扔掉了人参果袋，脱下黄羊羚羊皮缝制的长袍，靠近格萨尔王坐骑赤兔马，两脚踏在绵羊般大小的岩石上，哭声骂声连在一起，鬼哭狼嚎般哭喊道："我的兄长在哪里？今日你要是不交待个清楚，我不会让你离开三步。"怨恨寡妇的诅咒，就连好汉也会觉得胆颤心惊。魔女就这样用哭腔哀嚎之调唱道：

呜呜魔部乡音歌，

哭声吟唱四句歌，

愤怒伤心唱首歌，

死去快唱死亡歌，

敌人头上霹雳歌，

暴女如闲逛老熊，

逼急了拼死相搏，

唱起飞雹霹雳歌，

红岩到了崩塌时，

恶语砍进骨肉里，

打在敌人头脸上。

若是不知此地名，

麻森岩山贡拉地，

健美少女在求助，

此乃罗刹食肉地，

赞日达玛东孜山，

杂日日沃岗陀山，

协日尼玛让朵山，

其姜措卡无人区。

不知姑娘我是谁，

父族源自日希山，

母族来自湖水中，

高山大湖之中间，

日萨阿曼卓罗玛，

采挖人参果女杰。

北魔鲁赞(下)

右手拿上小锄头，

人参果袋在左手，

阿冈古特人参果，

阿幽古特人参果，

酸甜具备闷普[1]草，

直达草根然巴草，

不是无用不吃草，

能吃人参然巴草，

是食物有何区别？

穿在身上之鞋衣，

黄羊羚羊皮毛剪，

羚羊皮制柔软衣，

一百狐狸之狐皮，

九只野狼之狼皮，

灰白美饰披身上，

温暖轻柔舒适中，

一身华丽狐裘衣，

舒适轻飘狼皮袄，

冬天黄羊羚羊袍，

脚踏野驴皮红鞋，

---

1 闷普：说唱艺人惯用语，实指然巴草（原藏文整理者注）。

柔软毛皮干爽衣，

野牦牛风干皮衣，

细雨不会打淋湿，

烈日当中不酷热。

上堆魔堡不用住，

下耕农田不用管，

日希父子母女们，

头人是鲁赞大王。

在这片蓝天之下，

没有比他更强大，

鲁赞大王统领他，

南瞻部洲地域上，

威名显赫无人比，

权势显赫之头人，

荣华富贵无人比，

一百八十个仓库，

天竺汉地泥婆罗，

何去何从在他手，

上部阿里三围和，

中部卫藏四茹等，

下部多康岭地及，

本姑娘是没去过，

只在耳旁常听说，

在他之上不愿听，

在他之上不该有，

北境之外无旷野，

无数野驴野牦牛，

怎会需要库藏主？

我等父母兄妹等，

衣食无忧口福兴。

你这岭贼格萨尔，

来龙去脉空话多，

有形无形虽不知，

不死金刚看似真。

碰到姑娘我之日，

要不姑娘丢性命，

要不格萨尔死去，

不拼个两败俱损，

一步不让弃佛法，

辛拉沃嘎魔神丢，

如此誓言再没有。

你这岭贼格萨尔,

你在今早时辰里,

把我心爱的小儿,

如同一场昨夜梦,

死去之人无墓葬,

存活之人见不到,

再也没有其音声。

想起往常日子里,

起床一同穿鞋衣,

出门同吃同行中,

夜晚归来帐篷时,

各种肉食可享受,

人参果味香甜中,

人参果与肉类汤,

牛奶酥油不需要,

肉上脂肪是酥油,

格萨尔贼可品尝。

我手中长索铁钩,

鲁赞大王传家宝,

因需放在姑娘手,

我的十根手指头,

北魔鲁赞（下）

　　锐利夺命尖爪也，

　　不撕破你的嘴脸，

　　我是不想再活命。

　　恶母贼儿觉如你，

　　歌若听进放耳中，

　　不懂歌儿不重复。

　　唱罢，阿曼卓罗玛恶狠狠地向格萨尔王撕抓过来。格萨尔大王也伸出左手一把抓住魔女头上如同山羊、绵羊尸体一般的乱发发辫，边扯断发辫边将魔女举在空中，右手抽出西绕楚普宝剑，嘴中呼喊："恩重如山的根本上师请明鉴，莲花生大师请垂顾，大慈大悲的观世音菩萨请明鉴，千手千眼观音菩萨请明鉴，慈悲本尊神明们护佑，请务必将这邪恶妖女的灵魂引渡到我藏地腹心地域。"说完，一剑挥去，如同截断芫根菜叶般斩断了魔女头颅。那尸体被扔到地上，那片土地立即变成黑色，如今这地方仍被称为图措达玛黑岩地。格萨尔又把魔女的头颅往上一抛，正好落在对面达扎玛虎山上，如今这山被称作森莫冬日妖女头山。

　　然后格萨尔王继续前行。湖中妖女措吉拉姆（或称梅朵塔姜女子）因为前世曾是天界女仙，瞬间完成了天道长寿之苦，但是如今依然非常凶残，左手拿着编织袋子的乌鲁用具[1]，腰间别着一支铁针，将赶制野牦牛皮和羚羊皮衣袍的用具一股脑儿端来，惊异暴怒似乎要将山岳搬走、大海搅动般，出现在格萨尔跟前，恶狠狠地说道："杀父杀子杀母，三杀苦痛这根源，你这厮似魔似鬼似赞，除此不会是凡人。"然后举起天黑地暗能使墓地黑雾弥漫九次的编织磨针，唱了一首威吓格萨尔大王之歌：

1　乌鲁用具：与编织用具"达果"一样，属于编织布袋一类的用具（原藏文整理者注）。

一鸣二鸣三鸣声，

三鸣声中唱首歌，

鸣歌名为魔之语，

情况不变乃乡音。

扎玛东赞魔山上，

扎森纳布夏萨请，

哲摩索噶山神请。

拉仁杂邦古直山，

嘉热梅巴寄魂牛。

南措秋摩盐湖中，

红脸妖女湖主请，

垂鉴引领姑娘歌。

若是不知此地名，

杂隆纳玛雄朱地，

野驴山与狼狗山，

狼狗湖畔之地也。

帐篷无尽牛毛制，

野牦牛毛线所成，

白唇野驴之拉绳，

野牦牛烧皮柱子。
夏三月不会淋雨,
冬三月不会风吹,
里面肉库品种多,
五花八门肉类齐。

你这岭贼格萨尔,
就在昨日前日中,
日希恰嘎好汉和,
夏绥夏嘉健儿郎,
阿曼卓罗玛女三,
如同昨夜梦境般,
何去何从在哪里?
不知就要问到你,
立即带到我跟前,
要不死要见尸体,
要不活要见人影,
若不见活人死尸,
那么魔鬼就是你,
杀人之后吃了肉,
今日绝不放过你。

手中铁木合成物，

美丽衣服编织器，

所需编织几百件，

寡妇身上污秽和，

杀死牛驴之罪污，

这类罪孽污秽多，

今日砸在魔怪头，

不止砍砸还挥斩，

挥去犹如掀农田，

来把身躯分几段，

大功算在女子我。

同样是大王臣子。

阵前不分男与女，

北境鲁赞恩情重，

听到格萨尔心烦，

敌人觉如欲搏斗，

我寡妇女人拼杀，

犹如野狗咬腿肚，

像棕熊一样撕扯，

浑如蟒蛇绕颈弯，

不然不如死三次。

听到魔头放心上，

不听歌儿不重复，

觉如魔贼要谨记。

唱罢，措吉拉姆将那编织的木铁魔针向森钦大王身上连扎了六次，由于大王是空性虹化之身，那魔针不知扎到哪里去了。狂怒异常的魔女如同毒蛇闪动般，来回奔跑，双手捡起许多石块放在口袋里，石块如雨点般抛至格萨尔王身上。大王以法身清净虹化之心稳住身躯，未被伤及毫发。然后森钦大王仁波切说道："呀！你这妖女在几次生命轮回中，一直过着宰杀夺命、饮血啖肉的日子，变得如此心狠手辣，竟然敢跟我叫板搏斗，看来非剥你皮不可。在这生死之间，将死之人需要妙法指引，否则就是鬼魅僵尸。"说完，格萨尔大王右手掣出美隆萨增套索，铁钩环绕，浑如彩虹萦绕般盘旋在空中，以救度三界之曲吟唱道：

唵嘛呢呗咪吽逝！

阿拉塔拉塔拉歌，

阿拉歌儿吟唱法，

上师本尊三宝众，

佛陀正教要礼敬。

虚空灵霄神殿中，

三十三界之精华，

白人海螺花顶冠，

手执白色水晶剑，

邪恶妖魔去降伏。

左手莲花宝盆中，

装满威玛之宝藏，

眼睛盯着天空中，

三界六道众生灵，

不幸苦难中解脱，

白梵天王请垂佑。

须弥高山神殿中，

红色旗幡飘飘中，

红色赞堡红宫下，

黄人黄色锦缎衣，

头上战神盔缨闪，

腰间战神武器亮，

胯下闪电疾驰马，

神通广大战神们，

今日佑助勿分心。

大海龙城宝殿内，

蓝色福堡之主人，

碧玉衣袍小男孩，

身披蓝色水绸衣，

玉盔玉甲斯里里，

玉马鞍鞯尼里里，

雨蛙腾挪灵斯灵，

江河流淌鸣茹茹，

荣华富贵之主人，

龙王邹那仁青他，

小儿我之外祖父，

呼喊之时来相助，

今日这食肉妖女，

化为灰烬不可留。

若是不知此地名，

雅康北境之地方，

高岗藏地之地盘，

狼狗山之北部地，

狼狗湖之东岸地。

东山天明拂晓山，

南山玉龙右盘山，

西山大鹏展翅山，

北山乌龟飞跃山。

上霍中霍与下霍，

三霍霍人居住地，

曾是悉补野属部，

属部教部皆一样。

万丈阳光没出来,
阴暗冰冻荒漠地。
在那漫长岁月里,
和春三月时节里,
太阳绕转苍穹时,
冰雪融化暖大地,
蓝绿鲜花烂漫地。
高高雪山冰河流,
白色雄狮四爪立,
绿鬃陷在湿地中,
雪山变成岩石山。
今年年初时光中,
多场暴风飞雪中,
雪山依旧泛白光,
狮子自然又回归,
正值绿鬃抖擞时。
南方密林燃烧中,
大山化为黑木炭,
虎豹出没无希望,

弃林流浪谷地中，

但是树木又生长，

绿荫丛中枝叶茂，

虎豹归来之根本，

斑斓笑纹灿烂中。

这悉补野原野地，

几个游牧万户部，

一段时间鲁赞占，

食肉饮血喜杀戮，

白净善法扔一边，

邪恶黑魔却崇敬，

罪恶苦难不自知，

灾难就要临头上。

我格萨尔来北境，

会在几年光景中，

自家属部归自己，

魔部改为弘法地，

所有牲畜财物等，

都将属于悉补野，

纯净妙法正教立，

十善良法会遵行。

你若不知我是谁,

无明食肉罗刹女,

往昔亘古时代里,

吉祥妙胜净土中,

尊胜坛城天道中,

三十三界神宫里,

三佑一体格萨尔,

白梵天尊之神子,

名唤无垢闻喜儿,

小孩名号繁多者。

然后遵从佛圣谕,

中天年界当年子,

古拉格佐之弟子,

巴萨多吉扎巴名。

然后下凡岭国地,

龙女果萨拉姆她,

生子地鼠觉如儿,

父亲称僧伦卡玛,

儿子叫诺布占堆。

幼年强盗觉如贼,

玛堆地鼠之虎将,

长大唤降魔将军，
射杀鲁赞魔王者，
临终三世佛陀也，
六道引领解脱道，
所有亡灵送净土。
十八大宗之主人，
十八小宗所有者，
一百宝库之统领，
一百宝藏之主人，
一百阎罗之上师，
一百勇士之翘楚。

你这食肉罗刹女，
不可分心善从我，
此歌绝对不会错。
你在往日岁月里，
心中只有那恶魔，
一直身陷恶业中，
吃的是罪恶血肉，
穿的是畜生兽皮，
宰畜屠生觉得好，
血雨腥风度日子，

打打杀杀嘴中喊，
鲜红血肉取在手，
北境无人荒漠地，
凄凉悲惨妖魔地，
无知竟觉在净土。
日希恰嘎那魔子，
本是罪魁祸首身，
无知自我思救赎，
竟然当做解脱师。
男男女女小妖怪，
罪孽深重如大海，
不知还觉是甘露，
最终要去的地方，
只有十八层地狱，
不知良善是非因，
寒冰火坑要经历，
不净轮回五百次，
不知还觉是净土，
自我幻觉糊涂中。
轮回本是大苦海，
不让堕入我答应，
不入地狱我保证，

虽然你不愿死去，
不死难留命注定，
生来没有不死身，
短命长寿好坏死，
生病墓地死亡三，
任凭阎罗拘牌指。
如今到了绝命日，
夺命阎罗前来时，
岂有短命安居处？
鱼钩钓在河边时，
鱼儿没法安乐游，
背箭猎人围山头，
野鹿安能来闲逛？
死期已到妖女你，
逃跑三步走不通，
藏身之地你没有，
不死之身你没有，
命主就是格萨尔。
手中所执之套索，
幻化神变环扣锁，
尖利铁钩红判官，

夺命套环阎罗王，

无边套索地狱境，

名唤美隆恰增也。

上天神与中天年，

下界龙与佛旨意，

众多愿望要实现，

不曾想过会失手，

钩刺扎入心脏中，

好比鱼儿被钩住，

索环套在脖子上，

犹如主人牵老狗，

不杀就非格萨尔，

不要错觉能逃跑，

头顶之上霍玛雅！

唱罢，格萨尔大王将套索用力一抛，套环钩刺一下子锁住了魔女的脖子，犹如老狗被主人擒拿，外捆如环扣，内绑如线团般，在岭国战神威玛及护法神明们的帮助下，像牵狗一样扯动，一阵血肉腥风扑鼻而来。格萨尔大王说道："呀！我来给你举行一个自我解脱之颇瓦超度仪式，怎么样？"可惜魔女心不在焉，左顾右盼，心里想起了日希恰嘎父子和女儿，放眼一瞧，轮回苦海是没法解脱了。见魔女心神不定，格萨尔王使用了强行超度引路法，将这妖女的灵魂转世投胎到藏地白玛岭地方。

七

　　格萨尔王继续往东北方向走，径直走了一天。鲁赞大王之臣女魔将日希阿达鲁姆，作为守关大将，在达隆日扎纳塘原野上，支起金刚野牦牛角顶饰的帐篷，在阿也闷巴粗茹地方，建起南喀亚朗石碉楼。贡协尼玛让朵山上架起白色雄狮海螺宝座，使之成为日月为之光芒闪耀的地方。森钦大王来到一处狂风暴雪、叠岭层峦之险峻山谷中，巨石嶙峋，差点人仰马翻。这是内关罗刹食肉地，中关妖女饮血处，外关黑铁金刚宝盒之地界。就在这里，阿达鲁姆牵来热噶哲赛卡拉梅巴骡马，搬出铁鞍铁腹带铁缰绳等鲁赞大王赏赐的马具，给坐骑上了珍宝火焰鞍鞒，飞马如狂风漫卷，一身披挂背旗烈烈，下到杂日拉果岩山山腰口时，一眼看见了格萨尔王。只见此魔女将：心中愤怒毒水在沸腾，面部血脉偾张，手臂青筋暴突，从右侧野牦牛箭囊中抽出食肉毒水火焰箭，左侧野牛皮合口弓袋中取出三个牛角合成的长弓，张弓搭箭，英姿飒爽。魔将无所畏惧地说道："黄衣独马你这厮，从何处前来？为何流落在北境无人区？家乡城堡在哪里？父母姓名叫什么？亲戚儿女叔伯等家族来历有没有？看你这身武士打扮，你是好汉或是懦夫？有什么样的武士壮举？过去以往日子里，杀伐征讨在何处？从今以后，还想与谁争斗？一身顶盔掼甲，坐骑骏马昂首行，驰骋疆场有何作为？紫色脸膛下颌长玉痣，紫黑头发如玛瑙叶片，是个有点来历的人不会错。神子龙子年子三神，应该出身于高贵氏族，你那父辈名号叫什么？后代子弟的事业如何？故乡富庶贫困怎样？出身骨肉贵贱究竟如何？不可隐瞒说实话。"遂以厉声疾风之曲吟唱道：

一鸣二鸣三鸣声，

三鸣声中唱首歌，

黑魔鸣歌九变调，

不会随地去吟唱，

紧要关头对敌吟。

礼请魔尊黑煞神，

日孜卡瓦年钦请，

唐拉财神请护佑，

南措龙宫宝藏神，

饮血啖肉赞魔请，

所拜魔神勿分心，

呼请之时要垂佑，

速请前来助鲁姆。

若是不知此地名，

雅康北境之地方，

悬崖绝壁直冲天，

石山如冬夏暗夜，

黑雾笼罩山头上，

东方拂晓天亮前，

罪恶阴风森森山。

铁山夏日南宗堡,

南卡雅朗铁堡中,

好汉顽敌克星立。

东边雪山白茫茫,

尼玛让夏水晶山,

白色狮子之故居,

雪域藏地之北方,

鲁赞魔王之故乡。

大王威势显赫时,

臣子勇力越强健;

山上林木繁茂时,

野生动物越膘肥;

大海越广阔无边,

龙妖势力越猖狂。

再说自古常言道:

大海源头河流多,

没有海水变滩涂,

湖水边际之宽广,

地势平坦凹凸故。

大山背后有小山，

草木生长是如何，

时节气候所左右，

山之高低起伏和，

日月运行之轨迹，

没有草木难生长。

大官背后有随从，

君臣是否和睦一？

互相是否诚心二？

国王执政稳固三，

江山是否能守住？

且看君臣能同心，

倘若君臣有分歧，

王统不稳随风飘。

如此阿达鲁姆我，

生在南措湖中央，

母亲就是吉祥草，

父辈虚空五彩霞，

何去何从无从言，

吉祥草中捡起者，

日希恰嘎赛父亲。

柔软衣服缝里针，

夏之雨水不浸湿，

冬之寒风不刺骨，

柔软温暖且舒适。

不止这些还有呢，

担心粗糙猎狐狸，

揉搓狐皮相连接，

红彤狐毛为最软。

冬天杀狼揉狼皮，

细软狼皮相合成，

野兽毛皮两重叠，

自小长在父爱中，

赛过生身父母恩。

为了嘴中能香甜，

猎杀驴牛取脑髓，

添加脂肪作佐料，

味道香甜有营养，

一百阿妈难比拟。

自从到了五岁时，

狼山之上做山主，

鲁赞大王牧群中，
骑马飞奔去赛跑，
鲁姆骑马驰骋时，
恰如狂风卷飞沙。
然后长到八岁时，
拿来三只野牛角，
弯曲牛角作小弓，
锐利铁箭箭头沉，
安在三节竹竿上，
自己身量相匹配，
铁制箭头很锋利，
击穿小野牛脑骨，
黄羊羚羊如鸡啄，
杀生成性称女杰。
说是赛过一好汉，
北魔鲁赞之女将，
宠信有加称鲁姆，
里外中间三隘口，
幽谷深涧守内关。
风雨交加岩山一，
大水天降护卫二，

北境云雨黑雾三，

虎豹相对石山四，

吞食人马沙地五，

五大隘口镇守将，

完全信任委重任。

猎杀野驴野牛肉，

送给日希恰嘎父，

代替父母养大我，

比这恩重何处得？

长大成人显本领，

鲁赞大王之内卫。

今岁去年前年中，

有人道听途说中，

日希恰嘎老父亲，

遭受野牦牛袭击，

所言真假不清楚。

一百阳坡往上追，

长角野牛皆射杀，

一百阴沟向下赶，

锐角野牛皆射死，

无数野牛被我杀，

就是不见杀父牛，

除此不知如何好，

一心只想报父仇。

黄衣独马你这厮，

看你游走北境边，

不可能是好男儿，

要不失去家园人，

窃贼强盗行骗者，

除此之外别无他。

要不一群强盗中，

类似杀人凶手也，

难以立身遭驱逐，

或者烧杀掳掠者，

跟做随从做后援，

村落财物抄掠后，

牢狱之中逃出来，

不然为何游北境？

看来你与众不同，

一身披挂戎装和，

胯下骏马之品相，

你的威武气势等,

应是经历非凡男。

来到此地是为何?

想要寻找何方人?

北境鲁赞之首府,

昂着头颅难行走,

头盔耸立在头上,

脱下头盔来行礼;

身披铠甲在胸前,

卸下甲胄来跪拜;

腰间宝剑亮盈盈,

丢弃长剑作奴役。

鲁赞牧羊青恩和,

你这浪人放山羊,

还有服侍放哨等,

何去何从你来定。

若是不从就今日,

长长利箭会射杀,

短短宝剑会挥斩,

想要逃生无自由。

听到歌声作回应，

不然性命有危险，

黄人心中要谨记。

日希阿达鲁姆唱罢，岭王格萨尔应声说道："呀！你这心高气傲的小女子，不可如此张狂，还是收敛谦虚些好。不知好歹，心气儿比蓝天还高，自己寝室却和狗窝一样，走姿像是小狗儿。鱼类就是不知好坏，跳跃嬉戏在水中，一块布也穿不到身上。野狼也是无好果，翻山越岭想游荡，却有饿死之危险。你说我是天南地北流浪汉，说到底你才是流浪女子。我当然有家乡、有后援、有护佑。说我神子也可以，三十三界天宫任我行，日月双尊抓在手，升落全在掌控中。我在人间是好汉，南瞻部洲之人王，福运大小手中握。我若是去龙宫就是龙子，龙王邹那仁青之外甥，荣华富贵要多少，谁需相赠在我手中，是否如此终究会清楚。再有些事情我要给你好好说道，竖起耳朵且听我说，一颗雪白之心托付给我，身心放松来听闻。"遂以虚空探雷之曲吟唱道：

唵嘛呢呗咪吽逝！

一敬二敬三敬歌，

一敬天界上苍神，

歌儿不敬上天神，

顶礼膜拜向谁求？

护佑救助谁会来？

二敬中天众年神，

若不歌颂众年神，

身上甲胄刀弓箭，

环钩套索和长枪，
好汉手执红把斧，
遇敌当前谁助力？
三敬下界众龙神，
若不赞颂众龙神，
富贵荣华之希望，
自享财物宝藏等，
走投无路向谁求？
战神威玛护法等，
若不礼敬或赞颂，
上阵杀敌谁护佑？

上部天竺灵鹫山，
犹如山鹰展翅膀，
驻锡彼地如来佛，
冬夏日日夜夜中，
没有片刻之休息，
良善之辈求解脱。
泥婆罗之三佛塔，
舍身饲虎之主人，
释迦牟尼如来佛，

慈悲为怀正道中，

放下苦难包袱者，

佛法善行引领者，

三佑怙主来指引。

普陀圣山净土中，

六十天神合一子，

一十六名阿罗汉，

如意护佑弥勒佛，

护法围绕勿分心。

畏怖金刚本尊和，

马头明王阎魔神，

班丹拉姆玛索玛，

空行五部女神群，

金刚亥母玉珍等，

阳神战神勇士等，

前来护佑众神灵，

垂顾助阵来庇佑。

若是不知此地名，

白日不曾亲眼见，

遥远耳旁听说是，

前代王朝之江山，

藏区四大游牧族，

北境四部落脚地。

上霍地方九万户，

森曲康巴南边湖，

白色雪山牦牛多，

北境十三万户部。

中部帕玛山羊部，

赤霄梅摩仲德和，

俄措俄曲俄勒部，

帕察赛玛炯纳部，

十五万户游牧部。

下部下霍地盘上，

噶德辛其卓布和，

雅巴上下西界部，

十个万户游牧部。

那时藏地部落中，

法王祖孙三人在，

悉补野王统属下，

所有北境南境部，

上下当雄部落等，
中间盛衰结果是，
鲁赞魔王兴起后，
直到今日以往时，
全部变成魔部众。
还有自今往后呢，
上山下坡地界上，
犹如迎来送往人，
何去何从真难说。
白日法事僧人和，
狐朋狗友之上师，
食物诱惑贫穷人，
谁饱谁饿很难说。
高踞宝座之头人，
行走荒漠牧羊人，
家财万贯之富人，
谁更吝啬说不准。
石山顶上野牦牛，
待宰系绳绵羊间，
谁先会死也难说。
如此鲁赞大王他，

权势力量强盛时，

不知天高地厚日，

累累罪孽越堆积，

能否长久未可知。

然后阿达鲁姆女，

与其狂妄夸海口，

不如自己想出路，

识时务者为俊杰，

戒律严明是上师，

自我约束是法官，

贤惠持家是好女，

奔跑有度是良马，

话不多说乃长辈，

念此要适可而止。

你若不知我是谁，

前世注定有缘人。

野鹿青羊和麝鹿，

同在一座山转悠，

只是栖身不同处。

野鹿走在岩山口，

开叉长角晃头顶，

深山悬崖走麝鹿，

自视身轻显飞跃，

黄羊奔跑草甸上，

飞奔速度欲显露。

上师僧侣与弟子，

一种宗派同信奉，

禅修密室不一样。

上师高居金宝座，

僧众聚在花垫上，

无尽饥来饱去中，

弟子不学无术中，

名位相异入地狱，

最后苦果包袱同。

往昔古老日子里，

格萨尔未出生前，

三佑怙主之化生，

悉补野藏地精魂。

阿达其威鲁姆你，

班丹玛索杰姆神，

寂静愤怒女神主，

降妖伏魔之能手，

一起奔波来世情，

同处一座庙宇中。

黑褐骡马赤兔马，

前世同为护法神，

今世一样畜生身，

若是相互不认识，

不免相对变敌手。

如来座前同席位，

可曾认出阿达女，

我是来自岭部落，

名字叫诺布占堆，

释迦牟尼之弟子，

莲花生大师使臣。

如来正教保护者，

你和我是同类人，

随顺六道众生事，

辛苦麻烦是一样，

一山之后又一山，

翻山越岭是一样。

歌若听进当甘露，

不听歌儿不重复。

格萨尔王唱罢，日希阿达鲁姆说道："你口口声声自认是佛陀正教的保护者，为了苍生社稷，成为所有六道众生的父母，匡扶弱小者，镇压黑魔者，斩杀顽敌者，邪魔外道之克星，消灭佛法之敌者。说护法，就是诺布占堆护法。言上师，就是上师释迦牟尼。神通广大，空性彩虹化身，来自天界白梵天尊的神子。我却不见不知未听闻，这个不该是我的罪过，你是谎话连篇，我才不知道什么格萨尔，占堆也是名不副实。若要谈起往日的事情，我虽然没有搞清楚，但是自己出生成长的地方却是历历在目。母亲嫡系无从说道，但我是鲁赞大王的女臣子，是内关守卫将，外人休想混进来，自家人也别想随便出关。北魔鲁赞大王他可是食肉饮血、夺命摄魂之人，就是佛陀教法的强敌，邪恶群魔之首，四大魔王之核心。东南西北四邪魔，佛法敌人之根本，身为苯波教徒之鲁赞大王，有些来历要说道。鲁赞大王头上长有角，腰间长有翅膀，尾巴属于蛇，手脚是禽兽的肢体，身体是人类身，嘴里长有九尺獠牙，辫子属于赞魔类型，血染长发。胯下马，名热钦康巴魔马，世间宝藏之财神，福运成就之根本，具有飞翔空中的翅膀，遨游水底的鱼翅，跨越山河的步履。我可不知道什么是空性虹化身，神通魔法也不知，神明上师也不曾听说。只有鬼怪罗刹妖魔等，与我携手去战斗，盟友朋友都算是，恋人兄弟也算是。四方四大魔王是一个祖先之嫡系，穆扎茹扎魔尊子，噶饶旺秋魔尊神。让我对你生景仰之心，我先将这霹雳箭一次两次一连射出九次箭，到了第九次射出时，若是依然未能取你性命，我才认你是空性神幻格萨尔。我会挥动夏玛东绝宝剑，一挥二挥再次挥，三次挥动未能斩杀你，我才认你是森钦大王诺布占堆。我还会挥舞三界夺命长枪，一刺二刺再刺杀，三次刺杀还未能将你洞穿，就算你是护法神。此外我是不知晓，咽下肉时香喷喷，喝下血时甜滋滋，人皮马皮野牦牛皮等，不加区别穿在身，恩怨血债讨还者，越是杀戮胆气越壮，就喜欢夺命摄魂，箭飞如同闪雷电，自今以往日子里，去处就是灰白岩山，放马纳玛雄原野，肉食源自野驴野牦牛，一颗忠心向魔国，鲁赞大王之女臣。"说完一通后，日希阿达鲁姆以饮血啖肉之曲吟唱道：

一鸣二鸣三鸣声，

三鸣声中唱首歌，

黑魔鸣歌九变调。

一敬黑色魔尊神，

杂纳热措秋摩湖，

森隆阴沟之主人，

赛宗色波山神请，

今日前来助阿达，

南措漫天迷雾湖，

无边无际是龙域，

今日助力赐福运。

若是不知此地名，

雅康北境之山后，

九尖铁角魔堡南，
此地北人牵马地，
杂日黑山之右方，
草狐绝壁之对面，
江塘红滩六平原，
邦热德雄长草甸，
恰戎曲戎秋摩地，
蓝晃晃冲天雪山，
阿达龙女之故地，
岩山昏暗蔚蓝色，
灰溜溜夏日南宗，
雾蒙蒙羊角窗户，
是穆布夏宗魔堡，
阿叶闷巴岩山中。

我是何女你不知，
前世今生岁月里，
源自下界龙域中，
龙域宝藏故乡里，
山名唤白玛玉塘，
湖名唤塔措秋摩，

母系白龙王后裔，

父辈童炯噶波后，

未死放弃龙女神，

离开龙宫派人间，

派到北境无人区，

南措秋摩女湖主。

父亲何为无从谈，

母亲何名更无知，

吉祥草中换今生，

吉祥草阿达鲁姆，

日希恰嘎取名字。

阿达阿妈的宝贝，

如同猛虎笑纹灿，

鲁姆实乃湖之女，

生下三月背弓箭，

湖边黄鸭作箭靶，

金翅鸭子杀无数。

长到满十个月时，

角弓羚羊双角合，

皮绳弓弦用力拉，

没在原地去南方,

来到止贡阿赞地,

不同箭类七种木,

背来自己能扛箭,

张开角弓射利箭,

热噶石山杀牛犊。

长到刚满一岁时,

张开角弓放刺箭,

野牦牛变成箭靶,

杀死野牛如啄食。

然后长到十二岁,

径直前往工戎谷,

无数竹箭运北境,

阿姐狐狸长尾巴,

拖拉逶迤跑平地,

老鼠地鼠打杀将,

往事命运已注定。

黄色水鸭从南来,

飞落湖边安巢穴,

能否平安未可知。

食虫鹅鸟归湖边,

北魔鲁赞（下）

此鸟自己填饱肚，
终究鸟为食亡也。
日希恰嘎山间走，
专杀野生动物群，
食肉饮血穿兽皮，
飞快野驴当坐骑，
九山九沟转九部，
只为儿女谋食物，
没有回归已多年。
老伴措姜梅朵她，
愁在心头荡黑雾，
睡下梦中也等待，
醒来远眺盼夫归，
不知何方期盼中，
不在人世已满月，
逝者尸体未眼见，
儿子女儿两兄妹，
生死不明无从知。

因此岭部格萨尔，
面临敌人父母护，

为保父母向敌冲。
日希阿达鲁姆我,
飞射利箭得自由,
射杀野牦牛成性,
箭无虚发无遗留,
野牛头颅尾巴间,
身躯骨头大小和,
鲜肉多少皮薄厚,
飞箭一出就知晓。
今日射出之利箭,
飞射出去箭头歪,
此事想来很惊奇。
你人马二者大事,
若是归结我身上,
死去九次也无悔。
上午利箭射不穿,
下午空手去搏杀,
就算全身会散架,
嘴中不喊疼和痛,
黑魔赞王请作证。
你这红幻老鬼妖,

日希恰嘎死你手,

倘若是真说实话,

要不死要见尸体,

要不活要见老人,

如此我才能定夺,

会对你以诚相见,

否则交心不可能,

拼死相搏争高下,

除此再无想法也。

是否单骑紫色人,

若觉有理听我歌。

阿达鲁姆唱罢,已然明了刀枪箭等武器根本奈何不了对方,于是将狐狸毛皮和野驴皮子合成的衣袍袖子高高卷在肩膀上,打算近身搏斗,跃跃欲试中,瞪眼如同流星闪烁,双唇抖动犹如旗幡飘飘,气愤如同毒水飞腾,双臂青筋暴突,想要一把抱住格萨尔王。

森钦诺布占堆大王说道:"呀!骄傲急躁的姑娘,说话不回答就是哑巴,没有今生来世说不过去,吃饭没有回请是无赖,对来犯之敌没有回击就是懦夫。但是古人有云:与盗马贼交朋友,与杀父之子结姻亲,向抄掠强盗问计策,利益损失怎计较?世间珍贵人身,有时想法都一样。龙妖与魔怪虽说有区别,看来所思所想也无异。与我敌对或交友,最终你来考虑做决定。我岭王格萨尔,可与缥缈彩虹同时现身,神通疾风一起行,去留无影踪。赤兔马与格萨尔,来无影去无踪,若说要与谁照面,除非撞上魔怪们。

此外森钦占堆我，以慈悲之心救助天下苍生，慈爱唯有父母心，哪里会区分男孩或女孩？头人制定律法，是敌是友无分别。若是敌人生怜悯，若是父母怀慈悲，不登菩提解脱道，地狱救度难开展。三界六道众生，皆是血肉之躯，肉体有肥瘦之分，性命不会有粗细，是否如此你想想。我没有必要对你说谎话，你的养父日希恰嘎他，死在我手里很值得，此生罪恶滔天的老魔，来世已经到了清净福地，将会再次投胎为人。如果不是这个结果他也只能自我毁灭，你那狂野牛般的养父，是否知道在哪里？鲁姆姑娘！"说着，格萨尔王以随顺护持威神力，将日希恰嘎的孤魂用九顶虚空颇瓦大法强行迁移，将之挂在北魔鲁赞大王寄魂野牦牛右角上的尸体上。为了让阿达鲁姆相信，格萨尔大王觉得还需要使用神通，便以法旨六变神调之曲吟唱道：

唵嘛呢呗咪吽逝！

阿拉歌儿引领曲，

首吟阿声佛法门，

阿唵吽声护持中，

祈愿教化行正道。

一敬二敬三敬神，

祈祷三宝诸神明，

此外没有可祈求，

绝无怀疑应不应，

请来指引来世路，

今世磨难速解除，

求得心想事竟成，

何去何留呈吉祥，

未想不会成大事，

只要内心无邪念，

三宝诸神不糊涂。

若是不知此地名，

打从今日以往时，

没有瞧见与来往，

头边耳朵却听闻，

古老藏地放牧场，

百千绵羊发祥地，

白色雪山水晶塔，

矗立着念青唐拉，

绵延山脉往西走，

中有觉姆卡塔山。

卫藏两地地域是，

白色雪山环绕中，

千佛菩萨之圣地，

无数高僧仙逝去，

无数菩萨又归来，

积德行善之故土。
邪恶黑魔风云起，
恶魔心中所思是，
高岗藏地佛法灭，
妄想压制佛菩萨，
想要诽谤法与僧。
没有怜悯慈悲心，
善恶因果不在意，
礼义廉耻无所谓，
长幼尊卑也没有，
随心所欲无所谓。
善法诵祷不需要，
心怀慈悲法自成，
不必断绝苦与罪，
业缘如影会随行，
信神若不生邪念，
何去何从皆护佑。

此地曾经几何时，
北魔鲁赞生长地，
打打杀杀罪恶中，

没有一丝良善法，

嘴中是鲜红血肉，

身上是剥尸红皮，

宠信宰畜屠生儿，

罪孽深重没觉察，

良善好事却健忘。

两三岁就拿弓箭，

大型野驴野牦牛，

黄羊羚羊狐狸和，

小如地鼠也射杀，

江河鱼蛙杀无赦，

黑魔习俗真可恶，

没有丝毫慈悲心。

悉补野藏人宝地，

妖魔鬼怪却猖獗，

上有鲁赞魔王兴，

四蹄动物之血肉，

作为食物天注定，

不料贪心吃双足，

千万人类塞嘴中，

真是罪无可赦者。

日月为之变昏暗，

大山林木变枯萎，

大河湖水会枯干，

恶魔走过的路上，

草木不会再生长，

河水不会再流淌，

蓝天不会降细雨，

大地芳草难茂盛，

人间到处是瘟疫。

你这女子之来历，

在那远古岁月里，

普陀山上庄严地，

红黑三六庙宇中，

班丹玛索女神她，

被指派前往龙宫，

米衮嘎布龙王女，

龙宫生活历七年。

然后来到藏域境，

头上长角之恶魔，

兴起之时你诞生，

父系母族非凡中，

转世化生女人身，

三佑怙主护法女，

保佑藏地之女神。

黑头藏人保护者，

如影随形不离开，

谨遵圣旨在龙宫，

然后到了七岁时，

北境南措湖中生，

吉祥草中诞生女，

美丽如同水中花，

一身本领赛青龙，

明亮双眸如日月，

名字叫阿达鲁姆。

那位日希流浪人，

虽非一无是处者，

所造恶业轮回中，

南措央卡寺庙里，

为了光显诸佛理，

径直去往湖水中，

成为赞龙之命主，

变身黑魔之门卫。

此间父母兄妹四,

说好投胎人类身。

罪行累累之恶果,

不净五百恶趣身,

不在轮回无处逃,

凄凄惨惨度日子。

一点火星难烤火,

一口温水喝不到,

不杀野驴野牦牛,

没吃没穿寒风中,

雅康北境是家乡。

不会寒冷受冻死,

是流淌水中之鱼,

没在饥荒中饿死,

吝啬饥渴之饿鬼,

脏嘴没有顾忌是,

食人食马之秃鹫,

奔跑不知疲倦者,

山口蓝色野狼也,

九山九谷要翻越,

心中有苦命注定。

如此日希四口人，
身在恶业轮回中，
我路过帐篷门口，
日希恰嘎人不在，
已被野牦牛撞死，
灵魂飘在中阴道，
被我超度到天堂。
其妻措吉拉姆魔，
上气不接下气中，
不吃不喝痛苦中，
生不如死状态中，
被我超度极乐地。
儿子夏嘉武艺高，
身背弓箭上山行，
父母双亡罪业上，
还要打杀百千命，
但他还说不够吃，
与我较量刀与箭，
最终准备超度他，

但是引渡没成功，

灵魂投胎为魔子，

生在茹扎黑魔族，

泰让赞魔之首领。

阿曼卓罗玛姑娘，

一见我面就哭斗，

别说亲近拜伏心，

好言相劝反暴怒，

不听阿唵嘛呢声，

看见菩萨衣装时，

必烦恶心到极点，

哭叫声中扑过来，

泰让女妖埋石山，

而今石山牛皮中，

认出给你看一看，

你与他们四口人，

如同一个家庭般，

应该如是那就好。

家庭妇女有一智，

看门狗和乞丐二，

喂食施舍手不闲，

继父继母恩情重，
因果报答是必然，
兄弟姐妹亲戚间，
关心慈爱没忘记，
你良善好心兼备。
心灵纯洁是佛徒，
大恩心中若记起，
妙法善根有几许，
善恶因果若在意，
此为善法之基础。
放下罪恶之包袱，
亲近供养诸菩萨，
虔诚信奉求上师，
天亮礼拜做祈祷，
晚睡祈愿依三宝，
愿持何行随你心。

美丽身上彩虹艳，
矫健身姿显英华，
如来护法阿达女，
前世今生躲不开，

不在北境去东方，

前往东方白岭部。

若是一心投靠我，

善恶果报终如愿，

妙法功德方圆满，

云消雾散恶业苦。

我非凡人是菩萨，

化身诸佛菩萨中，

就是三佑怙主神，

倘若与我作对头，

死去生命无轮换，

跃跃欲试拿刀箭，

你是想要尽职责？

否则为何与我斗？

无量光佛赤兔马，

外面虽是畜生皮，

里面却是佛陀心，

神机广大如风吹，

风脉轮转飞行中，

实则一把皮筋也，

腾飞跨越虚空中，

奔跑时赛过疾风。
我人马此番任务，
鲁赞魔王要征服，
最多耽搁一年间，
中间可算五六月，
最短明日后日中，
姑娘是否想通也？

再说古人常言道：
强盗女人无故乡，
行走有度可持家。
犏牛女人无家乡，
只在耕田犁地时，
我家耕牛受重视。
马匹女人无故乡，
步履矫健皮毛亮，
我的坐骑挂嘴边。
任凭姑娘选地方，
岭部属地可以去，
城堡宫殿可赠送，
岭国勇士可嫁给，

心中所系在岭国，

前世缘分在岭部，

我格萨尔王女将，

因缘事业皆随顺，

爱人和睦两者兼，

不会比这更明说，

如何选择姑娘想。

日希恰嘎被牛撞，

就是鲁赞寄魂牛，

查隆纳察贡玛山，

不论冬夏皮毛卷，

你不忍心留下来，

袭击你父就是它，

是否如此看一看。

你和我二人可是，

心中想起缘分来，

老去皱纹没法擦，

前世业缘避不开。

破戒和尚无从想，

说过的话抓不住，

如此谚语传藏地。

听到没有鲁姆女？

听到词义要理解，

若未听到再续缘，

心中慢慢去思量，

这副躯体与心连，

你若留在鲁赞地，

此生尽头在哪里？

天寒地冻荒漠中，

冬夏岁月如何过？

罪孽苦果轮回中，

妙法善果何处得？

你可听歌鲁姆女，

姑娘心中请谨记。

格萨尔王唱罢，阿达鲁姆疑惑不定，暗自思道：呀！这家伙所说不得不当真。我自认日月星辰也能射下来，对此人却是利箭也没用。我射出之箭，可以让大海干涸，对他，却连一只小银杯的血液也不见流出，高山山顶可以击碎，可是对他，连根骨头也射伤不了。我自觉神箭无敌，对他毫无作用，看来真是空性虹化之身。此外所言中听到，继父日希恰嘎是被恶牛袭击，尸体还挂在那野牦牛之右角上。所言如果属实，我必杀掉此恶牛。

如此想着，阿达鲁姆回应说道："喔，那好吧！我暂且相信你所说，古人常言，奸夫[1]无赖之言不可听，姑娘生活会搅乱；盗贼之言不可听，人老还会有牢狱之灾；假冒神明之言不可听，只能增加来世地狱之苦。现在暂且依你所言。但我的弓箭等武器能不能用得上，我手中诸般宝藏利器是留下来或者丢弃不管？"

森钦大王回话道："你在魔域收藏的所有财宝武器，都会有需要的时候，一个不留都要带上，你和我要一同走。"于是格萨尔王与阿达鲁姆二人，当晚就来到了塔隆扎西曲果河谷。当晚，天上突然落下瀑布之水，森钦大王伸手一接，往南洒去一把水，南边大河雅恰藏布从此河水流淌不断。大王捧起喝了一口，往远处一喷，羌其藏布从此奔流起来。过了一会儿，大王又将雅玛卡塔山涧绝壁用双手大力推开，将所有鲁赞魔王之寄魂树砍成九段。

次日天刚拂晓之时，二人径直往北境纳扎夏隆仁波山顶爬去。阿达鲁姆首先看到了那只野牦牛栖息之地，只见那魔牛：依旧如先前的模样，身上皮毛似乎直接扎在心脏上，皮包骨头，骨瘦如柴，身躯矮小如同刚到一岁之雅茹[2]小母牛。那魔牛也瞧见了鲁姆和格萨尔，而且认出了格萨尔，立马起身，将卷起的皮毛抖动了三下，将头顶牛角尖顶在黑色土坎上磨蹭了几次后，只见那小牛变得越来越大，直到显现出如峻岭一般巨大原身。巨口在空中张开，巨舌在空中飘闪；尾巴犹如乌云滚滚，扬在天空可以遮住日月光芒；四蹄翻转，在大地挖出一道沟渠；震震吼声如空中青龙咆哮，眼若星光闪耀。魔牛两只牛角长约一十八丈，角尖火焰喷涌，火星四溅地往那空中一仰头，天上所有云朵被戳穿打飞犹如羊毛般四散飘落，放开四蹄，直直地向格萨尔狂奔过来。

鲁姆吓得话也说不出来，手中弓箭差点脱手，躲在格萨尔王身后，慢

---

[1] 奸夫：这里指超出伦理常规的淫乱男子。
[2] 雅茹：雅披乌之方言土语，指的是年满一岁之小牛犊。

慢弯弓搭箭，准备射向魔牛。这时，森钦大王说道："你无缘收拾此魔牛，不如好自为之看一场好戏。"然后森钦诺布占堆大王将一支三界降魔利箭搭在热桂其坚神弓上，一时岭国命主红阎罗、本尊阎魔敌、判官森格饶丹以及棕熊头、虎头、豹子头等云集空中。大王在赤兔马马鞍前桥上一挺身，马鞍后桥上一弯腰，双脚如同彩虹闪烁般蹬踏在马镫中，将弓箭的来历、杀死寄魂野牦牛之机缘天成等情况，以法音金刚威歌之曲吟唱道：

唵嘛呢呗咪吽逝！

阿拉唱响法界歌，

佛法兴盛圆满中，

塔拉吟自解脱道，

流落不净轮回中，

恶业沉沦罪恶多，

身不净投生恶趣，

断绝六道大门歌。

一十八层地狱中，

不净冷热苦厄多，

头顶头发向上拔，

说声阿擦剥头皮，

脚尖六趾向下拔，

若是惨叫剥脚皮。

右手执阎罗拘牌，

说声肉疼砍右手；

左手放入烈焰中，

若是惨叫换寒水。

欺诈行骗谎言等，

活在人间之时候，

贪心蒙骗他人一，

诱骗财产食物二，

明里暗里偷盗三，

不知天机去卜卦，

凭此来混吃混喝，

无敌却要闹惊恐，

没病让人不安心，

满肚子阴谋诡计。

对那活着的主人，

行骗授记假预言，

贪财时口若悬河，

拿到一件宝物时，

亲朋好友聚身边，

魑魅魍魉降不住，

真言禅修难入定，

难辞其咎遭恶报，

不净五百轮回中，

乃至称为魔怪子。

妖魔并非他处来，

人类心生邪恶念，

妖魔鬼怪从此生，

不净恶业之规律，

祈愿清净大乐中，

玛尼真言我吟诵，

祈愿降下慈悲雨，

解脱登上极乐地。

祈祷三宝诸神明，

千手千眼观世音，

十一面观音垂顾，

看清了十一佛陀，

认不清层层叠头，

细一看千手千眼，

百千万劫能护佑，

看不清全身眼睛，

真是自心幻变中。

常人岂能识别神？

佛菩萨诸般幻化，

佛菩萨色彩繁多，

细究无量上师也，

若是自身和合神，

认清楚自己生神，

再探究战神阳神，

需要诚心去祈祷。

如若不知此地名，

邪魔守备森严一，

信佛后裔人少二，

缺少深信不疑三，

不知佛法犯罪中，

所有民众变魔怪，

而今老魔鲁赞占。

北境游牧藏人部，

仔细一瞧是圣地，

想去妙法引路中。

你这长角畜生魔，

一时身躯那么小，

一时身躯干瘦中，

鲁姆一见动怜悯，

哪曾想到如此凶。

不要理睬狡猾人，

甜言蜜语蒙骗人，

到头来血雨腥风。

妖娆女子不理会，

未曾熟悉已翻脸，

后悔哭也来不及。

切莫信赖假大师，

未见妖魔已发功，

眼前灾祸不清楚，

吽啪咒语赛青龙，

九类恶兆在你家，

得到钱财可息灾，

不然鬼怪会逃脱，

今番无益拖来世，

花花心肠蒙人头，

珍贵财物被他拿，

这就是食人妖魔。

长角畜生贼魔牛，

前世今生是何物，

嘿茹黑魔之后裔，

无耻妖魔狡猾鬼，

绕转雅康北境时，

北境十八山谷跑。

你去转阿里三围，

阿里法门被遮挡，

你是长发老咒师，

四年之间占雪山，

说是降妖伏魔者，

人未死擦擦献给。

最后米拉尊者他，

开启雪山妙法门，

长发咒师被雷劈，

孤魂转入野狼身，

就从那时候开始，

至今已历五百身，

此野牦牛前世是，

白唇野驴食人者，

鲁赞魔王之家畜，

今生寄魂野牦牛，
可知该我降伏你，
不堕恶趣入净土。

气势汹汹露尖角，
天上日月尾巴罩，
大地刨坑尘土扬，
空中尾巴飘荡中，
我若怕你这畜生，
格萨尔徒有虚名。
响雷若无雨水下，
霹雳冰雹之前奏；
取经没有修正果，
走火入魔之预兆；
有财若是没施舍，
吝啬饿鬼之先兆。
岭王业绩今日出，
手中长弓有三敬，
上敬白梵天王请，
中敬念青格佐请，
下敬龙王童炯请，

弓身空行女神请。

右边一支细长箭，

不长三节竹箭杆，

三节三佑怙主在，

不短三节短箭杆，

三节三宝众神居，

三宝诸神本一体，

上师本尊与僧侣，

三宝根本就如此。

若有见识有箭歌，

箭头插上一铁尖，

一百神匠砸顶尖，

一百年匠锤中间，

一百龙匠造边缘，

九万战神淬铁箭，

三顶竹尖套铁牙，

诸神菩萨许宏愿，

降妖伏魔箭羽亮，

射箭之箭勿失手，

射向哪里镇敌手，

箭无虚发皆穿透,

射中不可给活路。

箭羽空行女神养,

空性彩虹烟霞飘。

浑如山鹰展翅一,

大鹏鸟王飞翔二,

无遮无挡疾飞三,

黄色利箭金光灿,

五色珍宝聚箭身,

锦缎包裹箭囊中。

诸神闪耀绕利箭,

犹如流星闪烁中,

犹如电闪雷鸣般,

快如鹞鹰疾飞中,

今日引领利箭头。

格萨尔阳神战神,

高岗藏地护法神,

勇士空行女神们,

此箭箭头以内和,

空心弓袋以上是,

说要护佑如父母,

说要保护如护法，

黑魔长角老野牛，

额头白发射一箭，

顶门脑浆热乎乎。

听进魔牛记心中，

不听歌儿不重复。

唱罢，格萨尔大王将利箭飞射出去，在火光霹雳暴风震耳欲聋声中，岭国战神威玛和神龙年等神，运用法力神通之力，擦擦声与阔阔声震天动地，射中了寄魂魔牛之眉心中间大脑部位。箭头穿透颈椎骨，像打开大门一样将两只肩胛骨击碎。此魔牛却依然前蹄摇晃搭在地上，后蹄刨土扬尘。牛尾倒竖，牛角扬起，飞跃白云通道，从半空里向格萨尔王人马扑了下来。牛角一甩动，魔牛头上右角刚好顶进赤兔马腹带之间，犹如针尖插进羊粪，将格萨尔人马举在空中，扔了出去。岭国神龙年诸神、战神威玛、护法神、勇士空行母等合力接住了魔牛牛角之撞击，使格萨尔人马在空中一阵腾飞过后，平稳落到地上。

然后，格萨尔王以无比威武雄壮的气势，拔出了达巴兰美无敌宝剑，闪闪火焰中扑向魔牛，一剑挥去，斩在两个肩胛之间，上半身断落一边，下半身断在另一边，从魔牛腰间汩汩流出的黑血中，突然窜出一个黑乎乎的铁发黑人来，只见他：头戴铁盔，身背铁弓铁箭，身高九尺，一杆铁环火星闪闪的三尖长枪径直朝格萨尔王身上刺了两次，如同虚空中挥动刀枪一般，格萨尔人马没有被伤及分毫。森钦大王立马回了三剑，但除了火花四溅之外，也没能伤到铁发黑人。

阿达鲁姆有点不忍心，飞奔过去相助格萨尔，奋力射出一支雷舍铁箭，击中了那黑怪右臂肩头,手臂垂落在空中,格萨尔王又扬起宝剑挥斩过去,只见一道白光落在他的头顶上。那黑魔来不及细想,上天神和法身佛、报身佛、化身佛已经开始加持护佑,护法神的神通护力、勇士空行们的持诵愿力,刹那间将其灵魂超度迁移到极乐净土。由于寄魂野牦牛被杀,鲁赞魔王之气运一下子衰竭下来,折损运气福气的鲁赞魔王,原本十八个命脉中断了三个命脉,脑子也变得不灵光,五脏六腑受到震动,身体骨架到处疼痛,一时处于浑浑噩噩之中。

且说,阿达鲁姆在那魔牛的右角尖上,果然瞧见了养父日希恰嘎的躯干、头发以及配套的牙齿指甲等,辨认确定后,从来没有哭过的鲁姆大哭了一场,从未悲伤过的鲁姆痛苦了好一阵子,从没有后悔过的鲁姆这时后悔了一次,这一切就发生在那一天的光景里。阿达鲁姆终于放下心来,信任、倾心于格萨尔大王。

此后,格萨尔王人马和阿达鲁姆一同来到鲁赞魔王的寄魂湖边。只见那杂纳廷措寄魂湖:不论湖面还是湖底,犹如毒水一般,雾漫漫黑乎乎,湖面上阴云垂地,黑雾迷空;湖水周边是岩山石山,崎岖峻岭,找不到一个出路口;右边湖水中有一条九头大蟒蛇,一会儿露出湖面,一会儿钻进湖底,盘旋游转着;湖边左侧悬崖上有一只黄黑色的猫头鹰在怪叫几声之后,湖面开始上涨溢水,而且四面八方涌出各类雨蛙毒蛇,似乎要将这湖水翻个底朝天。过了一会儿,湖水上游东边,一条碧绿江水中,走出来一个与一般女子不一样的年轻姑娘,那就是措曼杰姆女湖神,只见她:绿松石与珊瑚配饰,腰间黄金扣子连着白银链条,一头乌发宝髻堆云,雪白脖子上戴着三环宝石天珠项链,声音悠扬,缭绕空中。妙龄女子天然美貌,双目如山顶璀璨星光,朱唇如莲花盛开;身姿曼妙,如同擦戎谷地的青竹;锦衣玉袍飘飘洒洒,轻移莲步,摇曳翩跹;背后金环银环,发辫玉石点缀,身前黄金腰带与扣子金光灿烂,黄金巴扎上镶嵌银光宝石;珠冠玉带,衣裙飘飘,在悦耳声音中走了下来。

措曼杰姆将手放在额头上张望了一下,嘴里连声哈哈哈三次后说道:"从未见过的一个小女子和一个狂妄的汉子,突然出现在这里,不是一件很奇怪的事吗?一个独骑黄衣人,一个顶盔掼甲,骑着似马似驴的坐骑,足踏马镫晃悠悠,刀枪弓箭闪闪亮,咬牙切齿,怒目圆睁的样子。尔等究竟从何而来,为何而来?"接着措曼杰姆将问话质询之歌以河水涛涛之曲吟唱道:

唵嘛呢呗咪吽逝!

一敬黑色魔尊请,

黑鸟黄眼猫头鹰,

黑暗展翅可飞行,

鱼獭肉血嘴中吃,

白日岩窟禅修中,

一百上师之禅师,

鲁赞大王寄魂鸟,

今日到了垂佑时。

雅玛景库黑石山,

滚滚黑河空中来,

鱼身蛇头之怪物,

暴怒九头聚一聚,

血如雨下红艳艳,

愤怒霹雳震天下,

夺命寄魂毒蛇请。

若是不知此地名，

上部杂纳秋摩山，

黑鱼黑蛙黑獭三，

还有黑色毒蛇四，

黑蛇鳄鱼鱼鳞身，

属部湖中女妖绕。

若是不知我是谁，

紫黑湖水深渊处，

湖主女王福运广，

珍贵宝藏之主人。

金色黄金大门上，

南边双龙盘绕门。

东边白银大门上，

白色雄狮双对立。

西边红铜大门上，

展翅大鹏双飞在。

北边碧玉大门上，

幻影魔龟双对立。

四方毒蛇鱼獭绕，

湖女财神伏藏主，

白玛雅其湖女神，

遵从鲁赞大王令。

拉措罗布寄魂湖，

一千小妖绕湖边，

邪恶魔尊寄魂湖。

来到湖岸黑头人，

尔等是从何而来？

为何来到此地方？

有形人或无形鬼？

天上下来地底冒？

岩山出来风里来？

二人为何来此地？

来自汉地或藏地？

出身来历有什么？

从哪个地方过来？

东西南北何处来？

有什么话要说道？

在那往昔日子里，

想在此湖边闲逛，

只有湖中栖居类，

黑色龙妖之故乡，

瘟疫饥荒源出地，

赞魔女妖聚会处。

南泰中泰地泰等，

三位泰让魔会处，

来到这儿不妥当。

有形人或无命鬼，

不可隐瞒说实话，

若不说出实情来，

外部骨架要拆散，

内部心灯要吹走，

灵魂不知归何处。

我手中所执毒蛇，

上扔抛向蓝天中，

乌云密集之雷电，

一刹那间击下来，

丹红色霹雳礌石，

犹如火星飘闪来。

尔等罪恶有命者，

赶紧磕头来乞降，

若是不磕头投降，

三步之遥也不让。

听到两位黑头记，

未听歌儿不重复，

你男女心中谨记。

措曼杰姆唱罢，森钦大王毫无表情，望向阿达鲁姆。于是阿达鲁姆在热噶隆玛粗协骡马上往右一扭身，从右边箭囊中抽出一支食肉飞行箭，从左边弓袋中取出夺命弯月长弓，张弓搭箭中回应道："啊！你这食肉女妖精，你若是此湖泊的主人，此地首领却是我，我乃鲁赞大王之情人，你和我岂能相提并论？"接着就以扬威食肉饮血之曲吟唱道：

唵嘛呢呗咪吽逝！

一鸣二鸣三鸣声，

三鸣声中唱首歌，

鸣声吟唱魔域音，

肉嘴不变是魔歌，

雅康北境之乡音。

祈请黑色魔尊神，

北魔鲁赞之阳神，

南那仲日山神请，

热桂东孜纳布请，

天上轰鸣龙神请，

霹雳铁水泼下来，

弄翻此湖底朝天。

若是不知此地名，

雅康北境之地方，

上部中部之地界，

上部冈底斯雪山，

再要往上行进时，

拉达克雪山围绕，

泥婆罗阿扎卡切，

外邦他人领地界，

由此自家乡土地。

若是不知我是谁，

鱼头蛙身小妖女，

狂妄自大到如此，

雅康北境地域中，

唐拉雪山之前边，

南措大湖可知晓？

南措宝藏龙门口，

吉祥草中诞生女，

名字叫阿达鲁姆，

日希恰嘎继父女，

鲁赞大王之情人，

情人臣子两不误，

可曾听说鱼头女？

不止这些还有呢，

大王属民与臣子，

如若不知在哪里，

见到人就要伏法，

门外婢女之传言。

男不能自给自足，

还说要辅佐王业。

拴在门口瘸腿狗，

撑不住自己身体，

说守卫大王宝库，

一百客人要狂吠，

一千行人去哀嚎，

老狗自觉是主人。

如此就像鱼头你，

就在今日这一天，

阿达鲁姆来巡视，

杂纳拉措秋摩湖，

北境鲁赞寄魂湖，

鱼头妖女守护者。

湖之主人若是你，

东西南北四大门，

森森大门如何开？

鲁赞大王寄魂物，

躺在哪片地面上？

最严门关如何守？

外人前来日子里，

姑娘就想后天走，

见人就想当夫君，

虱子骚味病躺日，

自作自受要后悔，

不听父母劝告话，

一身臭味去流浪，

到时后悔已晚了。

首领未派之仆人，

仗势欺人窜各部，

不分好坏皆责骂,

是非不分去断案,

实乃自欺欺人也,

到时后悔已晚矣。

财宝背后之主人,

积聚财富用女奴,

奴仆自己无照料,

还想分得主人权,

自我当成夫妻家,

丰富食物无权吃,

难熬日夜饥饿中,

忙起来无法休息,

此时后悔也无用。

如此鱼头姑娘你,

水牛牛角要配齐,

湖中宝藏送主人,

内库钥匙交给我,

大湖因缘之福宝,

非本姑娘莫属也。

从今日早晨开始,

你这湖中假主人,

婢女占据头人位，

仆人判定是非三，

不准有三之规矩，

错了就要来认错，

心里不该再糊涂。

如果大门不打开，

射出利箭取尔命。

我在以往日子里，

雅康北境山背后，

野摩天吉宁宗山，

灰溜溜夏茹南宗，

雾蒙蒙羊角堆积，

门窗采光明亮处，

鲁姆女子之城堡，

可曾认出鱼头女？

水晶雪山阳光下，

白色雄狮怒吼时，

套索擒拿绿鬃头，

可曾听说骄狂女？

北境鲁赞大王他，

里外中信任女子，

本姑娘首当其选。

你若分不清主仆，

守在湖边不羞愧，

里外若是辨不明，

化为人身真难受，

是否你来细思量，

赶紧上前来迎接。

真正宝藏守护者，

自然就是本姑娘，

凭啥归你女仆管？

说要磕头你来磕，

说要献身你来献。

单骑黄人威武身，

鲁赞大王之臣子，

阿奴桑陈青恩也，

能干鲁赞牧羊臣，

信赖有加之内臣，

鲁赞大王之钦差。

来到此地目的是，

正好从今年开始,

此湖湖主守卫们,

金色黄金珍宝和,

银色白银用具及,

所有守卫畜群等,

都要交给我管理。

如果你不愿转交,

鲁赞钦差是青恩,

鲁赞情人是鲁姆,

外库内库和中库,

三大宝库之主人,

我等非比寻常人,

觉得有理快点办,

十二类不同宝库,

十二类不同宝藏,

在没有折损之前,

自家财物自归还。

听进守卫记心间,

不懂歌儿无解释,

你守卫心中谨记。

阿达鲁姆唱罢,措曼杰姆守湖女妖听得心惊胆颤,将所有宝库家畜之账单毫无保留地移交给鲁姆。接着让每一个守门妖精发誓效忠阿达鲁姆。龙妖之女将十八个武器库的钥匙上交到森钦大王手上。森钦大王将那十八宝库之门一一打开,祈愿这些宝藏能够平安运送到藏地腹心地方,然后转身要求各守门妖精暂时先各自保管好宝库,直到降伏鲁赞魔王的时刻。

　　鲁赞魔王的寄魂野牦牛虽已被摧毁,但魔王还有其他寄魂之所。话说那寄魂九头毒蛇,身躯庞大,足以盖住整个湖面。这天,九头毒蛇从每个蛇头嘴中伸出一只红舌尖和一只黑舌尖,红舌尖犹如火焰喷涌,黑舌尖如同乌云滚滚,喷出口水好比下冰雹,卷绕着长约一十八丈的黑乎乎獠牙,犹如电闪火石般腾空飞跃扑向森钦大王。森钦诺布占堆大王右手横着一柄劈月长斧,黄金把手镶嵌十字金刚宝石;左手手执金刚陨石自成黑铁三尖天杵,此天杵聚集上界天神世界里愿持护佛真理者、如来正法守护者、战神威玛、护法诸神、勇士空行等诸佛菩萨之愿力成就;接着以法旨金刚断绝之曲吟唱道:

　　　　唵嘛呢叭咪吽逝!

　　　　歌儿吟自苍穹中,

　　　　大鹏鸟头人类身,

　　　　头顶宝珠照满空,

　　　　空中法音吽声响,

　　　　千军敌命取心间,

　　　　嘴角龙妖毒蛇吃,

　　　　说要飞降在山顶,

　　　　高大身躯压山岳,

说要飞翔腾空中，

妖魔魂命要消除，

大鹏文殊阎罗神。

高高耸立山顶上，

雪白水晶雪山上，

阳光照耀天空亮，

天黑黯淡亦无光，

雄狮绿鬃映空中，

奋然迎接暴风雪，

白螺顶髻白战神，

白色瑞光罩黑魔，

腰间宝剑出鞘声，

万丈光芒耀满空，

挥斩砍断魔军身，

黑色魔界遍尸体，

流淌江河魔心血，

鲜血染红北境地，

降魔诸神勿分心。

一百骑龙猛战神，

喊杀声中腾满空，

火焰翅膀闪亮中，

展开火翅身躯中,

暴怒口水如雨下,

大地山川河水冲,

强势一统天下者,

骁勇阎罗战神请,

今日前来助森钦。

邪恶魔怪鲁赞他,

南瞻部洲之公敌,

佛陀正教之私敌,

悉补野藏地业敌。

过去南边天竺行,

所有披上佛衣者,

肉味熏熏吞入口。

下去游逛汉地中,

汉地执法严明官,

腥味扑鼻咬嘴中。

回来通过藏区地,

四方佛法大寺中,

红帽黄帽宗派里,

显密学经密传等,

凡是看到修佛者，

嘴中血肉獠牙间。

大地浸染血雨中，

苦难悲伤黑暗中，

苍生无尽苦海中。

佛陀正教毁灭者，

若是没能镇压住，

千千万万世代中，

六道众生无宁日，

正是降妖伏魔时。

今日开心日子里，

长出身体满毒刺，

血盆大口在空中，

你这长刺长魔蛇，

一片叶子一女妖，

一朵花儿一魔子。

树根直达龙域中，

龙魔那卡热杂和，

龙魔青蛙黑脸妖，

龙魔九头黑蛇妖，

龙魔阴暗毒舌妖，

龙魔夺命持剑者，

龙魔套索铁钩者，

百千龙妖如荆棘，

杀生夺命千千万，

无边大海变血海，

无尽杀生夺命中，

天空白云亦染红，

空中降下血雨来，

四方毒雾弥漫开，

人间瘟疫灾荒满。

如此恶魔若逃脱，

所有生灵无宁日，

绝不放过战神们。

你这九头毒蛇怪，

自从天地形成后，

阿耶纳耶杂耶和，

纳茹夏查仲巴与，

霍巴卓雪米莫及，

上中下部塞隆地，

没有你不去之地。
尤其作恶藏地界，
权势头人取性命，
名门望族连根除，
珍贵财物席卷走，
神庙佛像皆毁坏，
仙女舞场聚妖魔，
勇士靶场被魔侵，
僧众经院被魔占，
男女僧俗众生灵，
幸福如云间太阳，
一生苦难不知福。
遇到鲁赞丢性命，
被迫各部归魔国，
有牦牛鲁赞口食，
有人鲁赞变奴仆，
苦难日子如天黑，
幸福太阳却远去，
岂能再继续下去？
地狱恶业本性中，
菩萨上师不救度，

念经修法是空话。

多少地方被魔占？

若是不勇敢讨回，

悉补野就是懦夫。

汉地强雄有何用？

鲁赞之下难取胜，

有朝一日遭魔灭。

天竺清净妙法地，

良善佛法有何用？

最终归于鲁赞下，

不论红黄之宗派，

邪魔越来越猖獗。

藏地佛律谁护持？

所有人变成恶魔，

无命化土化石头，

不是自愿变魔部，

无路可走成魔部，

不可再放任不管。

然后毒树毒蛇们，

奇哉怪哉一棵树，

你树尖腾在空中，

一支毒刺一叶子，

恶魔十八树枝长，

天界也遭魔入侵，

树腰横在山顶上，

须弥山头罩魔障。

一支毒刺一魔子，

恶魔十八獠牙长，

根部直达龙宫中，

所有龙族变魔部，

何时下雨越稀有，

刺骨寒风越吹来，

春夏白日越短暂，

寒冷黑雾越弥漫，

不可思议之苦难，

龙域疾病灾荒中，

这等恶魔黑势力。

你毒蛇飞跃途中，

百千万万信佛者，

一口吃完吞下去，

仰头张开一嘴巴，

湖水本色变血红，

肉味尸味熏湖边，

此乃黑魔罪业也，

今日不放上天神。

我是何人你怎知？

神魔诸刹护持者，

自从宇宙形成后，

有时佛陀正教兴，

有时妖魔邪法盛，

神魔高低轮换中，

江水扩张缩小时，

雨水湿润干旱期，

白雪冰冻融化间。

与其他妖魔不同，

如此鲁赞大王他，

去哪都闻血腥味，

满境弥漫病与灾，

成长青壮皆命丧，

新生婴儿萎头脑，

人老牙齿松动前，

归于恶魔劫难下，

这可不是好事情，

今日我将除魔去。

我手中所持利斧，

犹如明亮十五月，

面黑却能明大地。

拔除黑魔命根树，

烧毁毒刺树枝条。

妖魔天神之两境，

彼此高低轮流转。

你这九头黑毒蛇，

佛陀正教大魔敌，

招来阎王九头鬼，

致命瘟疫九头妖。

南方天竺佛之境，

东方汉地律法国，

藏地卫藏四茹等，

何去何到何居所，

你这恶魔威吓大。

我将利益诸有情，

这些恶魔不会留。

咯咯咯啊嗦嗦嗦！

右侧肩膀之上方，

祈祷战神燃火焰，

灰飞烟灭妖魔群。

左侧肩膀之上方，

空行母舞步翩跹，

愿将分割魔之头。

后背肩胛镜轮中，

护法队列旗飘飘，

去取黑魔心血来，

愿将魔心随风吹，

魔名如虹消逝去，

魔域化为天神境，

魔心皈依佛法中，

昌隆兴旺佛之教，

有情众生皆得乐。

冬季夏天齐长短，

冬季寒风不凛冽，

夏季雨顺丰满满，

寒冷温暖能适中，

安乐净土越广大，

五谷丰登财物富，

净除灾难终有期，

减少饥渴诸恶鬼。

衣食赞巴阿雅神，

心想事成满功德。

谷头谷口谷中地，

消除疾病争斗等，

天降加持雨水足。

兴旺发达佛陀法，

行走大道愿平坦，

不留魔名愿根除。

上师本尊和佛陀，

因缘成就相对等，

平息瞋毒怨恨气，

但愿成就菩萨行，

慈心悲心驭一切，

如母有情众生灵，

寿比南山常青绿，

身无疾病享平安，

心无痛苦乐滋滋，

再无磕碰得吉祥，

得到本尊神祝福。

空行护法如云集，

请勿分心上天神，

今日高举这板斧，

斧口斧头请神护，

斧柄护法年来护，

财神龙王护气力，

咯咯嗦嗦神胜利！

唱罢，格萨尔大王用利斧向毒蛇的右边砍了九下，左边剁了九下。只见大约一百零十八丈长的躯干，黑乎乎轰轰然倒地。此湖左右，谷头谷口，处处传来阿擦阿茹之悲鸣哀嚎声，犹如蜂巢脱漏，久久不能散去。然而那毒蛇仍顽强地把九头顶向空中，不放走森钦大王人马，将那湖水搅动得涌向空中，湖水周围所有大小石山，一瞬间被洪水轰然冲塌下来。此时，生活在此地的妖魔鬼怪们，全都现出种种瞋怒姿态。岩山顶上雷声震震，湖水中央霹雳滚滚，四周烈火燃烧，噼里啪啦震天响。

阿达鲁姆在褐色骡马背上，足踏双镫一挺身，抓住剑把上的环配英雄结，正在考虑如何砍掉毒蛇的头。不料，赤兔马在霍霍霍三声长啸中，上肢跺地，马尾摆向空中，鬃毛翘天，对鲁姆说道："阿达鲁姆你先歇着，你无缘调伏此魔。今日该我出手，格萨尔王和我，就是为有情众生而下凡人间的。愿我如来正教之护法神明们福运当空，降魔血战进行到底。"说完，赤兔马左奔右突，以威猛降敌马鸣之曲吟唱道：

> 唵嘛呢呗咪吽逝！
> 阿拉塔拉阿拉歌，
> 塔拉歌儿吟唱法，
> 白岭不变之法音，
> 霍歌吟唱乃马声，
> 解说押韵唱歌曲，
> 勇士空行之习俗。

> 白岭王国阳神们，
> 如同狂风卷过来，
> 三六红黑神殿中，
> 马头人身之护法，
> 马头明王来护佑，
> 护法神灵如烈火，
> 暴怒诸神请保佑，
> 今日到了紧要时。
> 姜洛坚净土神宫，
> 智慧女神曲珍玛，
> 红色身躯血红中，
> 一身披挂来助力，

今日降伏佛法敌。

一十三层神殿中，

班丹拉姆女神请，

愤怒姿态红黑身，

杀敌取那魔怪命。

清净法身佛界中，

降伏魔蛇大鹏鸟，

巨口鸟嘴叼毒蛇。

祈请本尊金刚手，

三百金刚随身绕，

今日夺取魔敌命。

吉祥岩山坐垫上，

五十骷髅绕脖颈，

祈请畏怖金刚神，

神咒秘术幻化神，

一十五白比丘随。

文殊菩萨观世音，

无量光佛金刚持，

此番到了关键时，

杀死敌人取敌心。

若是不知此地名，

雅康北境山背后，

杂措仲措湖岸边，

杂纳湖水之附近。

黑树毒树毒枝叶，

鲁赞魔王寄魂树，

黑树毒叶茂盛处，

恶魔栖居之树林，

鲁赞魔王寄魂处。

魔王一十八命根，

今日一十八板斧，

十八大命小命断。

寄魂魔湖翻血浪，

佛陀教敌栖身地。

若是不知我是谁，

上师本尊佛陀和，

三佑怙主之化身，

十一面观音菩萨，

利益众生功德满，

十方诸佛菩萨地，

降妖伏魔之铁锤。

文殊菩萨扬利剑，

降妖破心之亮剑，

不变红色文殊神，

清净妙法守护者，

邪恶魔怪之克星。

往昔文明时光中，

诞生吉祥藏地时，

诸佛菩萨愿力下，

三十三界神宫中，

白梵天王之神子，

光显空性无遗漏，

神通广大卷狂风，

高岗藏地业力神。

乌仗那之莲花生，

镇守西方罗刹地，

妖魔罗刹之克星，

释迦牟尼如来佛，

上天神子派人间，

中天年神之弟子，

古拉格佐之小侄，

取名如艳丽鲜花，

与本尊神灵无异。

东方玛杰奔热一，

南方戎拉坚参二，

西方格佐年王三，

北方念青唐拉四，

四大山神之弟子，

降伏四方魔怪者，

上苍神灵所指派。

邹那仁青之外孙，

世间宝藏之主人，

藏地普能成就者，

财神伏藏保护神，

将军强盗皆可称，

上师菩萨无相异，

阳神战神两如是，

阴神食神两者具，

格萨尔王来历也。

那么赤兔马王我，

无量光佛之化身，

卫藏两地之主人，

所有骏马之马神，

奔跑速度风一般，

虚空神变虹化身，

上天神界麒麟马，

格萨尔王的坐骑。

鼻尖山鹰小羽毛，

空中风马自行中，

不同皮毛十类毛，

黑色鹞鹰之腾飞，

白色雄狮之唇毛，

斑斓猛虎之眉毛，

蓝色青龙之火翅，

水中鱼儿之金翅，

食草野牦牛皮肉，

这些就是我来历。

而今主要事情是，

骑在上面格萨尔，

助手后应鲁姆女，

一点也不用担心。

马儿我的行动是，

四蹄之下压四魔，

四大魔王会消灭。

直冲蓝天之毒蛇，

尾巴搅翻湖水蛇，

鲁赞魔王心口蛇，

贴近心口血脉间，

将会压在四蹄下，

左奔舞步晃三下，

右突跳跃来三下。

亘古藏地地域中，

马蛇世代皆对头，

黑蛇毒雾喷涌者，

无数良马之敌人，

忌恨骏马夺马命。

今日降伏黑蛇时，

霍霍三声吟歌曲，

霍曲实乃马之音，

咯咯三声呼喊是，

咯咯呼请神明声。

毒蛇压在马身下，

三下前蹄伸踏时，

寄魂湖会枯干中，

寄魂毒蛇血肉飞，

海枯蛇干变滩涂，

鲁赞祖居无处栖，

不是空话神作证，

立马呼应快消灭。

唱罢，赤兔马踏雾登云，一连九次将前蹄飞踏在毒蛇头上，只见那毒蛇的九个头犹如被刀割的芫根菜头一样，一截截从空中落在东西南北各方向。紧接着，赤兔马将前蹄在那湖上跺了九下，瞬间湖面变成连一滴水都没有的干枯滩涂。鱼和蛙等水中动物，一下子被迫贴在河滩石头上，被酷热阳光晒得乱蹦乱跳、呼吸困难。这时，观音菩萨的化身、十一面观音千手转轮圣王、因缘和好如来佛、普尽十方两千菩萨等，来到了湖边，一个个施展迁魂超度法。所有雨蛙等水族的灵魂，刹那间犹如被石头击打的鸟群，脱胎换骨投生到福地普陀山附近信佛僧俗家中。

鲁赞魔王的大部分寄魂命根在那一日枯萎消亡。赤兔马望向北方，嘶鸣三声霍霍霍后，准备继续前行。森钦大王心中暗思道：这个北魔鲁赞应该还剩下几条命根，埋伏在拐角暗地，使用暗箭射杀，不知行不行；设下机关暗套，不知行不行；动员岭地护法神明们一起行动，不知行不行。格萨尔大王如此深思熟虑十二遍，对策提出二十五，谋划给出三十五，然后往前赶路。

格萨尔大王人马一行日出时分出发，在太阳即将落山之时，来到了达隆凯巴贝扎峻岭绝壁脚下如同烈火喷涌一般的红色沼泽地。他们人马那晚就地住下。格萨尔王在禅定中招来此地山神地神，供奉各类美味佳肴的食物。森钦大王坐在幻化宝座上面，阿达鲁姆坐在左边，赤兔马卧在右边，褐色骡马躺在后面。大王和鲁姆在融洽气氛中欢快畅谈。然后大王进入禅定境界，鲁姆守卫在旁边。天刚蒙蒙亮，山顶没有照到太阳、公鸡没有咯咯鸣叫、母鸡没有伸翅膀、马驴没有嘶鸣的时候，天上支起彩虹帐篷，一道银白虹桥上方，空中乌云层层卷卷，乌云翻滚中，降下蒙蒙细雨。只见火红赤焰云彩上，白色云朵叶子上，空行护法神灵南曼杰姆圣姑她，右手拿着紫檀摇鼓，左手持着白银小铃，脖套水晶项链，足踏八瓣莲花靴，胯下是白色雄狮，身后蓝色青龙随行。圣姑指示格萨尔道："鲁赞魔王为了给损失二十万兵马的成吉思大将报仇，已经在前来的路上。岭王必须设法先除掉鲁赞王的坐骑康巴热钦妖马。"（此处原有圣姑授记预言之歌，省略。）

八

  次日，格萨尔一行来到达龙查毛山顶。森钦诺布占堆大王运用神通，入定在空行彩虹之中，空中支起五彩缤纷的彩虹帐篷。蓝天和山顶之间，忽然现出三位彩虹女子。心中无法想象、眼睛不敢直视、一模一样的三个美艳女子，莺歌燕舞中走近霞光帐篷。赤兔马摇身一变，变成一只长有一丈翅膀的鹦鹉鸟。战神格佐年王也化现为鲁赞魔王的寄魂鸟黄眼恶兆猫头鹰，飞到一座浑如黑铁茶碗的黑色小石山上，半伸半缩的翅膀犹如支起一个大帐篷，四爪踩踏大地陷，双目紧盯空中，大口似乎想要咬断骨头。

  与此同时，北魔鲁赞大王在九尖铁角魔堡中，右悬黄金长弓，左插黄金利箭，将那剑身长约一十八丈的赛康罗布宝剑斜插在腰间，花色刀把小指弯刀插在右腰间，灭火抓风套索绕在手肘上，天地旋转长枪拿在手中。热钦康巴魔马身上金鞍、金缰绳、金腹带等配套在一起。鲁赞王龙凤盘旋锦袍上龙啸凤鸣，浑如青龙起身，好比蓝天风云漫卷，黑蒙蒙日月为之遮蔽。一日路程一口气走完，一月路程一日到，魔马四蹄飞腾，一座大山一大步，一块小地一小步，犹如飞鸟般赶路，为成吉思大臣报仇雪恨。当鲁赞魔王来到扎隆雅玛拉山口一个叫斯摩阿泰的地方时，日希阿达鲁姆犹如火星闪闪、雷电滚滚般，骑在一匹年龄较小的白唇野驴上，带上角弓和竹简，来到鲁藏魔王身边。鲁赞大王看到鲁姆，心中闪起一丝快意，问候道："今日见到你鲁姆，恍惚间好像已有几月几日没见到你的面了，你有什么新的发现？"遂以九变鸣声之曲吟唱道：

一鸣二鸣三鸣声，

三鸣声中唱首歌，

魔域不变是乡音。

杂日热桂魔尊山，

命主食肉罗刹魔，

一百小妖绕身边，

注意引领本王歌。

白玛玉措大湖和，

杂措仲措南措中，

三湖女王罗刹女，

没有预言与呼应，

哑巴聋子瞎子吗？

为何没有提醒话？

上部冈底斯雪山，

中部森格玉措湖，

下部朱格秋摩湖。

东边朵索红山和，

所有山神土地神，

鲁赞大王供奉神。

自今年年初以来，

连个鸟语也没有，

一场梦境预言无，

事情好坏虽不知，

可能头上罩土罐，

嘴上牛皮印封住，

手脚被铁链拴住，

属部天黑都睡去，

事情到底怎么样？

若是不知此地名，

南部达热梅摩谷，

中型山陀拉山口。

我是何人你必知，

别说要喂一口饭，

出口二句是肉食，

睁眼一瞧翻白眼，

不会说话紧闭嘴，

供奉魔尊好面相，

福运昌盛衣食足，

势力威名天下知，

头人爱护属部中，

荣华富贵无尽来，

天老地荒折福运，

不知所措在家中。

没有文书属部远，

百姓臣属部落们，

有的是自谋出路，

有的是四散奔逃，

何去何从不知道，

死去之人无回归，

如此究竟为什么？

今年正值年初时，

大臣统帅成吉思，

扎载堆赞等副将，

辛吉赤桂本图和，

辛堆拉玛赤堆及，

赞堆纳布三兄弟，

不知所踪难寻觅。

再说古人常言道：

若逢鸿运当头时，

见者脱帽伸舌头，

不是熟悉也相认，

低头哈腰如见宾，

无话可说也闲聊。

倒霉时候惊坐骑，

还会抛到荆刺丛，

还有头部碰石头。

人到老时子孙嫌，

未死却被逐出门，

不顾亲情恶语中，

父母敌人不区分，

朝三暮四换情人，

满口谎言惹人厌，

吃里扒外不知恩，

竟然觊觎谋王命，

得鱼忘筌不知恩，

本性如此世人知。

去年我在母虎岗，

坐骑受惊落地上，

不知从何地飞来，

蓝天之中一霹雳，
头顶犄角损一只。
岭地觉如黑贼和，
短命噶德黑鬼二，
未曾见过两恶人，
路过岭地撞上面，
拿起乌朵比身手。
霉运自从那时起，
落得一身酸痛病，
心中惶惶度余生。
梅妃又不忠于我，
铺眉蒙眼无真情，
妖言蛊惑乱家政，
恶言相向刺我心，
目露凶光如见敌，
自始至终无柔情。
傍晚太阳虽红艳，
头晕目眩难欣赏。
杀父仇人本难立，
愚昧无知相他随。
父子本该为一体，

现今翻脸变仇敌。

世道日下不如古，

谁人可与交心伴。

而今阿达鲁姆你，

不见已过多月日，

不与国王我相晤，

与谁交心至今日？

何地生活至今时？

饮食衣服何处寻？

你我从小自相伴，

感情深厚无人比，

不应无端起隔阂。

鲁姆姑娘留心否？

是否鲁姆请上心。

  北魔鲁赞大王唱罢，阿达鲁姆面露十八般妩媚笑容，眼角显雍仲纹饰，媚眼闪烁，似是而非说着女人话，一见倾心假意当伴侣。胡说八道是假冒上师的传法，但遇死者灵魂需超度，看到财宝变成黄帽高僧，看到尸体就装醉。这古人谚语说得真切。北境鲁赞虽是大王，但到了死期，已难逃生，好比得了培根[1]疾病，只能准备死去，遇到岭贼觉如，只能吃败仗。想到这里，阿达鲁姆以北境茅草凄凄之曲吟唱道：

---

1 培根：传统藏医认为是肠胃病的根因。

唵嘛呢呗咪吽逝！

一声鸣歌向虚空，

虚空主人谁来当？

拉弓放箭箭无踪，

朝着太阳也如此，

日落日息无处寻，

月有圆缺更如此，

月圆月升虽有踪，

月缺月落空荡荡。

繁星烁烁铺满天，

识得曜星二十七，

北极星自苍穹起，

北斗七星最富名，

火霍群星势最大，

启明升起黑夜终，

长庚星现夜方始。

其他很难细分辨。

因此鲁姆唱首歌，

此歌系绳难见到。

礼敬赞颂自家神，

水晶所造天庭中，
一人肌肤白若雪，
衣边长丝条条摇，
脚踏彩虹琉璃靴，
下跨白毛通灵牛，
口吐薄雾白如纱，
身披黄色神仙衣，
移步声响惊三界，
顶礼膜拜念唐拉，
沼泽湖中莲花开，
三条河流聚于此，
载木河及浪涛河，
巴卡河等汇一湖，
径自当雄河谷下，
取名叫做亚曲河，
此河中间有小千，
河药财主低角怪，
是那龙王守财神。
藏地自是万宝库，
飞禽走兽都安乐，
黑白家畜更繁茂，

都因该神日夜护。

湖中也非我父母，

从那龙域来这间，

经那玛旁雍措来，

产自一撮湖中草，

故称阿达鲁姆者。

尊那白河称为父，

尊那湖花道为母。

尊那芦苇为长兄。

弟弟又叫夏嘉巴，

父母兄妹共五人，

居于北境荒山上，

白白高山如触天，

那群盘羊如若窗，

一切感恩鲁赞王。

像我这般流浪孤，

父是北方鲁赞王，

母是牦牛等兽群。

除此之外无需亲，

去年今年父不在，

遁山钻地去无踪，

母湖花落更无影，

故此流落直至今，

牦牛野兽常相伴，

也如我养之家畜。

如此王若有所需，

尽可索取共享之。

有财富者同享福，

无财穷者众人弃，

佛力无边顶金帽，

不知能否度亡灵，

却引众人争相拜，

财物珍宝争相敬。

大官显贵威风凛，

所到之处世人敬，

所言之语人皆传，

所谋财物尽入囊。

恶语刁言入烈火，

身受其害如炼铁，

逼得外敌难御内，

苦难往往难胜数。

世道如此更难料。

而这北方鲁赞王，

不与此般类相同，

对待属民慈如母，

万民敬如神下凡，

王民相亲欢似海。

如今你却往他处，

如那古人这般言：

青龙勿躁卧于水，

空中风暴难如意。

金鱼勿躁居湖中，

湖畔铁钩意落空。

猛虎勿躁藏林中，

林边猎人难如意。

大王勿躁稳城中，

是非争端方可息。

鸟妄远飞翅易伤，

马图速度蹄易瘸，

男妄称雄命危矣，

女承口舌引是非。

和尚应该居于寺，

常在市中易破戒。

世间道理都如此。

尊贵如天鲁藏王，

不要远游居于国，

一来梅妃可服侍，

二来城中衣食丰。

三来将兵盛如狮，

四来有我日夜护。

如此能防外敌侵，

内地何惧若如虫。

若有厄运可做法，

如此大王可安心。

山中兽群有一百，

护着大王通灵牛；

湖畔马群有一百，

护着鲁赞通灵马；

崖上鸟群有一百，

护着大王通灵鸟；

北魔鲁赞（下）

　　湖中更有鱼百只，

　　护着大王通灵鱼；

　　石下居有蛇百条，

　　日夜护着通灵蛇。

　　北方山林湖泊中，

　　通灵皆为剧毒者，

　　谁人知之敢前往。

　　我日夜祈求天地，

　　祝福大王寿无疆，

　　此歌源自内心来，

　　代表女子真挚情。

　　居此妖城红堡中，

　　饮着鲜血食着肉，

　　却把山上兽群留。

　　歌儿清楚向您说，

　　不要隐瞒告知我，

　　听进大王放心上，

　　不听歌儿无意义，

　　鲁赞大王请谨记。

　阿鲁达姆唱罢，那北魔鲁赞大王虽平日里生性多疑，就算头上的虱子、天上的飞鸟、林间的走兽、谷中的过风、空中的长龙都对之将信将疑，觉得它们都会害自己，对自己的通灵兽、通灵湖、通灵林等方位更不会透露半字。但那天却不像往日，好比往上催偏要下行，敬佛身本长寿，礼妖则多曲折，或许也是这鲁赞王的大限已至，他居然将自己的所有通灵器物的方位等以九变鸣声之曲吟唱道：

一鸣二鸣三鸣声，

黑魔九变鸣声歌。

祈请森堆卡玛神，

地神赞堆玛摩请，

中间鲁堆纳布请，

魔尊夏瓦纳布请，

永远不可护力小。

此地北境之地方，

仲雅梅穆山口地，

牦牛野兽穷无尽。

牦牛翻山越岭路，

黄毛小狗无法追。

野驴奔驰荒原时，

马驴是望尘莫及。

大王转游天下时，

觉如小贼无从害，

想杀十八命根护。

往上寄魂蓝天中,

九煞魔星寄魂处,

中间通灵空中鸟,

大鹏头顶白角尖,

正是我的通灵鸟,

如此飞禽有十八。

身有金眼长金翅,

嘴锋如刀翼斑斓,

昼伏夜出鱼为食。

居不平凡殊为圣,

罗刹沟中崖入天,

此间为那猫头窝。

下边河流有九条,

河中金鱼千百条,

其中有条铁翅鱼,

力大无穷如牦牛,

展翅可跨万里洋,

那是我的通灵鱼。

白黑红色三石山,

那是我的通灵崖。

白湖血湖黑色湖，

这些也是通灵湖。

除此有个杂那湖，

湖中长有一棵树，

那树根自龙域生，

龙父九子皆盘它。

树腰在那半空中，

妖魔鬼怪嬉于此。

树顶更是直入天，

逼得日月无处走。

有刺带毒大黑树，

其根更是插龙域，

那有九头毒蛇盘，

那是我的通灵蛇。

此外还有这些物：

头顶十叉角之鹿，

巴沟沟口有一坪，

那有雄鹿千百只，

其中有只十叉角，

又比一般母鹿大，

那角直冲苍穹中，

那是我的通灵鹿；

山崖顶上有一坝，

坝上牦牛千百只，

其中有只特奇异，

浑身透红长铜角，

名叫米角了瑟了，

整日白雾绕周边，

谁与角斗能上天，

如此牦牛有十八，

模样长相都一样，

其中有只毛特盛，

那是我的通灵牛；

拉隆纳塘野波地，

百千成年野狼在，

中有一条身如牛，

青背白腹疾如风，

闯入羊群不留命，

那是我的通灵狼。

那狼随行十八狼，

个个身怀夺命技。

纳玛雅达隆草甸，

一百野驴母子奔，

与其他野驴不同，

花色长身黑嘴唇，

面部宝珠天珠纹，

犹如花珠水纹图，

鲁赞大王寄魂驴。

然后往上一瞧时，

长翅鸟儿非一般，

六变婉转鸣叫声，

飞行有度会长命，

翅膀散落就无命。

野牦牛有毛有命，

若是卷毛就丢命。

野驴有命骨肉齐，

皮毛变色就无命。

然后杀生野狼群，

嘴中有肉就长命，

没有肉吃就短命。

然后毒树有枝叶，

枝叶茂盛乃有命，

树叶枯萎就无命。

黑色沸腾之毒湖，

湖面高涨就长寿，

变成滩涂就短命。

宽扁翅膀猫头鹰，

展翅飞翔是长寿，

躲在岩洞就短命。

因此鲁姆去巡视，

猎杀牛驴季节里，

这类野牛不能杀，

这类野驴不可杀，

大鹏嘴角尖利否？

毒蛇腹行又如何？

金鱼游水又怎样？

枭鸟飞行快不快？

时常关注其变化，

及时告知鲁赞王，

河水未涨备船只，

鲁赞心爱之臣子，

鲁姆听进放心间。

唱罢，鲁赞大王因一心想去往南部天竺地方寻觅食物，便将马头转向南方，准备从纳仓雅热贡玛地方前往南方天竺。

这时，赤兔马变身为一人高的九头鹦鹉鸟，鲁赞看到后不知其是有形动物还是无形神鬼，一边过来，一边将手放在额头上仔细瞧了瞧，看见森钦大王和阿达鲁姆正在达果山口岗日昂青雪山脚下进行遥看侦查。太阳即将落山的时候，赤兔马幻变的九头鹦鹉，展开九对翅膀，一同鸣叫，突然间天空中黑风滚滚、尘土飞扬，雷声震震，响彻着抖动翅膀的巨大噪声。鲁赞王的热钦康巴魔马见状，不愿继续前行，往后连连退步，惊吓地跳动着，头钻地，尾冲天，从陡峭山坡上犹如滚落皮鼓一样，径直跌倒滚了下去。落下马背的鲁赞魔王，一身的黄金披挂也都四散落地，一阵子晕乎乎后，觉得疼痛难忍。滚到一处弯道口时，魔马翻身站了起来，抖了抖身子，拖曳着已经残缺不全的鞍鞯、马镫等惊奔过来。

森钦诺布占堆随即抽出白梵天尊的神箭——长翅水鸭神箭，此箭聚集着九十九万战神之英魂，化为霹雳铁箭射了出去，正好击中魔马头颅顶盖骨。魔马脑浆与血混在一起，头盖骨如同被打开的宝瓶一样。格萨尔王飞速奔去，砍下魔马头上的如意宝马角。

赤兔马现出原形来到格萨尔王跟前，阿达鲁姆牵着热噶哲赛骡马坐骑跟了过来。然后格萨尔王与鲁姆人马在灰土飞扬、石粉弥漫中，遇到大山平地跨一大步，碰到小山沟涧跨一小步，风声萧萧地瞬间来到了北境达查仁摩山地。

此时此刻，北魔鲁赞大王是没有年老腰椎脱，没有摔倒膝盖扭，血肉骨头突兀在外的全都撞到体内，体内所有凹洞充斥着鲜血。上半身疼痛往下半身挤，下半身痛苦往上半身涌，腰间冷热交集，一时疼得"啊热呜茹"地哀嚎连连。有时爬上去，有时滚下去，仓惶地往自己的魔堡逃去。在拂晓之前，魔王总算回到了九尖铁角魔堡城，敲打着巨大罗刹铁门，魔王寄魂白臂棕熊怒吼起来，如狂风暴雨，但梅萨慢腾腾地起身开了门。看到跌倒在地的鲁赞王，梅萨脱口说道："啊卡！大叔，你是不是疯了？"然后在额头上摸了摸。虽然心中乐得开了花，但却装出绝望、惊诧的样子，"啊卡！啊卡！"地假装心疼地叫，将鲁赞王扶到魔宫之内。魔王依旧爬上了南喀雅朗铁宝座，十八层野牦牛皮垫上的锦绒软垫上，四仰八叉地浑如死尸一般，斜躺在那里。高兴万分的梅萨给他喂了无盐开水和无味红肉。鲁赞大王只能勉强吃喝一小口，一个月里头上无帽，身无衣，在一阵阵疼痛中煎熬着。

臣子青恩来询问具体情况，梅萨回答说："不知道发生了什么事，我也不知道魔王去了哪里、谁打伤了他，你若清楚就赶紧追踪敌人报仇去。"青恩说道："梅萨姐姐，我不是这个意思。今年我家大王总是受伤疼痛，不知是不是岭王格萨尔来了魔境。"于是两人密谋商讨了一阵子。

一段时期内，鲁赞大王之寄魂树、寄魂野牦牛、寄魂鸟等已经一一被消灭完毕。有一天，格萨尔王来到湖边。魔臣青恩正在纳扎曲隆美丽草甸上放牧，将一群群绵羊往那山顶慢慢赶上去。岭王格萨尔将阿达鲁姆藏在一处隐秘之地，想看看戎伦青恩的勇气武艺到底如何。于是不同凡人似天神、犹如天神下凡的格萨尔大王人马两个，快马飞奔出现在青恩身前，以雷雨交加之曲吟唱道：

　　　　唵嘛呢呗咪吽逝！

　　　　阿拉吟自法界歌，

　　　　塔拉吟自极乐地，

　　　　六道父母生灵们，

　　　　诸佛菩萨威力盛。

　　　　歌首杰瓦嘉措护，

　　　　歌腰本尊护神佑，

　　　　歌尾空行天母照。

庇佑之神三皈依，

特别怙恃观世音，

六道众生皆护佑，

愿打垮一切敌寇，

鬼怪妖魔皆除根。

此地魔域邦嘎山，

百千羊群聚集地，

无草沙草茅草丛，

群羊徘徊懊恼中，

食不饱腹转山谷，

夜晚归来聚牧场，

天寒地冻受折磨，

正好处在饿狼路，

无法逃生血中滚，

天亮之时血淋淋。

无耻大王居高位，

无耻仆人不知羞，

忘恩负义青恩臣，

真是可怜又可悲。

若是不知我是谁，

不是附近是远方，

遥远下部汉地区，

嘉尼玛赤尊之子，

嘉赛南卡拉杰也。

虽白昼亲眼未见，

远处耳朵却听闻，

上部拉达克雪域，

中部卫藏四茹地，

北境四水八大部，

北地牧区牧民乡。

残杀抢夺之原由，

卑鄙小人煽动一，

羊群天敌恶狼二，

瘟疫乡土夺命三。

狼狈为奸之王臣，

说要生吞活人肉，

说要狂饮活喝血，

凡有呼吸之动物，

口中塞进肚里吞，

没死也会生吞下。

拆毁天竺之法门，

搅乱汉地之王法，

悉补野藏地公敌，

恐怖魔怪牛角者，

腾飞巨鸟之翅膀，

入水毒蛇之长尾，

天下苍生之敌人，

说在雅康北境地。

尼玛赤赞国王他，

要我前往北境地，

命我射杀鲁赞魔，

套索擒拿牧羊臣，

说是需要守门将，

为了这些来此地。

蓝色毡衣你这厮，

有何名位何方人？

父名故乡在何处？

家乡贫富又如何？

你的出身来历呢？

北魔鲁赞（下）

家族有姓或无名？
大头人名叫什么？
部落兴盛又如何？
不可隐瞒说实话。
我左右之间套索，
要是往空中一抛，
上界天神也套住。
中空雪山围绕中，
白色小狮可抓来，
深山密林树荫中，
斑斓虎豹可以抓。
往那大海抛去时，
力量强大鳄鱼王，
也能套住拉上岸。
在这人间地域中，
魔王鲁赞最强大，
黑绳套脖可牵来，
抓捕牵往汉地界，
九年关在牢狱中，
然后活着就剥皮，
是不是青恩仆人？

今日若是想活命，

家乡姓名如实说。

歌若听懂有意思，

不懂里外会失误，

青恩仆人要谨记。

格萨尔王唱罢，青恩大臣暗自思忖：呀，呀！看这人的力气和身板不像是黑色汉地之人，看着像是会使神通之人。今年这情景与往昔大不相同，鲁赞大王他伤痛不断，去年前往花岭国部，偏偏碰上了嘎德和觉如二人，说是被投石带玩弄，说是被嘎德飞石击中。从那天之后，外部三凸凹于里，内部凹处满是病，经历的疼痛让他此生难忘。今岁年初以来，不知魂树长何处，不知魂鸟在何地。平日里每一个寄魂动物，都有谶语教诫，每一寄魂居所，常在鲁赞大王身边如风吹动，常在大王头顶如雨飘落。大王守护神们如那暴风雪般立马就能降临跟前。今年一个两个的都不见现身，如同空中彩虹瞬间消散，不祥之兆降临大王之身。这可能是格萨尔作怪。倘若真是，就得另外想方设法与他打交道。倘若不是，就想办法杀掉他。想到这里，青恩一边将一颗母绵羊肚子大小的白石头放入花边投石带中，一边说道："呀，你这狂妄的小汉人，不管你是不是汉地王子，你想借蓝天为衣裳，你想用大地为坐垫，这岂能如你所愿？下部汉地，虽王法森严，但北魔鲁赞一去就没有作用。上部天竺大国，虽佛法纯正，但是北魔鲁赞一驾临，僧院自然拆散。悉补野藏王，虽财力富足，北魔鲁赞一去，不过就是掌中物，除此之外不会有其他出路。前世今生，命里注定的敌人，除了岭地格萨尔大王不会有其他。若要北魔鲁赞以命偿命，除非格萨尔大王亲临，否则无人能敌。你是否是格萨尔王？请直说为快。你是有形人或无形鬼？黑头凡人之身，有如此本领，应该使用了神通。你若是不知进退，我将用大力乌尔朵打击你，若是毙命与我不相干。未曾旋转投石带之前，你赶紧张嘴回话。否则抛出去的石头可是收不回来。"接着就将夸赞乌尔朵投石带之歌，以戎地凶猛母虎之曲吟唱道：

唵嘛呢呗咪吽逝！

阿拉歌儿起音曲，

塔拉歌儿常青树。

礼敬赞颂戎地神，

戎赞卡瓦格布请，

玉日塔玛孜阿请，

戎拉坚参多布齐，

戎堆巴杰朱赞请，

戎麦多吉哲噶请，

护持佑力不可小。

若是不知此地名，

雅康北境荒漠地，

漫天飞扬大风沙，

茅草凄凄唱悲歌，

戈壁沙漠之故乡。

杂曲普曲当曲三，

流淌河流是泥水，
鲁赞大王之故乡，
洁白羊群群牧地。

白如海螺野狼牙，
百千绵羊想杀死，
牧羊人关难过去，
大王牧羊无喜乐，
花白羊群满山谷，
嗷嗷恶狼突袭中，
到跟前遭石击毙，
夸赞勇力与胆气，
一天赏赐一绵羊，
我乃百千绵羊主。

我是何人你不知，
前半生年少之时，
戎地沃野田地中，
戎伦阿奴桑陈名。
自己家乡之俊才，
戎玉孜大王重臣。

戎赛阿奴桑陈他,

不是耀武扬威者,

出身尊贵门第高,

身材相貌是一流,

天竺金刚座圣地,

释迦牟尼之弟子,

尊胜大力成就师,

投生到戎域下部,

戎木雅大王臣子,[1]

叫戎赛南喀真梅。

自从那个时代后,

戎岭战争历三载,

实权头人超同叔,

戎擦查根总管王。

格萨尔年纪尚幼,

吃喝住行无经验,

谋略心智不健全,

小小身体难降敌。

戎岭之间的战争,

终究岭部胜一筹,

---

[1] 米雅和麦雅两种写法(原藏文整理者注)。

戎女梅萨奔吉她，

成为下岭部落女，

正宗神系空行女，

悲欢因缘之女主，

之后成为岭贵妃，

而今身在雅康北，

没有死去还活着，

不是仙女难存活。

以往几年岁月前，

北魔鲁赞去戎地，

食肉犹如鸡啄食，

岭国部落地界上，

仅在一日清晨时，

鲁赞游荡旅途中，

掳走一百六十人，

没有一人能逃脱。

仙女神变吃不了，

吃进牙齿嚼不动，

吞进咽喉过不去，

然后鲁赞留下来，

婢女夫人两不误，

满足性欲是夫人,

不放心当做丫鬟,

说到底铁堡城主。

就在某一日夜间,

转完戎地去岭部,

北境鲁赞转一圈,

阿吉家和嘉洛部,

杀死带走百千羊,

白岭格萨尔大王,

正是觉如地鼠贼,

带上乌尔朵追赶,

对着鲁赞三击石,

所有绵羊落地上,

好汉本领显示处,

说是不该去岭国。

某日前往戎地时,

路过白岭部落地,

茶堡仁摩大门口,

戎伦阿奴桑陈他,

牧马前往山上时,

马中七匹骏马和，

阿奴桑陈牧马人，

落在鲁赞大王手。

岭马无用北境地，

只能杀马充食物，

要吃戎伦嚼不动，

想吞不能吞下去，

不适为食就虐待，

放在仆人奴群中，

轮流充当牧羊人，

身上披上毛毡衣，

腰间别上乌尔朵，

天明与羊共出行，

夜晚与羊同睡眠。

梅萨弁吉姐姐她，

原本兄弟姊妹情，

姐弟二人互照应，

有福同享两姐弟，

有难同当两兄妹，

同行同住一堡中，

前世命运注定中，
虽不情愿也无奈。
水中鱼儿游水中，
明知寒冷却注定；
青色野狼翻九山，
明知辛苦天注定；
飞来秃鹫吃人肉，
即便肮脏命注定，
前世业缘避不开。

北境鲁赞声名响，
脚踩下部汉地者，
手抓上部天竺者，
舌吞中部卫藏者。
只要魔王行径处，
没有一人能逃生，
还有只要佛法地，
黄帽僧人更要吃，
认为僧肉更好吃，
机智僧人剖开吃，
说是肥肉更香甜。

自从被抓来以后,
居住北境历九年。

岂不闻古人有云:
人在世上活着时,
上师菩萨多供奉,
只为死后有救度,
没有引渡一场空。
少壮长大成人时,
富人家中当仆人,
想在年迈蹒跚时,
能有安身立命处,
未能实现空业缘。
那福德贵重财物,
自己虽需却上交,
只想获得某官位,
没能实现当仆人,
侵吞财产如强盗,
是非不辨恶头人。

然而就在岭部落,

一颗善心向佛法,

一片忠心献君王,

格萨尔诺布占堆,

庇佑此生之头人,

超度来世之上师,

过去今生与来世,

不依他还能靠谁?

想念等待心儿乱。

天亮披上毡衣时,

白盔白甲萦绕心,

放羊爬上山顶时,

雄壮兵马犹在前,

腰间长短投石带,

恍惚刀枪箭在身,

石子抛向羊群时,

以为投向敌群中,

怒吼迎战野狼时,

仿佛挡在仇敌前。

心中思念格萨尔,

整日望着远方看,

想象会从何方来。

晚上睡前做祷告，

然后睡眠梦境中，

好坏征兆去解析，

很想见面格萨尔。

护法神明辨真伪，

孰是孰非自然知，

三宝诸神应明鉴。

身体虽然无病痛，

忍饥挨饿不好过，

我虽没有骏马骑，

我的双脚飞翅马，

身上没有刀枪箭，

腰间乌朵来较量。

一直训练投石术，

天上星星可击落，

就算大山可击散，

就算大江可弄浊，

如此心愿有望成。

然后来自汉地男，

你从汉地前来时，

北魔鲁赞（下）

途经北路或南路？

要不查沃仲兰路？

要不南路岗戎路？

三路途经哪条路？

雅康北境为何来？

有何大事之原由？

虽说汉地兵马多，

不够鲁赞顺嘴吃。

你究竟有何意图？

难抗强敌独行汉，

吃亏就会在眼前；

不能飞奔独行马，

就会跑路失四蹄；

没有勇力离群汉，

是想送命给仇人。

我是不怕你威胁，

你我家乡同方向，

我是无奈落魔手，

你却向我夸海口，

骑在马上来赛跑，

大言不惭没有用，

此等恶语难入耳，

不知你我谁更勇？

你是披挂箭在手，

我的花边乌尔朵，

不知哪个走得远？

我先克制不抛石，

掷向苍天如天石，

就怕触碰天神脚，

不可侵犯有誓约，

不可投掷虚空中，

悉补野藏人地域，

念青古拉山神在，

格佐年神统领在，

唐拉年神统帅在，

格萨尔大王阳神，

五花八门神灵多，

就怕碰上某神脚，

就怕击中某神头。

投石之前做祈祷，

一旦扔出没回旋，

轻易不扔克制中，

若要投掷击岩石，

还会抛向江和湖，

想要较量你掂量，

旋转三次掷石子，

看那耸立空中山，

鲁赞魔王寄魂山，

不把山岳变平地，

就是青恩无本事。

然后抛石击湖水，

黑色杂曲措摩湖，

北境鲁赞寄魂湖，

不把此湖变滩涂，

就算青恩没本事。

然后一石击岩山，

红色岩山中间开，

若不击碎平地上，

就算桑陈没气力。

而今两眼看好戏，

听听耳中碎裂声。

唱罢，青恩心中祈祷神龙年诸神，将第一块石子掷向雪山之巅，鲁赞魔王的寄魂三顶雪山，随着一阵狂风声响，犹如脱掉帽子一般瞬间崩塌下来；然后从腰间拿出那条较短的乌尔朵投石带，将一块花色石头放了进去，用力掷向鲁赞魔王之杂纳措寄魂湖，湖水漫天飞卷，四周犹如下冰雹，只见灰溜溜滩涂上连一口泉眼之水也没有剩下；然后从左腰间取出花边短绳乌尔朵，放入一颗绿色石子，在空中连转三下后，用力一抛，正好击中犹如雄狮鬃毛般的一处红色悬崖，那是鲁赞魔王之寄魂鸟无畏猫头鹰栖息之地，红色岩石在一顿茶的工夫，伴随着轰隆隆声响，坍塌了下来。然后，青恩手拿三条空着的投石带，威风凛凛地走来走去，等候了一阵子。

于是，森钦大王说道："呀！戎伦阿奴桑陈大哥好汉，前面我所说皆是戏言，今日你我君臣见面，是何等喜庆的日子！儿子见到自家父亲，绝对应该是坦诚相见。上师讲经说法的日子里，弟子领悟实修，无不坚守誓言。慈祥父母的儿子落在敌人手中，双亲前来追踪寻仇，正当其时。儿子见到双亲，自然是一片赤心。高僧大德之说教，坚守誓言讲究因果，来世自然会相见。长辈叔伯守护家园，就需运筹帷幄，最终自然是衣食无忧。主仆就得不离不弃，若能肝胆相照，爱护属部自然不在话下。你我君臣南征北战，实乃为了维护佛法正道。"然后格萨尔王拉起青恩之手。青恩不由自主地泪如雨下，一时只是抱着大王，泣不成声，无以言表。格萨尔大王也将自己的额头贴向青恩，并且用手抚摸青恩的头发，抚慰中也是好一阵子说不出话来。

过了一会儿，缓过神来的格萨尔王说道："呀呀！你无需痛哭流涕，咱们是乐从苦中来。早晨阴天能改为下午灿烂的阳光，前半生积德行善，后半辈子自然安乐享受。这轮回苦海，虽说没有什么可喜之事，但是生在人世间，就得成家立业，还要追求衣食无忧。也在繁忙世俗生活中，切不可忘记妙法功德与上师恩德，若能信守因果，来世超度之根本。现如今无需再悲痛伤心，你我君臣好好商议良策，倘若能够剿灭黑魔，黑白因果自然会分晓，藏地世界共享太平，你我君臣共享盛世，是不是？臣子青恩啦！我从岭国出发时，森姜仙女花儿和超同叔叔、米琼卡德等人都争先恐后想要与我一同前来北境，期间历经磨难。前些日子里，我碰到了阿达鲁姆女，遂将鲁赞魔王的魂牛魂鸟以及其他各种寄魂动物大部分消灭完毕，这是好消息，要告诉你。"于是，格萨尔大王将离别之情、江山社稷之道理，以法旨金刚不变之曲吟唱道：

　　唵嘛呢呗咪吽逝！

　　阿拉塔拉塔拉歌，

　　阿拉吟自菩提道，

　　塔拉吟自极乐地。

　　六道清净妙法中，

　　法身清净圆满请。

　　头顶太阳宝座上，

　　祈请根本之上师，

　　祈请莲师来护佑，

　　释迦牟尼佛明鉴，

　　上师金刚持保佑，

　　金刚怒相莲师请，

　　尼玛维色上师请，

犹如身影相伴随。

怙主慈悲保佑我,

观世音和文殊师,

无量寿和十一面,

众神一一无法唤,

大发慈悲请垂顾,

如影随形来保佑。

若是不知此地名,

北境魔域荒凉地。

往昔不是魔域地,

中间一段时间里,

藏地北境四部落,

上部阿里三围和,

北境几个万户部,

黑魔并入其领地。

上师成就若不小,

弟子自会得解脱;

寺庙法脉若不断,

僧众自会兴法事;

头人若是非分明，

属部安居自太平，

丰衣足食心愿成。

子女如父母心肝，

父母好心三句话，

若是不忘记在心，

一生衣食无忧也。

往昔藏地游牧部，

之后鲁赞王所有，

自从魔王统治后，

再也没有好日子，

苦难刮起凄惨风，

依然不知喜杀戮，

依照黑魔承传统，

父相子随成性也，

后裔子弟习相随，

而今北境魔域地。

而且老魔鲁赞他，

天竺汉地藏地三，

没有他不去之处，

天亮藏地出行人，

祈祷莫碰北鲁赞，

祈愿上师能避魔，

祈祷许愿就如此。

忍饥挨饿无所知，

衣不遮体寒冷中，

日日夜夜痛苦中。

今年本王来北境，

降魔机会轮到我，

听我之言青恩伦，

我是岭王格萨尔，

丝毫没有假冒处，

在我十三岁之前，

栖居之地我没有，

没有所谓自家物，

没有属部能掌控。

四母叔父超同他，

挑拨离间狡猾人，

里外不分像鼗鼓，

儿子剥夺父亲权，

岭地不曾有幸福。

当我长到十三岁,
上苍神明指示和,
我本人机智思考,
赛马夺魁好计策,
岭部王座当赌注,
嘉洛财富做奖赏,
赛马讲论输赢时,
麒麟骏马赤兔马,
神风四蹄转如意,
未曾想过不能跑,
玉鸟骏马飞如鸟,
不是神马赶不上,
夺魁命中早注定,
千佛菩萨心愿成。

这样过了三年后,
鲁赞三次入岭地:
一次碰上噶德男,
一颗炮石击中他;

一次碰上觉如我，

乌尔朵削弱其魂；

一次碰上丹玛儿，

利箭之下逃脱走。

从此极少侵岭部，

前往汉地路过时，

顺手侵害岭部人，

佛陀愿力未具足。

无端猜忌成怨恨，

岭王闭关没结束，

梅萨珠姆争斗多，

嫉妒使然失梅萨。

戎伦阿奴桑陈和，

藏儿米琼卡德二，

玉杰罗布御膳官，

同为大王内臣职，

阿奴桑陈有坏心，

戎地大王放在心，

对格萨尔不忠诚，

心中不满白岭国，

因果报应落自身，

鲁赞魔王嘴中拿，
我格萨尔去追踪，
快要吞掉卡咽喉，
鲁赞胃口难咀嚼，
犹如吞进黑铁石，
因此不死活下来，
掳往雅康北境地，
这些皆在因果中。

而今阿奴桑陈你，
心眼多了是非多，
打个比方恰到好：
东边太阳出来时，
阴影显现西边地，
自己本身无改变，
好比罪孽因果缘。
平地大声吼叫时，
岩石沟中有回音，
如此因果回自身。
向那皮鼓敲去时，
鼓声自然传回来，

此乃业缘和报应。

心怀邪念之大脑，

暴戾果报回自身，

是否如此可思量。

漫长三年岁月中，

身不由己在北境，

身上鞋衣怎么样？

嘴中饮食又如何？

心中苦乐又怎样？

不可隐瞒说实话，

我猜没有好日子。

但是从今以后呢？

熟门熟路由你说，

大门窗户就你知，

上去入口大门和，

下来出口大路二，

是否明确男子汉？

妙法正道护持和，

邪恶魔域冷暖事，

悲喜如何好男儿，

对我忠心没有错。

我从岭国出发时，

四母叔父超同他，

并非赤诚来相助，

争强好胜嫉妒中，

格萨尔侄子北行，

说是叔叔随相助，

最后北境路难行，

返回岭国不得已。

珠姆心中疑虑多，

过于依恋格萨尔，

难以离别女仆人，

说要随行去北境，

难以前行返回去。

米琼是一片好心，

难以割舍格萨尔，

死亦无憾要同行，

很多路程想陪伴，

最后还得返回去，

如今流落霍尔国。

然后雅康北境地，

继续前行路途中，

遇到了阿达鲁姆，

上午较量比射箭，

格萨尔神通幻化，

利箭无法伤我身，

到最后心悦诚服，

因缘使然成恋人，

鲁姆和我一同行，

鲁赞王之寄魂虎，

魂牛魂鸟皆消灭。

身边仆从虽一样，

赤胆忠心有如此，

机智想法有如此，

智慧谋略有如此，

势力雄强有如此，

不可失误献忠心，

今日该你出征时，

鲁赞魔王之宫殿，

日夜行进何时好？

由你指引前方路，

格萨尔不会欺骗,

来世妙法不会错,

为了苍生不糊涂,

三宝诸神应如是,

为了藏地要前行,

勿忘留存心窝中。

青恩听进放心中,

青恩无误就如此。

格萨尔王唱罢,魔臣青恩深知自己以往那些想法举动,格萨尔大王是了然于胸的,现在万分后悔,心中自思忖:所造恶业之果报肯定会落到自己头上。此生是没亲眼见过那位阎罗法王,除此这身上遭遇众多热凉苦难,首次遭遇鲁赞生吞威胁,心中是惊恐万分。然后生死关头能够活下来的时候,心中何等的高兴。再为鲁赞牵马时,脚上无鞋,身上无衣,饱受寒风霜雪之折磨。最后凭借机智与日夜祈祷格萨尔王的愿力使然,变成了牧羊人,然后提升得到魔臣名位,这也应该是仰仗格萨尔慈悲恩德。想到这里,青恩泪如雨下,好不容易恢复过来,青恩才对格萨尔说道:"不可光顾着说话,请大王喝茶安歇。"青恩赶紧烧火煮茶,侍奉格萨尔喝茶。喝茶完毕后,青恩将家乡之歌以香甜竹叶妙茶之曲吟唱道:

唵嘛呢呗咪吽逝!

一鸣二鸣与三鸣,

三鸣树梢风吹歌,

树梢被风吹动时,

嘉热热和杰热热，

萨热热和斯里里，

不变故土乡音也。

戎拉赞桂麻布请，

戎赞卡瓦格布请。

若是不知此地名，

雅康北境沙漠地，

凡有突兀是沙山，

凡有平原是沙漠，

流淌之水卷沙土，

食人吞马沙丘和，

风卷沙尘仰天和，

飞沙雨水从天降，

不论冬夏狂风多。

身上没有柔软衣，

一年四季缺衣食，

嘴中吃不到糌粑，

麦米一年就一次，

这还有无说不定。

夏天没有温暖光，

冬天寒霜不断来，

冷热犹如地狱般。

鲁赞魔王之恐怖，

只要说出就挨揍，

念此日夜惊恐中。

死后地狱虽恐怖，

鲁赞法门更残酷，

十八地狱冷热多，

北境冷热更难受，

地狱阎罗很威严，

鲁赞魔王更威风。

吃饭感觉没味道，

穿衣感觉没温暖，

与其如此遭罪中，

不如去闯地狱门，

投胎为人之最后，

哪有不死之道理？

念此自我想绝命，

但是心底有希望。

就如古人常言道：

清晨阳光照阳坡，

傍晚阳光照阴沟，

阴阳雪水轮流化；

一日之间冷暖多，

一生之中苦乐多，

一年之内饿饱多，

如此雅康北境地；

前后半生不一样，

上下半夜梦不同，

白日有挨饿饱肚，

念此就会坚持住。

前代长辈有传说，

岭地格萨尔大王，

南瞻部洲之主人，

所有魔王之克星，

来生世界之上师，

所有亡灵救度者，

妙法正道之本色，

一生生命之主人，

业缘因果守望者，

传说有所闻耳中。

最后戎域南拉王，

荣华富贵兵马强，

擦戎竹林之宝藏，

白岭神部取在手，

上中下擦戎各地，

归于白岭神部中，

过去现在皆说好。

男孩还在幼小时，

说是苦乐轮流中，

想此一直报希望，

等待之中如我愿。

虔心信奉三宝神，

来世救度自然中，

今生运气自然顺，

丰衣足食有保障。

礼敬供奉诸上师，

东拼西凑还债多，

来生世界有回应。

无所顾忌之杀戮，

不净五百轮回中，

杀人偿命应自身。

对上师心怀异心，

不听父母良言二，

善良伴侣良愿三，

执着心中添烦恼。

深信一切妙法心，

灭除障垢无有余，

所说一切应如是。

没有回报父母恩，

落入鲁赞魔王手，

北境腹地待九年，

今日幸福日子来，

森钦大王来北境，

君臣二人得相见，

比这高兴哪里有？

所言极乐大世界，

今日到了亲见时，

如今永远会安乐，

前后时间长短中，

鲁赞魔王必消灭,

森钦臣子一起行,

君臣头颈不分离。

日出时刻常常有,

没有比今日温暖,

人之一生悲喜多,

只有今日最高兴,

真是幸福舒坦日。

而今森钦仁波切,

何去何从我随行,

征服鲁赞魔王时,

武力助阵我跟随,

绝不退缩冲向前。

巍峨高山之后援,

一百大山围绕中,

灿烂群星之后援,

日月旋转路途上。

小孩身后有大人,

武力较量岂能怕?

上师背后有三宝,

而今不变幸福中。

然后鲁赞魔王他,
出行远近行止等,
桑陈我虽不清楚,
休眠冬夏留宿地,
城堡守卫之惯例,
央热大门以下和,
四闸铁门以上事,
卑职心里很清楚。
不死金刚戎伦我,
如今决然不想死。
赞拉财神来身边,
无财不会被耻笑。
得道高僧之门徒,
没有修行也无罪。
大户富人之仆人,
无财意识不会断。

此番前往鲁赞宫,
央日纳宗大密林,

梅萨女子掌控中，

外在寄魂牛驴等，

栖居何处我知晓，

心想事成必然中。

前去联系梅萨女，

应该交心梅萨女，

如何行事梅萨知，

鲁赞死期梅萨知，

离心离德不会有，

大王您要相信我。

听进大王放心中，

不懂心中再思量，

还有事情慢慢说，

但愿君臣不分离，

祈求能同心协力。

  青恩唱罢，森钦大王极为高兴，立刻给赤兔马配上鞍鞯，二人驰向鲁赞魔宫。一连走了三天，青恩设法让格萨尔雄狮大王正好于一月一日晚上抵达鲁赞城堡门口，鲁赞大王毫无觉察。梅萨梦到了各种吉利征兆，心里无比喜悦，当夜激动中未能入睡。于是，梅萨在一十二个深思中，二十五个谋划里，想起最近三个月以来的梦兆，猜想格萨尔大王必然是来到了魔域，于是，天还没有亮，就起身梳妆打扮，礼拜烧香，还打算在魔堡顶部燃放桑烟。

梅萨刚走出城门，就遇见了来到门口的青恩。

梅萨说道："呀！你是为何前来？一个远山放牧之人，为何来到城堡门口？有何要事禀告？"青恩回话道："若是吉言，姑娘要自重，有事不要宣扬且留在嘴中。今日吉祥时刻，孔雀羽毛虽耀眼，黑头藏人却喜欢听杜鹃鸟的欢唱鸣叫。诸佛上师恩惠虽大，慈悲保佑南瞻部洲子民的却是雄狮大王。北魔鲁赞虽然势力强，神通广大的上师，你可知他到了哪里？"梅萨听后愣在那里，无言以对，泪如雨下，不知所措地一直等到阳光照射到山顶，终于与格萨尔大王相见。

梅萨立即恭请格萨尔王到内殿，马王赤兔白鼻马摇身一变，变成风脉皮筋隐身到格萨尔腰间皮囊中间。然后格萨尔大王直接走上魔堡顶，把鲁赞的寄魂黑旗头尾颠倒扔了下去，在魔宫所有屋檐走廊里投放污秽脏物，施展让鲁赞毫无觉察的魔法。魔堡北角顶层阁楼中找到一处一门两窗户、瑞光闪闪的天神居所，格萨尔王就此住了下来。梅萨将茶酒饮品和各类美味佳肴献于此屋之中。

随后梅萨又前去鲁赞身前，假意问候道："呀！大王还疼痛吗？"接着给鲁赞提供血肉之食。就这样过了十五天，降伏老魔鲁赞的时机终于到来。就在十五月圆之夜，虚空苍穹之中，飘飘云朵路上，白云瑞叶呈祥，乌云细雨绵绵处，南曼杰姆姑母她，胯下骑着白狮子，身后紧随蓝色玉龙，右手摇动紫檀鼗鼓，左手摇着白银小铃铛，艳丽锦袍如彩虹，上千名预言仙女围绕身边，为了给格萨尔大王指引迷津，将预言授记之歌以空行母不变长寿之曲吟唱道：

    唵嘛呢呗咪吽逝！

    阿拉阿拉阿拉歌，

    阿拉歌儿引领曲。

礼敬赞颂上天神,

垂念护持保佑和,

助力助阵做后援,

如影随形来保佑。

中天须弥神殿中,

红色狮堡之脚下,

庄严神宫内殿中,

五色彩虹帐篷里,

八十层坐垫顶上,

念青古拉格佐神,

黄衣黄帽黄旗飘,

红色云马如闪电,

飞禽翅膀抖动声,

大鹏展翅凌空飞,

白色雄狮右侧立,

蓝色青龙左边绕,

斑斓猛虎右边跑,

黑斑豹子跑左边,

今日到了呼应时,

助力勿小来救应。

大海珍宝龙之地，

碧蓝火红龙宫中，

三层碧玉宝座上，

身披碧玉甲胄汉，

蓝色锦袍披在身，

蓝色水马胯下骑，

龙王邹那仁青他，

百千龙兵随身绕，

如意宝珠世界里，

不要分心来护佑。

虚空蓝天宝刹中，

千万空行母主尊，

智慧女神紫檀女，

益西措杰仙女等，

如同乌云卷过来，

要为俊杰指明路。

若是不知此地名，

雅康北境山后面，

九尖铁刃魔堡顶，

最高神殿内室中，

国王天子留居处，

预言授记妙闻所。

若是不知我是谁，

神鸟黄色一鸭子，

从南飞来到北方，

北境南措湖右绕，

并非情愿显金翅，

湖水解冻来催促，

到了浪涛翻滚时。

点绿羽毛杜鹃鸟，

从门隅飞来藏地，

藏地树梢响妙音，

不是过来显美嘴，

润雨时节已到来，

春夏季节之候鸟。

虚空蓝天法界中，

措曼廷肖神殿内，

诸神护法排列时，

南曼杰姆奉法旨，

不留天竺来藏地，

不是为摆弄口舌，

岭王禅定开智慧，

该是射出降魔箭，

不可再拖要赶紧。

鲁赞魔王魔中魔，

今日消灭时机到。

如此恶魔若不灭，

南瞻部洲难安宁，

佛陀正教会消亡，

若是正教不兴盛，

高岗藏地难立身，

慈悲不救众生灵，

罪恶笼罩苦难地，

所有人类变罗刹。

比起以往岁月中，

苦难沉沦更加大，

美味佳肴无口福，

锦衣柔服会绝望，

念此前来作指示。

到了如今这时候，

利箭飞射鲁赞王，

不可低于头顶角，

不可高于角尖上，

精魂所处在颅骨，

箭指头盖骨中间，

天神助力做后援，

不用惧怕胆气壮。

懦夫不会降顽敌，

笨女不可当伴侣，

念此相信诸神明，

诸神菩萨如彩虹，

刀刃箭锋更锐利。

魔王头顶右角中，

存有十八大命根，

纳宗山口已击落，

虽说右角落地上，

左角魂魄还存在，

不要失误当箭靶，

姑母授记就这些。

就在暗杀魔王时，

如何行事问梅萨，

鲁赞魔王若不灭，

天下苍生无宁日，

佛陀正教之对头，

抓住机会格萨尔。

听进牢牢记心中，

姑母预言非空话，

后续还会有指示，

歌词刻画在心间。

唱罢，南曼杰姆腾飞空中，越来越高，最后犹如彩虹消散般无影无踪。

森钦大王心想：到如今能不能将心里话告诉梅萨，姑母也没有明说，应该怎么办呢？正在左思右想之际，突然想到一则谚语，求法九次之上师，虔信热衷过头时，一旦碰上假冒高僧，来生没有指引，反而可能上当受骗；生下九子之女人，若是诉说三句心里话，有可能将丈夫出卖给敌人；做过九次买卖之结义兄弟，珍宝财物不应寄托给他，最后有可能被欺骗。想到此例，格萨尔觉得不得不防备梅萨，于是便沉默不语。

梅萨也听到了南曼杰姆的歌声，便问格萨尔王："发生了什么事？刚才你在屋内听谁唱歌说话？"格萨尔王沉默不语，只是说道："而今到了射杀鲁赞魔王的关键时刻，你去打探一下鲁赞魔王的睡觉习惯和命根寄魂之所。"

之后某一天中午，鲁赞大王突然感觉被巨石压住了头部，浑浑噩噩，对梅萨说道："你来洗一下我的头发。"于是梅萨清洗了鲁赞从来未曾洗过的头发。梅萨发现魔王大魂所在是在头角一肘之处，小魂所在是在头角一寸之地，就是始终没能发现九角精魂所在的位置。梅萨似乎在不经意间说道："好心长寿的大王啊，洗头不可留下脏黑脸庞，清洗头部顺带也把脖子弄个干净，洗澡顺便要把后背肩胛也擦一擦。"洗完以后，梅萨女子拿出一只老野牦牛的鲜红肺部夹系在自己双腿之间，搔首弄姿，使出浑身解数，然后搂住鲁赞魔王的脖子，家长里短中，想要套出鲁赞魂魄居所，以九变性命之曲吟唱道：

　　　　　　　　唵嘛呢呗咪吽逝！

　　　　　　　　一鸣二鸣三鸣声，

　　　　　　　　黑魔九转魔音调，

　　　　　　　　鸣声吟自北境语，

　　　　　　　　北境荒漠非故乡，

　　　　　　　　却是终身相许地，

　　　　　　　　心中故乡没两样，

　　　　　　　　不得不吟北境曲。

　　　　　　　　祈请黑色魔尊神，

　　　　　　　　荣华富贵与运气，

　　　　　　　　但愿时常旺盛中。

　　　　　　　　若是不知此地名，

　　　　　　　　北境雅康内麓山，

　　　　　　　　崇山峻岭虽没有，

　　　　　　　　一望无际沙漠地。

北魔鲁赞（下）

北境荒漠沙地中，

一生福运魔境中，

我虽无奈却喜欢。

天空降下雨水来，

大地不得不承载；

沟头河水暴涨时，

谷口桥梁要接住。

前世注定因缘中，

世间沉沦不得已，

因此北境当故乡，

一生便是姑娘家，

北地鲁赞大王您，

一生悲喜询问处。

欢乐好比太阳出，

悲苦犹如夺命刀；

悲喜不平如锯齿，

饱饥犹如鼓风囊。

世间阳光之冷暖，

照在姑娘身心上，

和煦舒适寒冷苦，

不会常存一状况，

上山下坡如褡裢。

一山之后一陡坡,

不爬高山陡坡地,

不到平原平坦路。

不尝苦味过生活,

不知人间有甜味。

不披粗衣在身上,

不知棉袄有柔软。

身心不尝苦头活,

心中难生幸福感。

悲喜不平如锯齿,

花色人生如鸟羽,

这些便是今生缘,

正如从前俗言称。

再说古人常言道:

秃鹫会食人身肉,

明知是脏无缘拒;

灰狼走尽山崖路,

明知会累无缘拒;

河中鱼儿存水间,

明知冰冷无缘拒。

上世之缘不能拒，

额上皱纹擦不得。

姑嫂祷告之灵性，

姑娘门槛高低中，

美与不美脏三种，

上世修的今生缘。

荒漠北境山背后，

幸福日子云中日，

欢喜过后会有悲。

未曾报答父母恩，

疾病之后有伤痛，

诸佛上师没供奉。

如同梅萨奔吉我，

留住北境前世缘，

鲁赞大王权势大，

未想会是我夫君，

前世愿力因缘中，

无论悲喜成伴侣，

除此还能说什么。

再说古人常言道：

男人面对心仪女，

像是箭射草地里，

风吹箭走无所谓，

剖开必然难抓住。

女人用情男人时，

犹如手抓鲜红肉，

粉身碎骨无所谓，

是否如此大王啊！

全心交托是伴侣，

全心向我是伴侣。

丰盛羊肉是富人，

漫长春季用餐时，

三餐别样是富户，

爬山下坡是良马，

让人放心好姑娘，

心中无忧就安乐。

而我梅萨奔吉女，

家乡远在木雅戎，

玉孜大王之公主，

从前木岭交战时，

一来超同魔咒强，

二来总管诡计多，

三来岭部好汉勇，

玉热孜杰父王他，

黑白套索活捉后，

木雅玉宗岭人占，

木雅盐宗药宗占，

木雅地方之宝藏，

被那岭部所侵占，

未能报仇雪恨中，

直到现在悲欢间。

然后鲁赞大王您，

来到戎地就是好，

掳走梅萨心中喜。

早上跑路长久者，

夜晚休息就舒适。

丈夫身居在高位，

王后心气则愈傲。

九尖铁刃魔堡中，

鲁赞王与梅萨二，

北魔鲁赞（下）

声名响彻全天下，

日月光芒能照到，

大地仅能包容下，

藏地上中下部和，

天竺汉地泥婆罗，

一日之间能环游。

若无这等强大者，

有容下大山之肚，

身披蔚蓝天空衣，

还觉不够衣领子，

大地铺在身体下，

仍觉膝盖无处放，

能食这世间万物，

可却仍不够吃饱。

何去何从自由身，

孑然一身随性中，

挺胸俯首任随心，

父母积累的财富，

怎使由得儿孙身？

岂不闻古人有云：

大寺院中的高僧，

休学佛法生慈悲，

为了天下父母亲，

祈愿圆满得解脱。

那金黄色的佛像，

像那金色的天鹅，

头戴长顶的帽子，

身后麻烦一长串，

背上罪孽重行囊，

抢走富户施主财，

未能指引幸福路，

施主心生弃佛念。

心怀慈善的上师，

嫉妒愚昧自身舍，

仇恨贪念从心舍，

常念佛法之教义，

爱心用之于修法，

终致地狱于佛地，

其业众生之佛业，

奉天奉命之颂扬，

吝啬不顾于一边，

六行众生之公事，

此等便是佛祖业，

有些慧聪行世间，

有些修秘诀修行，

心修外教之教义，

这等活法害来世。

施主眼中之精彩，

想用多玛来洗礼，

海螺自吹响当当，

天使之歌越忧伤，

英雄飘舞具英姿，

展现幻眼之精彩，

实则无真正意义。

人性恶毒又残暴，

不念佛经修秘诀，

仅行杀人之恶业，

外道大师饶塞和，

噶饶旺秋大神和，

大神喜日旺修和，

外道喇嘛阿隆和，

外道辛饶魔幻子，

神通魔力诸魔尊，

糊涂之中去信奉，

此乃人世间行事。

然后鲁赞大王啦！

您的想法又怎样？

雅康北境这地方，

丰功伟业大领主，

如您天下安能有？

别说存在未曾闻，

小小眼珠未亲见，

雪白心中未想过。

大叔鲁赞大王您，

您是多国之兄弟，

又是多国之使者，

白帐大王之叔叔，

萨当大王之祖父，

辛赤大王之舅舅。

南瞻部洲大地上，

凡是血肉人类身，

所有心向魔国者，

所有贬损佛法者，

所有身行恶业者,
所有凡夫之肉体,
即便是黄金之身,
也都由嫉妒作祟,
仅做无用之祈祷,
对佛陀也大不敬,
对僧众也大不敬。

然后鲁赞大王您,
身具这等大威望,
这无边大地之间,
没有您等肉身者,
是兽王之休息地,
是万物之栖息地,
是多么的威望啊!

幸福女子乃如我,
生在母亲之怀里,
天下少有如我者,
诸佛妙法虽知晓,
却对魔王表忠心,

恶业根本了然胸，

成为鲁赞大王妻，

比这高贵哪里有？

雅康北境之王后，

鲁赞大王之伴侣，

黑色魔部归心处，

实在欢喜说不完。

然后大王法力广，

每日环游这世界，

谁有这等飞行术？

何去何从自由中，

谁人算是可靠人？

夜晚疲倦当入睡，

昏睡痴呆表现和，

心中欢喜怎聚合？

身语意之依赖中，

生命魂魄存何处？

奇异神通有哪些？

征兆精彩又如何？

不用隐瞒道实情。

伴侣父母和坐骑，
没法选择前世缘，
这个安能去转换？
我是诚心对您好，
您也必须说实话，
我与您共度一生，
食之饭与穿之衣，
所有放于我手中，
上有宫殿与宝库，
下面家畜围墙门，
心生感激能赐我。
身心自由大王您，
感谢做终生伴侣，
此话非甜言蜜语，
南瞻部洲大地上，
我们夫妻这二人，
蔚蓝无边的天空，
惊其能盖住我头，
一望无际的大地，
说于我肺腑之言，
我予您终生服务，

我这凡夫之肉身，

不给大王能给谁？

您是我心头之肉，

您是我掌上明珠，

您是我嘴中之舌，

如此安能无平安？

歌若听进放心中，

不听不当一回事，

就算姑娘没道理，

大王心中请谨记。

梅萨如此一番巧言妙语，就是想套出魔王七魂六魄所在秘密。北魔鲁赞心中暗思：我乃威猛无敌，权势冲天之人，福运和神通圆满自在，未卜先知，又受众魔神之保护，因这世上没有与我匹配的女子，这北境梅萨奔古所言不虚，不是北境女子而是戎地女子，来自戎地木雅地方。因为我鲁赞食欲兴盛，又喜欢东游西逛，可以说行遍天下，没有鲁赞未到之地，连个针尖大的地方我都去过。我没有坐过的地方，连一块坐垫般的大小也没有。下自汉地王法围墙，上自天竺教法地，泥婆罗、卡切、里域、大食、突厥、蒙古，等等，所有地方我都转过。虽然看到过许多美丽的女子，但是没有找到适合我的女子。梅萨女子所言有道理，我和她血肉之躯多次交欢，长此以往，说不定还会留下子孙后代，不与她交心还能有谁？看来必须以诚相待说实话。

于是乎，鲁赞大王就说道："我的七魂六魄确实分别寄存于野牦牛和毒蛇等动物身上，但是最后的精魂还是在自己身上，就在似睡非睡之间和心头明亮昏暗之际，马王飞旋腾挪之交，时间征兆会出现明显变化。"说完，以九变黑魔之曲吟唱道：

一鸣二鸣三鸣声，

三鸣声中唱首歌，

鸣声吟唱魔域音，

肉嘴不变是魔歌。

祈请大力魔尊神，

扎森纳魔霹雳妖，

红黑霹雳掌控中，

虚空乌云笼罩中，

雷雨闪电与霹雳，

击打顽敌头顶上。

碧绿大海深渊中，

黑妖女子毒树中，

龙妖食人青蛙魔，

大力翻滚浪滔天，

龇牙咧嘴欲夺命，

水中动物入其嘴，

地上人与天上鸟，

地上虫子有命者，

食肉青蛙咀嚼中，

迅猛起来保佑我。

巨型毒蛇昂头中，

毒舌毒牙阴森森，

剧毒毛孔偾张中，

毒蛇嘴中喷毒雾，

毒云弥漫飘荡中，

毁灭三界毒风吹，

今日到了关键时，

前来护持莫失误。

若是不知此地名，

九尖铁刃魔堡中，

血雨腥风黑魔宫，

外道魔王寄魂地。

祖辈父辈儿孙辈，

九代魔系王统下，

北境铁角南宗堡，

继承父业之魔王，

如我后代子孙辈，

北魔鲁赞（下）

从那下界龙域中，

龙妖辛玛故乡地，

昂噶热杂龙之魔，

食人青蛙龙之妖，

飞翅黑鱼龙之妖，

黑色猫鹰龙之魔。

黑水毒液沸腾处，

龙魔小儿夺命者，

父亲说是赞魔后，

母亲说是龙妖裔，

世界命主鲁赞称。

尾巴搅乱翻海涛，

头发飘散天上云，

虚空三界伸手抓。

奔腾飞翅赛疾风，

康巴梅巴风中马，

飞跑毒霜寒雾中，

饥饿狂吃红人肉，

渴了狂饮人鲜血，

命脉自控黑魔力，

不变枭雄魔之子，

不是随便能较量。

九耀魔煞鲁赞王，

大地生灵之克星，

黑头人类畜生群，

凡有心识皆惊恐，

无知畜生更无命。

在这以往岁月里，

二十五岁大年中，

沉稳大度鲁赞名，

去往汉地地界时，

羊皮帽子吃千万，

上去天竺国度时，

黄帽僧侣吃千万，

泥婆李域拉达克，

顶盔掼甲吃千万，

悉补野和多康地，

没有我不去之地，

千万人马没法数，

途中血流成河也。

奔跑速度怎么样？

比那空中飞鸟快。

脚力雄健之骏马，

体大宝珠马角长，

百神百魔百鬼绕，

比起飞鸟还快速，

一日之间转世界，

此马对我恩情重。

今年年初开始后，

犹如晴天霹雳来，

浑如空中狂风吹，

好比大地江河涨，

射来邪恶霹雳箭，

热钦康巴马牺牲，

马头顶珠无影踪，

大王我的寿命折，

满身疼痛难忍中。

除此往日岁月里，

良家后辈子弟是，

奶水茶水喂养中，

糌粑吃不饱肚子。

施咒大师化缘中,

如山贪婪肚子中,

大江之水难解渴,

蓝色青龙强壮身,

空中雷鸣电闪中,

身体翻转还不够。

鲁赞魔王力无穷,

天竺汉区藏三地,

三界苍生吞吐中,

就有几个嚼不动。

你之所言并不虚,

人生伴侣心中话,

将会对你梅萨说,

我之命根在湖中,

黑色九头毒蛇在,

此蛇龙妖之子嗣,

这些动物若不死,

鲁赞大王不会死。

第二命根在毒树,

黑树毒刺枝叶茂,

此树枝叶不枯萎，

北境鲁赞会长寿。

还有寄魂绝壁鸟，

猫头鹰羽毛不掉，

北境鲁赞命不丢。

第三命根野牦牛，

魂牛骨肉不散架，

鲁赞性命无担忧。

第四命根在天龙，

黑龙黑铁火焰翅，

若不将其击落水，

鲁赞性命无威胁。

第五命根是雄鹿，

壮年雄鹿毒角耸，

与众不同角更长，

直冲蓝天欲画图，

只要鹿命能稳固，

鲁赞生命无威胁。

真正精魂所在处，

红色火焰蓝色水，

黑烟笼罩这身皮，

角根星火闪闪中，

角腰黑烟滚滚冒，

此火若不用水灭，

鲁赞之魂无法灭，

消灭九魂非易事。

然后爱人梅萨女，

对你隐瞒跟谁说？

饭避父母要给谁？

与此说法道理同，

我心中肺腑之言，

今日向你梅萨说。

当我鲁赞临睡时，

丝毫没有哈呼声，

静悄悄星火闪烁，

身体风脉未停息，

正是似睡非睡中。

当我叫响呼噜时，

心智无拘狂牦牛，

鼾声如同震雷声，

此时就该熟睡中。

但是胡思乱想中，

大事诸行举动一，

漫长人生度法二，

降伏恶敌方法三，

这三想在脑海中。

呼噜声响加大时，

灵魂飘向虚空中，

胯下骑行蓝色龙，

围绕世界走一圈，

杀生夺命千千万，

此时心智还清醒，

谁也无法加害我。

但是正值年初时，

朵麦岭国部落中，

非人非鬼觉如他，

来到雅康北境地，

到了何去何从和，

副手后援等兵马，

双眼蒙蔽看不清，

否则何来惧怕心？

但是非人非鬼者，

射出利箭如霹雳，

若是击中我命根，

我的长寿会折损，

磨难劫难会增大，

这些记住梅萨女，

到时里外要分清，

眼前美丽之眼睛，

可要擦亮眼珠看，

三十白牙排列中，

心血不可洒地上，

无比信任的妻子，

能否听懂梅萨女？

若是听懂放耳中，

不听歌儿不重复，

梅萨心中要谨记。

北魔鲁赞大王唱罢，梅萨终于探到了鲁赞魔王所有命根命脉栖居之所，高兴得差点合不拢嘴，心中暗自思道：这暗杀鲁赞的方法，已然掌握在我梅萨手中，何须动用刀枪箭等武器？鲁赞气数已尽，我梅萨女子自己就可以消灭这魔王。于是梅萨心中生起无比勇气，神清气爽，快乐不已。

然后梅萨虚情假意地说道："我亲爱的心上人儿，您所说当然有道理，当您沉入梦乡时，观敌之哨我来放，侦查巡哨我来做。太阳未升黎明时，你在梦游上中下各地时，上自魔堡顶部，下到城门之内，如同老鼠耳朵般大小的敌人也不会看到。若是出现只能怪我梅萨把守不严，除此哪会有什么敌人？大王您的肺腑之言，我定会牢记在心。衣短便于系腰带，话短便于牢记心，食美味便于进食，如这些谚语一样，我欣然接受您的建议。"于是假装高高兴兴地留在魔王身边。

次日天刚明亮，鲁赞魔王径直前往北境上部之姜塘邦雄地方，巡游探视那只寄魂野牦牛。只见一百只母野牦牛冲下山坡，小牛犊扬起尾巴跟着母牛跑，很多老牛也在后面跑，野牛喘气声与牛蹄踩踏之声，交响山野，感觉北境荒漠可能会变成泥泞之地。有些牦牛往山上跑，有些往山下跑，有些在原野上躺下来。可是漫山遍野的野牦牛群，唯独鲁赞的魂牛不知去向。魔王射出一支红鬃四羽铁箭，杀死了十五头野牦牛，接着生吃了那些野牦牛肉，但是肚子边角也没有填满。之后又继续前往纳玛草甸，探视隆玛粗协寄魂野驴，只见不少白唇野驴，野驴母子悠然自得，公驴母驴徜徉其间，唯独不见自己的寄魂野驴。鲁赞心底不禁暗思：呀！我的寄魂野驴不在此处又会跑到哪里去呢？然后射出一支铁箭，杀死了一百多只野驴，吃完这些野驴才算半饱肚子。然后继续往沙漠之地奔去，只见几千只长角羚羊犹如狂风般疾驰奔跑，就是看不到他的黑色大力长角寄魂羚羊。魔王又射出了一支箭，杀死了上千只羚羊，吃完这些羚羊肉后，这才觉得稍有饱意。

然后，鲁赞开始返回魔堡，因为所有通灵寄魂动物已然被消灭，鲁赞魔王变得昏昏然不知所措，迷失了方向，没能及时返回自家魔堡中。

九

　　此时，格萨尔王和梅萨二人商量了很久，格萨尔似乎还犹疑不定，于是梅萨说道："那么，尊敬的格萨尔王，降伏黑魔时机已到，消灭魔王的义务该你来承担，上天旨意是否有？如果没有，梅萨愿当射箭手，北魔鲁赞性命我来取，我梅萨奔吉会被指责为恶女，但是不会有丝毫后悔，因为这是为了佛法大业，天下苍生社稷之伟业，是佛教之事。"接着毅然决然地取弓抽箭，勇力拉开热桂其钦牛角弯弓，将长寿神箭之箭尖磨得锋利锃亮。梅萨接着说了句"雄狮大王不可犹豫分心"，遂将如何射箭，不能只是让其射伤未死，如何挥刀斩去，不能让其脱逃，如何扔出套索擒拿，如何使用长枪等注意事项，以空行仙女妙音之曲吟唱道：

　　唵嘛呢呗咪吽逝！

　　阿拉歌儿起音曲，

　　塔拉大事之说词，

　　塔拉塔拉岭人歌，

　　白岭部落吟唱法。

　　尊敬上师仁波切，

　　不能违背圣誓言，

　　向三宝诸神祈求，

　　祈愿妙法能昌盛，

上师鸿运能齐天，

僧人戒律从根净，

来世光显微妙法，

法身清净圆满中，

白岭男女老少们，

长寿富运愿兴隆，

命运福气能昌盛，

荣华富贵能齐聚。

若是不知此地名，

北境荒漠沙石地，

冬天冷风吹打中，

簌簌寒风乱乡土。

夏来与青龙相近，

蓝色大海之乡乱，

上官之命要遵从，

若不与下村相邻，

盗抢敌人乱天下，

下村恶谣传边地，

官人没有严惩恶，

最后官乱村庄散。

此例说法有耳闻，
此地是妖魔之乡，
魔王鲁赞出生地，
沙漠之嘴吞天下，
水差年水脏河流，
无草之地光秃秃，
山丘之势很稀少，
绿草没有草香味，
没有比这更差地，
不用思想便失望。

我是何人你当知，
上师大德之门徒，
妙法修行与实践，
解脱成佛之根本。
掌权大臣的下臣，
会算聪明有智慧，
继承王位成自然，
慈母严父好男儿，
耕种劳务全努力，
是衣暖饭足根本。

祈祷之愿显大地，

山高地平水清澈，

风调雨顺之根本。

美如仙境的山沟，

玉孜大王之公主，

空行智慧之女神，

千万智慧神之首，

法和善事若不兴，

因果之轮若不正，

羞涩感恩便不知，

尊者上师之法智，

乃请求法智之人，

对属下无家乞丐，

积德施善的善人，

无罪弱者的救主，

凶悍恶魔的杀手，

食物撒于女人上。

黑恶魔鬼降伏日，

无男尊女卑观念，

三轮不会轮身上，

乃空行智慧女神，

无谎言和欺骗事,
是佛教的基本法,
尊崇上师的旨意,
恶言坏事抛身后,
他乐自福说好话,
迎面小谈他人乐,
乃贤妻良母之举,
我言对否格萨尔?
好女起来最前面,
双手祈祷站起来,
法之智慧积于身,
好命积福欢一生,
轮回之路有迎接,
在世会丰衣足食,
好官遵守规范法,
恩惠父母报孝心,
对老人以尊相伴,
对幼儿以爱陪伴,
喜做积德行善事,
损人之事抛身后。

中女起来在中间,
清脸洗漱身干净,
五彩衣物着身上,
金银首饰戴身上,
珊瑚松石戴脖上,
各种珠宝饰全身,
干起活来快又好,
洁白脸庞常带笑,
喜财积财财富足,
上报父母之恩惠,
需要之人施食物,
无需之手不理睬,
话少洁身懂自律,
谎言骄傲抛身后。
懒女起在最后面,
欲望脾气自身大,
懒惰睡眠的奴隶,
爱人似敌恨入骨,
恶语嘲讽无良言,
最后不愉互厮杀,
离弃爱人自嫁出,

无亲无家如孤儿，

牛羊牲畜落山上，

盗窃之福被卷走，

立场不定如风烟，

说话无根如河沙，

没有志向如大风，

梦想之地无第二。

男儿也分优良差，

优等男子天生优，

富贵之命轮回轮，

击退恶敌守天下，

尊崇上佛祖旨意，

金银财宝换佛法，

积德之财换佛法，

心志立志为佛法，

供养僧人得福报，

上师菩萨献珠宝，

贫弱施舍功德满，

不论男女皆尊重，

专攻饶益苍生事，

部落赞颂出人头。
中等男儿之举动,
杀敌利器不离身,
是恶敌心腹之患。

此生不忘铭记心,
对恶敌没有仁慈,
敬爱自己的父母,
常善于积累财富,
经常拜万能三宝,
下布施劳苦群众,
上尊崇达官贵人,
遇敌显英雄气势,
利矛指向敌人心,
快箭指向其喉咙,
说话要说真诚话,
美食与亲人共享,
恶煞见状身心颤,
全力拉起铁弓箭,
两指间嗖嗖而过,
飞箭怒插箭靶上,

挥剑与其额眼间,

敌人倒在利刀下,

把手挥起长铁矛,

长矛立地仇人倒,

飘绳能使彩虹散,

恶敌圈进黑牢里,

脖挂铁链似狗牵,

英雄美名传天下。

劣等男人之事业,

口出粗言无出息,

懒惰无能守帐篷,

上额日晒黑溜溜,

因行其盗致争论,

像那山口的经幡,

遇见强敌失尊严,

言其胡乱无根据,

世间无物能形容,

深奥之理无力解。

见到仇敌跑如狐,

遇亲则如见仇家,

出口狂言语哭嚎,

前言违后自矛盾，

财尽家亡沦人奴，

遭其恶果怨天地，

亡其阁府无善记，

生其一生无安宅，

懒惰之性混余生。

神圣的格萨尔王，

鲁赞魔王熟睡时，

头顶冒金色火光，

角顶冒出有毒气，

牛角中间烈焰烧，

犹如遗体无迹象。

魔王鲁赞睡意浓，

神箭精瞄魔王角，

离弦之箭震脑浆，

头顶之盖瞬间破，

脑海之穴也破碎，

神箭怒射魔头时，

神箭离弦穿喉咙。

你若不射此神箭，

射箭之法我也懂，
你等不具男儿气，
降魔之法我也懂，
藏地历代女子们，
辱骂你等无能儿，
男儿无能女子冲，
利刃不穿用石砸。
若你不用此妙计，
魔王鲁赞无惧怕，
敌到门前不降伏，
有违上天之圣意，
降魔之法已预言，
从今日开始我等，
万箭夹弦降魔王，
你若不敢我来射，
今若不灭此魔王，
死缠烂打也要杀。

是否听懂格萨尔？
不要胆怯雄狮王，
救应莫误菩萨您，

菩萨心中要谨记。

梅萨唱罢，诺布占堆雄狮大王心想：一个女人都会说出如此豪言壮语，不比男子汉差，比那珍贵黄金还要稳重。丰富多彩的珠宝不可沾染上污垢。武艺高强之勇士，不能喝下胆怯之水，以免落荒而逃。在三界诸佛菩萨跟前，不可违背誓言，此乃我佛谆谆教诲。一个女子尚且出此豪言，我又岂能不敢与鲁赞较量比箭？于是朗声说道："呀，呀！如果梅萨姑娘你真的无所畏惧，我守护佛祖的教义，替天行道，是三界六道的父母，今日若有丝毫动摇之心，将会遗臭万年。今若不降伏此老魔头，这世间四面八方，除了遭受魔怪威胁，所谓佛法护持就会犹如缥缈彩虹一样。药物不能医治患者，来世妙法不能指引，卜算师不知历法，卦师算卦不灵，神鬼不分善恶之情将会出现。而今确实到了射出昂巴扎堆神箭之时刻。"

于是梅萨和格萨尔就像猎人守候麋鹿、窃贼等待主人入睡、饥渴之人期待水一样，不让睡意迷糊意识，并向三宝诸神祈求，呼喊各路战神威玛前来协助。

北魔鲁赞总算回到了魔堡，在白玛多丹九层围铁的黑暗寝宫之中，辗转反侧，用兽皮包着身体睡了过去。三更之时，哈热热呼茹茹声中烈焰腾空冒出，但是火焰没有烧到角根。角尖烟雾弥漫，但是角腰还是没有燃烧。如此无法入睡之中，魔王思来想去，心中盘算着：看今年这情形，应该有外敌侵入，但这座城堡内有浓浓的人和狗的气味，难道是梅萨贼妇藏了男人？在魔王的忐忑不安之中，梅萨像山口哨兵和河边船长一样等待着，格萨尔王也未找到适合射箭的时机。

三更已过，快到五更之时，黑夜白天就要分开黑白之际，飞禽鸟兽皆已经沉睡过去，没有丝毫声响，天地之间一片寂静。森钦大王在热桂其坚长弓上搭上智慧神箭，开弓欲射，但弄出的响声惊醒了鲁赞魔王。魔王抬头说道："这是什么声音？今夜听到的响动怎么如此刺耳？"梅萨奔吉回道：

"大王，是我给您编织衣物时抖动弹弓产生的声音。"犹疑不定的魔王让梅萨再弄一次这种声响，梅萨拧紧编织弹弓，用力一抖，发出了呜呜之声。鲁赞说道："虽有疑问，但暂且相信你。"

过了一会儿，当魔王进入沉睡之中时，格萨尔王张弓搭箭，慢慢靠近魔王。虽然双脚立地，但是有点怯阵的格萨尔王像山口的经幡一样颤抖，身上甲胄也跟着抖动发出了森森声响。魔王鲁赞又被突然惊醒，说道："呀！倒霉梅萨奔吉女，今晚为何有如此怪异响声？"梅萨回道："是大王您的八瓣莲花茶碗和八叶羊脂玉碗掉落地上的声音。"魔王说道："那就再信你一次。"随后又睡了过去。

快到黎明拂晓时刻，梅萨心想：看来射杀魔王已然无望，可怜的格萨尔怎会有如此丑态囧事？这种懦夫行为，很快就会传遍整个藏区，真是枉为男儿身。从今以后藏地世世代代，所有健儿好汉都会变成胆小狐狸，摇着狐尾逃跑，所有射手手已残，携带弓箭者越来越少，除此之外还能有什么？鲁赞魔王即将脱逃。想到这里，梅萨一把抢过格萨尔手中的弓箭，说道："你不敢射箭，还如此颤抖，如此害怕，焉能降伏魔王？趁着鲁赞已经沉睡，要射暗箭，就让姑娘我代替您吧！"随后弯弓搭箭准备射出。

森钦大王说道："呀，呀！人怎能没有神灵护佑？诸神又怎会没有法力？我为众生而来，奉上天之命，在天竺金刚座地方，八十成就师之首，三怙主集于一身，名字就叫格萨尔，拯救世界之栋梁，男子汉之战神，十万空行母的眼睛，所有男儿至尊宝。今日如果不射出此箭，就会变成世纪大笑话。佛法之业若不兴，苍生幸福何处来？万物若无幸福源，直立人们就无法在大地行走，家中畜牲也没法在山上生存。为了这事，诸佛菩萨一直教诲，此番前来就是遵从诸佛菩萨旨意。"说完右脚踏在身后存放铁弓铁箭之箱子上，左脚踏向魔王跟前，等待时机。

这时，突然从魔王角尖冒出蓝黑烟雾，角中间喷出一寸燃烧的火焰，角根火星闪烁。一只长着翅膀的黑虫在飞来飞去，一只蝎子停在上唇，一条黑蛇吐舌信在下唇，右边有只黑色铁翅鸟，左边出现一头白胸大熊，四面都有妖魔护法镇守。此时，公鸡就要咯咯打鸣，母鸡即将煽动翅膀，诺布占堆雄狮大王向上天三十三界神宫、中天年神刹土、下界龙宫宝地的战神威玛、护法神明、勇士空行母、人天菩萨、英雄神将、天女飞仙等各路神仙请求相助，声音小如苍蝇嗡嗡之声，唱起祈请神明之温柔歌曲：

唵嘛呢呗咪吽逝！

阿拉上师慈悲心，

塔拉引领解脱道，

向至尊三宝祈求，

如影随形不舍弃。

头顶莲花宝座上，

四头四帽向四方，

敌人蒙蔽帽檐下，

挖取恶敌热心脏，

左手拿起雷公锤，

砸开敌人的脑壳，

莲花大师请保佑，

黑面凶煞黑暗色，

畅饮恶敌之鲜血，

大口吃起恶敌心，

双目从空中观看,

邪恶魔部要消灭。

莲花生乃化身佛,

凶猛食肉随从绕,

法力狂风吹动中,

仇敌压在黑暗下,

让他日夜昏睡中,

昏昏沉沉醒不来,

病灾污秽压其头。

战神巴图噶布和,

十三壮年野牛神,

飞翅大鹏鸟王神,

上天诸神来护佑。

亘古九大山神和,

莲师怒相尊者及,

金刚亥母愤怒女,

请将魔部消灭掉。

念青唐拉山神和,

措姆卡塔年神及,

桑旦岗桑雪山王,

前来遮蔽魔王头。

黑魔血肉狂饮中,

一滴血肉不要留,

一滴血水不要留,

吃肉咬声替日日,

咀嚼骨头尼里里,

饮血喝声霍茹茹。

大鹏鸟王之鸟头,

铁爪飞禽一百种,

身上血肉撕分开。

母系棕熊喜饮血,

所有嗜血喝心血,

凶猛野兽狂怒中,

吱吱声中嚼骨头,

北魔鲁赞不放过。

上自阿里三围和,

下自多康六岗区,

中部卫藏四茹地,

藏地远古九大神,

武力迅猛战神和,

急速飞奔之威玛,

刹那之间来相聚。

鲁赞魔怪之大王,

片片血肉请吃喝,

礼敬供奉诸天神,

保佑护力不可小,

犹如父母爱子女。

此生今世这时刻,

鲁赞若是没消灭,

岭王社稷成空谈。

鲁赞魔王若不灭,

佛陀正教难兴盛。

佛陀正教没弘扬,

黑头藏人无欢乐。

天上雨水不及时,

地上树木难生长,

乡土瘟疫灾荒起,

念此呼请诸神明,

不可分心请速来。

北魔鲁赞之精魂,

就在头角核心处,

火红星火闪闪中，

昏暗飒飒阴风中，

北境鲁赞魔王之，

灵魂不可飘中阴。

血肉神灵应饱肚，

今日若是无保佑，

保护正教没希望，

诸神心中请谨记，

咯咯咯啊嗦嗦嗦。

唱罢，格萨尔王从梅萨手中拿过弓箭，对着魔王头部双角之间射了出去，在护法诸神、战神威玛等的引领下，不像是射箭，犹如霹雳闪电一般，那只昂巴扎堆神箭击中鲁赞魔王双角之间，从鲁赞魔王脑后孔洞中黑乎乎地射穿出来。

魔王身上九十九个命根中，除了三根命脉之外其余全部断绝。头晕目眩的魔王，只剩下三大命根，一个在寄魂猫头鹰身上，一个在毒蛇身上，一个在猛虎身上。这三个寄魂动物面对格萨尔，抖动翅膀，龇牙咧嘴，伸出黑色毒舌，恶狠狠地扑了过来。梅萨心中默念本尊勇士，空行护法诸神，将汇集污秽脏污病灾等障碍坐垫，用右手抖了出去，罩住三个寄魂动物的头。这三个动物不受控制晕倒在地，被降伏镇住，三根命脉魂灵也消失得无影无踪。

半死半活的鲁赞将右手一伸，如意武器铁库之门正好敞开着，顺手拿出一件书箱，嘴里说道："喔，总算知道了，是岭贼觉如射出的利箭。"左手一伸，又从铁屋中扒拉到满手铁钉，顺手塞进嘴中，舌头、软腭、喉咙等一下子被铁钉划伤，疼痛万分。三次试图站起来，可是三次都倒了下去。

森钦大王爬到魔堡顶部一望，只见：天人上师黄帽堆积，勇士天神盔缨飘飘，英勇战神白甲森森，怒吼啸叫犹如狂风暴雨，浑如霹雳滚滚，恰似山顶滚石，好比大河水涨，恰如密林燃烧般，将鲁赞魔王左拉右扯，没有留下一寸肉一滴血，被战神威玛们一通猛吃，尸骨无存，最终完全消灭了佛法正教之天敌老魔头。神龙年诸神光芒照遍苍穹，一连三天，恍若白昼。然后，格萨尔将九尖黑铁魔堡涂成白海螺颜色，将所有鲁赞魔王麾下的通灵动物，一一召唤剿灭。

之后，格萨尔王通过天人黄金法帽云集的空行彩虹神桥回到了自己的住处。但是因为森钦大王年龄尚小，未能看清北魔鲁赞的灵魂归宿，就以宁静上师之姿态，安住冥想。这时，从魔宫顶楼上空，乌仗那之莲花生上师以威猛身色，黄金颜色犹如日出东山般，左边随行十万空行母，右边跟随十万勇士，还有对白岭大力庇佑的十三野牛神，铁爪大鹏鸟神等等巨鸟飞翅扑腾，在旌旗飘展中，诸色护法漫天普现，齐聚在九尖铁角魔堡顶部。莲花生大师将魔部转化为佛法弘扬之地的道歌以彩虹莲花之曲吟唱道：

唵嘛呢呗咪吽逝！

塔拉歌儿起音曲，

妙法护持大圆满。

塔拉吟自解脱道，

祈愿大乐得解脱。

悉以妙法持天下，

礼敬祈祷来护持。

五彩缤纷神殿中，

上师本尊与空行，

护法堂金多吉和，

本尊多杰勒巴和，

妙法上师如云集，

空行燕舞轻盈步，

勇士战舞雄浑中。

桑日卡玛神庙中，

玛吉度母女神请，

十万空行母主尊，

清净圆满诸佛门，

祈请三宝诸菩萨，

空行财神墓地主，

山神地神尾随行，

法旨誓愿无违背，

藏地普行微妙法，

祈愿来生得解脱。

法身报身与化身，

三身诸佛请保佑，

山神地神诸护法，

清净诸神菩萨和，

金刚持为主尊神，

愿获一切妙功德。

若是不知此地名，
雅康北境山背后，
九尖铁角魔堡城，
往昔远古时代里，
佛陀正教弘扬地，
北境霍部牧人地，
悉补野国之属地。
中间发生大转折，
红湖黑湖连接中，
血雨腥风魔湖中，
老魔娘胎滴血处，
红色毒水罗刹湖，
鲁赞魔王生长地，
出生湖与寄魂湖。
还有五十不同湖，
主人就是鲁赞王。
佛陀正教消灭掉，
黑色魔部根基立，
妖魔鬼怪猖獗起，

不能长寿夺命中，
食肉饮血享用中，
罪孽阴风飘四方，
清净佛陀之正教，
每隔一日在折损，
鬼魅罗刹魔部众，
却在与日俱进中。

正值今年年初来，
花岭部落地盘上，
有形人类血肉身，
岭王心想事成者，
无形缥缈虹化身，
三佑一聚格萨尔，
降生在玛康岭地，
生来降魔将军命，
首次征讨来北境。
北魔鲁赞大王他，
就是非比寻常人，
一百老魔之父亲，
一百罗刹之母亲，

一百鬼魅聚魂处。

北魔鲁赞大王他，

统治辽阔北境者，

佛陀敌人栖居地，

九暗暮气铁堡城，

北魔鲁赞葬身地。

而今神殿罗布岭，

佛陀正教普行处，

天下苍生安乐地，

悉补野藏地牧场。

若是不知我是谁，

乌仗那之莲花生，

血肉之躯莲花生，

无形虹化莲花生，

莲师不死金刚身，

如今镇守西南地，

妖魔罗刹之克星，

护持佛陀正教者，

红黄花法帽上师，

放下我执之本性，

圆满一切微妙法。
格萨尔王之阳神，
未知卜卦预算者，
无明指引正道者。

然后此间神龙年，
鲁赞魔王消灭后，
佛陀政教要开创，
魔尊护法诸魔神，
自从今日到以后，
勤修善根善侍佛，
守护显密正教业。
在这邪恶魔域中，
山顶插上风马旗，
六字真言刻石上，
流淌江河筑桥梁，
习行善法菩提心，
高山美丽山湾处，
善法庙宇多兴建。
然后神龙年诸神，
一切转化菩提心，

不可急躁与嫉妒，

随顺相助格萨尔。

以往保佑很感激，

希望继续来护佑，

一魔之后又一魔，

黄霍尔白帐大王，

不能长久留世间，

武力绞杀要征服，

此间后事赶紧办，

要不岭国地界上，

黑魔大军会侵入。

岭王前往北境后，

藏儿米琼卡德他，

流落阿钦霍尔国，

霍岭大战将发生，

不可久留回故乡，

岭王若是不返回，

岭部可能被侵占，

岭国勇士会牺牲，

黄霍尔劫掠岭地，

不是谎言乃授记，

我莲师所言不虚。

不可再留赶紧走，

魔部尽快变佛部，

梅萨阿达与青恩，

大王返回做准备，

抓紧返回岭部落，

白岭土地要守住，

莲师所言无内外。

北魔鲁赞大王他，

身躯虽然已杀掉，

灵魂如风吹羽毛，

谁也不曾去引渡，

必将堕入地狱中，

然后还要几百年，

黑色阎罗惩戒下，

苦难轮回无尽头，

念此六字真言诵，

大发慈悲去救度。

大王听进留心间，

不懂歌儿不重复。

莲花生大师唱罢，格萨尔王大为吃惊，心想：莲花生大师所言岂会有误？那霍尔魔军肯定已经侵入岭部，白岭已然遭受苦难。如今白岭地面上，长辈儿孙们正在遭到折损。嘉卡仁摩茶堡、拉卡查沃城堡、森朱达孜宝藏库，以及神庙、年神宝库、龙宫珍宝等皆可能被霍尔人抄掠侵占。霍岭之间必有大战，《预言天书》中早有授记：霍岭之战之根源，嘉卡仁摩茶堡被霍尔人拆掉，森姜珠姆被霍尔人掳走，这还不止，岭部一些勇士也牺牲了生命。

而今必然遭坏事了，但是我又怎能就这样急匆匆返回岭部？这广大魔域八大部落还未教化成追随善法之地，魔域诸有形无形，山神地神们还没有完全镇压降伏。若不能完成这些善后事情，佛陀正教之敌又那么多，我实在没法自己决定去留。

正想到这儿，准备在禅定冥想中做决定时，梅萨奔吉将格萨尔请到赛宗仁摩厨房中，拿出经年酿造的年酒——甘露妙雨酒，放置一月的月酒——康巴，以及一夜速成的一日美酒等，好生伺候。但是突然之间，梅萨如同走火入魔一般，生出猜疑嫉妒、贪心愤怒等等心魔，在美酒之中加入了使人昏暗糊涂的迷幻药丸。

格萨尔王说道："今日降伏敌人的喜悦，吉祥征兆之自在，在即将返回白岭故乡时刻，我等君臣岂能不畅饮一番？还得感谢供奉诸神护法们。"接着就将放了迷幻药丸的酒喝了下去。过了一会儿，森钦大王昏昏然脑子一片空白，里外诸事一点也没记在心里，变得满心舒缓，温柔异常。白天心智稍微有点清醒时，心里猛然会想起故乡的影子，但又不知离开故乡已经多少时间。

接下来的日子里，梅萨在森钦大王饮用的年酒月酒日酒中，不断地放入昏暗无醒迷幻药丸，给赤兔马王手脚铐上铁链，喂一些吃不饱饿不死的废水垃圾食物，圈养在无法动弹之地。青恩心里想着格萨尔大王与梅萨，挂念着自己和阿达鲁姆等也该返回岭路了。但他也被梅萨召唤过去，梅萨往酒里下了昏睡迷药，一连敬了青恩九次美酒后，青恩也开始昏睡不醒。就这样，君臣二人糊里糊涂中度过了三年时光。

到了第三年秋天九月份的时候，霍尔王国之大地中央，霍尔白帐大王的大军侵入岭国，将令人艳羡的美丽白岭地方弄得犹如吃了茅草的嘴巴。他们杀害岭部民众，拆掉了各地城堡，嘉卡仁摩茶堡被摧毁，森姜珠姆被掳走，嘉擦霞嘎被枪刺杀，囊俄玉达被射死，戎擦玛勒被刀剑杀害，斯潘勇士被水冲走，岭部陷入一片凄惨境地。霍尔一百二十万兵马返回阿钦黄霍尔地方，在雅斯噶莫城堡右侧，重新修建了一座城堡，取名为童噶桑珠宫殿，作为森姜珠姆的住所。白帐大王将森姜珠姆绑在一根刑柱上，无法自由走动，强行将其纳为白帐大王之王妃，森姜心里痛苦不堪。

有一天，白帐大王之爱女古措姑娘、黄帐大王之爱女赛措姑娘、铁匠大臣之爱女曲珍姑娘等人，在三名婢女的陪同下，为了让森姜珠姆散散心，领着珠姆来到王宫后山巴罗孜杰山顶上。这时，岭部圣姑南曼杰姆摇身一变，化作一只狐狸也来到了她们身旁。森姜珠姆姑娘没能认出是圣姑，只是情不自禁地说道："呀！可爱的狐狸姐姐，你这是去往哪里？是不是要去雅康北境？倘若前往雅康北境，我的夫君森钦诺布占堆也已出征雅康北境去射杀鲁赞魔王，去看看他究竟在干什么？并请捎带这些信件礼物。"接着就在自己所穿日出金衣锦袍上写上信件，唱了一首送别狐狸之歌：

唵嘛呢呗咪吽逝！

阿拉塔拉塔拉歌。

东方玉叶刹土中，

度母女神长寿佛，

礼敬祈祷长寿佛，

时常护佑勿分心。

东方金刚空行女，

大力护佑业缘神，

祈愿心想事能成。

南方珍宝空行女，

黄衣锦绣飘扬中，

祈愿能回故乡地。

但愿折寿白帐王，

来生指引解脱道，

此生赤心来相助。

相爱不变森钦王，

长久守候孤女我，

骨瘦如柴变皮囊，

身体骨架要散落，

比这凄惨哪里有？

但愿今后来生中，

藏地善法宝地上，

赤心贤惠家庭内，

不要再有掳掠事，

一片赤心勿改变。

岭部家破人亡时，

茶堡拆毁剩土渣，

嘉擦牺牲骨架散，

囊俄被害尸骨枯，

戎擦被杀积泪水，

斯潘头人被水冲，

无端灾祸降岭地，

苦难黑暗笼罩下，

欢乐阳光却不见，

不曾想到天注定。

东方岭地黑夜中，

东方岭部寡妇满，

何时会有温暖家？

东方岭部变乞丐，

丰衣足食何日来？

神龙保佑别分神。

四方仙女若齐心，

因缘果报是自然，

信守戒规乃上师，

良心不变是伴侣，

诸神用心来相助。

可知珠姆心中苦，

寡妇何时回故乡？

森钦从北境回归，

为嘉擦报仇雪恨，

没能等到积苦水。

如此悲凉之人生，

不净孽缘毛虫类，

此等悲苦不会有。

无主动物跑山头，

身上不会遭此罪。

水中鱼和珠姆我，

寒冷之中没死去。

大海底下饿鬼和，

灰心丧气之珠姆，

饥渴难耐却不死。

头上额头被风吹，

身上骨肉被日晒，

冬三月绑在刑柱，

滚滚风雪笼罩中，

不死如同水中鱼。

我手中所执明镜，
从前下凡人间时，
智慧女神赐给我，
照遍世界之明镜，
说是将来会需要，
今日到了需看时。
看看三位小姐姐，
此地北境茅草地，
碗大房屋见不到，
格萨尔福运好差，
是否如此三姐妹？
时常彩虹帐篷中，
各类锦袍美饰装，
左边空行舞翩跹，
右边勇士威武跳，
上天天神之护佑，
白色神子暴风雪。
中空念青护持中，
念青一身黄金色，
一身披挂风雪中。
下界碧绿大海中，

浑如鱼蛙诸龙女，

千般旖旎舞翩跹，

荣华富贵聚财宝，

时常前来得成就。

东方普陀圣地中，

智慧金刚亥母女，

十万空行随身绕，

佛陀法音鸣茹茹，

经幡飘荡南天云，

珠姆凄惨可见到，

随顺保佑必感激。

森钦禅定要催促，

佛陀正教需永固，

苍生苦难需拯救，

六道解脱轮回中。

想起以往日子中，

孩幼坐在母亲怀，

怎会想到会口渴？

母亲奶水喂嘴中。

北魔鲁赞(下)

山羊[1]奶水不用喝,

白色绵羊奶水一,

小黄牦牛奶水二,

挑选香甜塞嘴中,

聪慧美丽窈窕女,

女子群中拔头筹,

森姜珠姆众人羡。

父母双亲显耀时,

成为白岭女王妃,

森钦大王之爱妻,

嘉洛部落之公主,

天下女子之精华,

大家羡慕传颂中。

可是如今这时候,

口渴没有沟渠水,

别说那香甜奶水,

想起流淌之江河,

肚子喉咙已发干。

身体不寒是无衣,

---

[1] 山羊叫唤为"刺刺热",此处的藏文原文用"刺刺热"形容山羊(原藏文整理者注)。

水中鱼儿没两样，

习惯寒冷死不了。

幼小母亲怀中时，

羊皮袄上披锦袍，

各类锦缎闪龙纹，

凡有珍宝戴身上，

身体美饰打扮时，

黄金白银不算数，

天下珍宝配衣裳，

心里还觉不满足。

身上美饰还不够，

项上三层宝珠绕，

脖子疼了扔一边，

冬夏锦袍不一样，

身体发热扔一边。

而今在这磨难日，

不要说是锦袍衣，

没有风雨就暖和，

心思可有柔软衣，

只要身体没冻住，

好坏厚薄无所谓，

念念之中度日子。

阿钦霍尔原野上，

霍尔白帐死鬼王，

强行掳走当妃子，

心中悲痛如刀割，

血肉不换宁死去，

赤身裸体痛苦中，

绑住手脚拉身体，

不由自主来霸占，

凄凄惨惨是如今，

身体凌辱千百次，

真心不变泪水中，

除此之外无誓愿。

森钦诺布占堆他，

就应该名副其实，

拯救天下之父母，

却在北境度余生，

茅草丛中寻避难，

阿达鲁姆交肉差，

这又何必如此呢?

故乡宝藏美丽地,

不念家乡真奇怪。

珠姆湖边盛开花,

没有眷恋真奇怪。

此生伴侣前世缘,

神龙年等诸神明,

授记预言到时候,

赛马称雄定因缘,

没有回忆真可恨。

我是伤心寄此信,

水中鱼儿和珠姆,

冰冷不死是缘分。

山口蓝灰野狼和,

可怜森姜珠姆女,

沦落世间是一样,

身体遭罪是活该,

心里苦闷黑暗中,

何日才有天亮时?

难耐饥渴如饿鬼,

丰富食物何时有？

如今苦难日子里，
霍尔十二大首领，
每人斥责无间断，
黑绳捆绑困牢狱，
想起父母之悲苦，
犹如坠入地狱中。
岭部叔伯兄弟们，
霍尔敌人所残杀，
伤痛悲凉难驱散，
愤怒仇恨无尽头。
双手指尖到哪里？
三十牙齿咬何处？
一片小肉欲撕扯，
一滴血水欲吸住，
姑娘苦闷愤恨中，
虽知无用放不下。

森钦无敌无友人，
雅康北境非故乡，

多少魔部围绕中，

岭部祖孙后代们，

一个不存会消亡。

可怜苍生受苦难，

没有上师来指引，

大部头人无羞耻，

怎能不管不顾中？

念此赶紧回故乡。

北境纳隆曲扎地，

所言承诺该如何？

森姜为何尾随行？

你无所谓留北境，

黑雾漫漫积罪恶，

没有必要回故乡，

杀人罪孽做忏悔，

诸佛菩萨洒净水，

身损寿折福运降，

恢复灌顶来护持，

依旧回到机敏中，

尊体不动如山岳，

青龙尊言无阻碍，

阳光心思无冷暖，

念此平日极欢乐。

是不是格萨尔王？

歌若听进放耳中。

唱罢，珠姆就让那狐狸带走了信件。岭国圣姑南曼杰姆化身的狐狸姐姐，嘴中叼着日出明镜，向着魔堡一连走了六日。

岭王格萨尔一见到那只狐狸，立马弯弓搭箭准备射杀，狐狸姐姐龇牙咧嘴，张开嘴巴将嘴中明镜之光射向国王，照得格萨尔别说放箭，连眼睛也睁不开。然后狐狸从嘴中吐出人参果酥油汤和明镜，扬起尾巴走开几步，又把灰溜溜的脸庞稍扭头，回看了一下，狐狸音声瞬间转化为人的音声，将珠姆姑娘如何托付之事用歌吟唱道：

唵嘛呢呗咪吽逝！

阿拉拉莫阿拉歌，

塔拉歌儿吟唱法。

上师本尊三宝神，

自心祈祷许愿中，

慈悲护持从头部，

上师讲经未开始，

若是邪魔施污秽，

三宝诸神来净洗，

机智明示做指引。

故土思念在心中，

想起父母脸庞来，

思念心爱妻子来，

城堡宫殿能想起，

兄弟苦乐能记起。

岭国四周妖魔绕，

苍生社稷安敢忘？

忘记不是菩萨身，

路途坎坷请护佑，

三宝诸神请保佑。

岭部诺布占堆王，

北境边地荒漠中，

虽觉安乐非故乡，

黑魔性命已铲除，

魔域已然变佛土，

诸佛菩萨要供奉，

人间圣果不间断，

卜算祈愿更加准，

诸事顺利有指引，

北魔鲁赞（下）

但愿返回故乡地。

此地北境茅草地，
食草食肉动物们，
无端拉弓射箭下，
千万屠杀罪孽重，
没有必要杀什么，
堆积肉山非家业，
血水不能当富贵，
无端山头弓箭追，
魔军杀人不眨眼。
必杀老魔扔一边，
无端食草杀千万，
此乃何方之大业？
鲁赞魔与格萨尔，
所行之事就一样，[1]
名字相异事相同，
不可如此格萨尔。

若是不认狐狸我，

---

[1] 藏文原文为"啊那玛那"，方言，意为一模一样。

此生野兽狐狸身，

说出此情原由来，

来自上界天神宫，

踏着彩霞云朵来，

格萨尔安住神殿，

预言说明我来做，

一直授记预言中，

未曾有过不说事，

自从土猴年以来，

到今年已经八年，

不分日夜作指示，

格萨尔就没记住，

真是奇怪又无奈。

你前往雅康北境，

米琼流落黄霍尔，

霍尔派出乌鸦鸟，

珠姆宝玉被叼走，

白帐王前说谎话，

十二万户侵岭地，

花岭部落地域上，

残害屠杀没法数，

霍尔杀百战一千。

白岭每个英雄汉,

赛过十万兵马众,

宝贝囊俄玉达他,

总管大王之小儿,

岭部三十好汉魂。

不懂妙法假高僧,

接受珍贵供奉物,

不过阻挡来世路,

供奉地狱下坠石。

无耻头人收礼物,

吃完拍拍屁股走。

花心浪子俊俏男,

姑娘青春年少时,

花言巧语骗女色,

温柔之中有幽默。

森钦大王切记心。

南曼杰姆唱完,格萨尔陷入口无食、神无主、主无踪的困境中。空中只剩一朵白云,荒野只剩风的萧萧声,鸟和野兽变得无影无踪。格萨尔多次左瞻右望,只见空中三只大雁兄弟来回飞着,觉得很像灵国之魂,便快速起身,从妖城加热九顶的西门入宫。

进宫后,梅萨又在酒瓶中放入黑药丸,将酒拿到大王面前,倒在莲花八瓣碗中，还假情假意地向青恩表示饮酒需慎。青恩在摆设殷具时，三只大雁不停地在上空飞来飞去，发出长短不一的鸣叫声，将一粒粪便投进了格萨尔王碗中，一粒粪便投进了青恩的碗中。

  平日就喜欢质疑的格萨尔王见此，开始思索：今天，我在狭窄的草地时突然乌云密集，从中飞来的那些大雁，很像是灵国魂之雁，这是否提醒我正迷醉于北境地区？这粒鸟粪也许是甘露良药。因此，格萨尔大王闻了下那酒碗，突然就想起了岔卧灵国，也想起了所有邻里亲近，变得坐立难安、东张西望。格萨尔王看着青恩，对他说："我知道你原为木雅地区的大臣阿奴桑陈，逃到雅康北地后变成了鲁赞王的大臣，我俩是否被蒙蔽在这了？"青恩问格萨尔王："尊敬的格萨尔王诺布占堆啦！请仰望！空中三只鸟为何鸣叫连绵，展翅多端？"大王仰望天空，看见三只鸟仍然在飞来往去，其中那只长有孔雀羽的白螺大雁打开翅膀，伸出双爪，唱响了这首警醒格萨尔王的歌：

    唵嘛呢呗咪吽逝！

    阿拉阿拉阿拉歌，

    阿拉歌儿起音曲，

    塔拉引领解脱道。

    大鹏鸟王请明知，

    文殊菩萨保佑我，

    英雄男女魔力赞，

    夜猫头鹰大黄敬，

    修行大德喇嘛敬，

归处画眉鸟悦耳，
侠女空行化身敬，
候鸟蓝花杜鹃敬，
护法神的威武敬，
南方黄色天鹅敬，
孔雀如画舞者敬，
灭毒神医化身敬，
众鸟聚集于此地。
众多护法神靠近，
英雄空行者靠近，
三宝存在根基也。

如果不知此地方，
雅康羌的山背后，
空虚风的无量宫，
茅草风吹沙漠间，
妖城铁角九尖也。
积水浑浊不可饮，
哪怕英雄也喝死。
沙与水的交汇处，
茅草也能唱起歌。

北方沙漠在沟中，

夏天风雪满天飞，

冬天满地冰所包，

不论冬夏下着雪，

绿色植被从不见，

下的雨是沙水雨，

沙尘暴的攻击地，

黑色妖的黑帮地，

藏地变妖的祸首，

赞的无量宫殿是，

各种法术显亮点。

徒弟不曾失戒律，

和尚位置不会低，

官人不再欲所困，

子民能在福中游，

风调雨顺天所赐，

水草丰盛近在前，

有福人的地盘上，

长出丰富的药材，

此类北方不曾有。

天地边陲妖的地，

格萨尔王迷路处,

神仙都可变成妖,

空行者也变成妖,

菩提心也成为敌。

不知本鸟是何类?

不是鸟类是神系,

三十层的天界中,

圣姑仙女杰姆也。

对于灵人发训时,

姑母南曼杰姆也。

空性彩虹当中来,

不从近来是远客,

米林亭的湖中来,

堡垒神山天宗来,

周围空行十万绕,

两个显见之主人。

请听森钦神之子,

长颈白色飞雁俺,

扮着灵之神鸟样,

格萨尔王的灵鸟,

阿姐珠姆的魂鸟,

灵鸟魂鸟双身份,

区别其他鸟类也。

飞上空中翅膀长,

落在地上双脚长,

叼起食物嘴巴长,

站在高处颈超长,

各种魔法通无边。

尊者格萨尔王啦!

您行雅康北地时,

本鸟护送您前行。

我在霍尔的地方,

扔下森姜珠姆和,

管家米琼长德与,

伯父超同王等人,

展现各种法术后,

最终回那自故乡。

矮人迷路没方向,

没能回到灵地处,

很多事的最首位，
碰到霍尔七猎人，
不能埋怨猎人们，
要怨米琼自无能，
已经指明走何方，
恰恰回到原点上，
米琼迷路失方向。
萨堆特楚阿恩和，
亚堆准堆大黑两，
求拉慕布妖儿三，
去猎野驴野牦牛，
米琼碰上野牛魔，
亚堆准堆被牛灭，
米琼被那莽汉夫，
带去霍尔的地方。

白帐面前漏消息，
说了很多难听话，
于此乌鸦派灵地，
看见珠姆在洗发，
乌鸦诡辩而多端，

拾起地上小松石，
想献白帐王手中，
说此今世不变缘，
来世不变硬如誓，
宝石献给白帐王。
广大霍尔的地方，
征兵一百二十万，
向那岭国开起战。

三年战争时间内，
嘉擦哥哥战中亡。
协巴逃跑的路中，
嘉擦不慎被矛捅。
丹玛向北去侦探，
协巴头骨箭所攻。
杰本那恩玉达子，
攻进霍尔洗劫时，
萨堆特楚所暗杀。
弟弟绒擦玛勒之，
单将独马闯霍尔，
巨人伦本察本和，

仇敌求拉慕布两，
大将色日拓谷三，
冲在一起没单打，
宠儿刀剑所败亡。

一天在那黄河湾，
斯潘套绳所拖地，
高手南卡巴增也，
斯潘拖进水而亡，
岭国宝地霍尔剿，
众多将领敌所杀。
英雄邓玛羌查和，
老者戎擦查根两，
塔潘图克董布三，
森达米易江哥四，
噶德米钦塔奔五，
霍尔地搅成一团。

紫色茶堡霍尔剿，
扔下珠姆和塔泽，
带上自己战利品，

东门那儿射百箭，

百人卷在血团中；

南门那儿射百箭，

百人中箭倒地上；

西门那儿射百箭，

百人射死躺那儿；

街头那儿射百箭，

拟似死亡霍尔军，

珠姆只差险丧命，

攻下茶堡一团灰。

珠姆霍尔军带去，

死者哭闹地狱间，

若不举行丧后礼，

神与喇嘛不肯救，

冻暑乃为地狱性，

霍尔相当地狱也，

既非饥饿所丧命，

又非冷冻所致命，

受苦连累无止境，

少女珠姆尤怜也。

通过北方喜鹊鸟,
向您致信请你接,
姑母南曼杰姆俺,
身变一只狐狸姐,
戴上戒指到北方,
格萨尔王罩所困,
多次向您传消息,
无动于衷让人急。
敬爱王子格萨尔,
发的信函无数也,
告诫神谕如同上,
可恶梅萨奔吉之,
给您饮下忘情水,
精神魔药所控制,
整天玩耍不顾事,
喜哀之事不曾闻,
思念之情不在心。

今日从天降下露,
莲花生的瓶水也,
仓巴嘎布之沐浴,

一千空行净身子，

一千喇嘛在祈福，

七千喇嘛在加持，

是否恢复起记忆？

本鸟南曼杰姆盼。

若您不回岭国地，

岭国遭受灭顶灾，

珠姆受着他人气，

现在成了白帐妻，

不悲不乐生存着，

当先怎着自行看。

古人谚语如是说：

宗无修养像牲畜，

给无报答是流氓，

说无回话是哑巴，

敌仇不报是小人。

是否事实请思考，

别停赶快出发吧！

要对霍尔报血恨，

揭去岭国悲痛疤，

该是报仇时机了，

是否这样王深思。

本鸟该是回故乡，

此歌绝无半点假。

广袤霍尔岭国间，

发生冲突怪超同，

故把外敌迎到门，

有劳该得相应酬，

败家应有相对罚，

违者该判进牢罪，

判刑执法当何罪，

按照您的旨意做，

这是神的预言也。

  唱罢，三只大雁就飞走了，飞得越来越远。森钦诺布占堆心想：如果我往北走，会被霍尔老魔纠缠，怎么命这么苦，不知要等到何年何月。于是赶忙喊住大雁，说给它们供上等的茶、奶和各种美食，请指点方向。格萨尔王把一杯泡进了珍贵良药的牛奶献给大雁，大雁喝完后展开翅膀继续飞往天空，没留下一句话。格萨尔王只好自己安慰自己，没事没事，君子报仇，十年不晚，贤妻良母的饭，儿女三天也吃不完，这个荒芜辽远的霍魔，应该不会再捣乱。

  格萨尔哑口无声地坐着，一抬头，看到青恩在辽阔草地上走着，就非常生气，喊道："青恩，你记住，我们俩无法在这草原上一直生活，为何有这般命？"这时，梅萨奔吉外出不到一天，还没到回来之时，格萨尔王和青恩两人就跟往常一样，带着上好的茶酒，互相说了很多话，蓝天白云下，来了三只大雁，它们说了很多歪歪唧唧的话等。说着说着，格萨尔大声喊道："这都是什么命啊！"青恩什么都没有说。待梅萨归来，大王对梅萨说："呀，呀，梅萨奔吉呀，你这个三心二意的人，是不会修道成佛的，菩萨心肠、菩提心全是废话。"格萨尔厉声唱道：

唵嘛呢呗咪吽逝！

蓝色霹雳天蓝色，

白色岩铁为岩色，

水铁绿为岩浆色，

需集三类钢铁岩。

需有超凡飞行术，

绚烂且要绝艳丽，

斩除敌人无余地。

定要与佛终生及，

披上斑斓五彩旗，

需及空行母之生，

佛量加持不可少。

随及盛世之英雄，

力及三界命除之，

六饰妆扮要靓丽。

左扮豹皮条纹理，

豺狼虎豹都需齐，

承载雍仲和喜旋，

集所世间之极品。

拥之甚及其始末，

备其弓弩神丝带，

还需野牛之犄角，

俱其犏牛之红角，

弓的弹性需极强。

势及山崩致倒塌，

力及翻覆其天地，

英雄具备其兵刃，

长矛锋利如曙光。

亮出其之无量光，

火光极之冲向天，

是山山要塌下来，

是水水要枯竭开。

自成其之铁之环，

长矛斩之各鬼神，

英勇无畏之长矛，

斩除其之风之啸。

女神俱其悦耳声，

英雄舞姿不可无，

其为英雄之必有。

贵为命的守护者，

其盾之器需俱全。

鲁赞王凶猛无比，

梅萨妃极其善妒，

两者因不应天道，

鲁赞王欲走远方，

格萨尔特来此处。

七七四十九天后，

鲁赞王被射箭中，

梅萨妃心灰意冷，

猛生毒计欲做坏，

不懂天地万物间，

珍贵无比菩萨心。

无时无刻缠绵在，

无明无知和嫉妒，

毒酒欲杀大王后，

麻麻木木度整日。
再过八九日夜后,
孤身一人在北方,
从这无比阴影里,
怎会不渴望逃脱?

听好梅萨我道来:
昨日日光明媚下,
三鸟飞得同云高,
此间那只美羽鸟,
不是禽类而是仙。
此生不懂其中理,
只靠仙人预言也,
怎会做如此之举?
梅萨知否其中苦?
你先为天空之女,
是仙人转世所生。
如今虽人身为苦,
却增生不善之念。
故在阴间守九年,
霍领兵进军岭间,

世人所向往之地，

被霍兵洗劫一空。

还不止杀人如麻，

更破坏所见城池，

横行硬夺人之妻，

岭间的英雄好汉，

被噬得不可胜数。

英雄乃仙人转世，

是吾岭间之核心，

却被霍恶人所杀，

在他霍尔领地上，

转世成了一只鹊，

此为多大的苦难！

吾弟戎嚓玛勒他，

被大批权臣所围，

被大批利剑所指，

是达戎地大将军，

吾格萨尔视之弟。

还将把珍贵宝物，

扔于滚滚大江中。

吾老臣唯一之子，

名叫南都玉塔他，

三十好汉之头领，

天下世人之灵人，

更是英雄之灵人，

却被阿孽他所杀。

还远不止这些罪，

毁坏吾所建城池，

抢夺吾森姜珠姆，

如今霍尔非当年，

所做之事好坏均，

是否意中爱妃欢？

鲁赞王的荣华是，

上有财富之宝库，

下有仆人之无数，

山上吃草类动物，

阿达鲁姆等杀也，

一生保其平安者，

有吾格萨尔王也。

为你一人之所图，

怎放天下之大事？

不噬这世人公敌，

怎扬我大乘佛教？

梅萨需参与此事，

若违反应当重罚，

也不免粉身碎骨。

你是妖并非仙人，

你名叫梅萨奔吉，

若并非诚心悔过，

会落入阴间地府。

梅萨应牢记于心，

吾不会教诲两次，

我格萨尔不久留。

如此，愤怒的格萨尔恶狠狠地责备了梅萨女子。梅萨不分是非，心中猛生愤恨与妒忌，用极其犀利的语言唱道：

唵嘛呢呗咪吽释！

要唱就唱首乡音，

用我母语作词曲，

向觉悟觉金祈祷，

向多吉智噶祈祷，
向志母索噶祈祷，
请听女子细道来。
望能助我度苦难。

如若不知此地处，
山的北方大地也，
成名叫嘉热孜谷，
鲁赞王的宫殿也。
众妖之头鲁赞王，
还有用武之地也，
是我梅萨一生伴，
是有福同享之人，
是有难同当之夫，
是肝胆相照之人，
是我一生夫婿也。
上至雪山之处地，
下至那札之处地，
所管领地还包括，
上中下之弘地也，
曾上刀山下火海，

改变此地的景象。
我夫鲁赞王他呀，
他视己地为宝地，
向外扩张他领地，
对付外敌烈如火，
对待内亲温如水，
外像恶毒如魔鬼。
内心赤诚如明月，
力量犹如乌尔朵，
是星星也打下来，
是大山也会崩塌，
是大河也会浑浊，
魔赞如此众人王。

你格萨尔来之时，
经北路还是南路？
走花路或牦牛路？
在此狂野之北地，
杀了鲁赞继停留，
如今返回走哪路？
你醉翁之意在谁？
我不惧你咒骂我，

因你我故乡相似，
我曾绝望献鲁赞，
如今你大言不惭，
变化速度比快马，
所说大言如空气，
逆风逆耳逆我心。

想我当年之劫难，
沦落至此侍鲁赞，
北魔无人区荒凉，
更换郎君无指望。
终于等来格萨尔，
助你剿灭鲁赞王，
本想你是庇护主，
但森钦心知肚明，
心有所属把我恨，
念念不忘思珠姆，
醉生梦死后遗忘，
先忘珠姆弃梅萨，
未见梅萨寻鲁姆，
做伴侣见谁娶谁！

庸男你大言不惭，

还要将我来定罪。

你尽管使招对我，

我不畏惧害鲁赞，

亦不畏惧反森钦。

是祸是福天人命，

格萨尔你思对错，

爱马赤兔去哪了？

为何无语独远走？

是否因你娶二妻？

迷昏心智不思量。

浪得虚名格萨尔，

寻花问柳善装腔，

梅萨所言虽语粗，

句句实在不假装。

听进权当甘露饮，

不听就当耳边风，

格萨尔你要三思。

听完梅萨的愤怒之言，格萨尔王气冲冲地进入屋中，不再与梅萨交谈。恼羞成怒了好几个时辰后，森钦诺布占堆静下心来，想着赤兔马确实不知何时不见了踪影,自己不知为何被蒙蔽了心智,期间也未曾想起过忠心跟随自己的爱马。接下来的七天,格萨尔静心打坐,由青恩服侍,格萨尔王慢慢理清了思绪。

但在此期间,阿达鲁姆和梅萨之间多次发生了肢体冲突、口舌之战,阿达鲁姆冲动得想要杀死梅萨,开弓之时,上天预示该女不可杀,天母告诉她,藏区世代女女相争,最后的结果只能是亡夫。鲁姆和梅萨被说服不再争吵厮杀,青恩为中间人作证。

经过三番五次的说理请求后,梅萨最终同意取出藏在极黑宝库中的武器盔甲,由青恩敬献给格萨尔王。这些宝器经天神洗礼蕴藏无垢能量。格萨尔王将其披挂上身,入定观察,得知白唇赤兔马正在羌塘沙漠野马洲的数百匹马中跑动。格萨尔王立即武装全身出发,步行七天后,终于找到了赤兔马。此时,爱马已是瘦骨嶙峋,在野马群中背影孤独。赤兔马一见格萨尔,便抬起头、竖起耳、翘起尾,对着主人进三步退九步。格萨尔对赤兔马说:"到我这边来,我乃你的主人。"说着便掏出套绳,对着赤兔马唱道:

　　唵嘛呢呗咪吽逝!

　　一唱二唱三唱歌,

　　三唱曲中敬神明。

　　五岳台山山腰处,

　　五部空行来护佑,

　　佛法净土汉地界,

　　红黄颜色太阳照,

　　文殊菩萨请保佑。

　　清净吉祥佛殿中,

金光闪闪灵鹫山，
虚空飘渺神庙里，
如来佛祖请保佑。
佑我寻回心爱马。

若是不知此地名，
此乃北方上地也。
北方母狼谷之地，
风吹沙丘之荒地，
青草吹哨之上方，
不是可久留之地，
此夏有狂风暴雨，
冬有暴雪来肆掠，
此等恶劣之地方，
不是男儿久留地。
在此北山山内麓，
没有高山危耸地，
空旷平原沙石地，
北魔沙石空旷地。
此处积福北魔地，
风沙狂野好奔驰，

爱马因此来此地。

天空落得绵绵雨,

大地没理拒绝天。

山里河水顺流下,

山头河桥无理拒。

山地犹如连头包,

一山虽陡后有平。

不爬高山陡坡地,

没有平原平坦路;

不尝苦味过生活,

不知人间有甜味;

不披粗衣在身上,

不知棉袄有柔润;

身心不尝苦头活,

心上难生幸福感。

爱马失而复得后,

才知往常福陪伴。

初始远去羌塘时,

从未忘记我故乡,

想起出生地方时，

恭敬佛法僧三宝，

祈求能得此保佑，

祛除所有病灾害。

回想两年有余间，

岭王未曾拜过佛，

因而未得到保佑，

将人留在荒野地，

饮起罪恶苦之食，

与妖共度之日子，

因此忘却本故乡。

要说我的过去吧，

早年行过万里路，

山顶竖起过经幡，

祈求运势来好转，

大河建起过桥梁，

为了过路人平安，

想到来世去领路，

祈求佛法僧三宝。

初从故乡赶来时，

心狠鲁赞瞄过去，

射杀鲁赞命根多，

日希阿达鲁姆她，

送我北境内外口。

然后遇上青恩臣，

送我进到魔堡里。

梅萨姑娘善心下，

在九十九夜之前，

北魔鲁赞已消灭。

无奈女子善狡猾，

荒漠强盗很猖狂，

食肉野狼奔跑多。

如此格萨尔大王，

无尽失忆黑暗中，

喝下失忆黑水丸，

日夜不分昏沉中，

不知饱腹或饥渴，

好坏不分糊涂中，

温暖寒冷分不清，

魔域外境沙漠地，

未曾想到好日子，

只在恶女欺瞒下。

为了个人欺骗中，

苍生利益没想到，

贪婪嫉妒燃烧中，

故乡岭地没想起，

暴躁忌恨满心中，

佛陀妙法没亲近，

北境妖魔地域上，

竟然滞留八年间。

福马神马亲爱马，

外面虽是畜生皮，

里面风脉法轮转，

你是阿弥陀佛神，

垂顾护佑众生灵，

我人马速回岭地。

东方花岭土地上，

心爱兄弟落敌手，

人生伴侣被敌掳，

紫色茶堡被拆毁，

勇士健儿刀剑伤，

伤心黑雾难驱散。

苦难之后可有福，

看看能否报仇怨。

白黄霍尔走一趟，

你我人马两个去，

霍尔白帐大王和，

手下将臣魔子们，

立刻降伏取敌命，

佛陀正教空中赞，

外道邪魔压地下。

往昔下凡人间时，

守护佛法有指示，

保护藏地黑头人，

命我人马下神界。

我在前来北境时，

全心交付梅萨女，

直到消灭鲁赞魔，

梅萨心地初纯净，

空行仙女无话说。

恶业女子心贪婪，

到了花岭部落时，

格萨尔王归珠姆，

见到一女弃一女，

念此就会骂粗口，

无理取闹瞎猜想，

哪会有这种事情？

梅萨女和青恩臣，

日希阿达鲁姆三，

不会留下回故乡，

我人马也要回去，

北境魔部变佛土，

魔部财宝运岭国。

歌若听进当甘露，

不听后悔来不及。

格萨尔王唱罢，马王白鼻赤兔马尾巴甩动三下，与一小群野驴一起，飞跃所有野驴谷地与野驴平原，从一个山口呲溜一下跑了出去。森钦大王一时不知所措，然后深思熟虑一十二，计谋出个二十五，三十六计在脑中，四十二谋策划中，心想：上天神明会不会有一个指示呢？如何才能抓住赤兔马呢？如此思索着，便休息了一会儿。可是时间过了很久，并没有等来神灵指示，妖鬼没有作怪，赞魔没有鼓捣，泰让没有咳嗽，只留格萨尔王呆坐在荒漠野驴山口上。格萨尔自言自语道：再不去寻找赤兔马，不给赤兔马喂食，披盖暖身布套，就如同黑心人杀死自己伴侣一样。如今轮到了自己头上，已经消灭了魔王，接下来该回到故乡，继续守护佛陀正教的事业，没有赤兔马，这事业看来真是没法顺利完成。

正在此时，吉祥铜洲山上，乌仗那之莲花生大师，头戴花色禅修帽，一副红黄色的霞光身躯，以清净虹化法身之姿态，出现在眼前。格萨尔王心生喜悦，想着莲花生大师应该是前来预言指示的。只见莲花生大师通过瑞气祥光，将给格萨尔大王出谋划策之歌以金刚法音自变之曲吟唱道：

唵嘛呢呗咪吽逝！

阿拉吟自法界歌，

塔拉引领解脱道。

无知无明糊涂业，

自心魔孽黑暗中，

魔域污秽腥味一，

妖女心眼多为二，

魔地苦乐不知三。

鲁赞死去已多年，

竟然不知不觉中，

自身血肉之躯体，

是否被毒水浸泡？

黑色疯水吃口中，

心头没有好坏事，

白日勉强能度日，

夜晚勉强能睡觉，

日夜勉强平饥饱。

再说古人常言道：

若是三宝不救应，

心念转变是困难；

护法没有跑前面，

诸事就会不顺利；

预言授记若没有，

行走举止不知道。

好比牲畜动物群，

山顶上的牲畜们，

饿了渴了自己知，

因此可怜格萨尔。

空中有翅飞禽类，

担心寒冷筑鸟巢，

饿了张嘴啄食吃，

格萨尔更加可怜。

食草四蹄之牲畜，

冷了躺在牧场圈，
饿了去啃山上草，
渴了狂饮沟渠水，
格萨尔更是可怜。
竟然一点不识路，
饥寒交迫的地方，
无知无觉畜生身，
饿了没找到草场，
冷了没进牧场围，
阿孜可惜这人身，
若此还活在世上，
保护神也想去死。

若是不知此地名，
黑色敌境魔怪地，
神赞鲁赞鬼赞三，
三赞并辔行走地，
泰让鬼魅一起走。
狼狈为奸的地方，
绵羊内脏血四溅，
背箭牵狗老猎人，

善跑野鹿箭射杀，

黑色鹞鹰铁钩爪，

短命兔子落爪下。

老狼奔跑翻九岭，

所见牲畜翻地上，

与老魔鲁赞搏杀，

北境黑头魔域地，

这些岁月长久一，

梅萨不想佛法二，

罪恶孽障累累三，

三黑罪恶压在身。

然后梅萨奔吉她，

污秽脏物下迷药。

大事若是不知道，

母马奔跑没底气，

赛马夺魁没希望，

女人操心无主见，

过好人生没指望，

乞丐食物没保证，

丰衣足食不可能，

想此喂妖食魔水，

不待在魔域境内，

若是前往白岭部，

珠姆女当家作主，

若不死变成寡妇，

想此心里起恶念，

对此不该动大怒，

不留赶紧回岭国，

梅萨也要带回去，

需要之日在后面，

若是不带梅萨回，

汉地茶宗难获取。

不带鲁姆回岭地，

对抗邪恶敌人时，

平安无事就难说，

征讨南境辛赤国，

阿擦布茹诡计多，

若是鲁姆不出手，

其它武器难夺命。

戎伦阿奴青恩他，

征讨下部汉地时，

汉人摆弄纸鸟时，

就是需要青恩时。

如此大王回岭地，

魔国已经变佛土，

不必担心没成功，

赤兔马儿抓不住，

飞箭射杀黄羊时，

大王犹如滚山石，

跌倒死去可假装，

虚空日月煞星口，

无垢套索拿在手，

若套不住赤兔马，

大王本领哪里来？

大王受到魔污一，

鲁赞魔域久留二，

梅萨迷药时间长，

赤兔马不回故里，

征服血仇敌人时，

没有赤马没法走，

没有姑母变哑巴，

没有丹玛无战友。

霍地黑暗部落中，

还需报仇雪恨也，

听进大王记心间。

莲花生大师唱罢，格萨尔向他多番礼敬祈祷。之后，依据大师嘱咐，格萨尔王来到一处大草甸上，看到一群花斑黄羊群，随即射出一支竹简，射杀了一只大黄羊，将血液装进黄羊毛肚中，然后依照莲师授记，将那血毛肚藏在衣袍胸袋中，爬上野驴山口上，心里默念：此番赤兔马若是不回到自己身边，绝不苟活于世上。然后格萨尔大王纵身一滚，一直滚落到山脚下，一路鲜血淋淋。

正在上下奔跑中的赤兔马，因为自身是无量光佛之化身。见状，立即生起无限慈悲，心想：倘若不管格萨尔王生死，如来正教又岂能弘扬昌盛？于是赤兔马转头向格萨尔王滚落之地跑来，只见一路染红了鲜血，便顺着血迹追踪下去，见到的格萨尔大王还真是生死不明。赤兔马用鼻子在格萨尔身上闻了三次、嗅了三次，心想：看来大王之命休矣，就不知转生到何处去了？正在冥想观察时，格萨尔王瞬间用手肘撑地起身，迅速抛出了套索。岭国圣姑南曼杰姆、战神年达玛波、白梵天尊等诸神如同乌云云集般前来相助，引领套索套头直接套在赤兔马脖颈上。于是格萨尔牵上赤兔马，人马再次如同合体般恢复到从前的状态。人马一起连着走了三日之后，来到了梅萨魔女之城堡。

梅萨既不给格萨尔端茶送酒，也不喂赤兔马草料。格萨尔大王被惹得异常生气，心想：女人心思就如此狭窄，要不是神灵有指示，不可加害梅萨女子，否则真不如杀了好。去找霍尔白帐魔王复仇时，这赤兔马不知能不能送我前行。如此忧虑重重中，格萨尔王当晚就在魔堡顶上，一边祈祷诸神，一边进入禅定冥想。

在东方拂晓之时，岭国圣姑南曼杰姆化作寄魂鸟三姊妹，来回飞了三下，拍了拍翅膀，将鸟语转化为人语吟唱道：

唵嘛呢呗咪吽逝！

阿拉塔拉塔拉歌，

塔拉歌儿吟唱法，

三宝上师请明鉴，

祈请勇士空行女，

指引本鸟路与歌。

若是不知此地名，

雅康北境之山后，

铁角魔堡之顶楼，

大王糊涂着急处，

苍生利益受损地，

如来教业遗忘地，

此地不该来亲近。

若是不知我这鸟，

白岭部落通灵鸟，

珠姆姐姐寄命鸟，

格萨尔王寄魂鸟。

留居白岭部落时，

没有比我更幸福，

渴了就能喝牛奶，

一日可以喝三次，

饭有白米红糖吃，

未曾想过会饥饿，

五花八门水果享。

天上飞时翅膀强，

地上落时腿脚长，

远远地方送信者，

未到展翅飞翔鸟，

没有比我能飞翔。

昨日来自白岭地，

今日下落魔堡顶。

然后森钦诺布您，

一点也不必后悔，

邪恶魔境变佛土，

佛法教化可兴盛。

白岭神族子民们，

如今处在困苦中，

格萨尔王去魔境，
也许听闻还活着，
魔部变成佛部闻，
神明有一些指示，
岭地叔伯兄弟们，
也有一刻安心时。

我从岭国飞来时，
戎擦查根总管王，
有这些想法指示，
你从北境离开时，
一个魔部不遗留，
全部教化佛弟子，
改编为藏地牧民，
然后速速回岭地。
今年这时节岁月，
与以往大不相同，
烈火烧成火红龙，
雷声震震不停歇，
护法神灵如火烧，
五行正好到风口，

迅猛如同狂风吹，
敌人不败未曾想，
佛陀正教需开创，
弱小需要去扶助，
强敌必须去威慑，
如此旨意传过来。

然后格萨尔大王，
今年这个岁月里，
藏历五月开头日，
霍尔红黑十三部，
时光劫难催过来，
阿钦霍尔大地上，
正在欢歌笑语中，
赛马射箭搞狂欢。
南拉白帐大王他，
泰让神魔宝座上，
一箭飞出要弄翻，
这些记在心坎上。

歌若听进当甘露，

不听歌儿不重复。

圣姑南曼杰姆唱罢,格萨尔大王非常高兴,指使阿达鲁姆去烧茶。青恩和鲁姆二人,提着一铜锅牛奶来到顶楼,三人一起喝了牛奶,吃了几个水果。圣姑幻变的寄魂鸟也要展翅准备起飞,大王让鸟儿给戎擦查根总管带上几句回话,大意是总管心量要放宽一些,岭王事业必将成功,格萨尔王将速速返回岭国。格萨尔王将这些回话写成小信件,系在寄魂鸟的脖子上,唱了这首嘱咐之歌:

唵嘛呢呗咪吽逝!

阿拉阿拉上师请,

三宝诸神恒清净,

平日供奉诸神明,

紧要关头必佑护。

三十三界神宫中,

白云笼罩天地时,

哈达飘扬在上空,

右手拿着玻璃剑,

摧毁伏妖魔军队,

左手拿着加持宝,

加持像是无穷雨。

那大神梵天噶布,

千万神兵包围着,

今天过来帮大王；

无知黑暗笼罩时，

要像知识昼一样；

无敌敌人相遇时，

杀死敌人拿心脏；

不懂方向的时候；

好像故乡的本地；

不懂分心的时候，

不走错路很重要。

高山峻岭的下方，

红旗皇冠猛兽虎，

老虎发威向敌人，

猎豹右侧快速跑，

鹰展翅向左侧飞，

金丝野牛比斗角。

九万九十万神主，

雪花似落大地上，

暴风雪似飘来也，

万神主们求助来，

成就事业望顺利，

求助敌人毁灭掉；

但愿降伏白帐王，

保佑珠姆顺利回，

保佑财物归原主，

祈愿一切都顺利。

下界龙宫宝殿中，

碧绿衣袍小男孩，

一身披挂玉制成，

骑在疾飞水马上，

龙王邹那仁青他，

勿荡为子来助威。

去年前年还前年，

未知北向敌人来，

道路阻敌都征服，

龙王灵地大都毁，

心思敏捷像猴子，

心极路由神引路，

众为事由自己懂，

魔兽回来进城时，

他对梅萨放了心；

杀魔身手很高明，

梅萨之上没几个，

对准龙王额射箭，

助手梅萨还有谁？

阿拉心里都很好，

思索暴躁地飘淫，

国王没懂这道理。

六界父母动物都，

慈善菩提永皈依。

诸佛三宝尊皈依，

心羡慕给予陪伴，

心想事成愿做到，

无知迷乱轮回泥，

幻想思维自然也，

正道佛法毁于路，

反道妖魔接受行，

走火入魔罪孽也，

投胎时机成熟来。

现在心智重醒时，

痛苦轮回满地是，

不散安详愿得以，

极乐世界速转生，

正道佛法祈祷也，

众生皆有愿得逞。

空中彩霞帐篷里，

神军百亿千万围，

身净心净和衣净，

右手带着玻璃剑，

非法妖魔降消除，

宝贝容器带在左，

众生皆有愿悉地，

迷惑阴暗引路者，

正道仓巴来引路，

中部妖的领地里，

红色城堡三层赞。

骨肉红红亮晶晶，

右转大虎毛闪耀，

英雄鸣叫洪亮亮，

尖锐武器举高高，

降妖除魔敌人都，

黄人白衣穿着也，
战神千头亿头和，
威玛成千上万等，
身王藏的男神等，
格萨尔王的敌神，
守住佛法命根是，
何时何须嘱托也，
孩子父母嘱咐像，
恩师学生嘱托像，
官人奴仆命令像，
雄与军的陪伴做，
战胜敌人断命根，
从今降到助手来。
东方太阳朝向边，
阿钦庄园中部也，
金色霍尔地方那，
极乐花儿开在那，
三界压倒白帐官，
黑色妖魔命根是，
白色闪光幻儿是，
白色天珠核心也，

成千万军首领也，

大力君臣一血掌，

两个琼神马鸣闻，

三个大神提山峰，

身强力壮主人也，

曙光引导方向者，

红色屠夫功夫者，

赞妖俩的后代也，

白帐王的奴仆是，

无名销毁都干净。

霍尔愿降管辖内，

满天宝贝父系里，

玉场锁在城堡里，

玉座三层上上里，

大力幻术主人也，

龙王头顶宝贝那，

蓝色衣服披上也，

蓝色骏马骑在下，

像大海般红彤彤，

正道守佛龙也王，

不够误吃不给予，

无知误导引领也。

今儿恰到重要时，

霍尔白帐妖魔儿，

阿钦庄园王老儿，

宝座金色上前座，

建立新的佛法时，

大臣将领大作也，

权威地位监督时，

森姜正备受苦中，

何时何围神龙都，

过山做陪朋友去，

敌方镰子朝向东，

东妖白帐收腹地。

藏的道歌十三钦，

斯巴轮回十三钦，

今儿收回敌命根。

佛法观影愿纯真，

旺盛愿心足满意，

斯巴藏的当管教，

今儿霍妖降天下。

东的金刚空行母，

南的宝贝空行母，

西的威玛空行母，

北的缘分空行母，

中方佛祖空行母，

五部空行母引路，

赏赐格萨尔幻术，

敌军满天来销毁，

射箭者当引领路，

今儿迅速向敌人，

射到佛法敌人者，

箭术射的尖锐也，

超白弓的弓尾寻，

马族人的对神钦，

文书大炮脸面钦，

四面八方主神钦，

守住佛法眼下事，

今儿降下来助我。

一切随于正道法，

不散聚到神弓上，

上弓供奉皇上神，

中弓供奉妖魔也，

下弓供奉龙王上，

超白弓具三供奉，

弓弦利用空行母，

护指儿与英雄来，

敌命忽而放进去，

白帐命根降到场。

这地不知认不得，

是藏区北边领地，

雅康北部背山地，

黑鬼山的山尖地，

鲁赞王的栖息地，

鲁赞鬼来统治地，

至今鲁赞鬼的地，

只有坏心没有佛，

只有霸道没有平，

从今得到佛法心，

不说我也认不得。

上辈转世投胎时，

宝贝三尊次第也，

三族和一转世也，

大神仓巴次第是，

三界转变方向者，

敌人压倒胜者也，

不敢软弱父母也，

世界上的王者也。

身王藏的守佛是，

佛陀界的命根子，

黑魔鬼怪压抑者，

压抑屠夫两者都，

霍尔白帐王子呐，

今儿是时驯服他，

现今金色霍尔地，

王者权势天边广，

大臣武功像虎狮，

威望四面八方里，

权威白色狮子涡，

威望玉龙天上响，

喜哉欢哉舒哉都，

莫再担心和忧心。

年轻珠姆靓丽美，
心慈肝善具两者。
狗与妇女无差别，
妇女饱时杀伴侣，
狗肚饿时咬主人，
马与妇女没自由，
谁骑主人小偷两，
无区无别照样用，
物是人非白帐官，
明后时间无确时，
怎整我的掌权下？
然后白帐王子啦，
我用白纸方块上，
黑色墨水画画也，
具有正经话语在。
如今霍尔白帐和，
红血森姜珠姆两，
奴仆大臣内臣等，
欢乐聚集本源是，

无知无时如今时，

霍尔进入黑暗地，

珠姆心情痛苦满，

白帐命根备切除，

大臣命断除干净，

霍尔扫草风吹掉，

没有那样不是王。

白帐天珠白色那，

高城堡变巨山和，

霍尔阿钦无人区，

霍尔阿钦无耕区，

不这样非格萨尔。

霍尔阿钦场空山，

有山没有山尖也，

山变没有无形状，

阿钦平原无水流，

有水俱变泥水区，

无选择走投无路。

阿钦地方无遗草，

有草扫草道歌变。

阿钦平原无石头，

有石彩色巨石变。

阿钦平原变无人，

有人都是无用人。

霍尔不变虚空也，

无法不叫格萨尔。

我在九神发过誓，

你白帐王要听好，

珠姆寡妇抓九次，

有儿要变孤儿单，

是不是听就知道，

能不在焉皇上神，

神剑方向神来转，

大哥白螺拯救者，

弟子龙孩白光和，

妹妹雄夫斑点与，

姑姑天白医神等，

今天有而最好时，

细根剑的转向者，

天地火炬风云围，

天上打雷降到像。

霍尔白帐王子那，

白帐女帐央帐和，

年轻森姜珠姆等，

眼睛满是眼泪都，

白帐命根除掉后，

城镇喊声鸣叫等，

今天太阳下山前，

霍尔进入阴暗区，

能做这样格萨尔。

弓顶皇上神来透，

弓腰中部妖能透，

弓尾下部龙能透，

神龙妖都相助手，

敌神威玛射箭头，

英雄空母相助力，

护法神仙像火红，

本尊众神像闪灯，

迅速过的神箭那，

三界命主除毁剑，

不懒不懒跨越行。

霍尔敌的白帐王，

坐在独角鬼身上，

坐在宝座位置晃，

今晚太阳快落时，

欠揍不死不活也，

当做岭无相助神，

无听无见无知等，

上天神无话语里，

咯咯嗦嗦神胜利！

唱罢，格萨尔将神箭飞射出去。只见一十八层天空中，中间飘飘云雾中，公龙如同捶大鼓，母龙犹如牛狂叫，雷舌闪电烟云弥漫。那支神箭火焰闪闪，呜呜啸叫，飞行在空中，阿钦黄霍尔地盘上，烈火燃烧，黑雾漫漫，那山倒向这边，这山倒向那边，似乎就要天翻地覆，所有霍尔王国的人们，全都处在惊恐万分中，连话也说不出口。过了一会儿，有的人说今日可能是太阳被九煞魔星吞吐的日子，一下子天就暗了下来。有的人说不是这样，不明就里，可能是神魔作怪。

此时，米琼卡德正好在森姜珠姆跟前，珠姆就问米琼究竟怎么回事，米琼回话道："可能是格萨尔森钦诺布占堆大王从雅康北境地方射出之箭到了本地。"米琼话音刚落，那支神箭浑如霹雳雷电落到地上。

霍尔白帐大王也知道了此箭是格萨尔王派红黑护法神专门前来夺取自家性命的，于是赶忙出声道："祈求格萨尔战神之王明鉴！"那支神箭犹疑不定，最终还是扎到了白帐大王的双腿之间，将下面的黄金宝座劈成了九段，还击碎了放在里面的泰让神魔之白色寄魂石，大的如灶石，小的如打火石，碎屑飞扬，轰鸣声震响长空。霍尔臣民们被震得左摇右晃，霍尔阿钦贡玛地方的三万多人被箭力当场震死，其中就有特别忌恨岭部者，对佛法极度仇视者，平日里耀武扬威之一百多霍尔悍将，尤其是白帐大王之孙，朱赛尼玛托贵在箭振之声中一命呜呼。

白帐大王本人只是右腿部位被削掉了一片肉，但是因为击碎了泰让魔尊寄魂石，白帐魔王拥有的十八大命根，一下子断了九条。白帐王浑浑噩噩，生死不明，日日夜夜"啊擦啊纳"哀嚎着，简直生不如死。于是请来了霍尔御医贡嘎贡潘前来医治，泰让巫师施展黑咒进行护理，外道喇嘛也运用灌顶回魂之术，但是白帐魔王依然还不能骑马骑骡子。

那支神箭谁也不抓，依然在空中箭羽闪闪地来回飞奔，并且围绕白帐魔王转了九次。众臣正在商议如何抓住那支利箭，米琼说道："此箭乃格萨尔大王神箭，可以将死去霍尔人的心血放入狮龙双对盘旋的瓷碗中，给那支箭献上迎接酒，森姜珠姆您来赞颂祈祷，才有可能抓住此箭。"随即米琼自己也双膝下跪，连声祈祷。日部唐孜玉珠举手扬起一条白色哈达也跟着米琼下跪祈祷。

只见那支神箭在鸣鸣声中转头落在珠姆面前的桌子之上。于是，珠姆给那支神箭喂了一碗血酒，在一片白色信纸上，写下打算给格萨尔王唱的歌，然后以六变伤心之曲吟唱道：

  唵嘛呢呗咪吽逝！

  阿拉歌儿吟唱法，

  塔拉吟自解脱道。

  一敬二敬三敬神，

三敬岭部三位神，

空中彩虹帐篷中，

益西措吉空行母，

二十一度母女神，

玉叶松翠净土中，

白螺祥光宝座上，

益西措吉空行母，

祈求清除生命障，

白色度母圣女神，

森姜我的供奉神，

今日为何不护佑？

上师本尊佛陀教，

虔心祈祷请加持，

慈悲愿力从头护，

不离法身永恒生。

祈请本尊神灵们，

但愿心想大事成。

若是不知此歌名，

空行长寿不变歌，

智慧女仙幸福歌，

欢歌悲歌皆如是，

苦乐如同褡裢连，

快乐悲伤转瞬间。

说到高兴原由是，

雅康北境山背后，

英雄格萨尔占堆，

身体康健无折损，

心态有点糊涂中，

音声应该无阻塞，

身体病痛怎会有？

阿钦霍尔王国地，

为我派遣一神箭，

此箭所作所为事，

阿钦霍国震惊中，

白日太阳会丢失，

白帐王剩半条命，

好多霍人被震杀，

首次复仇今日成。

还来何事说不准，

好高兴啊唱首歌。

乐极生悲之黑暗，
听响却是看不到；
蓝天之中的青龙，
眼前艳丽抓不到；
上空中的彩虹霞，
思念之中见不着。
格萨尔神之上师，
此乃苦乐之间也。
啊呀米琼听我说，
今日时光之最后，
白色汉纸白纸上，
霍人鲜血画图文，
这是高兴的信件。
我在花花霍尔地，
沦落已经好几年，
喜乐没有云中日，
悲苦交加过日子，
心苦嘴苦腹中苦，
凄凄惨惨如饿鬼，
心中怎会有快乐？
二十九日黑暗和，

森姜珠姆心中苦，

何日才能见光明？

南方谷地密林中，

能见太阳未想过；

阔莫若宗阴沟中，

水土和煦未曾想；

森姜苦难轮转中，

闻听欢歌未曾想。

森姜孤儿离群女，

无权见到父母面，

森姜无主无后应，

帮助引领谁会来？

后面虽有见不到。

没法吃到的食物，

玻璃盒中供奉食；

不能穿上之衣服，

高僧大德之法衣；

不好开口之话语，

听到却是见不到，

啊哟这苦难日子。

然后岭王格萨尔，

伤心欲绝珠姆我，

霍人闲话刺耳和，

霍兵群起攻击二，

白岭部落大地上，

三年奋力苦战中，

嘉擦若是不牺牲，

战争绝不会结束；

戎擦若没被刺杀，

岭部失利没想过；

斯潘没被河冲走，

营地四散未曾想；

总管囊乌玉达儿，

白岭豪杰之翘楚，

这些好汉没牺牲，

岭部豪杰无穷尽。

自从囊乌失敌手，

再也没有安乐日。

姑娘不死难苟活，

拼死搏斗没怯阵，

武艺虽是好汉强，

杀敌多少无区别。

白岭神族勇士们，

反杀无数霍尔兵，

霍国魔部大军中，

多少如同风吹沙。

每个岭汉冲杀时，

一路血肉翻飞中，

好比野狼在奔突，

绵羊血花四溅中，

犹如阎罗拉刀口，

堆积如山是尸骸。

霍人是百死千生，

犹如江边之沙子，

根本没法数过来；

如同山顶上白雪，

融化不见石山面。

而今岭王森钦您，

若是久留北境地，

森姜必死悲伤中，

白岭家园会失散,
无奈姑娘换戎装,
杀死许多霍尔兵,
最后珠姆被抓走,
木桩上绑一年久。
就在今年时日里,
大王若不回故乡,
珠姆自我绝性命,
否则真是想故土,
不见父母心悲苦,
好汉兄弟很想念,
思念却是见不到。
大王若是不寻来,
白岭残兵败将地,
再也不能来复仇。
总管运筹帷幄人,
而今黔驴技穷矣,
想要远行翻大山,
而今坐骑没气力,
想要杀敌报雪恨,
而今人马无利器。

怎么办好格萨尔？

请您思虑广大些，

速速回到故乡来。

今年九月份之内，

山口以上派侦骑，

河流以下派密探，

大王若用神通术，

诸需慈悲愿护持。

唱罢，珠姆泪如雨下，嘴唇抖动得像拉扯麝鹿皮，晕过去好一阵子，醒来时指示身边人说，需要一张白色大拇指大小的神弓，而这任务只有唐孜之弓可以充任。于是珠姆在唐孜长弓中搭上系着亲笔信件的那支神箭，在哭叫连声中朝北边方向射了出去。此箭如同山鹰飞翔蓝天般一刹那间就飞到北境，来到格萨尔大王手上。

十

　　看了信件，大王知道了岭地发生的所有事情，心中懊恼异常，可是一时也没有什么办法。过了十五日之后，格萨尔大王传信给魔域上中下各部落，要求大家必须在十月十二日前来集会。北境各部依照命令如期前来，一连七天在欢歌笑语中聆听格萨尔大转法轮。然后，大王打算使用神通返回故里，将梅萨、青恩、阿达鲁姆等人召集到跟前，将如何安排攻打魔国之事的打算，以六变神音之曲吟唱道：

　　　　唵嘛呢呗咪吽逝！
　　　　阿拉吟自法界中，
　　　　塔拉引领解脱道，
　　　　所想诸事菩提行，
　　　　所有祈愿能成功。

　　　　皈依佛法三根本，
　　　　世间怙主观世音，
　　　　清净妙法戒律赐，
　　　　普能清净功德心，
　　　　无限慈悲对众生，
　　　　遍及能得佛果位。

空中灵霄宝殿中，

白梵天尊父王他，

头戴白色海螺盔，

身上海螺甲胄响，

右边白箭明晃晃，

左边白弓森严严。

三界明晰护心镜，

世间福运如雨下，

高岗藏地业力神。

邪恶魔部要消灭，

六道众生普能看，

为了苍生社稷请，

更为高岗藏地请，

尤其白岭部落中，

岭王格萨尔我是，

不敌顽敌降伏者，

扶助弱小父母亲，

救度六道之上师，

地狱也要变佛国，

降妖伏魔之将军，

诸佛菩萨之旨意，

亘古七世佛陀始，

直到今日此刻时，

要我普化诸魔地。

悉补野藏人地域，

上中下部被魔占，

四面八方被魔侵，

藏地珍贵的盐矿，

邪恶魔部来抢夺，

你争我夺起争端，

地上所有人类身，

藏地部落的故事，

打从生下娘胎时，

父母教育之好坏，

为了苍生佛陀来，

佛陀虽然很辛苦，

慈悲善待众生灵。

幸福苦难有几多，

终将变成佛国地，

可能一段时间里，

黑色魔部很猖獗，

大地妖魔会横行，

高自天上鸟类和，

地上小毛虫以上，

就爱吃上这一口，

罪恶孽缘不知道，

没有丝毫善念行，

善行妙法之愿力，

功德无量不知道。

无明昏暗遮盖住，

皆由无始我执因。

心里只想犯罪恶，

唵字玛尼不会说。

罪恶包袱如山高，

还是一点没知觉，

更是易怒易妒忌。

是否觉得很可笑？

再听北境属部们，

黑头人之身体上，

要尝千辛与万苦。

有喜就要善良心，

有食有财要布施。
顺手顺时应念经，
顺走顺做要转经。
罪孽处事要戒除，
慈善积事要常做。

如若积德与行善，
罪业犹如化秋霜。
佛法光环照地时，
温暖世界各角落。
后者兼存两相依，
守缘守因两不犯。
自身便是暖太阳，
欢心犹如亮月亮。
后续造福解众生，
然则考虑要周全。

查兀岭的地东面，
从前不知有何物。
紫色董氏之前期，
佛法几乎未弘扬。

四面藏地之边境，

蛮横魔王无不有。

藏地山间之地心，

漫山遍野存黄金，

金属等宝是五宝。

天珠琥珀与珊瑚，

金银两财之宝库。

上师佛与伏藏师，

成熟时机会来取。

上师原存于此地，

也有上师于此取。

若是魔王来此取，

失壤失养与滋润。

天上雨水会失衡，

冬夏温度会失调。

时间季节失顺序，

并非时间是人心。

人心失衡有原因，

自身所犯之罪孽。

因果报应会后来，

死后轮回下辈子。

上看天空是空也，

只知上有日月星。

如若人心向与佛，

拉鲁年三向于此。

时间季节便是好。

如若不懂佛之善，

着衣会是硬邦邦，

进食也是干巴巴，

如是这样黑头人。

从前北城查木部，

是属北边鲁赞王。

从早到晚忙不停，

杀戮是属大魔王。

并非草食之主人，

但有罪恶人皆知。

但又归为无罪人，

鲁赞上走往印度。

破坏和尚之法会，

更改诸多之教派。

鲁赞下走往汉地，

四周各地律已破。

抢掠各地商财物，

吞并汉地各人事。

未有人之常情心，

不会存在罪孽感。

自身如是空盒人，

终有秃鹫狗不食。

英雄自当好争斗，

时好人好全都好。

好便好在佛法间，

懂佛善之智人也。

直走便是捷径道，

是否便是这个理。

从前从属魔王人，

北部魔王属盛时。

王上若是造罪孽，

民众便也喜造孽。

国法若是严厉行，

百姓便似苦上身。

上师若是喜财人，

便会不知解众生，

也使神鬼常出没,

谎话骗语常不断,

财物食三明抢夺,

美丽少女成寡妇。

是否便是这个理,

若有三宝救世主。

民众会是幸福人,

是否便是这个理。

我是岭地格萨尔,

我是善主之法王。

做事便是行慈善,

我是魔王之克星。

来自七层之上天,

杀人取魂有帮手。

引领帮手有这样,

有来各地万佛神。

我是人主皆神王,

一有超度之神力,

二有杀敌之神功,

三有统一和之力。

是否有无这能力,

我是多么了不起。

名叫格萨尔格茹,

不误军政之帮手。

正有千千万万手,

一有杀敌之将领,

二有善教之佛陀,

三有预言之天女。

若想斗我谈何易,

北边魔王丧与箭。

魔王逝后那时段,

若是头脑尚清醒,

定把北边向与佛,

都是梅妃下药果。

梅妃心胸太狭窄,

六道轮回道不懂。

心中有苦犹如海,

欲望妒忌蒙昧三。

便是烦恼之根源,

来自魔鬼之习俗。

佛教教法创立后,

众生幸福便有望。

引领会有上师渡。

北边魔部听我言,

请想轮回之因果。

天亮便要供佛祖,

山头上要插经幡,

好运便会来此转。

山腰要建擦擦房,

三村叉口修佛塔,

江河之上搭金桥。

善心留在佛法上,

每早更要烧次香,

有空就要常念经。

然而今年这时段,

我格萨尔回老家,

东边查兀岭的地。

各地牧民已吞并,

已有众多霍尔人。

十万军队扎在岭,

父辈犹如高山峰。

如今生命有危险,

财物犹如海中宝。

如今变为乞丐物,

心想事成如意宝。

如今变为泥中石,

今需复仇要格萨。

今天明天后天时,

快马信使逐一派。

四山之主鲁木王,

胜任上康北之主。

总管有请卿克主,

卿克主和鲁木王。

请任十万军之主,

走到白岭上部后。

要有良好之礼仪,

北军应向善意行。

每隔三年时段后,

查木岭的土地上,

英雄每年来一趟,

说说历史增感情。

新旧律例请改正，

主营岭地各事物。

女英雄之罪孽障，

洗净除污我应寻。

想想佛教之善念，

从今往后时段里，

空地野马不能杀，

鱼类不会被钩住。

不说坏话与每人，

用刑每人要个度。

无罪之人不能枷，

善恶理念得分清。

好坏之处要分清，

坏人恶人一边放，

要用言语向与善。

梅妃卿翁他二人，

与我同住到岭地，

北城财畜食物与。

魔地财物一年旬，

运往东边岭域地。

我要立刻先前往，

勇士仙女会迎接，

后有护法护送我。

歌若听进当甘露，

各个魔部要谨记。

格萨尔王唱罢，北境所有魔部属民们磕头祈祷及手持转经轮，口念六字真言一心向佛，眼中含泪，把格萨尔王的无边神力、法力等冥想在各自的心中。

阿达鲁姆心想：出生、成长、养老之地没分别，格萨尔王初到北边魔王地时，由我当了领路人，许下后生的誓言，还说这是此生之誓言。鲁赞王的那命魂，亲手交于王手中，便与岭地格萨尔结为夫妇情如水。身连心后，心连身，但是无耻格萨尔，杀完鲁赞王之后，心想所得事成后，说要带我进岭地，如今不带留北城，让任北城一地主，不如放羊更乐哉。北境之主不需要，从前那时段，我是鲁赞之婢女，想啥要啥是自己，鲁赞未曾斥责我。如今岭地格萨尔，身上放物重千金，不能前行更强压，这是斥责，是谎言，他心念珠姆弃梅妃，梅妃鲁姆两妃子，未死也要活分离。心中如此想着，阿达鲁姆手捧着脸，两行泪水像流水哗哗哗地流了下来。

右席首座斑斓猛虎坐垫上的归顺大臣成吉思，将黄白长发扔到脑后，捧一条哈达和各类珍宝献在格萨尔大王跟前桌子上，三拜九叩之后，将一首向森钦大王求情之歌以北境三鸣魔音之曲吟唱道：

唵嘛呢呗咪吽逝！

一鸣二鸣三鸣声，

呼喊鸣音魔域歌，

北境不变是乡音。

生长老死四之地，

不是别处是故乡。

我心所向此处地，

从未想过去别处。

供一供二供三神，

雪山深处黄脸狮。

神山主与仙女知，

砻山深处战神知。

雪山顶的小狮子，

狮吼音佛如是知。

今天正是保佑时，

上部阿里三围下，

中部卫藏四茹及，

下部多康六岗上，

藏地所有护法神，

没要走神引我歌。

此地若是名不知，

北城大山大秀也，

前山上岗十八部。

首领便是秦格尔，

此人是我名这样。

成吉思汗子孙也，

秦日部族取秦格。

很久以前那时段，

父亲便是大法王，

母亲如是天仙女，

造物主的传承也。

期间教法改魔地，

鲁赞魔王出生后，

五年过后生秦格，

再过时事十三年。

立为鲁赞之大臣，

赐名家臣秦格尔。

控制北城魔王地，

如我有那四大臣，

我们四人代魔王。

那后岭地格萨尔，

便到我们北城地，

放射弓箭弑魔王。

射前北城便已乱，

秦格大臣带大军，

杂嘉江岸河边睡，

魔王大军设战场。

未有敌人来冲阵，

格萨化身神之主。

想杀想战是空话，

苟活于世更是难。

此时便知神来临，

为辨真假测神主。

想知神主何神通，

想知战神格萨尔。

有何神通战敌人，

直走便到查兀呷。

万剑齐放等格萨，

万剑变为七彩虹。

此种神力谁会有，

缴兵投向格萨尔，

于是成为神主徒。

格萨从岭北下时,

北城骚乱皆和解,

九十九天前那夜,

放箭射死鲁赞王。

梅妃心胸如针眼。

降魔鲁赞王之后,

上不知神主格萨,

下不知魔王已逝,

更不知一无所措。

或是魔王已睡着,

或是魔王突然晕。

不知是啥缘故时,

今年已过那时段。

如是铁环熬九年,

不知民众苦日子。

有人还在说谎言,

有人还在杀无辜,

没完没了民众苦,

今年几日来临时,

王的信使便到达,

何事要做今便知。

从前古人有谚语：

那位虚伪假喇嘛，

欲财得财时常望；

供佛施主失誓言，

主仆便会失誓言；

孽缘促成罪恶友，

万劫后也澄不清；

伪官下的那臣民，

便会加罚给民众；

欲财欲食与戈壁，

故乡会是乞丐地。

如今前后那九年，

花岭国部之宝地，

霍尔白帐魔王夺。

岭地父辈与兄妹，

战死沙场人居多。

非是所见是耳闻，

格萨尔王之大哥，

如是十五白月亮，

像是天狗食月亮。

戎擦谋士那一女，

犹如昨夜那噩梦，

做尽丧尽天良事，

年轻貌美犹如花，

便被白帐大王抢，

一想便会寒于心。

今年时段是吉日，

北城魔王鲁赞地，

初步向与佛法光，

从此便会心向佛。

森钦王的那佛音，

犹如春季布谷鸟，

能否再叫大家等，

三界上师之加持，

得此盼望已许久。

今此法场献哈达，

众生犹有大福气。

亡夫苦命孤寡妇，

儿女未长等九年。

家财落在敌人手，

试想报仇等许久。

今日英雄聚于此,

叔父内心甚欢喜。

我成吉思心里想:

这格萨尔诺布王,

上康北部山背后,

别住彼地太长久。

虽说降伏境外敌,

内敌超同速叛变,

积攒之财落敌手,

曾想发生此等事。

今日果真太悲哀,

此便命中注定也。

早年若不经风雨,

晚年怎丰衣足食?

上午若是不攀山,

下午怎到平原地?

苦乐天日升又落,

悲喜犹如墙头草。

男儿漫漫人生路,

坎坷曲折终会有。

女子衣食等家财，
时饱时饿自会有，
怎能说是不要来？
此翻秦格尔求情，
岭王当然会回家。
回后就要报答好，
祝你一路皆平安，
利乐岭部众生灵。
愿能降伏其霍老，
愿使珠姆还故乡，
愿佛法更加兴旺。

日希阿达鲁姆她，
伤极心热泪盈眶。
痛苦远不止如此，
当好部落大首领，
瞻前顾后两兼要。
襟怀阔如容高山，
心有远虑像流水，
公正廉明直若箭。
幸福太阳升起时，

黑暗无法掩埋它。
慈善宣讲佛法日，
罪恶魔心无法生。
请勿三心勿二意，
对法秉持净善心。
以阿达鲁姆为首，
我做大臣的仆人，
阿达鲁姆下命令，
秦格尔会去执行。
希望今年之际时，
杜鹃鸟在飞翔日，
百灵鸟也想啼鸣。
天鹅归来天湖时，
鱼儿也想翱游湖。
山顶白雪融化时，
草原玉簪花欲开。
魔部开讲佛法时，
上师恩惠格萨尔，
回来我也去岭域。
一年以上不延期，
承诺起誓而回来。

其后回到我故乡,

当我重返故乡时,

也想去到侠女岭。

最多就住一年久,

最少也住半年久。

岭噶堆与上康北,

交错经纬如布纹,

像风东西来回吹,

是否如此大王啊!

歌若听进再想想,

不听之理虽没有,

不好说话小请求,

走不好路上路下,

如此大王记心间。

成吉思奏格尔唱罢,森钦诺布占堆大王还没来得及回话,梅萨奔吉立地而起,袍子边金环绕圈,轻轻扭头歪脑,铃铛吊坠轻响,汗珠璀璨光芒,眼睛左张右望,说道:"各位主仆众魔,高如夜空繁星,低如大地草木,中如空中云朵,百男千女们,所谓思一索二,今晨日升日落前,说谁受难我如此,说谁劳累我同,说谁受苦我如此。要说痛苦之根源,起初此等一因由,其后存在此现象,最后杀人寡妇活,还有故乡木雅里,不知好坏如何也。众位老少皆想想,想起一件说一句,不得不说便如此。"说到这儿,梅萨的嘴唇微微颤动,眼角血丝如闪电,傲慢如同开毒水,下体血液流上体,上体血液积脸颊,脸庞的血液流淌在眼角,吼声回响四周,接着以傲慢雷声之曲吟唱道:

　　　　唵嘛呢呗咪吽逝!

　　　　一嘶二嘶三嘶音,

　　　　嘶嘶妙龄女子歌。

　　　　轻微风吹林山树,

　　　　树藤枝竹叶萧萧,

　　　　思念故土唱着歌。

　　　　歌唱好似荒野草,

　　　　干草挥扬天空中,

　　　　干草吹响咻咻声,

　　　　苦无奈灰心意冷。

　　　　不是欢喜欲唱歌,

　　　　心乐极热泪直流。

　　　　悲痛怎想唱悲歌,

　　　　悲忧愁时窝里哭。

　　　　头沉枕中泪海底,

　　　　破晓无处吐心声。

　　　　忆恩父母哭一场,

　　　　离居故土哭一场,

念亲姐妹哭一场，

伴侣不在哭一场。

衣食财旺先别提，

自身自由都没有；

吆喝唱歌先别提，

竟说凶讯与夸功。

说大就是无理话，

听到皆是痛骂词。

一点善业都没有，

不扬善罪业深重。

几时有唱喜歌日，

幸福就像草尖霜。

居故土家内众生，

常训斥眷属仆人，

不顾公事做私事。

还问我为何来此，

向高山顶去流浪，

美味佳肴随意拿，

绫罗绸缎配玲珑，

聚人之地看热闹。

身不舍锦罗玉衣,
身边随带诸婢女。
双明眸善睐顾盼,
不熟之时大声笑,
大集市里左右望。
自己富裕炫耀人,
佳肴美酒摆前面,
仆婢女簇拥而坐,
骑着骏马去驰骋,
不能驾驭仆人带,
安身故土此感觉。

九年之久时刻念。
恩母不知健在否?
别说相见父母亲,
连回故土未实现。
身躯瘦如牦牛角,
落入戈壁沙滩里,
亲人不在我身边。
心爱伴侣也不在,
诉说对象无身影,

欲行走却无人伴，

欲留住又无婢女，

欲吃无美酒佳肴，

欲穿无绫罗绸缎。

但这黑魔王鲁赞，

十三年我恩如山，

虽不曾与我同床，

但对我做温柔事，

野牦牛千肺挂腿，

想靠近温柔待我，

他意喜悦并满足，

误把我当终身妻，

我未曾看他一眼，

也不曾说心里话。

财宝都放库房里，

钥匙串交我梅萨。

就从宝座库房起，

灰色楼梯以内物，

让我一女梅萨管。

苦命即思变莫测，

日积月累放心上。

岭格萨尔名气大,
不要东岭域那地,
自以南瞻部洲王,
六众生装作生母,
天佛陀装作护法,
那装模作样奸诈,
不懂法教生次第,
未见鬼前大声叫,
未生病前还把脉,
说出雅俗胡乱话,
胡吹神侃欺骗人,
多心之人多阴险,
身如稻草动静多,
地狱世界不用想,
苦命妻子还流浪。
说不要你老乞丐,
说不要你丧门星,
说不要狗女魔头,
还称岭王真可笑。

万夫中的大骗子，

乱世中的大盗贼，

乱法上师无用人，

好色风流花公子，

是否这样格萨尔？

躯体是否人的身？

人身会有血与肉，

知羞耻吗觉如你？

你说是天龙神子，

名望回响三界中，

如此有何大本领？

杀北鲁赞那一晚，

射箭时像风中幡，

哆嗦拈弓不搭箭，

力不从不会拉弓，

心不安天龙不眷，

祈神战神在哪里？

这时还得指望我，

我拈弓搭箭射魔，

祖辈后裔若无能，

弱小女子杀鲁赞，
你可曾知龌龊男？
可谓厚颜又无耻。

雅康北部居住时，
美味佳肴供养你，
锦衣绣袄供奉你，
无微不至照料你，
上师一样奉承你，
都有小妾我伺候，
你可知晓我劳累，
不知你无羞耻心。
叫你岭格萨尔王，
不如叫狗格萨尔。
北魔鲁赞穆吉王，
以锦衣玉食待我，
做甚都会依着我，
你还叫他黑魔头，
他残生灵法为敌，
还说他无善罪重，
闲言冷语无不说，

是否记起格萨尔?

今一日打道回岭,
却对我守口如瓶,
这命运甚不公平,
还装不是我丈夫,
你如同杀父刽子。
我命为何这般苦?
那臣青恩与梅萨,
只一碗饭分口吃,
一句蜜语说彼此,
如今如此有何想?
男子有何大智慧?
我柔弱女子梅萨,
不独强自立前生,
想方设法去木雅,
你一戎臣阿奴僧,
奴仆帮手一百多,
驮畜马骡一千多,
珍财宝随心所欲,
除你我之谁拥有?

此等财物拿回家，

是这样吗青恩臣？

你愿就听我的歌，

心意要向故土家，

父母双亲在家等，

心意要向父母亲，

皈依荒凉戈壁滩，

歌若听懂放心上。

梅萨奔吉唱罢，戎伦阿奴青恩并没有表态是否附和，默不作声，众大臣也不知如何开口。格萨尔王面貌如轮明月毫不改色地大笑三声后，对着聚集此地众英雄说："请听我格萨尔一句话，且听后好生放心上，梅萨奔吉听我说，你岂是无主不在意？你乃空性空行母，二来岭域需要你，三来北方这祸乱，鲁姆、成吉思来主持，鲁赞命门要害点，终是梅萨奔吉来助我，命中注定无法逃。衰老的皱纹没法擦，阎罗王签好与坏，下辈子之路由此开，上辈子所积善恶业，除此身之外无所受，心不必焦急，需安心，我自会把你带到家，去留之法需如此。"说完，以勇士不变金刚之曲吟唱道：

唵嘛呢呗咪吽逝！

阿拉歌儿引领曲。

头顶日月宝座上，

祈请根本上师恩，

吉祥铜洲宫殿中，

身不变四方震响，

身背脊发飘飘落，

右手持着檀毅鼓，

左手持着白银铃。

双足盘着金刚坐，

双目观望虚空中，

三界鬼神已降伏，

不变金刚宫殿里，

威震三界莲花生，

不怠扶持保佑我！

稀有师尊金刚手，

法敌断头护法神，

不剩群魔全降伏，

愤怒护法神外围，

本尊主仆神外围，

护法神像燃火焰，

魑魅魍魉全降伏，

四方四魔威震压，

护法护教守护神，

百大护法神之首，

不怠扶持保佑我!

唱一首耶耶歌曲,

天空不再晴朗时,

南云即为下雨体,

小雨滴在地上时,

花木即为绿地饰,

这歌曲首次庆祝。

第二首歌献上师,

上师歌曲指明灯,

佛与加持的根本,

六道众生转向佛,

这净业珍贵人生,

受到上师的恩慈。

第三首歌开导曲,

慈悲大爱的母亲,

婴儿开始时候起,

直至行路成期间,

文明用餐方法和,

服装大小与风格,

语言的表达方式,

语句理解等方面，

全程开导与教诲。

家人夫妻像春日，

一天九暖十寒风，

两种抑郁哭叫声，

一吃饭没有胃口，

二穿衣不知粗柔，

听到话不要都说，

听到歌不要都唱，

这是母亲的教诲，

谁能说这不真实，

这是心灵的变幻。

在这忏悔伤人话，

每天不净争吵中，

若给上师传过去，

对于夫妻不和睦，

面对百姓不负责，

一生恶业不停造，

即进地狱根本因，

之前不知错误行，

现在对此深忏悔；

大狮王忏口试探，

之前发言请原谅，

事业善果佛陀也，

大狮王毫无恶心，

我发言不分内外，

也许我话语较多，

会挡住你人马路，

因此说话要简单。

梅萨能否听懂意，

若听不懂就直言。

听完格萨尔的歌，梅萨心想：事已至此，也只能如此，只能高兴地接受，才能融洽，若是说话不难听哪来动手打人事？有些前世修的缘，今生无法改变，再怎么请求上天王爷，也无济于事。想着梅萨会把此歌放心上，格萨尔话不多说，又吩咐了几句，不许把智慧垫在坐垫下之类的话，便静心坐下，准备着接下来的事情。

雄狮大王诺布占堆在宫殿里又住了三天。第四天天一亮，格萨尔王就骑上马，准备回岭地。风吹阵阵，军旗飘飘，右边白旗，左边黄旗，后面红旗，前面蓝旗，空中回荡着空行母的歌声、喇嘛的讲经声，雅康北地的人们看得见，听得清，看着格萨尔大王和他的骏马飞上空中，人们无不泪流满面。森钦大王在一转眼间就消失不见，随之，地面上的女将们都叫上奴人，将物资等备在马背上，向着岭地出发。

森钦诺布占堆在六月十三号到达岭地上方，幻化成名叫大嘎尔巴的巨商。岭地官人初杰说："今天有个叫大嘎尔巴的人将会到这里，不知是外人还是自己人。"便让僧伦卡玛父亲立刻到宫殿，僧伦给瘸了腿的马备上马鞍，身穿羊皮袍，裹得像马又像驴的，到达了宫殿。四母超同对着大嘎尔巴要草费、要水费，不给的话达戎大军就把他给淹没掉，还威胁说今天太阳没落山前，该交的全都要准备好。父亲僧伦说："像我这样的，若不对大嘎尔巴等外人动手动脚，超同就会放巫术，把森江放到河里漂流，今世道多少人因他受苦。印度当帽子戴着，内地当鞋子穿着，藏区当腰带系上，干啥都是达戎超同王，他这样能覆盖整个蓝天，能切断整片土地吗？"

僧伦卡玛对着营帐，以为超同在里面，走到营帐东面，立在马背上，腰中掏出乌尔朵，捡上三块石头塞进袋中，大吼了三下。顿时周围所有狗都狂吠不止，纷纷左右扑来。僧伦立在马镫上抡起乌尔朵，众狗不能再靠近一步。此时，营中出来一位英俊美男子，身着蓝绸袍子，百张公水獭皮镶袍边，百张母水獭皮镶领口，露出两肩，拖着镶边袖口。男子见之悲戚戚，女子观之动芳心，勇士见之心颤颤。该男子多么与众不同啊，具足了达官显贵气势。只见他笑盈盈地款款走来。父僧伦嘴颤颤、齿咯咯，浑身如摇动的树叶，坐骑也随之颤抖如风中飘旗。僧伦伴着哭腔唱道：

  此东岭部之地方，

  不兴争斗之事业，

  不耀爵禄之威风。

  汝有佛法便悉听，

  无法罪人无处逃。

  白岭地方神仙境，

  虽外水木干瘪瘪，

内有红白檀香树。
外表腐之烂之也，
内有龙袍绸缎足。

可会鸣叫北魔地，
昼夜不息小小鱼。
虽受饥饿命不屈，
大海之边数饿鬼。
艰难困苦命不屈，
地狱之中数生灵。
早间太阳初升至，
四母之主超同他，
不居临至营帐旁。
孰来孰归来问话，
上来汉人下归藏，
印度蒙古尼泊等，
孰是孰非来问话，
问话无从来回答，
若是不答不能行。
汝是像从天下降，
何去何从无所谓，

天石陨落营帐上，

来自东方或西方？

来自南方或北方？

何处来此作客方？

何谓东岭噶上部？

道来有何根本意？

熟人相谈有何言？

你我是否有买卖？

旧产财富卖得出，

当下财富买得进，

只有出在富裕岭，

此外之地无一样，

六优长草为药物，

低流河水之精华，

所有圆石均药石，

所有耸树均药树，

上集佳巴无据地，

下至啦吧无用地，

就算归置无命留。

大簇绿草一簇金，

小簇绿草一簇银,

河水污染化冰清,

柏树折断箭作补,

磐石裂口金石填,

非此吃草喝水者,

无所报偿行不通,

原草费用且需要,

流水费用也需要,

吃在哪里草山费。

若要不偿思贪心,

达戎凶猛之超同,

存有一亿大兵部,

富裕岭之所在地,

生死存亡剩英雄,

虽然不敌黄白霍,

对外敌对可言传,

草费交否由你决。

四母超同大王催,

草费水费来交齐,

所交今晚来上交。

明日太阳初升时，

此地无权再逗留，

汝要何去道路诉，

若是不走常行道，

马儿驼畜驮件等，

三更所梦来制定，

大宝之身立双足，

头身均被染做血。

是否听懂营盘人？

汝等随从要切记，

听进营地诸人记，

不懂赶紧唱回话。

僧伦唱罢，大嘎尔巴商人的随从罗布扎西回应道："呀！老人大哥真可怜，又可悲，全身上下满是虱子跳蚤，瘦如干柴禾，身无披衣如鱼儿，啧啧所言太过分。达戎凶猛之村落，若有蓝天不能容，若是平原不能立，傲慢之人来相见，今日就为见达戎王。吾乃拉达克商人，路过岭所在地，因为此前这里有过商业往来，所以想往后也有可能促成交易。我们上至印度，下至汉地、卫藏四茹各地方，未曾不能行，水费草费一次未听闻。你老乞丐身上虱子作窝，瘦如干柴禾，言语比刀剑锋利，要与我们争斗，你还真敌对不了。"

接着，随从罗布扎西引出帐中之人，岭地的虎狗和豹狗等悉数前来，将他们押至宛若白玉的营帐中央，此营帐顿时五彩发光，耀眼夺目。僧伦左看右看，怎么看这巨商都不同于凡人，而像天神降临，如梵天贾辛下凡，由孟加拉之王接见，要么就是活佛，穿着荣耀的法衣，要么就是人主，万民服从的人主，里里外外看，反正都是大山一般的大人物。

正当僧伦目不转睛地盯着看时，王者化身的商人说道："此等无碍，有道是，若无虱子无人身，若无财产是无福，若无法心是妖魔，于世之人无不有虱子，上王者，下乞丐，神活佛，所有都可能长有虱子。神活佛法座满虱子，上王者睡窝虱子跳，父富贵宝库虱子填，对虱子不必在意。"随后格萨尔王化成的巨商与僧伦一同坐下。世界大王格萨尔化现出御食将福乐盛满，化现出八宝吉祥，周边金银装饰，化现出银制画幅，将画有世界形成的四幅银画放置于金桌四方之上，舀出第一勺茶水，盛有酥油精华，白色羌盐，咸味适宜，营养丰富。

僧伦看到此茶宴，流下了一滴眼泪，喝完三碗茶水后，又流下了三滴泪水，悲伤地说："吾儿此前也准备过此等茶宴，如今吾儿已被敌杀，若非此宴像是北海龙王的法术变幻，此茶宴定是吾儿所设。"僧伦心中百般悲痛，身子畏畏，蒙头痛心。巨商随从起身在茶宴上拿起两宝双合的金碗，碗中盛着酥油拌上蕨麻，递上说道："谨请相拌水果糖块等食用。"僧伦边吃边哭，看着手中的碗，不一会儿泪水已经流得如暴雨一般。

巨商问道："为何落泪？是否食品不合胃口？是否喉咙被堵？如若不是，何必拿着金碗银碗流泪，善意被贬恶意，人爬山坡把腿掐，这谚语你可听过？下等平民吃饱肚子就该知福啊！"

僧伦回答道："阿普人主大宝的人啊！你究竟为何来此岭地？做何买卖？印度、汉地、尼泊尔、拉达克等，来自哪里？勿要敷衍说真话。我的情况我也实话跟你说，我的孩子名叫格萨尔，前往北地已过九年，算作今年是十年，此前儿子未有听闻，未有耳闻，未有见面，所以伤心，心不安，睡不稳，虽无食衣忧虑，却如同在地狱水深火热之中生活。"

巨商脸上泛起笑意，说道："哦，啦嗦，既然如此，我也将真言来道说，让你心安，请勿分心听我唱。"接着，大王便以六变神音之曲吟唱道：

唵嘛呢叭咪吽逝！

一敬二敬三敬神，

三敬三宝诸神明。

常常久久献神灵，

危难之时来护佑，

煨桑祭食供神灵，

神灵保佑常左右，

圣地神山布达拉，

金银宝地之宫殿，

敬神灵释迦牟尼，

绿玉盛满法之地，

弥勒笑佛来解难，

敬仰法之大圣者，

甘丹法之大宫殿，

敬仰神灵法大圣，

敬奉喇嘛大宗喀，

敬奉本尊六法手，

柳条宫殿法之地。

敬奉神灵法度母，

圣地甘丹格鲁寺。

敬奉吉祥天母尊，

卫藏四茹各方神，

不敬之意无曾有，

危难时刻来解救，

事业成就雨般切，

宝主早晚各敬奉。

藏地古来拜九神，

上部阿里三围地，

雪山晶石冈底斯，

圣地之境首门开，

贵主喇嘛莲花生，

贵主玛巴米拉日，

敬奉此地之主圣，

冈尖藏地的主师，

所谓人主不为过。

玛旁雍措湖泊中，

湖神龙母做人主，

财源矿地首门开，

藏地贫穷艰困苦,

愿做幸福的宝地。

下部多康法中心,

东方玛嘉做战神,

东方玛阳做财神,

玛嘉博热做马神,

玛嘉晶崖富饶湖,

进得龙门的财门,

除我之外不曾拥。

东方玛卿大雪山,

上部赞拉十三敬,

玛域宝地四方敬,

家乡财神家神敬。

听言老者虱子身,

年老不出五十头,

三十玉牙快要掉,

头顶毛发变灿黄,

四素之身快要塌。

疲惫不堪的老者,

身子未老心先老,

艰难困苦不可怕，

心态老去才是老，

虱子算作苦时伴。

南方瞻部的人民，

丑陋之列皆为是，

藏地本就法圣地，

善是法根届心知，

恶果早先要舍弃，

善报恶报皆因果，

上报贡献的人们，

下临乞丐的施主，

真相佛法之根源，

为人疑虑千万重，

疑虑不需心中羞，

此等用途有三类，

用途学法不在心，

贫穷困苦所以来。

吾是谁来你不知，

不是近邻是远客，

远处地方的印度，

路经地方拉达克，

上部拉达的王主，

多波泥婆罗丝地[1]，

上部印度三法主，

此前古时为一体，

现在已是各为主，

丝绸面料百种款，

黄金驮件有三百，

银质驮件有五百，

丝绸驮件有九百，

食用蜜汁和糖块，

药物红花红黄饰，

不知其名数不过，

不从南路来北路，

北部上地来至此。

东边岭国格萨尔，

前年更比前一年，

比这前年的一年，

上康之地山背部，

---

[1] 多波泥婆罗丝地：朵沃宗，或称陀宗，今西藏洛扎县古地名。此处原文应该指的是尼泊尔境内多波地方，可能因为字音相同而导致理解偏差（原藏文整理者注）。

龙王之子相见过。

上午比试射飞箭，

此时胜者格萨尔，

龙王之子角被刮；

中午比试扔木箭，

谁胜谁输无分晓；

下午比试刺刀剑，

刀剑乱舞无胜负。

敌方龙子未杀得，

敌对未果格萨尔，

傍晚黑漆夜当中，

雄武比试相扑来，

北海龙子为胜者，

力量悬殊被砸石。

森钦被杀又吞咽，

吾等并非亲眼见，

北部之人的说法，

北村此等在相传，

是否属实无从知。

北境上部秦格尔，

我三个木碗卖他，

买我的领地大小，

我把计量算金银，

外加丝绸一十八，

共金银九百多件，

载马匹三十余驮，

各物品买于北方，

僧伦是否认识也？

这上述如实所叙，

并未有愚昧之处，

僧伦心中请谨记。

格萨尔王唱罢，格萨尔父王僧伦没说一言半语，喘不过气来，当场晕倒在地毯之上。这时候里面的侍卫把莲花生大师的浴水和圣母浴水等各种圣灵的加持物拿出来涂抹其脸庞，洒在脸上。僧伦终于醒来，但是双眼一直望着一个方向，眼前浮现出棕黑肤色松宝玉石般的脸庞，黑黝黝的长发，宽阔的背，身怀绝艺般的狮子模样，迷迷糊糊中说道："这不是我儿格萨尔吗？"瞬间，喜悦从心中迸发，整个人照了光一样乐乐呵呵地站起身来。

这时的格萨尔已经变回原来模样，一人端坐在最顶端的五彩毯子上，木盘桌上放满奶茶肉饼等佳肴。僧伦连忙找出吉祥的哈达，穿戴革履，让人一看显得格外精神顺眼，穿上丝绸上纹的青龙对照的上衣，蒙古马鞋，头上戴着莲花绽放的莲花生大师的禅定帽，对着上座的大王问："我儿能否认得我这老爹？""如果连自己的父亲都不认识的话，那我还能知道些什么呢？"格萨尔满脸欢喜地回道。这时父王僧伦流下感动的泪水，边站

起身,边把格萨尔紧紧抱在怀里,唱道:

唵嘛呢呗咪吽逝!

阿拉阿拉若吟唱,

唱歌便要忧欢唱,

心中伤喜献于旋。

近歌不唱远歌唱,

要唱就要辈歌唱。

早期原辈时间点,

男儿本色世界里,

每日每夜的悲欢,

富家子弟的奢侈,

每日每夜的虚空,

家母积攒财满门。

有时有所舍与得,

博大宗师禅定屋,

有时不定感召力,

神与邪的居所点,

礼佛举止有轻重,

三神保佑无诱惑,

无有诱惑所引路。

要是不熟这地方，

这里便是岭尕上，

这里具有深山沟，

满地鲜花姹紫嫣，

流水清泉甘露醇，

树叶丛生檀香木，

鸟儿纵声杜鹃鸣，

如意吉祥今朝日，

不邀神佛便自来，

油然通晓预将来，

不邀客人便自请，

满盘富余佳肴宴，

不求请上掌维权，

所上即是将相也。

在议岭尕之地方，

以往好日的时候，

老祖闻名雷声轰，

普渡加持胜于天，

朗氏雄心胜神邪，

无虑战敌不胜事，

岭氏将军弟妹亲,

内暴外怂绝不是。

下属安于将军下,

全村便是享福利。

有次儿子去北方,

小人国王都将来,

伴侣珠姆一同来,

米琼将军跟着行,

不到上北康区地,

山沟源泉上北处,

岭尕上和不远地,

派出小人流霍尔,

去往霍尔的营地。

询问事的前后因,

关于珠姆嫁人事,

格萨尔要当驸马,

此等要事问小人,

小人不言心中语。

黑鸽来到朗氏地,

口里卷着珠姆珍,

鸽子掀起霍朗役,

霍军十万进朗地。

岭氏英雄三十人，
每日昼夜巡阵地，
连续几夜未入眠，
满山满地是尸体，
金鱼眼中反感血，
小狼在空中啼哭，
布谷鸟日夜歌唱，
鹰鹫吃肉吃腻了，
遍地是野人死马，
惨杀霍尔军七万，
还是没得到嘉擦。
黄蒙古百死千起，
最后公爵戎擦和，
这位岭国大侠在，
智而巧妙地商议，
代替珠姆送乃琼，
朝统王朝坏心肠，
黄昏归来的时候，
凶手朝他射一箭。

箭头上打了个字，
官和奴之错乱也，
说着乃琼珠姆错，
头顶臭着难闻味，
下脚脱鞋陷沼泽，
松绑腰带便有肉，
珠姆身上没这些，
洁白牙齿如白螺，
白度母幻化之身，
霍尔王说未到手，
霍尔军只能撤军，
珠姆被逼开三轮。
岭男儿十三岁时，
白头盔身披金甲，
腰配刀箭和矛等，
珠姆身披着男装，
长矛刺东南西北，
射箭则百发百中，
射死四百黄土人，
最后屠夫堂泽和，
子跃神臣赤巴等，

从雄伟茶堡败来。

珠姆被绳子套住,

卸玉皮上白头盔,

身披金甲绷黑带,

带黑东到热河去,

华嘉擦精神错乱,

说要去追击珠姆,

要主仆马鞍自夸,

幼鸟开口要进食,

如照行单枪匹马,

霍尔营搅得血斑。

上溯到山顶之巅,

顺着河漂流向下,

十五天军械驾驶,

把霍尔变成黄土,

霍尔巴狼狈逃窜,

人人都一路逃跑。

格格尔劫持珠姆,

丹玛紧跟着追赶,

没赶霍尔桥上出,

当贤巴一人逃走,

逃到了北荒原中，
勇敢地跟在后面，
藏匿霍尔格尕袋，
矛黑黝黝的两哩，
华嘉擦桑前世缘，
也许华嘉已去世。

岭氏的所有兵营，
没能追赶奸雄也，
便对里闹人气馁，
冰球之王伦珠和，
尼奔华桑仁青等，
说要强行追捕议，
今晚雌雄便在剑，
是男子汉的报复，
君子报十年不晚。
女仆做的饭菜意，
过三天就已忘记。
再别战朗武士们，
若再战斗大必死，
岭氏址被风吹走，

不战则已养兵力，

超同人欢聚一堂。

说起官就是超同，

如今已是大公国，

东察布林的地方，

诉苦是帕克姨妈，

躺下来辗转难眠，

起来便是这话题，

珠姆头发盘起来，

嘉擦满脸黑黝黝，

想起满脸都是苦。

你既然是格萨尔，

对着父亲微微笑，

要重重回击超同，

敌对手在狮子城，

在水银城堡里头，

有山神扎拉则杰，

现今全身已长成，

此外更无其他话。

僧伦如此哭诉着，话都没有说到一半，森钦大王便答道："喔呀！明天天空一亮,要对超同讨伐,草有草的价,水有水的费。今晚去超同门前,先可扮演弱小者,我要以牙还牙,讨说法。"父亲僧伦说:"我就不去了。"大家商议后决定由大王将魔鬼附身于牛羊,对超同还是要以德报怨,不可伤其性命,于是父亲僧伦也答应一同前往。

晚上,格萨尔、僧伦等三人来到超同还未砌好的城门前,三人齐声叫道:"超同,喂,我们来了,你要惨咯。"超同的门卫东张西望,白眼向上,觉得僧伦大臣与往常不同,但也没多说什么,就把人放了进去。超同面带笑容,向僧伦敬酒,还唱了几首让人满心欢喜的歌曲。

第二天天一亮,格萨尔又化身成穿破烂衣服的乞丐,手里拿着木棒,来到母亲果萨拉姆面前,说道:"劳驾!一百岁的姐姐,请给我吃点饭,给我一杯水。"母亲果萨拉姆看了一眼,见这乞丐形色漂亮,虽然有点狂妄。果萨的防护侍女在脸上涂抹白漆色,另一个涂满了黑陶色,左发辫侍女乃琼和豹皮侍女尼吉端出各式各样的食物来到乞丐面前。乞丐啊哈啊哈高兴地说:"请我吃得很好。但是你们姑娘怎么把头发梳成阿格?为何在脸颊涂上白漆黑陶色?"乃琼侍女回道:"乞丐拉拉的儿子。你从东南西北哪来的?有什么样的话要说?我们在这岭地方,脸颊就要涂这样。"接下来便将是非来历以六变喜鹊之曲吟唱道:

    唵嘛呢呗咪吽逝!

    阿拉阿拉岭部歌,

    三宝诸神请明鉴。

    塔拉塔拉自家音,

    不得不一首一首,

    敬请三宝明鉴也。

    东北的玉林境地,

燃烧的白磔毯上，

至尊白度母尊前，

来世主持的祷告。

若不识这片土地，

这便是岭部皆愿，

早在佛教传入时，

战神宝库之足也，

空行母具虹之身，

神似绽放的花朵，

儿为战神之化身，

具备战旗等物也，

于骏马牦牛之城，

其内为佛陀化身，

其速胜似风之快，

思往事不堪回首，

现当今因苦所困，

一方故土易失守。

在其宝库之城中，

终被霍尔所毁之，

致之毫无食欲也，

其无安眠之夜也，

悲哀中度过此生。

九年来悲哀自生，

无乞丐没闻之说，

故右边留着编发，

脸颊涂抹多色杂。

其右脸涂有白粉，

其拜祭贡嘎神也，

其空行母庇佑之。

其左脸涂有黑粉，

珠姆被带去霍地，

英勇的嘉擦亡也，

岭以其妇女之力，

其风俗为如此也。

自那时乞丐之孙，

你踏足于四方之，

定有丰富的阅历，

你来自何方之地？

将前往何方去也？

不得有任何隐瞒。

我岭噶中心地带，

格萨是战神之首，

其在雅尔康之时，

降其敌禄赞陀达，

其身体安然无恙。

在何地头戴头盔？

忙于何事而耽误？

令珠姆心生悲哀。

无论远近之所言，

其居远方之所言，

是否有美言美语？

具丰富的美食也，

若有美言需言之。

于此城中居三夜，

诉清心中之声也，

有欢乐的歌儿也，

请乞丐铭记于心。

乃琼侍女唱罢，乞丐沉默不语了好一会儿，缓过神来后，说道："呀！年轻的姑娘们，痛苦和悲哀终究会烟消云散，护持佛法智慧可以学。财及食物均有抵偿，若不忘喇嘛之法体，权利等会附带实现。如若对情感忠贞不渝，此生的因果轮回自有安排，给予别人财富定会带来施舍，食之既有施恩也，财之既有施恩也，美言既有感恩之心。在雅尔康北方的山背面，格萨尔王

北魔鲁赞（下）

不但降伏了其敌鲁赞王，也快回到自己的故土，该欢笑时就要欢笑，乞丐我从不说谎，并非凭空臆造之说。我途经北雅尔康之地，曾拜见梅萨奔吉，梅萨奔吉和阿奴桑陈都将回到达戎岭地方。"接着，便为侍女们献上这首歌儿：

唵嘛呢呗咪吽逝！
本尊喇嘛及佛法，
即慈悲加持为之，
正果将在花岭部，
为藏地众生之业，
尽心加持护佑旺。

如若不知此地名，
据古人之谚语也，
悲欢如黄羊之角，
一年更胜一年也，
饥饿冷暖即自知，
此乃前生业为之，
鼓乃为业之果也，
崖石及柏树为之，
古人既有此说之，
此地具众多悲欢。

如若不知我等之，
欢快之时唱欢歌，
今在此欢聚之时，
哀伤之时自安慰。

不论老少之妇也，
你等乃岭的妇女，
言论有内外之分，
此乃避外人所言，
手足需肺腑之言，
妇女需肺腑之言，
自此刻困难已消，
幸福之光将来临。
感恩太阳的温暖，
土地河流被润之，
富人坚守古迹也，
后由乞丐坚守之。
前半生父守丛林，
后半生由儿守也，
大臣皆为轮流之。
无碍无碍姑娘们，

　　　　　晨曦之前便供神，

　　　　　傍晚时分勤于颂，

　　　　　此言有凭有据也，

　　　　　不仅能闻能见之，

　　　　　请姑娘铭记于心，

　　　　　不记不会再重来。

　　话音刚落，那位乞丐像彩虹般消失得无影无踪。

　　当天，达戎超同正在雄伟的颇若宁宗东门，忽然听闻响亮的乞丐之声："若讨食即到君子处，君子之子不吝啬其食；买马即到小人处，小人之子不善赏悦。富人有那达戎家，势力之强达戎也，达戎犹如虎之皮，对他来说，无衰败之说，无上下半生之说，君子言行或小人纵容，恰似美陋并肩同行。听我说，狐头超同，如若不给予我食物之精华，衣饰之顶尖，不满足于老乞丐我，往后可别后悔。"说着，乞丐便将投石绳子拴在腰上，对着超同吼声谩骂。四母超同气从心底来，自言自语谩骂道："呀呀！一个无关紧要的乞丐竟敢在达戎门口大声喊叫，还要求给予他财富美食，此等荒唐行为，见所未见，闻所未闻！"超同想看看这是个什么来头的大人物，有何魔法能力，便从卧室窗户往外看，顿时哑口无言，呆坐了好一会，又在檀木榻上躺下，像一条病恹的毒蛇。超同再次伸过头往窗户外面看，只见那位乞丐果真与众不同，具有出众的身材与相貌。超同心想他不可能是一个乞丐，定是上门来找他挑战的。但是超同觉得自己无能为力，无力备马，只能躺身于檀木之榻，在窗户边上看着。这时，只见侍女色尔措端出一碗茶，唱起一首敬茶之歌：

　　　　　唵嘛呢呗咪吽逝！

　　　　　唵乃万物之源也，

如若不解其意之，
此言无从说起也。
如若不叫其名之，
其不会答应你也。
阿乃阿尼唱阿拉，
塔拉唱于解脱也。

不明解脱之路者，
定不分正邪之说。
蔗糖为美食之甜，
多食则会得病也。
贴身的羊羔之衣，
时长定会生瑕玷。
姑娘悦耳的歌儿，
唱久了也有不足，
话不多言则唱也，
唱首小曲则足以。

如若不知此地名，
乃岭地亘梦之地，
宗赞颇若荣宁宗，

达戎本绰威武也，
其宗在郭之右面。

如若不知我是谁，
在我年轻貌美时，
于嘎巴措州之地，
有嘎堆嘎给嘎麦，
嘎有堆麦瓦桑也，
嘎域珠域塞域桑，
域有学卡学古也，
本有登措米周也，
于嘎尼玛王之地，
卡日曲日萨日桑，
丹玛曲有阴阳也，
其丹曲日之神殿，
为千位喇嘛法座，
此地为卡日是也，
卡日乃地之宝地。

歌唱则唱嘎珠丹，
问我去往何地之，

问我口出何言之,
本绰加威武之高,
其儿武功盖世也。
赞达玛拉赞隆赞,
其本达戎绰加之,
恰似山顶经幡也,
经幡任由飞吹之,
前生此乃马头明,
身具无边魔法也。
事业则抛之脑后,
后世胜任本之位,
未曾踏出家门也,
长期卧在其垫上,
内人常用扎日之,
扎日扎泽即断也。

早前则可依咒师,
定会凯旋归来也,
其不愁利益生之,
宏伟壮观的戏目,
如若健康长寿也,

其能观之其戏目。

古人有句谚语说：

前生父母之心肝，

如若将其溺爱之，

则会将其毁之也，

定是不务正业者；

此生以嫖赌度之，

双亲积攒的财富，

则以嫖赌毁之也，

后生则人财两失；

所居之屋空荡荡，

其种田地无收割，

放牧之地无人家，

此乃今朝之况也。

其神似猫头鹰也，

虽不安居于崖上，

白日像老鹰般飞，

猫头鹰难逃其掌，

夜晚像狐狸行走，

狐好蹦跑及美食，

其刚毛染成鲜红，

奇特无比的戏目,
是否知道神之子?

我色尔措献茶也,
此茶不同别茶之,
此乃汉地之茶叶,
其生长于田地里,
阳光及土地养之,
开出艳丽的花朵,
花香使人心生喜。
为何献上喜悦茶?
献给神和喇嘛也,
教法加持自生之,
本喝此茶威武也,
正邪两派皆为正;
此茶献给父和舅,
其父舅志气之高,
富智心胸宽广也;
此茶献给英雄之,
英雄心生勇气也,
其能降伏其敌也;

妇女喝茶心生喜,

乃食物财富之兆,

今天将其献给你,

其外表像乞丐般,

内富有佛陀之神。

神及喇嘛即佛陀,

其有法力无边也,

本即招来战神之,

其有盖世般武力,

其名声大振四方。

此茶神器之处多,

滴于头部权威高,

滴入眼内眼明亮,

滴入口中善言辩,

滴于一身病魔除。

此茶献敬上等佛,

即用银碗敬酒之,

酒味美味可口也;

此酒为远道之客,

喇嘛佛陀归于佛,

此教法如此弘也,

如若亲临寺院内,

寺院正中有金座,

教法加持如雨下。

此酒不能随意饮,

需要佛法真身也。

此酒酿于数月间,

此乃胜过甘露也,

为本布而备用之。

本布去往法场时,

定能分辨正和邪,

一夜酿的酒水啊,

敬给归去的少年,

乞丐由神化之也,

由神化的乞丐呀!

敬一杯神奇的酒,

此歌献给乞丐你。

化身的乞丐听完歌便享受着献上来的如露香茶与美味佳肴。此时,达戎超同在窗户边将乞丐观察得仔仔细细,明知此乞丐绝非平凡之人,但又不敢确认是格萨尔,于是伸伸脖子说:"你脖子上戴的嘎乌里,有命根佛珠,内有圣水,可否赐予我?"化身的乞丐点了点水,又给超同喂了一口岭地的草,超同的身体顿时恢复强壮,外表形象和内在内力变回到原模样。

第二天，伴随着刚蒙蒙亮的天，格萨尔给赤兔马重新装上金制鞍鞯，鞍鞯下部由银制成，鞍鞯腰由珍珠连成，铁制的镫上部有玉垫，大辔头有玉龙对头，仿佛能听到玉龙的鸣声，肚带蛇卷绳，红蛇锤头红红，鞴带虎狮对头，隐约有轻轻的狮子吼叫。大镫上有鳄鱼对头，似乎飘荡着鳄声阵阵，镫绳辫子八网，辫子垂垂连连，彩虹般垂落地上。赤兔马犹如虚幻神的神马，翅膀备飞，土地卷风，尾巴风云，脖子翘天，像孔雀尾巴一样安稳而不动摇。赤兔马上坡一大跨，下山一小跨，大跨就像岩羊一样擦肩而过，小跨就像火风燃起，又像小雨下在地上般零零散散。赤兔马飞奔起来，就像地上忽然起大风而狼哭鬼嚎，黑鬼世主也伴随着黑风到各个山头。赤兔马张嘴摇头大吼三下，顿时，云散，龙消，声静。

十一

森钦大王格萨尔和赤兔马终于在故乡岭地上恢复原来模样,与故乡的亲人、英雄、老少妇女们重相聚、齐相守。大家把酒言欢,畅饮畅谈七日,并开始谋划今后有关事宜。为护佑今后岭地各项事业,森钦诺布占堆大王在角弓里安放神剑,为邀请神龙年、英雄及空行母等神咒灵力的护佑而唱起此歌:

唵嘛呢呗咪吽逝!

阿拉歌儿起音曲,

妙法护持大圆满,

塔拉吟自解脱道,

祈愿大乐得解脱。

悉以妙法持天下,

礼敬祈祷来护持。

为了岭地平安兴,

我等需向三宝请,

祈求送予如意轮。

敌人当前怨已深,

但必心静做筹谋,

不作任何慌忙样，

言到杀绝某某人。

如是岭国的勇士，

胆子大如男人般，

以往过去时日里，

当敌来犯未后退，

四位勇士带四十，

万军兵马袭城堡。

不屈之人森姜女，

多钦巨人所抓捕，

琼拉伏在左侧位，

五彩绸缎绑在身，

想在地下活埋时，

唐泽冲前求饶恕，

免打免埋不停求，

是因贤巴所嘱托。

贤巴唐泽两个人，

像那父母一样亲，

最终珠姆劫于霍，

不曾动她一根毛，

可是受了不少苦。

霍的其他勇士们,

杀杀打打砍砍到,

唐泽布和贤巴俩,

保证不让受虐待,

派为米琼做守护,

还派三位霍姑娘,

封为女仆侍珠姆,

无须身击寒冷苦,

没有饥饿所沮丧,

但是内痛从未散,

被那霍人所劫持,

此为居家者祸根。

歌未唱完,森钦诺布占堆大王那月亮般的脸已经变黑,就像黑色石丘上弥满了乌云,一时间话都激动得说不出话。差不多三顿茶的工夫后,格萨尔王观望四处,心想:虽然岭国遭受了特大的打击,但绝不能流下一滴眼泪,这是一名男子汉起码的准则。然后,森钦诺布占堆大王深吸了几口气,准备告知岭国的所有佛界众生们,他离开故乡后用了多长时间、起初没能降伏妖魔鲁赞王而后费劲周折的经历、北征路上遇到了多少来自自然界的袭击等,用狮吼佛音叙述道:

唵嘛呢呗咪吽释!

阿拉歌的开头语,

塔拉歌的核心语,

喇嘛本尊三圣主，
祈祷能够赐吉祥。
大悲摄持人间事，
从那空中楼阁和，
三层天界神圣殿，
白螺天城上位中，
身穿白色云朵服，
坐在莲花宝座上，
神鹰秃鹫左旋转，
鸟王大鹏从右转，
所有强具翼技者，
空中留下展翅声。
三界神的宫殿里，
白人头戴螺顶帽，
白色绸缎披在身，
右手举起晶石刀，
莲花财钵握在左，
神将百十万所围，
此乃大神梵天也。
森钦王的大父祖，
神力自在空如虹，

不须血肉光为身,

必要之时邀请您。

救助善行不得弱,

巍峨大山半脚下,

大树叶子荡荡晃,

大鸟飞得层层高,

红色碉堡上位方,

飘着红旗像头饰,

虎狗花色冲在右,

豹狗花色冲在左,

灰鹫紧靠身边飞,

十万红色仆人围,

战马闪电一样猛,

山妖血肉为饮食,

吃肉嚼声塔塔叫,

搏嚼骨头嗦嗦响,

饮血响声呼呼叫,

格佐年神之王也。

面部黄色露笑脸,

身带甲箭矛均黄,

周围战神十万余，

威玛百万千万数，

均为本人守护神，

生神地祇当方神，

不要走神保佑我。

岭国乃为信教国，

过去兴教时间为，

释迦牟尼弘法期，

经院寺庙兴旺地，

财富累累不曾缺，

僧具智慧乘位高，

算命占卜通各样。

母亲姨妈福气足，

女子容貌美如仙，

男俱英勇善于战，

骏马拥有好跑势，

名气偏不大地间，

威望高如头顶天，

保教护法看如命。

如今浊世逆道上，

喇嘛僧人屠夫中，

谁可作为皈依处？

母亲媳妇女仆中，

上下谁来伺候谁？

浪子男仆父亲中，

高低谁向谁恭敬？

世界已变难以改，

不可避免人间苦。

我出北方降妖时，

跨过很多陡峭山，

过过许多大江河，

祖先故土妖所占，

此乃藏王教敌也，

杀生要命无数个，

天竺佛门妖所攻，

大唐法门妖所破，

吐蕃政权之疆域，

东西南北无边界，

声称北魔鲁赞王，

不是先有是后进，

近些年来才庞大。

黑色妖魔十八大，

命基在于鲁赞王，

未能除掉此妖魔，

弘扬佛法不可行，

僧舍经院难兴起。

鲁赞身为妖魔王，

势大占地面积广，

日月星辰被抢占，

贪得大海做饮品，

所有动物当餐用，

甚至骨血都不留。

沙丘魔宫十八处，

运用超群智谋计，

迂回曲直避锋芒，

用九十五天之久，

灭魔王谮于利箭。

与此同时之时间，

狐女魅惑格萨尔，

如古时谚语所云：

毫无佛法修之士，

出世即为行人骗，

不知天地仙境地，

信众赠物如砒霜；

马匪善于行骗术，

运用马术骑射舞，

行骗少女之情感，

精于专盗富人家；

无耻之女精蛊惑，

玩弄千百男士转，

身处烟花百巷中，

骗黄金白银无数。

所言几乎差不多。

梅萨奔吉小心眼，

整蛊格萨尔王我，

长达九年时间里，

未曾想起生父母，

未曾想起情人也，

始终未有感知觉，

此乃蛊惑三整矣，

此乃时也命也矣，

始终困于雅康羌。

正如古人所言道：
禅师所设之法坛，
为众生超生戒律，
若无法戒也不纯；
上师徒弟僧尼三，
定受地狱冰火劫，
若在城邦部落地；
首领臣子民众间，
若无尊处良善法，
必陷于争斗境地；
父母与子女之间，
若无善法治家事，
家贫犹如乞丐窝。
格萨尔王所做事，
就像沙子垒城堡，
永无建成之日也。
霍王霍嘎加布他，
财富犹如大海深，
霍林之战罪孽深，

若不彻底消灭他，
哪有弟兄明朗日？

看我岭部众多将，
斯潘及其六勇士，
森姜珠姆七宝物，
世界宝物藏奇宝，
岭嘎震国之宝贝，
无有盗宝之忧虑，
世界之无奇不有。
就因内乱之故也，
城破家亡凄惨惨，
百姓流离失所难，
上师徒弟僧尼三，
不守戒律乱奔忙，
就剩嫉贤无节操，
贪吃纵欲吞香火，
佛戒持续绊脚石。
岭大王与臣子间，
若无精诚团结心，
就像猫头鹰之毛，

凹凸锯子口那般，

竟到这种境地呐，

结果如何想得清。

能够想到是贤士，

事到最后才后悔，

那是小人的行径，

避免不了的事情，

不要后悔众将士。

听懂那是真心话，

没懂可多做阐释。

听格萨尔王唱罢，右席首座上，高大威猛、高额头、扁狭脸、油滋皮肤红眼角，上半身伸到下本身、下半身长到上半身、粗胳膊大骨架、拇指宽大、箭法凌厉的英雄男儿种，不像凡人如青龙，好比青龙云中现。勇健的丹玛强查起身高高举起一条吉祥的白色哈达，走向森钦大王面前，仰着身叩了三次响头，鞠着躬叩了三次响头，一仰一鞠又叩了头，然后退后三步，落座在虎皮毯上，向森钦大王以六变塔拉之曲吟唱道：

唵嘛呢呗咪吽逝！

阿拉塔拉塔拉歌，

头回塔拉自天吟，

一声塔拉吟蓝天，

日月星辰相齐歌。

升起吉庆之光芒，

半月光芒乃四射，

漆黑天地霎时明；

二声塔拉吟宇宙，

天上多姿云彩间，

神雨滴答滴答中，

遍地草木绿莹莹，

各种花草覆盖矣，

祈愿植被遍旷野！

三声塔拉吟大海，

如海深不可测处，

聚集蛟龙之大喜，

小鱼游泳之术妙，

强大鲸鱼石决明，

无穷无尽大海曲。

上请战神威玛您，

切莫分神护佑我。

中请主神城隍您，

切莫分神阵营我。

下请蛟龙董炅及，

一向护佑资财神，

不断祈求护佑我。

若不认识此地方,

如心之坛城玛隆,

来者向往的玛地,

世界地形的中央,

多康地区首之地,

桑子城堡之达孜,

君臣相会之会场,

吉祥吉兆之神殿,

加持络绎之圣地。

若不认识我是谁,

怎不认识我是谁?

时运号令之将士,

怎能琼浆枯竭呢?

不计其数师徒等,

信誓不渝更守戒。

无数君臣伴随身,

怎会犯戒失言呢?

诸位岭部之君臣,

悲喜交集之中间，

虽不是耀武扬威，

汉子不报十年仇，

姑娘不食三日膳，

过时迟滞腐烂矣，

这些实乃我想法。

食槽围栏土栏三，

围栏佛殿长沟中，

土栏丹玛王后裔，

称之为丹玛强查，

格萨尔王之牧师，

岭国武士之精髓。

英雄行伍之前列，

若会战败霍尔军，

深思并重立法网，

带上千军万马也，

去往天大之蒙地，

即便无人送膳食，

岭国武士不缺食。

诸位岭部之君臣，

良机时光来临时，

国王前往上国度，

超同侏儒主仆两，

听说前往送国王。

若听从喇嘛讲经，

怎会遭恶魔诱杀？

若不听君王所言，

暮年度在监狱里。

若不报父母之恩，

暮年暴露乞丐样。

诸如此类主仆两，

误入歧途大蒙地。

霍军拘捕其二人，

拷问冷暖各问题，

回答各种真伪话。

恶兆漆黑乌鸦乃，

禁止去查木岭部，

犹如仙女之王妃，

洗头不祥之兆也，

珍宝九弯绿松石，

乌鸦带而远去也。

霍尔将士十二万,

败给查木岭之军。

早先开始出事时,

丹玛我方派哨兵。

追赶马群白匪军,

随后先巴来追踪。

霍尔色木拉山口,

言出婉和粗糙等。

最后比试射击时,

取出先巴颅骨也。

此日此事经过后,

超同君王远去也。

内外乱如手摇鼓,

衷肠诉于白帐王。

缺尾漏鬃六十马,

霍尔国王递送也。

奔逃来到查木岭,

此日此事经过后,

幼子南吴玉达他,

壮丁孤军作战也。

不是败于强盗战,

而是黑暗命苦也。

达妃玉珍过来时,
英雄开赴队伍遇,
蒋日拉山谋面也。
最终谋面时期乃,
听取超同君王也。
南吴凯旋归来时,
群群万马赶回也。
随从蒙民追随等,
千万蒙军杀害也。
跟踪追赶人群中,
恶魔五阿腾六他,
树丛悄悄遮掩后,
射出箭后杀南吴。
此日此事经过后,
霍尔乱如血浆也。
蒙岭战斗五年后,
嘉城沦入战乱也。

无敌勇士三十英,

不分昼夜三眷属。

为成大计勇无畏,

披星戴月忘寝食,

与敌勇猛无畏斗,

自从霍尔黄帐王,

抢走岭国珠姆后,

犹如猛虎变狐狸,

没有前毫毛闪光。

犹如鹞鹰变麻雀,

没有飞翔天空力。

岭只守城堡有因,

一听上界神预言,

二经岭上下久计,

岭格萨尔王归后,

会有降伏霍大计。

呼应岭各人马军,

格萨尔王率领下,

少十三到年六旬,

备齐眷属马鞍鞴,

率领五十万人马,

占领黄帐王领土,

格萨尔制伏霍王，
一切有上界预言。

为了岭诸事上路，
岭上下各部落等，
噶巴仁迁六部落，
十二万余丹玛户，
达让大将麦措玛，
松巴著名将军及，
岭各部落的勇士，
每个勇士所属治，
各个抽调五千军，
本月上旬要呼应。
散而复聚的日子，
大王及各君臣们，
我丹玛不随口说，
我可率领岭军队，
左右前后四翼领，
上岭勇士赛卟玛，
中岭勇士熬吾巴，
木江任迁达乐等，

岭国大将丹玛等，

率领去战胜霍国。

霍屠夫所称辛巴，

我眼中钉肉中刺，

不然为何称屠夫？

就算不招他是非，

但他有不共之仇，

他害我嘉擦霞嘎，

我让他一抵一命。

岭三十勇士宣誓，

德高的戎擦查根，

各方面安排妥当，

不然时间长久后，

勇士铠甲会坏烂，

腰束三兵会生锈。

岭国战马变野马，

所以今日呼军队，

是我丹玛内心想，

是否有理得商议。

总管王戎擦查根听了丹玛所唱的歌，觉得这丹玛平时不会轻易说话，但其实具有智慧,文武双全。今天丹玛说这么多无奈的话,也是有原因的,嘉擦霞嘎和他情同手足,还有南吴将士等,都是出入生死的好兄弟,丹玛定是痛苦万分。想到这些,戎擦查根都不敢直视丹玛。场面顿时安静下来。丹玛的脸上乌云密布,急促地喘着粗气。他的对面,三层五彩彩缎上,虎皮衬垫上,犹如十五圆月的噶嘉洛顿巴坚赞站了起来,给大王献上白色的哈达,磕了九头,说想跟森钦大王诉说满腹怨言和过去失败伤心之痛,遂以因缘吉祥之曲吟唱道:

　　唵嘛呢呗咪吽逝!

　　阿拉阿拉阿拉歌,

　　塔拉菩提解脱歌。

　　上请天界神宫中,

　　海螺顶髻白梵王,

　　高岗藏地业力神,

　　预言授记指示者,

　　神通后应助力者,

　　护佑护持保佑者,

　　岭国部落之私神,

　　今日前来保护我。

　　高山须弥神殿中,

　　黄人黄金披挂身,

　　黄金鞍鞯棕黄马,

黄云涌动南方儿，

念青古拉格佐他，

右边虎狗左豹狗，

白岭部落之后援，

高岗藏地之战神，

不敌强敌震慑者，

今日相助勿分心。

碧绿大海深渊中，

玛旁雍措大湖一，

南措拉姆大湖二，

雅卓雍措秋摩三，

协扎沃措秋摩四，

四个大湖之主人，

龙王邹那仁青和，

米衮童炯龙王等，

宝藏主人诸龙王，

犹如下界宝藏门，

荣华富贵请赐予，

今日保佑勿分心。

若是不知此地名，

玛隆心中圣地也，

八瓣莲花大地上，

庄严珍贵神庙地，

桑珠达孜城堡地，

一千柱子之大殿。

然后长辈兄弟们，

三十勇士骁将们，

不要着急听我说，

虎皮坐垫之上的，

高山长辈大人们，

稳如大山做祷告。

我是何人当然知，

幸福吉祥福地中，

头上覆盖之帐篷，

玉扎廷肖贡古称。

大鹏鸟王翅膀中，

一根巨大羽毛下，

一百老鸟可以睡。

高高山峰之脚下，

一百寺庙养活田。

一大帐篷放牧地，

一千牛羊可漫游。

数不尽的牛和羊，

一来是嘉洛家畜，

二来白岭公有物，

何时需要何时拿。

谷头九百牧场地，

噶仁青六部之中，

噶米久拉普塔杰，

嘉洛敦巴坚参子，

玛地马场骏马多。

然后岭部君臣们，

再说老人常言道：

春夏白昼漫长时，

饥渴饱餐轮流中，

人生如同波涛水，

有无就在转瞬间；

英明头人的律法，

到了分辨是非时，

是否公平有几许。

大王王子去北境，

从此一直到今日，

苦闷伤心黑暗中，

六一七到六二二

滑稽鬼谋者朝同，

与恶狗没有差别，

像狗一样溜各地。

罪恶多端的超同，

罪恶之深法无判，

取之性命也无妨，

法身之尊王者赠，

整个藏区留遗臭，

乃法王之尊赐予。

坚赞我的想法是：

尊王要降大康区，

恶臭疾三毒泛滥，

降伏鲁赞魔之后，

妖魔之法未实现，

神龙之争也没有。

上天赐予净恶雨，

长短与否王者意，

若短放置三月间，

若长放于一年间，

这样便能到霍地。

霍王各个之领地，

魔箭之玄已备好，

离玄之箭已安完，

河流有神灵保护。

岭的各大英雄们，

不是贪生怕死人，

老虎的凶恶之势，

无惧陡峭的山谷，

尊崇上天的旨意，

不违背国王意愿，

男儿之仇永不忘，

历时多少也不迟，

还想再等待几年。

岭人之身乃神躯，

落入人间度日子，

今日幸福之时临，

一年安安稳稳过，
或者王者人和马，
化作时轮转几圈，
或者岭的英雄们，
能否替王转时轮，
胜任降魔好助手，
不违上天之神意。

平凡之躯坚赞儿，
财乃岭地公财也，
我实乃岭财神也，
若有需要便伸手。
岭国英雄好汉们，
日月星三天上聚，
愿上天更加宽广，
中间乃风调雨顺，
愿好时节及时来。
大地慷慨满丰收，
此乃幸福之征兆。
门前牲畜无疾病，
乃兴家旺财之兆。

财源广集兴家门，

香巴拉之福来临。

法之身上师永存，

愿众生之师永生。

英雄气魄势天下，

愿能降伏一切敌。

人无难治疾病缠，

药师菩萨愿永存。

青年不中途夭折，

愿无量佛恩济众。

人间再无饥寒迫，

愿全世界都富裕。

美女子容貌永存，

愿五位佛祖保佑。

远嫁之女得幸福，

愿人间幸福美满。

天空之美更加蓝，

和谐之音遍大地，

人人都有好命运，

愿所有心想事成。

众生之事百事顺，

白日顺心万事兴，

晚上安眠心无杂，

日日夜夜都顺心，

愿佛祖三宝永兴。

祈求众生永平安，

白岭神地各英雄，

没有争论永和谐，

子孙满堂家事兴，

人间再无高低优，

上师之恩照大地，

本尊诸神吉祥中。

噶嘉洛巴坚赞如此高歌一曲后，岭地众人齐声发出吉祥祈福之声，缭绕苍穹间，传遍大地上。格萨尔大王非常高兴地说道："好呀，好呀，就该如此。而今我们白岭神部子民们，近亲内讧不再有，不给后代留后患。若没有酸味之苦，便无法察觉甜味之甜。若不亲身体验劳苦，便察觉不到幸福。若未体验过寒冷，便不知什么是温暖。白岭的父老乡亲们，琐事烦心很正常，现恶敌在外，我们要建造铜墙铁壁，避免内奸引起的内讧。这内讧如暴雨般，能够冲击一切，同杀父杀兄之仇无别，同刺杀父兄之器无别。但大势当前，我们必须先对付霍尔，再来惩罚超同，先后有别众人要知。超同所犯之错误，已经无法被原谅，但错已铸成，怨恨无用。死罪可免，活罪难逃，罚超同十年监禁，已是最小惩罚。从今日之时算起，所有生活回原样，霍部十二个部族，随风飘散有危险，降伏他们无条件。超同，对此是否要三思？前思后悔想清楚,还有哪些罪行没有承认!"格萨尔王对着超同怒斥。此时的超同显得从未有过的卑微,应声忏悔并立下誓言,英雄诸兄、妇女人家、僧俗众人又对超同予以几番责备,鄙薄之言大同小异。

之后,岭地方举行了盛大的煨桑仪式,上自天神,下至水中龙与鬼,还有战神威玛、地方神、山之神等,对所有正义之神恭敬供养。岭各部在欢聚一堂后按时散去,各自回到住处。清净下来的森钦大王格萨尔开始着手修行空性大手印。

岭王格萨尔王为了佛陀正教和天下苍生社稷,孤身前往雅康北境,通过神通武力剿灭了北魔鲁赞大王。在魔域野蛮之地传播和发扬了佛陀教法,将邪恶魔部随顺教化为善良信佛之众。饶益众生之十善事业如日中天,此等利乐有情之好消息,是依照说唱艺人桑珠之说唱音声如实录制和整理完成,愿吉祥!

北魔鲁赞（下）

整理者说明

《北魔鲁赞》是《格萨尔王传》十八大宗之一，讲的是征服四方四大魔王之首的故事。这个故事里，格萨尔大王完全舍弃了丑陋叛逆的觉如形象，脱胎换骨般显现其真实的面容，登上了白岭部落的黄金宝座，为了佛陀正教，尤其为了白岭江山社稷永固，无数次南征北战，远征雅康北境。

民间流传《降魔篇》和《阿琼魔王篇》等，皆是北魔鲁赞大王传之另类称谓，但在说唱艺人桑珠的说唱本中，却分为《北魔鲁赞》与《工布魔王阿琼穆扎》两个不同内容之篇章本。其中《降魔篇》即《北魔鲁赞》，讲的是统治辽阔藏北大部分地区的一个大部落酋长的故事；而《阿琼魔王篇》则是《工布魔王阿琼穆扎》，即统治西藏东南部大部分地区的部落酋长。那曲安多县北部大山之后发现有鲁赞夏日南宗城堡遗址，工布巴松湖一带则流传着各种阿琼魔王和格萨尔王大战的传说故事。由此可知，这两位魔王绝非同一人物，敬请留意。

《北魔鲁赞》有详、中、略三种说唱版本，此番出版的是说唱详本，描述了岭魔战争和格萨尔文武并举逐个收伏或消灭镇守北境魔域内中外各关口要津之诸色魔将魔怪，对于研究《格萨尔王传》及其说唱艺人，具有重要参考价值。此说唱本以说唱艺人桑珠七十九岁之时录制的磁带为根据，进行了文字整理与校对。在校对文字过程中，凡是发现有重复之处、无法判定的方言土语以及不同说法的谚语等，皆一一向说唱艺人本人求教，以保证整理文本尽量体现说唱艺人的原始说唱特色。但整理者水平有限，可能存在诸多不足与失误，敬请广大读者见谅。

整理者

译者后记

格萨尔史诗是部人们全面了解和研究青藏高原古代社会的百科全书。在气势宏伟的格萨尔王史诗中，充分体现了古代藏族淳朴民风和藏族原初神性与诗性的思维模式。

格萨尔说唱艺人桑珠老人的众多分部本中，《北魔鲁赞》是一部篇幅较大，故事情节较为与众不同的说唱本；是格萨尔赛马称王后降妖伏魔、除暴安良故事中进行的第一场硬战，具有与众不同的故事情节与内容特色，对于研究格萨尔王传具有重要参考价值。

此说唱本人物混淆、称谓繁琐变异过多，故事进程较为缓慢繁杂，对于一些民间方言化术语较难理解把握；史诗的佛教化倾向较为突出，随意嫁接与移植佛教传统术语或佛教神明人物的现象随处可见，由此造成一定的翻译困境。

译者尊重说唱艺人的语境用语，尽可能将格萨尔史诗原本意境中的事相理路，比较准确地传达出来。翻译时，七言排律，甚有难处，更何况要一气通畅，对仗严整，措辞畅达。为了充分体现格萨尔王传史诗本身的幽韵妙境，译者认真参考了《三国演义》《水浒传》等多部古代汉语评书的叙事风格、语言艺术等，希望能具备一定的古风神韵与诗性智慧，还请广大读者批评指正。

亚东·达瓦次仁

2020 年 7 月